欲壑
YUHE

转弯塘

——乌蒙深处一个名不见经传的小山村，却是当下环境污染、生态恶化的缩影。

欲壑

刘 毅◎著

中国文联出版社
http://www.clapnet.cn

图书在版编目（CIP）数据

欲壑 / 刘毅著 . -- 北京：中国文联出版社，
2015. 1
ISBN 978 - 7 - 5059 - 9629 - 8

Ⅰ.①欲… Ⅱ.①刘… Ⅲ.①长篇小说—中国—当代
Ⅳ.①I247.5

中国版本图书馆 CIP 数据核字（2015）第 021676 号

欲　壑

著　者：刘　毅

出 版 人：朱　庆

终 审 人：奚耀华　　　　　　　　复审人：胡　笋

责任编辑：李　媛　贺　希　　　　责任校对：傅泉泽

封面设计：中联华文　　　　　　　责任印制：周　欣

出版发行：中国文联出版社

地　　址：北京市朝阳区农展馆南里 10 号，100125

电　　话：010 - 65389148（咨询）65067803（发行）65389150（邮购）

传　　真：010 - 65933115（总编室），010 - 65033859（发行部）

网　　址：http：//www. clapenet. cn

E - mail：clap@ clapnet. cn　　　liy@ clapnet. cn

印　　刷：北京天正元印务有限公司

装　　订：北京天正元印务有限公司

法律顾问：北京市天驰洪范律师事务所徐波律师

本书如有破损、缺页、装订错误，请与本社联系调换

开　　本：710 × 1000　　　　　　1/16

字　　数：270 千字　　　　　　　印　张：17

版　　次：2015 年 1 月第 1 版　　印　次：2015 年 1 月第 1 次印刷

书　　号：ISBN 978 - 7 - 5059 - 9629 - 8

定　　价：45. 00 元

第一章

一夜暴雨,改变了许多人的命运。

"6.5"世界环境保护日前夜,天刚擦黑,突然雷鸣电闪,狂风携裹着瓢泼大雨,铺天盖地朝瓜州猛砸下来,整整一夜,都没停歇。虽然头两天看天气预报,任杰就知道,受本年度沿海第 12 号台风"海葵"影响,地处内陆的瓜州,将会面临一场大雨。可出乎预料的是,这场预见中的大雨,竟会那样暴烈,暴烈得史无前例。躺在顶层 10 楼的房间里,箭杆似的豪雨,仿佛无数把利剑,直刺楼顶和窗棂,甚至他栖身的房间,杀气腾腾。兴许是洪水暴发吧,侧耳倾听,狂风暴雨的交响中,不远处的香江,不时传来一阵阵狂奔激越的涛声。

按惯例,每年 6.5 世界环境日,瓜州都要举行各式各样的环保宣传活动。比如,以环保为主题的文艺演出、演讲,上街开展环保咨询等等。今年,除了局里安排的活动,任杰接受瓜州市一中的邀请,拟作一个环保方面的讲座。可身为瓜州这个县级市的环保局局长,任杰知道,每逢暴雨过后,都会有不同程度的环境污染,全局上下,得全力以赴。

这突如其来的暴雨,会给瓜州带来什么灾难呢?任杰不敢想下去。

狂风骤雨中,任杰迷迷糊糊地躺了一会儿,天就亮了。

这时,雨渐渐地小了些。

8 点刚过,任杰来到办公室,摁下饮水机的按钮,洗干净杯子,正要泡一杯清香扑鼻的茉莉花茶,浏览一下当天的报纸,办公桌上的电话,突然响了起来。

喂,环保局吗,我政府办秘书小李,请找任局长。

小李啊！我任杰。

哦，任局哈，请你马上到政府4楼参加市政府召开的紧急会议。

是么？任杰愣了愣，说，我这就来。

搁下电话，任杰想，有什么紧急情况呢，可能是抗洪抢险吧。可这类情况，以往也不时发生，大多电话通知，这样急吼吼地召开什么紧急会议，可是破天荒的呢。不过，政府既然这样郑重其事，想必是火上房了。作为政府职能部门，不管是什么事儿，关键时刻，万万不能掉链子的。

环保局建有自己的办公楼，距政府办公大楼，两公里的样子，因局里的驾驶员还没到岗，情况紧急，任杰只得违反规定[市里规定科(局)级领导级干部不能驾车]，开车前往市政府参加紧急会议。

刚踏进市政府圆桌会议厅，任杰就感觉今天的会议气氛凝重，鸦雀无声，不像以往，会议开始前，不时有人交头接耳。

瓜州市委副书记、市长杨兵，市委常委、常务副市长张家才(分管环保)，早已端坐圆桌中央，一脸严肃。

公安、消防、纪检、监察、安监、水利、电力、卫生、疾控、市医，城关镇，甚至武警、消防中队的领导，早已到会。

任杰像往往常那样，在后排找了个空位坐下来。

我说任局，别往后躲呀。任杰屁股还没落下，张家才便点了他的将，到前排来啊！

众多目光齐刷刷地扫过来，钉子般钉在任杰身上。

任杰知道，这时候，说什么都是多余的。服从，是最佳选择。愣了愣，乖乖地站起身，坐到了前排。浑身上下的目光，这才恋恋不舍地撤退。

任杰刚刚落座，张家才副市长便宣布开会，就像专门等他似的。

开会啦！我们今天开个紧急会议，短会。张副市长说，现在是8点一刻，还有三个单位的头头没到，我想，就是小脚老太太，也该到了。我们不再等了，也等不起。打任局长后面来的，一律视为迟到。会后，政府办过问一下，这些单位的头头，到底是什么原因迟到，开紧急会议，居然像小脚女人，得有个说法嘛。是吧。

下面，请杨兵市长讲话。

不叫讲话。家才副市长说了开场白，也就是会议的宗旨，我们今天开的是紧急会议,或者叫紧急情况通报会。当然,既然情况紧急,自然也要作相应的安排和部署。

也许大家猜到了,市长杨兵习惯地干咳一声,清清嗓子,继续说,昨晚,直到今天早晨,我们瓜州下了一夜暴雨,山洪暴发,河水猛涨,全市 21 个乡镇,15 个受灾。更严重的是,由于瓜州永久化工非法倾倒工业废料铬渣,导致我们的水源点松山水库受到污染,大部分城区已经停止供水。同时,铬渣随着洪水注入南盘江,使南盘江也受到了严重污染。污染南盘江,这是什么概念呢,同志们,大家都知道,我们南盘江,是珠江源头,珠江的上游啊! 因此,弄不好,势必影响羊城等下游沿岸城市的正常供水。一句话,情况极其严重,形势异常严峻啦,同志们!

杨兵讲话极富煽动性、鼓动性,就在他停顿的间隙,会议厅里的气氛,已经被调动开来,不少与会者满脸惊愕,窃窃私语。

因为若虹书记不在家,杨兵抬起右手晃了晃,示意大家安静,接着说,由我主持,市委连夜召开了常委会,安排部署"6.5"铬渣污染事件的抢险救灾工作,成立了瓜州市"6.5"铬渣污染抢险救灾指挥部,我担任指挥长,家才副市长任常务副指挥长,统筹安排指挥全市抢险救灾,在座的各位,毫无疑问,都是指挥部成员。

有个问题,我强调一下,瓜州出现铬渣污染,当然不是我们希望看到的。既然出了,市委、市政府一定会采取各种有力措施,尽快控制污染。我想,这事儿的负面影响,最好控制在一定范围内。请宣传、环保、安监等部门注意协调,统一调子,尤其是宣传部门,务必把好这个关。

下面,宣布指挥部成员名单。

杨兵抬起面前的紫砂茶杯嗫了一口,轻轻地抹抹嘴,抑扬顿挫地宣读起来。

令任杰诧异的是,虽然是最后一位,他居然忝列副指挥长之列,在瓜州,这样的排列,史无前例。通常情况下,"副指挥长"这样的头衔,都由副市(县)级领导担任。虽然他们许多时候只挂名,不干活,那毕竟是一种身份和地位的象征,不能乱套的。但让他这个正科级环保局长,破天荒地戴这么个高帽,并不是对他有多器重,而是表明,这次发生的铬渣污染,何其严重。

蓦然间,任杰感到有种临危受命的神圣。

一阵例行公事并不热烈的掌声,将任杰从沉思中拉了回来。

杨兵市长已将指挥部成员名单宣布完毕。

紧接着,张家才副市长又将各单位的职责以及如何协调配合,作了简明扼要的安排布置,并宣布迅速启动《瓜州市突发环境污染事故应急预案》。要求市环保局,瓜州永久化工有关人员,火速赶赴现场,进一步调查污染情况,采取有效措施,积极做好应急处置工作,务必将铬渣污染控制在较小范围。

随即,张副市长宣布散会。

8点35分,任杰随与会者走出市政府会议厅。

从刚才结束的紧急会议,任杰知道了这次铬渣污染事件的严重性和可能产生的恶果。身为环保局长,他更知道这种污染对瓜州、周边县市,乃至下游城市,将会产生多大的影响。某种意义上来说,今天出现这种严重局面,正是他所担心的。让他没料到的是,这种担心,居然这么快就变成了现实,且情况比他想象的要严重得多。这就像明知有人会生病,重病,可又无力预防,无药可医,眼睁睁地看着他病入膏肓,格外揪心。

这些年,后发赶超,全民招商,成了瓜州一股风潮。在市机关招商引资动员大会上,市长杨兵大张旗鼓地疾呼:不管什么单位,都要全力投入招商引资,筑巢引凤;不管什么人,只要能招商,我们就要力挺;不管是谁,为瓜州赚到实打实的看得见摸得着的银子,我们就要重奖。奖得他心花怒放,奖得让人眼馋。并当众宣布了市政府相关奖励措施,诱人至极。

响应者如过江之鲫。

于是,该引不该引的,该招不该招的,真的假的,全都一古脑儿引,一古脑儿招。不少被沿海一带淘汰的高耗能高污染企业,到了瓜州,却成了捧在手里怕摔了,放在地上怕跑了的宝贝疙瘩。

看上去热闹非常,可经济效益却并不理想。

造成铬渣污染的瓜州永久化工有限公司,就是招商引资的产物。

铬是一种银白色的多价重金属,化学符号Cr,原子序数24,通常情况下,铬质硬且脆,抗磨蚀,只以化合状态存在,即铬铁矿。一般情况下,采用铝热法、硅热法或电解法,将铬从矿石中分离出来。用于合金,如供铬钢用的铬铁合金,镍铬电阻合金,以及电镀,如汽车减震器和内部装潢,切削工具等方面。用途广泛,也有较好的市场和销路。

然而,制铬对环境危害极大,对其副产品铬渣的处理,目前尚无万全之策,稍有不慎,就会造成水源污染,对人畜产生伤害,甚至导致死亡……

　　　　十五的月亮升上了天空,

　　　　为什么旁边没有云彩?

　　　　……

车行半路,兜里突然响起彩铃声,任杰摸出手机一看,是局办公室主任焦艳的电话。

喂,小焦啊!

任杰喂了一声,焦艳便开了腔,任局! 我小焦,你回来没? 根据你的指示,我已通知全局干部职工,集中待命。

好! 好好! 任杰说,你让大伙儿等会儿,我马上就到。

揣好电话,任杰脸上不由浮起一缕甜甜的涟漪,刚才那一连声的好,并非惯常的套话,而是发自内心的由衷赞美和肯定。那一丝儿甜味呢,则是他们之间那种既是上下级,又不纯粹上下级的灵犀和默契。

就说手机铃声吧,任杰打开始用手机,就是本色的"嘟嘟"声,十年一贯制。某日在办公室,任杰接完电话,焦艳说,任局,你这手机铃声,也太老土了吧,就不能换换呀! 任杰愣愣,说,是吗,换什么,怎么换啊? 换彩铃啊! 至于怎么换,交给我好了。那好吧,任杰笑着说,我也学学年轻人,赶赶潮流。

于是任杰的手机便用上了彩铃。更神奇的是,商量采用什么歌曲时,他们不约而同地想到了这首脍炙人口的情歌对唱——《敖包相会》。

那是五年前的事儿,焦艳刚来局里上班不久,当然也没当上办公室主任,不过,她一来,便无可争议地赢得了"局花"的桂冠。

任杰事后想,这男人与女人之间的微妙,也许大多从并不起眼的小事切入。就说这换彩铃的事儿,任杰的女儿就曾向他数次提起,理由也如出一辙:"老土"。可他却不予理会,怎么焦艳一提出来,他就乖乖就范了呢?

任杰有时暗自思忖,自己对焦艳的爱意和欣赏,也许就打这儿开始吧。

行进间,环保局那张还算气派的门脸,已经映入眼帘。

走进会议室,全局30来名干部职工,早已齐刷刷地待命,想到经过这么多年的打造,自己属下的这支环保队伍还真是招之即来,来之能战,任杰心头不由一热,由衷地说,大家久等了。

没事儿。大伙异口同声地说。

到场的,除了全体干部职工,还有局副局长王平、罗军。

谢谢大家! 任杰说,闲话就不说了,我刚参加了市政府召开的紧急会议,之所以一早就把大家集中起来,一是传达紧急会议精神,更重要的是,布置任务。焦点,就是瓜州永久化工非法倾倒铬渣,由于昨晚一夜暴雨,将这些铬渣冲进松山水库,导致水源污染。目前,城区大部已暂停供水,堆放铬渣的周边村寨,已经有人畜死亡。

哇! 年轻人一阵惊叫。

板凳上的屁——挨出来的,意料中的事儿,可没想到这么快,就遭到了报应。环境监察大队队长刘立本义愤填膺地说,当年上这个项目时,我就说过,可能会发生致命的环境污染,极力阻止上马,可有谁听啊!

就知道要效益,置环境生态于不顾,也不管百姓的死活,法规股股长胡明文大声说,这是哪门子政府?

顿时,议论纷纷。

大家静一静。办公室主任焦艳见状,站起身,适时地微笑着说,任局还有话说呢。

身为环保人,大家激愤的心情,我可以理解。或者说,我比大家的感触,还要深得多。任杰向焦艳投去感激的一瞥,继续说,可现在不是讨论该公司是与非的时候。污染既然已经发生了,我们的责任,就是根据市政府的统一部署,极力控制污染,将铬渣污染造成的损失,减少到最低。

根据市政府的指示精神,我考虑,将全局工作人员分成三个组,全力以赴。初步安排是:

第一组,由王平副局长负责牵头。以环境监察大队为主,刘立本队长协助王局工作,负责控污,主要是查清污染的现状,尤其是水源污染的情况,要求拿出科学的数据,用数据说话。在此基础上,提出防控方案,并督促实施。

第二组,罗军副局长指挥。政策法规股胡明文股长,协助罗局做好工作。在纪检监察安监等部门配合下,赴铬渣非法倾倒地实地勘察,了解人畜、水源、土壤等污染情况,尽快查明事故原因,做出结论,提出处理措施。

最后一个组,负责协调联络和后勤保障,尤其要注意上传下达,保持和市政府办,以及前线人员的联系沟通,人员基本是办公室原班人马,由焦艳主任负责。

至于我本人,负责全盘,随时掌握面上情况,随机跟随外出的两个组开展工作。

还是那句老话,分工合作,统筹协调,全局一盘棋。

最后,我想说的是,因为情况紧急,没来得及和王局、罗局交换意见,不知二位有没有新的意见,如果没有,我们就分头行动吧。

我没意见。副局长王平说。

没意见。罗军副局长说,就这么办吧。

那好,任杰倏地站起身,右手习惯地一挥,走!

任杰跟随罗军副局长带领的这一组,驱车30余公里,前往引发这次事故的瓜州永久化工有限公司。

同行的,还有纪委、监察局、安监局等部门的工作人员。

任杰之所以首先跟随这个组,是想尽快查清事故的来龙去脉,明确责任,如实地向市政府提出事故责任报告及应对措施。

三菱越野车在坑坑洼洼的乡村公路上扭着迪斯科,让人倦怠,却又欲睡不能,迷迷糊糊中,任杰不由得思绪万千。

瓜州永久化工是8年前从青岛引进的。

顾名思义,公司董事长、法人代表名永久,李姓。着实赶上了时下不少股份制或私营公司冠名的新潮流。

这家公司当初怎么动议、立项、评估,如何具体操作,其间有些什么奥妙,任杰一无所知。仔细想想,并不奇怪,这些年,尽管环保已经提高到了前所未有的高度,环境意识日益深入人心,实际上,他这个县级市环保局局长,在瓜州政坛,属于那种说起来重要,转过身就忘掉的角色。既然如此,永久化工这个瓜州历史上罕见的"重大项目",自然就是发改委、招商局、经贸委等职能部门的职责了。环保么,没人当回事儿。

于是乎,万事如意,只待省里有关部门审查批准,就典礼剪彩了。

出乎意料的是,省里没有批准这个项目。反馈回来的信息是:手续不完备,没有环境监测评估报告。

环评？仿佛被人兜头拍了一闷棍，分管副市长张家才有点儿懵，好半天，才清醒过来，是有这么个环保局啊，局长叫什么来着，哦，任杰，对，就叫任杰，怎么就没想到这些呢，丢人现眼，多跌份呀。

张副市长随手拎起躺在大班桌一角的"瓜州市党政机关电话簿"，好容易查到了市环保局局长室的电话，啪啪啪一通拨。

喂，环保局吗？不知是有气，还是要端足架子，张家才明知拨的是局长室的电话，却明知故问，语气也有些忿然，找你们局长。

你好！环保局。当时，任杰正巧在办公室，听见电话铃声响起，立马提起话筒，挺客气地说，请问哪位？

我张家才。张副市长一字一顿。

哦，张市长啊！您好您好！任杰一听是张家才，有些慌神儿，连忙陪笑道，我任杰，请问领导有什么指示，我们一定坚决照办，呵呵，照办。

指什么示呀！张家才没好气地说，我们得求你呢，求你高抬贵手，给永久化工搞个环评，开开绿灯。

哎呀，领导吩咐就是。任杰听张家才如此这般，愈发慌乱，平素口齿伶俐的他，陡然间竟有些结巴，我，我们，工作做得不好的地方，请，请领导多，多批评啊！

于是，张家才如此这般地将永久化工的情况，作了简要介绍，最后特别强调，说这是瓜州近年来引进的最大也最有效益的项目，市委、市政府高度重视，杨兵市长亲自过问。现在，万事俱备，就只欠你们环评这一股春风了，希望任杰抓紧做好环评工作，务必在下次报批时，一次过关，云云。

任杰没来得及多想，诺诺称是。

常务副市长张家才发了话，任杰自然不敢怠慢，立马组织市环保局的相关技术力量，用一周时间，紧锣密鼓地对拟建金竹镇转弯塘村的瓜州永久化工有限公司，进行了认真细致的环境测评。

可测评的结果，却让任杰不知如何是好。

实事求是地说，像瓜州这样贫穷落后的地方，铬盐项目的上马，必然会将瓜州的经济水平，提升到一个新的台阶，可以预计，要不了几年，瓜州永久化工就会成为数一数二的纳税大户，撑起瓜州经济偌大的一片天。可身为环保人，任杰深刻地意识到，这个经济效益相当可观的项目，无疑是一柄锋利的双刃剑。

一方面,它将让瓜州的 GDP 增长好几个百分点,让许多人享受看得见摸得着的实惠,让领导们的政绩大放光彩,可歌可泣;另一方面,它久远而难以逆转的环境污染,又会使瓜州人,尤其是公司所在村寨,受到致命的污染,甚而付出生命的代价。重蹈西方,或者沿海一带先污染,后治理的覆辙。到头来,再算总账,盈,还是亏?任杰的结论是:得不偿失。世界上许多东西,也许可以重来,唯有生命,是不可能复制的。

可时下,有多少人像他这样算账,像他想得这么远?对有的政府官员来说,只要任期内 GDP 大幅增长,别的事儿,谁管那么多。

说真话,还是说假话,任杰左右为难。说真话吧,无异给这等好事泼冷水,领导肯定不高兴;说假话呢,良心将受到谴责……

永久化工总经理李永久,显然知道任杰一行的到来,带着厂里一伙人,早已伫立公司门口等候。

李老板四十开外,和眼下许多大腹便便的老板不同的是,长得精精瘦瘦,浑身上下,似乎没有多余的赘肉。下巴尖尖,颧骨突出的清瘦脸庞上,转动着一双不大,却很放光的眼睛,浑身上下,透出精明。也许是对自己不能挺胸凸肚,稍有遗憾吧,李老板虽然肚子不大,却喜欢像眼下许多肥胖的老板和年轻人一样,将裤子上的皮带,系得松松垮垮,摇摇欲坠,仿佛不这样,就不足以显示身价。于是,微微发黑,长着一圈乌黑绒毛的肚脐眼儿,清晰可见。

哇!好久不见,任局还是这么精神啦!李永久操着广味十足的普通话,像久别重逢的老朋友似的,热情洋溢地迎上前来,伸出双手,一边摇一边灿烂地笑,欢迎!欢迎!欢迎啦!

谢谢!让李老板久等了。走在前面的任杰轻轻笑了笑,打趣道,李老板才精神啊。

是吗?李永久愣了愣,旋即打着哈哈说,彼此,彼此。

这些年,任杰和李永久可没少打交道,深知他这貌似热情的外表下,暗藏不少玄机。许多时候,这李老板说起假话来,根本不用打草稿。实际上,三天前,李永久到环保局办事,任杰就专门告诫他,说正值雨季,铬渣要严加防护。李永久连声说好,好,任局你放心,保准没问题,呵呵!没想到,污染还是发生了。

任杰冷冷地敷衍,彼此彼此。

寒暄一番,一行人在李老板的带领下,鱼贯而入。

热烈欢迎检查组各位领导光临永久公司,希望大家对我们的工作提出宝……走进永久公司宽敞豪华的接待室,分宾主坐定,沏上茶,李永久便按过去的套路,来段开场白,他下面想说的话,肯定是"宝贵意见"什么的,可"贵"字尚未出口,罗军副局长便不客气地打断了他,李经理,时间紧迫,这些客套,就免了,再说我们不检查什么工作,想来你很清楚,由于你们公司非法倾倒铬渣,造成了极其严重的污染,我们今天是根据市委、市政府的指示,组成联合调查组,彻查事件原因,然后提出处理意见。

为此,市委、市政府成立了瓜州市"6.5"铬渣污染抢险救灾指挥部,我们环保局任杰局长,担任副总指挥长,有权代表市委、市政府处置相关问题。

罗副局长说完,特意转过头来,看了旁边的任杰一眼。

是这样,李经理,任杰自然心领神会,面无表情地说,罗局长说得没错,情况确实不乐观,我们瓜州就不用说了,假如地处珠江上游的南盘江受到污染,将可能危及羊城等下游沿江城市的饮水安全,形势严峻。

随即,任杰将调查组成员,逐一作了介绍。

李永久来瓜州有些年头了,尊为"财神"。去年换届,还荣任市人大常委会委员。在瓜州,知名度不是一般高,就是书记、市长见了,也得面带三分笑,忙不迭地问候握手。可眼下,却让个小小的环保局局长,像教育小学生似的歌颂一顿,气便不打一处来。正欲发作,倏然想到因乱倒铬渣,捅了天大的篓子,公司岌岌可危,只好打落牙齿带血吞,愣了愣,忍了。

好,那好!李永久原本阴沉沉的脸,倏地笑成一朵花,那我就给各位领导,汇报一下乱倒铬渣的有关情况吧。

不知有意,还是无意,李永久没用罗军副局长特别强调的"非法"两个字。

情况是这样的,也许是为了镇定心绪,李永久抬起面前的茶杯,象征性地抿了一口,放下杯子时,顺势用手臂擦了擦额头上渗出的细密汗珠,说,情况是这样的,我们公司……每年,每年产生上百吨铬渣废料,一般有专门堆放的场地,这个……这个工作,主要由王大伟副经理主……主管……

真是货有优劣,人有短长。听着李永久的汇报,任杰大为感慨,如果说李永久做生意赚钱是把好手,那么谈吐和表达,就有些低能了。所谓汇报逻辑混乱,后语难达前言,绕来绕去颠三倒四,兴许是看调查组来势不善,太过紧张吧,时不时还有点儿"结巴"。

李永久费气扒力地绕了半天,许多人还是云山雾罩,难明就里,可又不便老是提问,打断他。

好在任杰和李永久打交道的时间挺长,稔熟其语言风格,将他的话在脑子里重新过滤一遍,算是弄清了事情的来龙去脉。

原来,非法倾倒在桑树坪乡狗场等地荒山上的剧毒化工废料铬渣,系与永久签订铬渣运输协议,承运铬渣到邻省威力燃料有限公司进行无害化处理的张大山、刘帮平所为。张、刘二人承运铬渣后,开始尚按协议规定,将铬渣运到威力燃料有限公司去,可因运距较远,每天也就能运两三趟。没多久,张大山暗自思忖,废铬渣这破玩意儿,运到北京还不是废的,再怎么折腾,也成不了宝贝呢。既然这样,不如干脆在附近找个地方倒了算球,能节省不少运费哩。于是便将这高招支给刘帮平,两人一拍即合。刘帮平笑嘻嘻地说,哎呀,大山哥,我们想到一块了呢,兄弟也正想跟你说这事儿。

哈哈哈!两人忍不住一阵大笑。

于是,这些铬渣便"飞"到了桑树坪乡狗场、高桥、郭家院附近的荒山上。

第二章

出席紧急会议后,市长杨兵黑着脸,急匆匆地走进楼下的办公室,一屁股坐在大班椅上,垂着头,默默无语,看上去,有些沮丧。

跟班秘书何笔尾随进来,大气也不敢出,轻手轻脚地泡了杯铁观音,双手捧到杨兵面前,这才小心翼翼地问,杨市,有什么吩咐?

哦,杨兵抬起头,晃了小何一眼说,暂时没什么事,你出去把门带上,有人来找或打电话,就说我不在,顿了顿,补充道,我想静一静。

好,好!何笔应道。随即转过身,轻轻关上门,悄悄地退了出去。

凝视着秘书小何年轻的背景消失在门口,杨兵不由得长长地叹了一口气。

时下有句时尚的口号:思路决定出路。杨兵觉得,自己是该好好地整理一下有些繁杂零乱的思路了。

永久化工铬渣污染突然暴发,确实打破了杨兵惯常的平静,甚至让他感到一种隐隐约约的危机,正向自己慢慢逼近。

年逾不惑的杨兵是时下当红的"空降"干部,原任省里某厅副处长,期间在省内某县挂职,任科技副县长。回厅里不久,便空降到瓜州,先是任瓜州市委副书记,瓜州市人民政府代理市长。半年后,市里召开人代会,当选市长,顺理成章地上了一个台阶。

不过,杨兵的远大目标,绝不仅仅是个正处级市长,至少,应该是副厅,或者正厅。有句脍炙人口的名言:不想当元帅的士兵,不是好士兵。同理,不想当大官的官,也不是好官。倘若仅仅为个"芝麻官",在处里守株待兔,慢慢地熬上三年五载,瞎猫碰死鼠,也能抓个正着。何苦舍妻别子,到这穷得屙屎不生蛆的地方,重温单身汉的寂寞岁月,何苦抛弃都市的酒绿灯红,到这乌蒙山麓的僻壤穷乡经风沐雨?

杨兵知道,在省级机关,别说正厅了,就是混个副厅,也是蛮有难度的。或者说,像他这样无根无基的人,几乎是不可能的。

这些年,在瓜州,每当工作遇到困难,或者碰到什么不开心的事儿,他总会想起小时候父亲对自己的告诫:吃得苦中苦,方为人上人。于是许多烦恼不快烟消云散,陡然间,又有了信心和勇气。当然,这些都是他内心深处的想法,长期贮藏在心灵的保险柜里,从不轻易示人,用过去的说法,叫灵魂深处吧。公众面前,杨兵显得格外阳光。就说这空降,或者下派镀金吧,理论上他比谁都说得溜熟,比如干部成长的必由之路,培养革命事业接班人的百年大计,千年大计什么的。那次省直机关下派任职干部欢送会上,30多号人,他荣幸作为代表发言,激情澎湃,慷慨激昂,博得好一阵热烈的掌声。

杨兵之所以乐意,甚至向省委组织部主动提出申请,愿意空降瓜州任职的另一个原因,就是乌蒙地委书记李子奇,是他隔得稍有点远的表兄。李子奇呢,自然也积极地促成这事儿。杨兵想,上有下派任职的大环境,下有李子奇罩着,想上台阶,还不是十个手指抓田螺,稳拿的事儿。

这个谜底,当然秘而不宣,只有他和李子奇心知肚明。

不过,杨兵也并非庸常之辈,一门心思地期待李子奇天降福荫。他想,官场上的角逐除了背景,讲究的是程序,或者叫可操作性。这种可操作性来源于什么呢?那就是政绩——硬货,看得见摸得着的东西。这样,李子奇提携自己,才有口实,才好发话,像写新闻一样,才有由头。如果自己一无是处,他就是想关照,也挺费劲的。

于是,当选市长不久,杨兵便在政府党组会,后来又在常委会上提出自己的主张:举全市之力,大力招商引资。冠冕堂皇的理由是:穷则思变。

市委常委会上,身为市委副书记的杨兵振振有词,瓜州为什么这样穷,根本问题,就是缺乏外资注入。穷则思变,我们眼下的出路,唯有招商引资。大量外资注入,势必激活瓜州经济的造血机能,增加后发赶超的强大动力。

如此新颖鲜活的思路,仿佛吹糠见米,撩拨得一伙常委跃跃欲试,即便个别人有不同想法,比如注重发展经济的同时,也要强调环境保护等等,在这样的氛围,也不便启齿了。何况,别说常委会二号人物说得冠冕堂皇,他说的就是歪理,这种场合,除了书记这个"班长",具有说"不"的话语权,谁还会冒傻气,说三道四?

杨兵市长的提议,一致通过。

没几天,瓜州市委以瓜发某某年某某号文件形式,转发了市委常委会"会议纪要"。瓜州市人民政府,也以文件的形式,颁发了关于招商引资的决定。

紧接着,便是大张旗鼓地动员,还有紧锣密鼓的宣传攻势。既轰轰烈烈,又扎扎实实。

永久化工,就是乘这股招商引资的强劲东风,走进杨兵视野的。

那年,杨兵赴邻县参加 A 省西部首届旅游发展大会。期间,碰上在桂县挂职的中学同学杜若水,谈及招商引资的事儿,杜若水说,哎呀,老兄点子高啊,我手里就有个项目呢。杨兵问,什么项目? 手里的,你小子舍得啊! 高风亮节,学雷锋是吧? 也不是,兄弟的风格,自然没这么高,胳膊肘不往外拐的简单道理,我懂。可是……杜若水说到这里,打住了。可是什么呀? 杨兵见杜若水卖关子,没好气地说,别跟我卖关子啦,有什么话,直说不就得了。杜苦水笑笑,苦着脸说,可是,人家考察了我们那里,没看中,说路程远,运输条件又差,成本高,要另找发地哩。今天碰到老同学,我就马上想起这档子事儿,也算肥水不流外人田嘛。可弄成了,你们那儿大发了,你兄弟高升了,可别忘了兄弟牵线搭桥哦。杨兵哈哈一笑说,你看你看,八字没一撇,你小子就邀功请赏,像个副县长说的话么? 顿了顿,又说,好,好好,别的哥子我不敢表态,这商招成了,茅台酒管醉,行不? 呵呵,要得,要得。杜若水眉开眼笑,不枉同学一场,知道兄弟我,好这一口。说着半扬着右手。杨兵见状,也伸出右手,"啪"地一击,异口同声地说:成交。

杜若水拱手相让的这个项目,就是后来的瓜州永久化工有限公司。法人代表:李永久。

很久以后,杨兵才知道老同学杜若水学雷锋的奥妙。除了客观原因,更主要的是,班子内意见难以统一,有人认为铬盐生产会对生态造成极大的灾难,尤其是一帮土著,大声疾呼:哪怕吃糠咽菜,也要保住绿水青山。

县委一班人难以形成决议,铬盐项目呢,自然也就不了了之。

让杨兵聊以自慰的是,永久化工的效益,确实相当可观,算是一俊遮百丑吧。

　　瓜州上铬盐项目，也并非一帆风顺。甚至可以说，"主上派"与"反上派"，经历了一场针锋相对的激烈斗争。

　　旅发大会后没多久，经杜若水牵针引线，李永久轻车熟路地找到了杨兵。

　　李永久久经商场，深谙潜规则之道，礼数自然周全。加之有杜若水事先铺垫，杨兵对这个项目很是热心，李永久到瓜州那天，他让政府办公室在瓜州唯一的四星级宾馆——维多利亚大酒店，安排了标准相当高的"接待餐"，亲自出面宴请，并率相关部门主要领导作陪。席间，杨兵频频举杯，对李永久来瓜州投资，表示热烈欢迎。来，为李老板到瓜州投资干一杯，假如第六感没欺骗我，杨兵诚心诚意地说，李老板将是我们瓜州请来的最大财神爷。干，大伙相继与李永久碰杯，然后脖子一仰，咕咚一声，干了。有人不无得意地将酒杯倒转过来，朝李永久亮杯，以示豪爽心诚。

　　宴请行将结束之际，已有些酒意的杨兵还不忘叮嘱相关部门，抓紧陪同李永久实地考察，尽快向市政府拿出可行性报告。

　　市长发号施令，谁还敢磨蹭。不到一个月，一份资料翔实，论证可靠的瓜州永久化工有限公司筹建方案，摆上了杨兵案头。速度之快，在瓜州历史上，绝无仅有。

　　铬产品的经济效益的确十分可观。

　　可工科出身的杨兵从方案末尾看似漫不经心的几句陈述，还是看到了这个即将上马的公司对环境造成的破坏。其中最具杀伤力的，是铬渣对土壤和水源的污染。这种难以逆转的污染，可以说是致命的。

　　杨兵的心理天平上，一边是可观的可以让瓜州得到实惠的经济效益，当然也是他抬得上桌面的政绩；另一边，是对当地生态可能造成的严重污染，且这种污染将会越来越严重，以至无法根治。到底将手里的砝码加在天平的哪一端，似乎都有道理，但也都不能两全。杨兵很清楚，他心里的这架天平无论朝着哪边倾斜，另一边就要做出牺牲。

　　杨兵有些犹豫了。

　　于是，这份可行性报告，在杨兵的案头静静地躺着，一躺就是七八天。

　　其间，李永久数次打电话找杨兵，委婉地询问，杨市，请您早日定夺，我这里万事俱备,只等您大笔一挥啊!呵呵,快了快了。杨兵一边打哈哈,一边热情地说,李老板再等等哈,最近破事儿太多。呵呵,尽快,尽快,我们尽快哈!

摁下接听键,一丝愠怒倏然爬上杨兵的脸庞,他自言自语地说,这小子他妈催命鬼似的。大笔一挥,这么简单呀?转念一想,时间就是金钱,李永久在商言商,以谋利为核心,唯利是图,希望赚个盆满钵流,不就像自己绞尽脑汁地想把官越做越大么,正常啊,有什么可奇怪的呢。于是便苦笑,继而释然。

看样子,是得抓紧决断啊。

此后两天,举棋不定的杨兵又看到了躺在案头的那份可行性报告,绉了绉眉头,叫来秘书何笔,指了指案头,说,你把这个报告,给家才副市长送过去,让他看看,有什么意见,反馈给我。

何笔拎起案头的报告,正要转身出门,杨兵又交代说,告诉张市长,让他尽快看哈。

行!小何回头应道。

像杨兵一样,瓜州市常务副市长张家才开完紧急会议,也有点郁闷,所不同的是,作为政府的"管家婆",事务确实太多,他不可能像杨兵市长那样超脱,抽出闲暇慢慢地咀嚼往事,刚到办公室门口,便听到办公桌上的电话要命似的响个不停。

喂,谁呀?我张家才。

张市啊,我城管局刘阳。电话里的声音有些急促,有个紧急情况,要向你汇报呢。

哦,刘局长啊!什么事儿?张家才问。

是这样,张市。刘阳定定神,缓缓口气说,现在城区大范围停水,居民无水可用,一个个急得像热锅上的蚂蚁。许多超市刚一开门,抢购桶装矿泉水的人便蜂拥而入,甚至瓶装矿泉水,也悉数搜入囊中,门都快挤破了。如果不抓紧想办法,恐怕发生骚乱啊。

好,好,这个情况的确重要。张家才听了刘阳的报告,也感到事态严重,顿了顿,说,你们继续给我盯着,要注意疏导,稳定市民情绪,有什么情况,随时向我报告。

是的,是的。城管局长刘阳连声允诺。

搁下电话,张家才意识到,倘不抓紧解决市民的用水问题,一旦局面失控,就愈发不可收拾了。

事关重大,张家才岂敢怠慢,当即打电话请示市长杨兵,可打了半晌,办公室座机一片忙音。打手机,不在服务区。他当然不知道,那时候,市长杨兵正把自己关在办公室里,拎开座机的话筒,取下手机电池,断绝与外界的一切联系,宛如一头心事重重的老牛,五味杂陈地反刍过往。

眼下,要解决市民用水的燃眉之急,只有向市消防队求援。

市消防队虽驻军瓜州,管理权限却不在市里。除春节、八一建军节什么的,市里出面慰问,送点慰问金和慰问品,平素并无多少交道,且这种例行的绷面子的事儿,通常都由市长率领,张家才作为常务副市长,一般都是陪同前往。消防队的队长、教导员等领导,当然也认识,可这种求人的事情,倘由市长杨兵出面协调,肯定得体得多,力度也要大些,岂料,节骨眼上,市长却玩起了失踪,张家才好生纳闷。

事情紧急,刻不容缓。

张家才顾不得那么多了,思忖片刻,抓起办公桌上的电话,拨通了瓜州市消防队队长王建设的手机。

王队长吗?张家才的语气有点急,我市政府张家才。

哦,张市啊!王建设高兴地说,你好,你好!很久没见了,有时间,过来指导指导啊。

是这样,有个事情请求你们救援。张家才哪有心思扯闲篇,吱唔两声,开门见山地说,可能你已经知道了,市区的水源受到严重污染,城区大面积停水,市民饮水困难,请你们出动消防车,到附近乡镇拉些水回来供应,解城区燃眉之急,以稳定市民情绪。否则,麻烦可能就大了。拜托啦!王队长。

这个事啊,知道知道。王队长说,肖副队参加市里的紧急会议回来,刚刚跟我汇报了。这没问题呀!张市长,我们队里一共有五台消防车,我看这样吧,留下一台作应急机动,以防火警,其余四台,全部出动运水,确保城区市民的生活用水。

好,好好!张家才悬着的心落了下来,激动地说,谢谢啊,王队长,我代表市政府,代表市区 20 万市民,衷心地感谢你们!

张市长,您别客气啊!王队长慷慨激昂地说,我们是人民子弟兵。地方有难,鼎力支援,责无旁贷,义不容辞啊,这样吧,我马上就去安排。

张家才又是一顿谢。

打完电话,暂时解决了"水荒",张家才如释重负,顿觉浑身像散了架,向后一仰,半躺在大班椅上,他慢慢地从兜里摸出一棵"贵烟",点燃,狠狠地吸一口,烟头顿时闪出颤巍巍的一片灰白,一缕缕青烟在头顶缭绕盘旋。

片刻的宁静中,张家才的思绪像头上的青烟,徐徐飘荡。

瓜州永久化工的引进,张家才开始并不知情。这个项目最初如何动议,通过什么渠道进来,完全由市长杨兵一手操持,他一无所知。直至有一天,杨兵的秘书何笔送来筹建公司的可行性报告,并传达杨兵要他抓紧看的口谕,他才知道这档子事儿。

看到这个报告时,张家才很生气,甚至愤怒。按照程序,这样的报告,首先应该呈送他这个常务副市长,经他审阅后,提出处理意见,再报送市长杨兵,由他最终拍板定夺。这样的基本常识,在官场摸爬滚打许多年的杨兵,不可能不知道。奇怪的是,这个报告,却先到了杨兵手里,然后再打回来,美其名曰:听取他的意见。其中的猫腻,可想而知。张家才想,就算是你市长大人引进的项目,你要拿奖励,也是光明正大的,我既不会眼红,也不会分你一杯羹啊,没必要捂得紧紧的。就算你是空降的,要急不可耐地往自己脸上贴金,要把政绩工程做大做强,也不能这样肆无忌惮,得讲究点游戏规则吧。

想到空降这档子事儿,张家才更是气不打一处来。

杨兵未空降瓜州之前,张家才已经当了两年常务副市长,正眼巴巴地盯着市长宝座,意欲换届时扳正。为此,他可没少费心思,也没少使劲。谁知,正当他满怀憧憬,志在必得的当儿,杨兵一个跟斗,从半空中扎了下来,打乱了他的如意算盘。要在前些年,选举不是那么规范的时候,他必定会和杨兵在票箱里拼死一搏。可如今目下,容不得半路杀出个黑旋风的事儿了。思考再三,张家才决定打落牙齿带血吞——忍了。表面看去,他仍旧任劳任怨,竭尽全力地做好自己的份内工作,对杨兵呢,也很尊重,并没把心中的怨愤,挂在脸上。作为副手,时不时地,还提出些合理可行的建议,配合默契,深得杨兵赞赏。

事后,有消息灵通人士告诉张家才,杨兵之所以从省城空降瓜州,在于有地委书记李子奇这块阔大平坦的停机坪。获悉这个信息,张家才很为自己当初的决策欣慰,倘若不识时务,选举时跳出来跟杨兵较劲,岂有自己的好果子吃。别说高升了,自己这常务的位子能否保住,还是个未知数哩。虽然屈居杨兵之下,毕竟坐在瓜州市政府"二把手"的位子上,能否扳正,坐上第一把交椅。谁也不敢保证,但机会,总是有的。

可看了杨兵秘书送来的永久化工的筹建报告,张家才又按捺不住自己的火气了。其原因,正是令杨兵踌躇的铬渣污染。

张家才"啪"地将报告扔在面前的办公桌上,站起身来,仿佛杨兵就站在对面,义愤填膺地指着他的鼻子说,你他妈也太不地道了吧,只顾自己的羊卵子,不顾别人的羊性命。为了构建政绩大厦,污染这么严重的项目,你也要上呀!过几年,你他妈拍拍屁股走人,我们这些土生土长的瓜州人,可要活人啊。是的,瓜州是穷,是需要发展,眼下,这个项目的经济效益,是不错,可这种自绝后路的做法,若干年后,也许我们今天赚到的银子,远远修复不了瓜州的生态环境。

气泄了,张家才感到通体舒坦,须臾,沮丧又悄悄地爬上心坎,一屁股瘫倒在椅子上,即便自己戴了个常务的帽子,也人微言轻,拍不了板啊。杨兵说要听取自己的意见,不过是走走过场罢了。

不过,即便如此,张家才还是决定就永久化工的筹建,委婉地向杨兵提出自己的不同看法,不为别的,就为对得起自己的良知,就为瓜州人这个称谓。

月亮出来照半坡,
照半坡……

张家才搁在桌上的手机,突然响起彩铃,打断了他的思绪。

第三章

眼看任杰一行消失在公路尽头,永久化工总经理李永久,呆呆地伫立在大门口,大脑一片空白。

李总,回屋吧!不知过了多久,一双温暖的小手轻柔地在从后面搭在他的肩膀上,继而,又勾住了他的脖子,柔声细语地说,外面有点凉呢。

六月的阳光暖暖地抛洒,周遭金灿灿的,伫立中的李永久先前并不觉得,一经提醒,倒真的感觉后背阵阵发凉,仿佛有一条蛇,从前胸逶迤而来,冷沁沁的。

光天化日之下,如此肆无忌惮地撒娇示爱,李永久不用回头,也知道只有自己的助理周薇,敢这样胆大妄为,于是瞬间的不悦稍纵即逝,他情不自禁地抓住周薇的双手,稍一着力,两座坚挺硕大的山峰,便紧紧地贴在自己的肩胛上。瞬间,顿觉一股暖流汩汩而至,浑身即将凝固的血液,活泛开来。

嗯,李永久轻轻地应了一声,没挪窝。

在公司,上上下下都知道周薇和李永久这档子事儿,换种说法,周薇是李永久的小蜜,或者二奶,已是公开的秘密,大伙都习以为常,见怪不怪。甚至,连李永久的老婆张美丽,也熟视无睹,睁一只眼,闭一只眼。

刚开始的时候,张美丽也和许多知道丈夫有外遇的女人一样,一泼二闹三上吊。后来,眼见这些招数不灵,便鸣金收兵了。有好事者假惺惺地对此表示关切,张美丽杏眼一瞪,没好气地说,这年头,哪个老板没点儿花花肠子哦,有功夫,操别的心去吧。弄得好事之徒一愣一愣的,下不来台。

晃眼间,周薇跟李永久黏在一起,五载有余。

那年,公司招聘办公室秘书。明文规定:女性,五官端正,年龄 16 岁至 25 周岁,限额 1 人。

兴许就业形势太过严竣吧,招聘启事在瓜州电视台播出没几天,办公室主任贺明伦,兴冲冲地跑到李永久办公室,乐呵呵地说,哎呀,李总,形势一派大好呀。别的不说,就办公室秘书这一职位,应聘者达 30 多人,爆棚,爆棚哩。而且,清一色的佳丽,年轻漂亮,一个个俊的,啧啧,没得说,没得说。是么,这么火爆啊!看着眉飞色舞馋涎欲滴的贺明伦,李永久心里,也偷着乐。当然,贵为老总,他脸上还得端着,微微一笑,正色说,这说明咱公司有吸引力啊。不过,我告诉你,光漂亮有卵用,绣花枕头罢了。女子无才便是德,那是老观念了。你好好给我把关,既要长得受看,肚子里也得有点货哦。好的好的,李总,贺明伦诺诺点头,我一定把好关,把好关。那好,就这样,李永久说,按既定程序操作,先笔试,达到分数线的,按一比三的比例,进入面试,去吧。好,好,贺明伦说,面试时,请李总督阵哈。行,李永久说,提前通知我就成。

经初试、笔试,周薇从一群佳丽中脱颖而出。

按当初对贺明伦的承诺,李永久作为主考官,坐镇选萃。

三名面试者中,周薇并不是最漂亮的,可她走进考场的刹那间,李永久就那么不经意地一瞥,心里居然打了个激灵。

驰骋情场多年的李永久,阅美女无数,可还是被眼前这束山野百合震住了。

眼前的周薇,完全合乎李永久的审美观。

更让他欣喜的是,周薇举止大方,从容不迫,对贺明伦所提的问题,对答如流,相当精准,绝非空有其表的粗浅妖艳之流。于是,心里便有了几分喜欢。

假如你成为公司员工,趁贺明伦提问的间隙,李永久看似漫不经心地甩出杀手锏,当公司利益与自身利益发生冲突,或者说,当为了公司利益,需要你牺牲个人利益的时候,你将如何选择?

这,这个……周薇对李永久的提问猝不及防,愣怔片刻,略微思索,应道,假如我有幸成为贵公司员工,公司的利益,就是我的利益。当两者发生冲突,甚至需要牺牲自我利益时,我将以公司利益为重,毫无疑义地牺牲自己的个人利益,服从公司的整体利益。换句话说,只有公司发展了,大伙的日子才好过。周薇顿了顿,微微一笑,补充说,大河水满,小河不干,讲的就是这个道理。

好!李永久情不自禁地鼓掌,感叹道,精彩,精彩啊!

　　过后,李永久了解到,周薇生于瓜州马场镇一个小山村,父母都是老实巴交的农民,家境贫困。可周薇打小乖巧伶俐,天资聪颖。无论小学,还是中学,都是品学兼优的乖娃娃,优秀学生干部。在瓜州一中,出水芙蓉般的周薇,是众多小男生的梦中情人,课桌里,书包中,纸条常常从天而降,抑或收到些火辣辣意绵绵的短信。按说,在高考录取率如此之高的当下,像周薇这样优秀的学生,考个重点大学不在话下,可天有不测风云,高考前夕,她患上了急性肺炎,虽然从医院的病房拔下输液管,参加了那场决定人生命运的搏杀,因人困马乏。最终以 6 分之差败北。尽管父母准备咬紧牙关,让周薇复读,以期来年金榜题名,她却毅然决然地告别奋斗了六个寒暑的母校。

　　没多久,便碰上永久化工招聘。

　　接下来的事儿,就有些顺理成章,水到渠成的味道了。

　　李永久与周薇关系的发展,并不像人们所想象的那样,一个兜里揣有银子,一个意欲出卖美色,两相乐意,之后拍板。周薇到公司后,李永久虽然对其情有独钟,并不急癀癀的。其间的原因,自然有把玩笼中鸟儿的意味。更重要的是,面对如此娇媚的尤物,他意欲身心俱获。也就是说,要周薇心甘情愿地奉献。身为成功人士,情场老手,他知道,像周薇这种涉世未深的雏儿,任何一种不断升温的情感,比如崇拜、羡慕、同情、甚至怜悯,都可能让其产生爱意,飞蛾赴火般以身相许。于是,李永久不失时机恰到好处地在周薇面前海吹,大秀特秀成功人士的奋斗历程,常常听得周薇瞪着凤眼,一愣一愣的,满脸崇拜。

　　那次,李永久携周薇一起赴春城,与客户洽谈供货事宜。合同签订后,为尽地主之谊,对方在春城大酒店宴请他们。席间,五六人轮番敬酒,攻势凌厉。李永久平时虽也有点小酒量,怎奈寡不敌众,只有招架之功,全无还手之力,很是狼狈。危急时刻,平素不显山不露水的周薇披挂上阵,右手勾成兰花状,轻轻地端着酒杯,左手半托着杯底,沿着圆桌款款地转到主人面前,微微伸出左手,做出请的姿势,随即收回左手,双手捧着杯子,笑盈盈地说,我代表李总,回敬华总一杯。华总见有美女接招,假意推辞一番,说些酸哩巴叽的酒话,随即,一饮而尽。

　　一连三巡,周薇如法炮制。虽面若桃花,秋波潋滟,却谈天说地,方寸不乱。博得满堂喝彩,都夸李永久艳福不浅,有个撑得起台面的好助手。

　　醉意朦胧地回到宾馆,一切便自然而然。

彼此都没醉,酒在这种时候,不过是营造暧昧的媒介而已。

不过,那一晚,李永久确有一种全新的感觉,用时下小青年的惯用语:爽。爽呆了。更让他料想不到的是,周薇未曾破处。尽管他对此曾经有过猜测,也有过期待,但他并不像时下许多有钱男人,没来由地患上处女情结,不惜花大把大把的银子,钻头觅缝,刻意为之。可当梦想成为现实,他还是禁不住一阵狂喜。也许正因为如此,狂风暴雨的同时,他也不忘惜玉怜香,润物无声,以期周薇留下初夜的美好回忆。

凭感觉,他觉得周微也充满期待和欣喜。

这一晚,距周薇到公司,已一年有余。

更令李永久陶醉的是,周薇不仅娇媚可人,床上状态极佳,且善解人意,懂他。在公司,他想到的,或者没想到的,周薇都打理得妥妥帖帖,让他省了不少心。有时候,李永久跟她打趣,小乖乖,你都快成哥肚子里的蛔虫了。周薇嘿嘿笑,那就叫我小蛔虫呗。我呢,私下里,就叫你哥好了。好啊!李永久说,叫哥好呢,亲热,不生分。于是没人,或者打电话的时候,李永久总是称之小蛔虫,周薇答应得脆嘣嘣的。周薇呢,叫他永久哥,或者哥,亲热得跟兄妹似的。

回屋吧,哥!周薇在李永久的右臂拍了一下,柔声说,我知道你难过呢。不过,事情既然出了,就面对好了,没有过不去的坎。

哎哟!李永久夸张地叫了一声,回过神来,转身揽着周薇的腰肢,说,对啊,没有过不去的坎,走吧,小蛔虫。

相拥着回到总经理办公室,李永久后背猛力一顶,"砰"一声,碰上了门,迫不及待地相拥狂吻……

仿佛过了一个世纪,李永久从沉醉中慢慢地苏醒过来,心情爽了许多,看着一脸桃红的周微,爱怜地在她脸蛋上拎了拎,说,这样吧,你去楼下叫王大伟副经理上来,我和他谈谈。

好。周薇微微一笑,娇嗔地问,不休息一会儿呀!

没事儿。李永久坏笑着在周薇鼓定定的屁股上拍了拍,去吧!我不累。

讨厌!周薇模特似的扭动两座浑圆,迈着准猫步,走了出去。

副经理王大伟的办公室在一楼,斜对着公司办公楼大门,从窗子望过去,视线的末端,正好落脚在门洞里。

返回办公室后,王大伟一直呆坐在大班椅上,目光所及,正是公司大门处,因此,李永久和周薇大秀爱恋的情景,一览无余。

在公司,这样的场景大伙并不鲜见。许多时候,王大伟真是羡慕妒忌恨,心里忿忿然。凭什么啊,其貌不扬,一急起来,话都说得不顺畅,为什么就独占花魁,不就是兜里的银子多么?相形之下,自己就空有一副好皮囊了。因为囊中羞涩,哪怕人称公司头号帅哥,女人们也少有问津。偶尔想换换口味,尝尝鲜,只有到发廊之类的地方去寻觅,跟做贼似的,哪像李永久这般大张旗鼓,肆无忌惮。

王大伟原在市里一家事业单位工作,旱涝保收,但也就支撑温饱而已。用他的话说,填饱肚子后,称了盐巴,就没打酱油的。这种说法虽有些夸张,足以说明其经济地位低下。正是为了改变经济上的窘境,王大伟几经思索,作出了一个让许多人费解的决策:甩掉鸡肋似的"铁饭碗",跳槽到永久化工。

外人看来,王大伟这一跳似乎很轻松,其实只有他自己知道,其间的过程有多艰难,说求爷爷告奶奶,也不为过。即便如此,倘没贵人相助,就是烧香拜佛,也找不到门儿,更不用说大见成效了。

王大伟眼中的贵人,就是他的表哥,瓜州市常务副市长张家才。

王大伟与张家才乃姑表亲,张家才的母亲是王大伟父亲的妹妹,王大伟称之大姑妈。两人都来自同一个乡,但隔着一匹山,坡前坡后。可就是这一隔,却有着天壤之别。张家才所在的转弯塘一带,地势平坦,土壤肥沃,水源丰沛,很出种。随手撒点种子下去,哪怕不施肥浇水,也长得蛮欢实,几阵秋风过后,必定是一片沉甸甸的喜悦。即便是大集体的年代,这里的农民也基本能填饱肚子,当地人羡慕地称之——坝子上。反之,王大伟所在的村寨,就相当贫困了。地势高陡,几乎清一色的坡地。有的地方,陡得牛都转不了身,没法犁,只能用锄头一锄一锄地挖,好歹种下些玉米荞麦高粱什么的。玉米是山里人的主粮,可种下的玉米,不管它再怎么展劲,也只能长到齐腰高。玉米棒呢,小得跟山里人纳鞋底用的槌子把似的,春种一大坡,秋收一小箩。寨脚难得的一小片水田,因没长流水灌溉,全靠望天落雨,老天爷心肠一硬,一滴泪水也不淌,田里的秧苗,便干得嗷嗷叫唤,点火都烧得燃。

如此恶劣的生存环境,自然不被人待见,有人戏称这一带叫"山里头"。村里的姑娘,模样周正点的,都想方设法地,嫁到山外有大田坝的地方去。别的不求,好歹能填满肚子。小伙子们没人要,只能守着一座座岩石林立,屙屎不生蛆的山坡唉声叹气。据说,当年王大伟的大姑俏得花骨朵似的,之所以嫁给张家才一条腿带有残疾的父亲,就是为了能混个肚儿圆。

父母几乎搾干了身上的最后一滴油,好不容易才供王大伟读完了中专。那些年,就业竞争不大,王大伟虽然学历不高,可兴趣广泛,涉猎的东西较多,肚子里还有点儿货,冷不丁地,就从众多应聘者中冒将出来,有了一份薪水不高,但相对稳定的工作。

王大伟在这家单位干了五六年,正值永久化工落户瓜州。生性不安分的他蠢蠢欲动,决心砸掉铁饭碗,冲进永久,谋一份体面潇洒,收入丰厚的差事。

初试、笔试,王大伟均名列前茅。

面试时,照旧是三比一。

作为已有数年工作经历的"老干部",王大伟竞聘的是永久化工"空缺"的办公室主任。他觉得,如果仅仅凭个人能力,这个职位,应该非他莫属。跳槽之前,他做的就是办公室文秘,写写画画,上传下达,迎来送往这些活儿,轻车熟路,游刃有余倒不敢吹,但比起那些刚踏上工作岗位的生水子,起码是靠谱的。可眼下,各种各样的招聘,真正阳光的有多少?笔试倒还好些,有张卷子可循。面试呢,就不是那么回事儿了,因为它没有个特定的标准,全凭考官的感觉,或者印象。即便你临场发挥可圈可点,对答如流,也不敌有人事前背后打声招呼。而且,王大伟了解到,一同进入面试的那两人,有一个有较硬的背景,倘没外力援助,这个职位,极有可能旁落他人。到头来,自己就是狗咬尿胞——空喜欢。落人笑柄而已。

更恐怖的是,王大伟已经辞职。釜破舟沉,开弓没了回头箭。

犹豫再三,志在必得的王大伟,决定找贵人相助。在他眼中,能够帮助自己稳操胜券,改变命运的贵人,唯有表哥张家才。

王大伟想,永久化工是市里招商引资的重点项目,表哥身为市政府"二把手",和公司老板李永久肯定熟悉,只要他出面打声招呼,李永久敢不买账?

不过,说到自己这个官场得意的表哥,王大伟心里却五味杂陈。比王大伟长几岁的张家才,打小就是他心目中的偶像。穿开裆裤起,父母就把张家才作为教育他的楷模灌输,口头禅是:你表哥怎样怎样,或者怎么不像你表哥那样呢?弄得张家才在王大伟心里就像尊神。及至稍稍醒事,成了张家才的跟屁虫，才知道父母的话有些道理，表哥的确聪明过人。不过，凭感觉，他知道表哥并不怎么喜欢自己。粮食紧张的年代，每逢五黄六月，青黄不接之际，父亲总会带着自己到表哥家去，待上十天半月，混几顿饱饭。姑妈毕竟和父亲是一根藤上的瓜，不便说什么。姑父呢，却不时把一张方方正正的国字脸，拉得老长老长。表哥张家才，倒表现得很热情，常常带他上山掏刺梨，下河学狗刨式、猫在田埂上捅黄鳝。不过，他感觉表哥打心眼里并不喜欢他，不经意间，眼里不时闪过一束怪怪的目光。

很多年后，已经醒事的王大伟终于读懂了表哥的那种眼神：鄙夷，抑或怜悯。父亲的所作所为，叫蹭饭。他想，父亲再老实，也肯定知道姑父那拉长的脸上写着什么内容，但他却视而不见。可以想象，父亲内心所受的煎熬，何等惨烈。是啊，谁叫他们，连温饱都混不上呢？也许，这就是人穷志短吧。

好在土地承包后，"蹭饭"成了不堪回首的历史。但因基础薄弱，他们与姑妈家，还是不在一条起跑线上。待到表哥张家才做了县太爷，这种经济上和政治上的差距，拉得愈发大了。

瓜州对姑舅关系，有种流行的说法：一辈姑，二辈表，三辈四辈认不倒。按说，至王大伟和张家才这一辈，才第二代，隔得不算太远，这种姑舅关系，应当是很热络的。可不知是自卑心理作祟，还是当年蹭饭留下阴影，这些年，两家老人很少走动。王大伟和张家才呢，哪怕同在县城，也走转得挺素淡。除非有什么非去不可的事儿，王大伟才登张府的门。再一个原因，那就是张家才的老婆，这女人一副吃不了，用不完的架势，深怕你一不小心，便倒在她家的锅里头。如果两手空空地进门，带搭不理的，让你难堪得坐都坐不下去。

可眼下，除了张家才，有谁能帮王大伟搞定永久化工呢？

在人屋檐下，怎能不低头。王大伟思忖，此时此刻，表哥张家才就是自己的救星，哪怕心里几多不情愿，也得笑脸迎奉，装孙子啊。不是说，大丈夫能屈能伸，能钢能柔么。人生在世，不如意之事常八九，事事都由着自己的性子来，到头来，肯定一事无成。转念一想，有这门亲戚，说不定是老天爷对自己的眷顾呢，偌大个瓜州，眼下有不少想办事的人，求告无门，兜里揣着嘎嘣响的"老人头"，正愁没地儿送呢。

主意打定，王大伟决定就应聘永久化工办公室主任的事儿，登门拜访表哥张家才。

人亲钱不亲。礼品嘛,那是必须的。他一狠心,咬咬牙,动用原本不多的积蓄,买了两瓶茅台酒,两条大中华,信心满满地去了张府。

王大伟知道表哥是个大忙人,为不至扑空,他先给张家才打了电话:预约。

表嫂见王大伟鼓鼓囊囊,两手都不空,眉毛顿时笑成豌豆角,忙不迭地让座、泡茶、递烟、上水果,好一阵忙乎。表哥呢,似乎见怪不怪,漫不经心地瞅了瞅王大伟拎进门的黑色塑料袋,淡淡地说了句,跟哥还客气啊!就没话了。

没嘛,王大伟也轻描淡写地说,就两瓶酒,两条烟哩。

坐在表哥家弹性适中,舒适安逸的真皮沙发上,啜着表嫂沏的西湖龙井,王大伟不禁感慨万端,这官场,真他妈历练人啊。表哥还是那个表哥,张家才也没变成才家张,可时过境迁,蹭饭年代佯装出来的那点热情,也没了踪影。

表嫂当官太太多年,经常和登门相求的人打交道,懂得回避的道理,接待完毕,知道王大伟找张家才有事,打声招呼,便知趣地溜进里屋,看电视去了。

张家才真的很稳,明知王大伟登门,肯定有事相求,可却一直端着,并不先开腔。

王大伟呢,咋一进门,也不便开门见山,直奔主题,于是便没话找话,自个儿主动扯些今天天气不错,最近忙不的闲篇。张家才则嗯哦嗯哦地应付。可闲篇毕竟篇幅有限,没几句话,便杀了青,扯不下去了。

于是便干坐,气氛沉闷尴尬。

实在撑不住了,王大伟只得惴惴地说,表哥,今天过来,主要是有个事情,想请你关照一下。

哦,有事啊!张家才仿佛如梦初醒,说,有事就说啊,自家兄弟,干吗嗝嗝涩涩的。

王大伟受到鼓励,神情放松了些,如此这般地将缘由作了陈述。

当初,张家才作为瓜州土著,考虑到永久化工对生态的影响,力阻其上马,为这事儿,和坚持引进永久化工的杨兵闹得很不愉快,没想到表弟王大伟登门拜访,哪壶不开提哪壶,说是仍是这事儿,便不胜其烦,气不打一处来。可再怎么说,王家毕竟是内亲呀,更重要的是,当官不打送礼人哩。于是便极力压制不快,仰躺在沙发上,眯缝着眼,似睡非睡,似听非听。

哦,良久,张家才仿佛刚回过神来,漫不经心地问,讲完了啊!

讲完了,表哥,王大伟小心翼翼地说,末了,仍忘不了又补充一句,麻烦表哥了,请表哥多多关照。

关照,关照个屁,张家才再也控制不住自己的情绪,粗声大气地说,简直乱弹琴。

这,这……王大伟嗫嚅着,话都说得不囫囵了。

王大伟心目中,偶像般的表哥打小就知书达礼,温文尔雅,极少动气红脸呀,今儿个怎么啦?

这么大的事儿,怎么不事先吭一声,哎!没等王大伟回过味儿,张家才忿忿地说,你心目中还有我这个表哥吗?咋就没想到听听我的意见呢?现在可倒好,工作辞了,碰到难事了,想起我这个表哥了,是吧!你知道不,现在就业有多难,去年省里招考公务员,热门职位,五六百人竞争,脑壳都挤破了。"国考"呢,更牛,高达万里挑一。拿倒好好的工作不干,你以为你是谁,博士啊!就是博士,如今也不稀罕了,满大街都是呢。看报纸没,哪个大学的博士,找不到工作,只好回家种地,气得年逾古稀的老父亲,喝了农药。

张家才劈头盖脸一顿歌颂,王大伟懵了,脸上红一阵,白一阵,好在是晚上,除了张家才,也没人看见,即便这样,王大伟还是臊得恨不能有条地缝钻进去。

报纸没看,王大伟好半晌才回过神来,声音小得像蚊子,可听人说了。表哥,辞职这事儿,兄弟是考虑不周,没事先征求您的意见,可现在不辞已经辞了,兄弟我已经没了退路,哥可要帮帮我啊!

好啊!张家才脸上的色彩柔和了些,调侃道,破釜沉舟,背水一战,兄弟有种啊!顿了顿,说,这个项目,有的人眼里是个金宝卵,可弄不好,它就是颗定时炸弹啊。

为什么呢?王大伟愣愣地问。

你傻是吧,张家才愤愤地说,污染啊!对水源,土壤,空气,严重污染,尤其是堆放铬渣的地方,很可能寸草不生,毒啊!所以,我实际上,是反对上这个项目的。稍倾,语气突然下降,语重心长地强调,说千道万,我们都是土长土长的瓜州人,离不开这块生养我们的土地,不能搞一锤子买卖啊!

是吗?王大伟怀似懂非懂,那怎么办?

说话间,他发现,表哥眼里,有些许晶莹一闪而过。

你跟哥说真话,沉默片刻,张家才缓过劲来,问道,为什么要辞职?

就,就是……王大伟吞吞吐吐地说,就是,工资太……太低了。

多少？张家才问。

才，才，王大伟回答，两千多点。

两千多，也不算太少嘛！张家才说，你晓得不，那些下岗工人，每月才几百元，那些低保户，就更少了。如果在你们小箐沟种地，口朝黄土背朝天，种一年庄稼，能卖几个两千多？是，比上不足，没法跟那些高收入的单位，更没法和那些大款们比，可怎么就不朝下比比呢？人，要学会满足啊，兄弟！

王大伟垂着头，捏鼻而受，大气也不敢出，只有洗耳恭听的份儿。

话说回来，张家才喝了口茶，润润嗓子，继续开导王大伟，水往低处流，人往高处走，你想到永久去，想拥有更富足的生活，也没错。永久呢，假如办起来，办得好，收入肯定比你以前所在的单位高。可你想过没有，企业的效益起伏不定，时而好，时而差。再说啦，钱多了，也不见得就快乐，越潇洒的地方，越危险啊！你人年轻，路还很长，不能一门心思，朝着钱眼里钻。

因为你是我表弟，我才掏心窝子，跟你说这么多，张家才沉默有倾，说，但愿你不要以为我这是说教，自个儿慎言慎行，好自为之。

没，没。王大伟诚心诚意地说，哪能呢，这点好歹，我懂。我知道哥这是关心我，为我好哩。

那这样吧，你先回去，你的事情，我尽力而为，张家才似乎也动了感情，声情并茂地说，谁叫我们是一根藤上结的瓜呢？再怎么说，也得给你一口饭吃啊，是吧！

好，王大伟万分激动，连声说，谢谢表哥！谢谢表哥！

去吧，时候不早了呢，张家才倾了倾身子，挥挥手，柔声说，回去吧……

周薇进门的时候，沉浸在往事中的王大伟，似乎刚从表哥张家才家走出来，既忧郁，又兴奋。

王总，周薇笑吟吟地说，李总请你上去。

哦，周薇温柔悦耳的声音，将王大伟拉回到现实中来，怔了怔，说，好，我马上就去。

盯着周薇扭动着远去的纤纤蜂腰和浑圆高挺的美臀，王大伟狠劲儿咽下冒将上来的一串口水。心说，难怪这妞让李永久这厮着迷，活脱脱一个尤物哩。不过，公正地说，王大伟觉得这女人不仅清秀可人，且懂事，接人待物，分寸拿捏得恰到好处。不像有的女人，傍上了大款，就不知道姓甚名谁，几斤几两，仿佛真成了皇后似的。在公司，背了李永久，人称头号师哥的王大伟，常常跟周薇开些不咸不淡的玩笑，甚至抖落点时下流行的黄段子，她也不气不恼。可也就仅仅过过嘴瘾而已，倘再进一步，譬如有意无意地摸摸捏捏什么的，周薇便会拉下脸，用一双无邪的凤眼定定地盯着他，正色说，王总，我一向是很敬重你的哦！将他陡然膨胀的想入非非，掐灭于萌芽状态，进不成，退不是，只有讪笑着，打呵呵。要多尴尬，有多尴尬。

当然，如果你仅仅是想打打嘴巴仗，周薇并不计较，下次照样应战，偶尔也会抖出个不算太黄的段子，逗得大伙儿，一顿开心地笑。

王大伟轻轻地敲了敲半掩的门，忐忑不安地走进总经理办公室，李永久正伏在老板桌上，漫不经心地看什么文件。

打乱倒铬渣的事件发生后，李永久就没给王大伟好脸色，一直阴云密布。

李总，王大伟站在李永久的大班桌前，惴惴地问，你找我。

嗯，李永久头也没抬，眼睛依旧盯在面前的文件上，说，坐下吧。

好！王大伟在李永久对面的沙发上坐下来，顺势扫了一眼：《固体废物污染环境防治法》一行红色大字，赫然入目。

蓦地，王大伟原本悬着的心，便提了起来。

王大伟依稀记起，这个文件说过，私自转移危险废物是违法行为，将受到法律制裁。虽然运输铬渣到威力燃料有限公司作无害化处理，是公司的决定，但司机将铬渣中途倾倒，造成严重后果，自己作为分管经理，直接责任人，岂能脱得了干系啊。

王大伟小腿肚一阵阵颤抖。

仿佛等待了一个世纪，李永久才看完那个文件，慢吞吞地将迷离的视线升高，悠悠地降落在王大伟的脸上，随手拎起桌子上的文件，朝着王大伟晃了晃，然后又狠狠地扔在桌上。

王总，这个文件你应该看过吧？李永久冷冷地问，如果我没记错，公司领导除了传阅，还组织二级班子以上人员集中学习，是吧？

知道，王大伟怯怯地回答，学过。

知道，也学过。李永久再也控制不了自己的情绪，怒火中烧，"啪"一拍桌子，激动地站起身来，声音也陡然高了两个八度，那你为什么还干出这种违法的事儿,唉?我给你那么高的待遇,让你分管行政事务,你就这么报答我?王大伟,我问你,你到底居心何在?想,想把我的公司搞垮啊!

没,没,平素口才不错的王大伟,顿时语无伦次,没……没这个……意思,李……李总。

那你什么意思?李永久看着张口结舌的王大伟,气不打一处来,"唉"地叹了一声气,一屁股坐回大班椅上,黑着脸,直喘粗气。

当年公司招聘办公室主任,按事先拟定的招聘启事:笔试前三甲,进入面试。王大伟以笔试第二的成绩,榜上有名。面试前,李永久差人对这三人悄悄地进行暗访,包括人品、能力、社会关系什么的。他得到的反馈是,王大伟长相英俊,有工作经历,来自农村,兴许是王大伟和张家才平素很少来往,调查者告诉李永久,没发现王大伟有什么硬火的社会背景。其余两人,均本科应届生,家居市区,其中一个姓朱的小伙子,思维敏捷,文字功底不错,在校时,曾经在校刊和报纸上发表过诗歌和通讯报道,其父是市直某局局长。虽无工作经历,可塑性却很大,稍加打磨,即可独挡一面。

知道这些情况后,李永久心里有了谱,或者说,招聘的天平已向朱姓小伙倾斜。退一步说,就算这小伙子自身条件稍次,他也会把面试的砝码,加在他身上,其父是局长,这是多好的、可供利用和挖掘的人脉啊。做生意,讲究的不就是资源和人脉么?

主意打定,剩下的,就是周吴郑王地走过场了。

没想到的是,就在即将面试的头晚,李永久和周薇,正在总经理室后厅的席梦思上如火如荼地颠鸾倒凤,他放枕边的手机,突然响起彩铃。看了眼响着的手机,腾出一只手,正要抓起来看看,周薇半睁着眼,娇嗔地骂了声:讨厌。仍没减速。

李永久只得将伸出的手缩了回来。

可铃声却不屈不挠,格外刺耳。

妈的。李永久骂了一声,顾自拎起手机,正待关机,却看到了显示屏上不断闪烁的名字:张家才。

嘘!李永久朝周薇挥挥手,示意她别出声,随即轻轻地说,别动,张市长的电话呢。

断电似的,李永久的屁股和双手,陡然停止了动作。

周薇一听是张家才的电话,仿佛绷紧的气球,突然被人扎了一针,瞬间便泄了气,随着惯性懒懒地动了几下,无可奈何地停了下来。随即,软软地趴在李永久胸脯上,两手勾着李永久的脖子,屏声静气地听李永久接电话。

张市啊,李永久佯装一副期盼很久的语气,假惺惺地说,你好啊,很久没见了呢。

你好,李老板,是啊,是有些日子没见了哩,张家才也高兴地说,李老板忙着发财,我们,怎么说呢,哈哈哈,穷忙!

呵呵,哪里哪里,李永久不无调侃地说,你们是父母官,为人民谋利益,功德无量啊!

李老板,张家才问,在哪儿潇洒啊?这么晚了,还跟你打电话,真不好意思,没影响你吧?

潇洒什么啊,办公室加夜班,不是要整个申报材料,上报市政府嘛!李永久说,张市太客气啦!我的手机,24小时全天候开机,你什么时候想打,就什么时候打。不过,刚才还真的整入迷了,多有怠慢,张市可别介意呀,呵呵呵。

趴在李永久身上的周薇忍俊不禁,掩着嘴巴咯咯笑。李永久在她屁股上轻轻地拍了拍,让其噤声。

没事,李老板事必躬亲,可敬可敬。眼看开场白勾兑得差不多了,张家才转入正题,试探着说,李老板啊,这么晚你打电话,有个事相求哩。

哎呀,张市言重了,我是您的编外子民呢,李永久声情并茂地说,您有什么事儿,吩咐就是,吩咐就是。

哦,哦,张家才一边打哈哈,一边将王大伟次日将面试应聘永久办公室主任的事儿,作了比较详细陈述,其中当然也说了他辞职的事儿。末了,张家才向李永久透了底,王大伟是其亲表弟,请他多多关照。

哦,这事啊!李永久长长地"哦"了一声,顿住了。

李永久到瓜州投资,走的是市长杨兵的门子,开始挺顺畅,后来因环境评估,遭到了市环保局局长任杰拼命反对,一度搁浅。据说,张家才在一伙瓜州老干部的鼓动下,也不太支持创办永久化工,美其名曰:保住绿水青山。弄得市长杨兵很是为难,甚至想打退堂鼓。幸亏李永久功夫挺深,杨兵退却不得,硬着头皮多方游说,永久化工的立项,才勉强得以通过。

为这事,李永久嘴上倒没说什么,心里却一直梗着,对张家才颇为不满。

可这事儿还真他妈奇了怪了，张家才一边反对永久上马，声称要保青山绿水，一边又要把自己的表弟朝公司里塞，这不是既要当婊子，又要立牌坊么？照李永久以往的脾气，绝对顶住完事儿。可这些年的商海沉浮，李永久知道，作为商人，再小的公务员，都不能轻易得罪的，更何况一条挺大的地头蛇，常务副市长呢。其实，做生意除了资本，就是人力资源，比如工商、税务、公安、质检、环保什么的，都是神，都得摆平。否则，无论哪尊神暗中作梗，都会让你寸步难行，甚而血本无归。只有八面玲珑，才能左右逢源，财源滚滚啊。就说这张副市长吧，虽然自己心里挺憋屈的，可也不能拂他的意呢。说不定，哪天杨兵拍拍屁股走人，张家才一歪屁股，就是市政府一把手。只要还在瓜州做生意，就绕不过他这座山啊。转念一想，只要公司能赚到大把银子，就算王大伟是个窝囊废，养起来又如何？这账，划算呀！

李永久心里，不停地拨弄着小九九。

怎么？李老板，张家才听李永久半晌没吱声，语气里已有一丝儿愠怒，不阴不阳地说，如果有困难，就不麻烦你啦！

没有，没有，张市长说了就作数。李永久一激灵，回过神来，快人快语地应道，明天进入面试的共三人，我初步了解一下，大伟的条件不算很好，可既然张市长发了话，再困难，我也得克服啊！

好啊！好啊！张家才顺驴下坡，那就谢谢了哈，拜拜！

拜拜！李永久不知是被周薇一直压迫着，还是心里有点儿急，额头上挂着密匝匝的一层汗珠，忙不迭地说，拜拜，张市长。

李永久在应诺张家才的同时，还要强调客观，当然是要让张家才知道，王大伟进永久，他既勉为其难，也是网开一面。

次日，三名面试者中，王大伟独占鳌头，如愿以偿地进了永久化工，荣任办公室主任。

没想到，王大伟却给他捅了这么大的篓子。

可气愤归气愤，李永久还得面对当下的局面，给王大伟揩屁股，尽量把铬渣污染给公司造成的损失，减少到最低程度。

听说，当时联系运输铬渣的并不止一家，告诉我，你为什么就选择这一家呢？沉默半晌，李永久问王大伟，还有，包括你联系的那家燃料公司，你深入了解过吗？他们有没有资质啊？

是，是有几家，李永久沉思的时候，对面坐着的王大伟勾着头，大气也不敢出，听到李永久问话，凭以往的经验，知道他冒火期已过，这才抬起头，说，我觉得这家比较好，就，就选了他们。

好，好在哪里？李永久的火气又蹿了上来，得说出个道道呀！

这，这个……王大伟又哑巴了。

行了，行了。李永久努力控制自己的情绪，声调低了些，你有难言之隐，不好说，我也知道是怎么回事儿。到了非说不可的地方，看你还嘴硬不。但我想告诉你的是，既然梗塞，或者吃不下，自个儿就得兜着。再说得明白点，这几天不经我同意，哪儿也不许去，就在公司好好待着，听候上面调查处理。当然，但愿你表哥能转危为安，保你平安无事。

好，李总，我哪儿也不会去的，王大伟眼里有颗火星一闪，倏地又暗了下去，沮丧地说，我就在公司待着。

那好，李永久说，没事了，你回去吧。

王大伟耷拉着脑袋，迈着沉甸甸的步子，走了出去。

李永久潜意识里担心王大伟畏罪潜逃，待王大伟转过楼道，不见了身影，当即叫来周薇，如此这般地作了布置。

第四章

市环保局副局长王平率领的这一组,会同公安、安监、疾控等部门相关人员,赴铬渣非法倾倒重灾区——桑树坪乡。

桑树坪距瓜州永久化工 30 余公里,距运输合同所指定的邻县威力燃料有限公司 50 多公里。也就是说,承运人张大山、刘帮平将永久化工剧毒铬渣拖出公司没多远,为了省事,当然更为了省钱,便不管不顾地将剧毒铬渣非法倾倒在半道的桑树坪乡境内。

奇怪的是,永久化工对这些剧毒出厂铬渣,仿佛泼出去的水,出了厂门,它们去了那儿,处理得怎样,事不关己。

这次剧毒铬渣的非法倾倒,主要在桑树坪乡狗场、高桥、郭家院村周围的荒山上,这些山头,灌木较深,颇具隐蔽性。三地所倾倒的剧毒铬渣,约 160 余车,其中狗场 5 车,高桥 45 车,新寨倒得最多,110 车,共计 5300 余吨。这些随意倾倒的剧毒铬渣,为暴雨后造成严重污染,种下了祸根。

眼前的情景触目惊心。

郭家院村背后的一片灌木林中,一堆堆剧毒铬渣赫然入目。因灌木丛有点儿深,隔远了,难以发现。从现场看,这些铬渣,已经放置好些日子了,周围地面,已被铬水染成了黄色,仿佛铺了一地金,格外刺眼。附近的灌木,叶子开始枯黄坠落,满地的落叶,踩上去啪嚓啪嚓响。更要命的是,坡下不远处,就是瓜州的水源点——松山水库,昨晚一夜暴雨冲刷,含有剧毒的铬渣水顺势而下,灌进水库,导致水库严重污染。

今天一早,新寨村王大奎家 60 多只山羊喝了水库流出的水,不到两个小时,便死了 51 只。

于是,村民报告乡里,乡里又报告了市里。

离水库大约一两百米处,是嘎拉河,即南盘江的上游,也是水库的排泄通道。昨晚水位陡涨,水库泄洪流入嘎拉河,如果对南盘江造成污染,沿江下游诸多城市,也在劫难逃。

实际上,分管环境监测的副局长王平,最先知道永久非法倾倒剧毒铬渣。

两个多月前,狗场村村主任赵小虎来市环保局找王平,说他们村子附近的山头上,突然发现炉渣一样的东西,但好像又不是真正的炉渣,村里有的人家用来打地坪,或者铺村道,甚至有人想用来抹墙。他搞不懂这东西能不能用,有没有害,所以来问问,有必要的话,请环保局派人,亲自去看一看。

王平大致询问了这东西的性状,猜想,十有八九是化工废料铬渣,心里不禁暗暗叫苦,这玩意儿,非但不能用,弄不好,是会死人的。可狗场附近没有化工厂,永久化工距狗场少说也有三四十公里,莫非这铬渣从天上掉下来?

王平不敢怠慢,马上向局长任杰汇报。任杰一听也觉得此事非同小可,弄不好,是要出大乱子的。当即决定由王平带人前往狗场实地考察,搞清事情的来龙去脉,然后再提出具体处理意见。

于是王平带着环境监察大队大队长刘立功及两名工作人员,随赵小虎一起,赴狗场实地察看。

果然不出所料,这些形似炉渣的东西,正是剧毒化工废料——铬渣。

这些铬渣具体什么时间倾倒的,大伙也说不清楚,估计是晚上,或者中午,上山劳作的人都回家歇息的当儿,偷偷地弄来的。但有人发现这东西,并弄回来派用场,至少也有半个月。

王平发现,这些剧毒铬渣均倾倒在公路沿线的山坡上,日晒雨淋,铬渣渗出的毒液,已把周围的土壤噬咬成黄褐色,地上的杂草灌木,正在逐渐干枯,这与村民估计的倾倒时间,大体吻合。

围观村民相当多,王平借机将铬渣的毒害,跟大伙作了宣讲。村民们一个个目瞪口呆,频频吸气。那些贪便宜,已用铬渣铺地的人家,纷纷表示,马上回去,将铬渣挖起来。

王平告诉他们，挖起来没错，但最好找块水泥地集中堆放，听候处置，一定不能随地乱扔，造成新的污染。

那么，这些剧毒铬渣从哪儿来呢？

王平将瓜州大大小小的企业过了一遍，心想，这些剧毒铬渣的源头，应该是永久化工，因为，狗场周围数十公里内的化工厂，仅此一家。

有村民说，好像附近的高桥、郭家院，也发现了倾倒铬渣，于是王平又赶赴这两个村子，了解情况。

到了高桥，郭家院一看，王平发现，这两个地方的倾倒，比狗场更为严重。同样是在公路附近的山坡上，铬渣堆撒得遍地都是。尤其是郭家院，数量之多，污染面积之大，令人咋舌。

更让王平揪心的是，这些山坡下面不远处，就是供郭家院大半个村饮用的一眼清泉。眼下天气干燥，雨水稀少，倒还好说，一旦雨季来临，山洪顺坡直下，或者受到污染的毒水渗透到水井里，村民们饮用了被污染的井水，后果不堪设想。与此同时，距离这些非法倾倒处七八百米的地方，就是储水数千立方的松山水库，距松山水库五六百米地，是珠江上游南盘江。如果遇上特大暴雨，水库水位陡涨，势必泄洪，被铬渣污染的水流入南盘江，那么，珠江下游的诸多城市，必将深受其害。

王平不敢怠慢，马不停蹄地赶往永久化工，找到总经理李永久。

王局，不会吧，我们是有外运的铬渣，李永久一头雾水，一问三不知，振振有词地说，但那是运到威力燃料有限公司，作无害化处理呀！怎么会倒在了狗场那些地方呢？

是么？李总！王平正色说，这也是我要请教你的问题呢。开始我也不愿意相信，是你们公司倾倒的，我想李总是懂法之人，怎么会干这种非法勾当呢？可方圆几十公里，就你们一家生产铬盐的化工厂。假如不是你们所为，那么这些剧毒铬渣，从哪里来呢？如果李总觉得有必要，或者不相信我们说的话，你可以实地察看察看，我们在这里候着。我想，那些剧毒铬渣，该不会是从天上掉下来的吧。或者，有人有孙大圣七十二变的魔法，揪一把猴毛，嗯地一吹，就变成了满坡满岭的铬渣不成？

呵呵，那倒不会，那倒不会。李永久一脸尴尬，王局，实不相瞒，这事公司责成副经理王大伟分管，我马上叫他上来，问问，别急，先喝茶，先喝茶哈！

李永久随即抓起桌上的电话,啪啪啪拨了一通,喂,你来一下。

不一会,副总王大伟走了进来。

你看看,你看看,你干的好事,李永久在王平这里碰了钉子,一肚子无名火气鼓鼓的,憋得好不难受,没待王大伟坐下,劈头盖脸就是一顿训斥,尽他妈给老子捅篓子,我问你,让你把废渣弄到威力去处理,怎么跑到狗场那边去了?怎么回事啊?唛!

电话铃声响起的时候,王大伟正拿着新近花四千多元买的苹果智能手机,试着"微信摇一摇"。神啊,就轻轻地那么一摇,便与一青岛妹儿,接上了火,聊得情意绵绵。聊着聊着,那妹儿倏地给他发了只展翅飞翔的鸽子,高高扬起的翅膀上,竖挂着一行宋体字:想飞过去见你!王大伟心花怒放,不管是真是假,马上打了三个字:欢迎啊!可还没来得及摁"发送",便听到办公桌上的电话响了起来,李永久用命令式的口吻,让他立马上楼,好不沮丧。于是,来不及打"88"告别,便跌跟打斗地跑上楼来。

看,看嘛好事?王大伟还沉浸在网上妹儿的柔情蜜意之中,突然被李永久没头没脑地一顿训斥,丈二和尚摸不着头脑,惴惴地问道,李总!哪样狗场牛场的,没搞懂哩!

没搞懂,你什么搞得懂啊?李永久竭力压制的火气,又倏地蹿将上来,我问你,公司的废渣,你不是说运到外地的威力去处理嘛,怎么会倒狗场那边去了。

是啊,是说运到威力去的呀,王大伟紧张起来,签了合同的嘛,咋会这样呢?

咋会这样?李永久脸黑得像包公,我问谁呀,你这副经理干什么吃的。

哦,运铬渣的事啊!王大伟如梦初醒,签订合同后,他们就开始运了,说好运到威力去处理的嘛,怎么甩在半道了呢?这样吧,我马上打电话问问哈,李总!

李永久依旧黑着脸,不吱声。

王大伟当着大伙的面,讪讪地给承运铬渣的张大山打电话。

喂,张大山吧,王大伟气狠狠地说,我王大伟。

哦,王总啊,电话里传来一个男人中气实足的嗓音,哈哈,好久没见了,你好!你好啊!

好，好个卵！王大伟在李永久面前，被熊得一愣一愣，大气儿也不敢出，可车过身，换了个说话对象，当即便找到了居高临下的感觉，嗓子眼儿直冒火，出口成脏，龟儿子们干的好事，老子问你，那些废铬渣，都跟老子运哪去了？

铬渣啊！张大山听王大伟的口气，知道事情不妙，虽然嘴硬，但底气已明显不足，运……运威力啊！

威力，威你娘个巴子，都到这关口了，你他妈还不说真话，我问你，狗场，高桥，郭家院山坡上的铬渣，怎么回事？

这，这……张大山嗫嚅着，这个……

为什么要这么干？王大伟怒不可遏，合同上是怎么写的？

我，我们想，张大山的声音小得像蚊子，我们想省、省点儿运费哩！

好，省、我看你狗日的省，王大伟大声说，公安局的在这儿等着你们呢。

果然是他们干的，都是我的责任，李总！王大伟气狠狠地掐了电话，太阳穴边的青筋突突突地跳，一边躲闪着李永久凌厉的目光，一边恶狠狠地骂，这俩王八蛋。

李永久不吱声，满脸无辜。

眼见调查取证的程序走得差不多了，王平和颜悦色地说，李总，贵公司非法倾倒剧毒铬渣于狗场一带，我们没冤枉你吧？

呵呵，没有，没有。李永久说，还望王局高抬贵手，从轻发落，我们一定严肃处理，引以为戒，引以为戒！

引以为戒，必须的。王平一字一顿地说，至于怎么处理，作为职能部门，我们还得向市政府报告。但可以肯定的是，非法倾倒剧毒铬渣，违反了环保法的相关条款，属于违法行为。

呵呵，李永久一紧张，结巴的老毛病又犯了，那……那是……是哈！

王平一行返回市区时，已是万家灯火，他回家草草地吃了点东西，因事关重大，便连夜登门，向局长任杰作了详细汇报。

我看这样，王局，任杰说，你安排环境监察大队刘立功连夜写个报告，我明天上午就去市政府，向分管环保的张家才副市长汇报。我想，就环保这一块，首要的是，责令永久化工迅速将非法倾倒的剧毒铬渣运回去，集中起来，作无害化处理，且要挖地三尺，将堆放地的土壤也运回来，同样作无害化处理。

好，任局，王平说，那就这样。

王平出得门来，当即给环境监察大队大队长刘立功打电话，要他加个班，把报告写出来。

没想到，永久化工却阳奉阴违，磨磨蹭蹭，没待铬渣运回去，突降暴雨，便出了事儿。

爹，爹啊！弟啊；弟！你们咋忍心丢下我啊！……

王平一行刚走到郭家院村外，便听到村里传出一阵阵撕心裂肺的恸哭，不时掺杂着爹和弟的呼喊，仔细一听，这哭声，竟有些稚嫩。

王平一行大步流星地走进村里。

哭声来自村里一栋低矮的茅草屋前。

这是黔西北常见的茅草房，无楼，共三间，堂屋居中，左右各一间。三列，每列五根已有些倾斜的柱头，精疲力竭地支撑着摇摇欲坠的屋顶，让人不由得暗自捏着一把汗，生怕它不堪重负，瞬间坍塌下来。柱头脚，用石头胡乱地砌了不到一人高的墙，石墙上面的空隙，架着一捆捆苞米杆当墙壁，通花见亮。房顶上的茅草，兴许多年未换新的，薄得像一层黑褐色的牛皮纸，开了不少脸盆大小的"天窗"。为遮风挡雨，这些天窗用一块块塑料薄膜遮蔽着，也许是为防止塑料薄膜被风捲走吧，周围压了一圈碗口大小的石头。没开天窗的地方，三三两两地疯长着一蓬蓬茂密的狗尾巴草，甚是繁荣。大门是用竹片编成的，中间露出个大窟窿，参差不齐的竹片，犬牙交错。由于门头太矮，个子稍高的人，几乎要弓着九十度的腰，才能走进去。

屋里，除了几条缺脚断手的小凳子，一张用稻草铺就的床，两只挑水的木桶，几个粗瓷饭碗，一个没有把手的锑锅，空空如也。

大门前的院坝里，围着一群人，门前的空地上，前后各摆着两条长板凳，板凳上面，架着门板，上面躺着两个已经咽气的人，一个是五十多岁的汉子，另一个是十来岁的男孩。一个十五六岁的女孩，一会儿趴在那汉子身上，一会儿伏在男孩身上，泪流满面，撕心裂肺地嚎啕。

王平顿觉喉头发紧，眼里泪花闪烁。

村支书孙钱见王平来到，迎上前来，从邻家找来两张长板凳，三张小凳子，让王平他们座。

王平没坐,站着听孙钱介绍情况。

通过孙支书的介绍,王平对铬渣污染致人死于非命,有了大致的了解。

眼前恸哭的女孩叫山杏,年长的死者名叫吴开发,是她父亲,年幼的死者是其弟,名叫吴小波。

两年前,郭家院来了个四十来岁的四川木匠,转着圈给村里人打些碗柜板凳桌椅什么的。混熟了,村里人都忘了他姓甚名谁,常常叫之"小四川"。小四川呢,并不计较,不管谁叫,总是应得脆生生的。

小四川个头小,也不高,可嘴巴甜,且很会说话,不管男人女人,老人娃儿,见什么人说什么话,眉飞色舞。一口纯正的川腔,逗得你一个哈哈两个笑,想不开心都不成。

这种能说会道的人,当地人通常叫之嘴巴"嚼"。

吴开发家里穷得叮当响,没什么家具可打,可比吴开发小十多岁,长得颇有几分俊俏的妻子郑家珍,却是小四川摆龙门阵的忠实听众。开始,小四川并没对穿着俭朴的郑家珍多看一眼,日子久了,他发觉这个小巧玲珑的女人,轻言细语,笑起来,一对酒窝时隐时现,挺勾魂。虽然长年劳作,淡饭粗茶,脸蛋却红扑扑的,尤其是胸前那两只活蹦乱跳的玉兔,闪悠闪悠,呼之欲出。每当郑家珍颠儿颠儿地走过来,就那么不经意地一瞥,心里顿时便痒痒的。小四川走南闯北,阅天下美女无数,但很少动心,没曾想,在郭家院,却被郑家珍迷得魂不守舍,颠三倒四。老远地看着她飘过来,恍若见到仙女下凡,心里常常莫名地涌起一阵阵悸动。

从郑家珍眼里,小四川看出她也有了心思。

事有凑巧,吴开发近邻潘老伯嫁闺女,找小四川打嫁妆,郑家珍有了更多与小四川接触的机会。如果说,过去郑家珍隔三岔五地去小四川干活的地儿凑凑热闹,那么,眼下近在咫尺,抽闲等空,哪怕只逮着一分钟,她都会往小四川跟前凑。生性老实木讷的吴开发,一来因为事多活忙,二来觉得一个生了两个崽的婆娘,谁还有胃口啊?并不往深处想。再说,农村女人没什么乐子,闷得慌,喜欢凑凑热闹,也是人之常情。既然如此,那就去凑吧,没什么大不了的。

嘴巴能"嚼"的小四川,使用什么秘密武器,将郑家珍搞上手,或者,小四川下了什么迷魂药,让郑家珍这个已生两个崽的颇有点姿色的女人,义无反顾地离开郭家院,至今仍是个谜。

村里人知道的是,半个月后,潘老伯家嫁妆打好的第二天,郑家珍抛下两个年幼的子女和丈夫吴开发,与小四川一起,神秘失踪。

捶胸顿足的吴开发,这时才明白过来,自己的老婆,和小四川私奔了。

老吴因此大病一场,耗尽了家里不多的积蓄不算,还背了一屁股债,原本就窘迫得捉襟见肘的日子,愈发难过了。

屋漏偏遭连夜雨。

昨夜天公痛哭流涕,吴开发家里,哗哗啦啦地没个消停,虽然他将家里所有能盛水的器具都动员起来,自己也左冲右突地"防汛",累得精疲力竭,可屋子里还是这里一汪,那里一滩,鸡叫三遍时,实在是太困了,他蜷缩在床上,迷迷糊糊地睡了过去。

不一会儿,天就亮了。

吴开发实在是太累了,他真想再眯一会儿,老婆没走的时候,他偶尔也赖赖床,老婆一走,这种奢侈,早已成为记忆中的美好时光,打开始当爹又当妈,从没尝过睡懒觉的滋味,每天,都有许多做不完的事儿,等待着他。犹豫片刻,老吴好不容易抬起沉沉的上眼皮,一束光亮倏地跳进眼帘,他不敢怠慢,硬撑着支起身子,穿上衣服裤子,下了床,走到水缸边,掀开水缸上的破斗笠,露出小半边缸面,拎起破斗笠上的舀水葫芦,弯下腰,准备舀水,先洗把脸,可弯成一张弓,还是没舀到水。蓦然想起,昨天干活回来得晚,没挑水,缸里的水,见了底,得马上去挑。

吴开发放下舀水葫芦,转身挑起水桶,向村东头的水井走去。

水井是露天的,井边空无一人,因为昨晚下了一夜大雨,往日清澈见底的井水,相当混浊,水面还飘浮着树叶和青草什么的。这种情况,并不鲜见,过去涨水时,也曾有过。因此,老吴也没多想,他打了点水在桶里,上下左右来回晃了几下,算是洗好了桶。然后,用桶底歪斜着荡开水面上的漂浮物,打了满满两桶水,挑起便朝家走。

吴开发将挑来的水倒进水缸里,先舀了点水洗把脸,桶开火,将一只锑锅架在上面,舀了几瓢水进去,顺便又舀了一瓢,咕隆咕隆地灌进肚子里。随即在堂屋里找到磨石,舀了点水,坐在大门边,磨薅苞米用的薅刀,昨天薅二道苞米,薅刀钝得简直不能用,把薅刀磨锋利了,今天还得继续干哩。

薅刀磨好,火上的水也开了,老吴从一个塑料盆里舀起一碗苞米面,放在灶上,左手抓一把苞米面,右手拎起一双筷子,左手摇晃着,朝翻滚着的水里抛散苞米面,右手拿着筷子,不停地转着圈圈,在锅里来回搅和,不一会儿,便煮好了一锅咕嘟咕嘟冒着气泡的苞米面稀饭。

煮好了稀饭,老吴叫醒瞌睡眯唏的儿子小波,要他起床,洗脸,吃了早餐后,上学。然后自己上山,薅二道苞谷。

儿子洗好脸,父子俩各提了张小板凳,坐下,相挨着,坐在一张小桌子边喝稀饭。

苞米面稀饭,虽是老吴家早餐的保留节目,常年不变,爷崽俩还是喝得呼呼响。就着老吴赶场天买来的一点儿榨菜,儿子吃得津津有味,一口气喝了两大碗,老吴呢,仿佛比赛似的,三碗不过岗。

吃罢早餐,老吴踮起脚跟,将高高吊在房梁上的一只编织袋放下来,解开扎紧袋口的绳子,伸手进去,抓了两把葵花籽,塞进儿子的荷包,爱怜地说,路上吃吧。儿子嗯一声,顿时,笑成一朵花。

吴开发扎好编织袋的口子,重新吊回房梁上,提起挂在柱头上的书包,让儿子背好,随手抻了抻儿子的衣领,叮嘱说,路上别贪玩哈!儿子点着头嗯一声,背着书包,走出门去。

村里原来办有一所小学,从一年级到四年级,村里的娃娃上学,挺方便的。可前两年搞并校,几所小学合并,学校就没了,村里的娃娃,全都得到镇街上读书,十多里山路,少说也得走两个钟头,蛮让人揪心的。

凝视着儿子的身影消失在山坡背后,老吴眯了眯有些发潮的眼睛,挤挤,一滴泪珠从眼角滚落下来,他抬起手臂拭去,车转身来,拎起磨好的薅刀,上山薅二道苞谷。

吴开发离开家门也就百来米,肚子突然一阵绞痛,就像有人用他的肠子荡秋千似的。他弯下腰,挂着薅刀,蹲下,心想,蹲蹲,好了再上山吧。以往,这种肚子痛的事儿,也时常发生,蹲蹲,揉揉,或者吃几片胃舒平,也就好了。可这回,好像不是那么回事,老吴蹲了半响,疼痛非但没减轻,反倒愈发厉害了,痛得龇牙咧嘴,满头大汗。实在撑不住,他打消了上山的念头,挂着薅刀,一瘸一拐地回到屋里,硬撑着自个儿挪到床边,躺了下去。

不知过多久，不远处的邻居老王妈来借筛子，发现了躺在床上的吴开发，但他已经浑身冰凉。

老王妈赶紧报告村支书孙钱，孙钱大惊失色，急火火地和老王妈一起，来到吴开发家，伸出手朝吴开发的鼻孔试试，哪还有一丝儿气。

人命关天！

孙钱马上掏出手机，向乡派出所报警。

派出所民警还没到来，已有好心人将倒在路上的吴小波送了回来，孙钱张罗着将面色苍白，奄奄一息的吴小波弄到床上，便立即打120求救。可120急救车刚驶出市区，吴小波便咽了气。

爷俩皆因喝了被剧毒铬渣污染的井水，吃了受污染的井水煮的苞米面稀饭，双双身亡。

吴开发大女儿山杏，日前去姥姥家玩耍，侥幸捡了一条命。

了解到具体情况，王平揪着的心更加沉重。他缓步来到仍在哭泣的山杏面前，轻轻地把她拉起来，爱怜地捧起那张涕泪双流的脸，从兜里摸出张纸巾，一边擦拭，一边劝慰，妹儿，别哭了，别哭了哈，大伙会帮助你的。

这是环保局的王局长，旁边的村支书孙钱赶紧介绍，专门从市里来看望你呢。

什么局长不局长的，王平说，娃娃家，叫王叔好了。

好，好好，孙支书说，对，叫王叔，亲切哩。

王叔！山杏好容易止住抽泣，吸吸鼻子，怯怯地说，谢谢你哈！

不用谢！王平沉痛地说，是我们工作没做好。说着，摸出钱夹，从里面抽出5张"老人头"，递到山杏手中，收下，妹儿，这是叔的一点心意。你爸和小弟后事的处理，让孙支书给民政上反应一下，应该没问题的。

还不快谢谢王叔啊，孙钱告诉王平，王局，刚才我已经给乡民政股打电话了，他们说一会儿就过来。

山杏收下王平送的钱，连声称谢。

同行的人看王平捐赠，也纷纷慷慨解囊，你一百，他两百，不一会儿，便捐了两千多元。

这时，乡民政股马股长和一名工作人员来到山杏家，一番交谈后，王平得知，鉴于山杏这种特殊情况，根据市民政局的指示，吴开发父子俩的丧葬费用，全部由民政救济金支付。

得知山杏父亲和弟弟的后事有了着落,王平心里好受了些。

眼看郭家院铬渣污染的情况了解得差不多了,王平与孙支书,马股长和村民告别,赶往高桥村。

临别,王平从兜里摸出张纸,留下自己的手机号码,拉着山杏的手说,妹儿,有困难来城里找叔叔,如果你想继续读书,我供你。

谢谢!山杏眼里含着泪花,扑通跪下,就要给王平磕头,谢谢王叔!

别这样,王平一把拉住山杏,说,别这样,千万别这样。

高桥村的情况也相当严重,所幸的是没出人命。

相对郭家院来说,高桥的植被较好,村里因此出了几家饲养黑山羊的养殖大户,经济效益相当可观,存栏均在百头以上。

村里养殖大户中,许还山家的羊最多。

不少人家羊养得多,就在村里,或者村外找人帮忙放牧,自己当甩手掌柜,充分享受做老板的惬意。可50开外的老许却不,他喜欢自己放羊。其间的原因,倒不是他舍不得,或者出不起工钱,而是心中久远的"牧羊情结",让他难以割舍。

高桥有养黑山羊传统,大集体时,作为队里的副业,就曾经饲养过。当然那时羊与人一个样,肚里的肠子可以荡秋千,一只只瘦得皮包骨,饿极了,羊圈里的柱头也啃得山响。不过,瘦归瘦,到了年关,杀上几只,按人七劳三分配,每家少则分三五斤,多则七八斤,连汤带肉炖上一大锅,搁上点生姜葱花等佐料,一家人唏哩呼噜地吃得底朝天,那个香啊,没得说。

想想也是,原本就馋涎欲滴,好容易有了美味佳肴,难免一个个龙口大开,饭量倍增,平日里一家子吃一升苞米面的饭就搁碗,吃羊肉喝羊汤,起码要多加半升苞米面,才管够。

许还山六岁那年,"腊八",队里宰羊,家里分得六七斤羊肉,母亲去乡场上,买来八角桂圆花椒,炖了满满一鼎罐,喷喷香,吃晚饭时,他敞开肚子大干快吃,小肚儿绷得跟鼓一般。谁知,到了晚上,胀得翻来覆去睡不着,鸡叫时分,肚子一阵阵绞痛,绷得愈发紧了。母亲翻起身来,拍拍他的肚子,放屁不?许还山哼哼唧唧地说,没,没有,开始放一、两个,不太疼,这下一个也放不了,疼死啦!母亲说,吃撑了。让你少吃点,少吃点,你就不信,巴不得砍开脑壳往肚子里倒。

这下知道了吧,不听老人言,吃亏在眼前。

　　许还山知道是自己的错,大气也不敢出,只是哎哟哎哟一个劲儿哼哼。母亲看他痛得实在难受,让他趴在牛圈楼边,将食指伸进他的嘴里,按住头,手指一阵搅和,只觉得一阵恶心,肚子里倒海翻江,母亲的手刚刚抽出,便哇一声吐开了,吐得痛快淋漓,腥臭无比。

　　牛圈里的两头架子猪,顿觉天上掉馅饼,高兴得直哼哼,争先恐后,抢得打起了架。

　　吐出去了,肚儿繃得没那么紧,疼痛,也就慢慢地消退了。

　　村里人将这种憨吃哑胀的事儿,称之"屙倒屎"。拉一次,几天几夜软兮兮的不说,好久好久了,许还山的光辉事迹,还成为许多家长告诫子女别憨吃哑胀的活教材。

　　小学毕业,许还山考取了县中,但家境贫困,只得辍学。因身子骨嫩,劳力弱,每天也就跟着一伙妇女老头,混个"半劳力"的工分。纵然这样,还是累得皮蹋嘴歪。

　　父亲看在眼里,疼在心头。想了想,队里比较轻松,又能挣10个工分的活儿,就只有羊倌了。可这样的美差,无异难得的肥缺——通常都由队长的至亲内已,把持着玩,外人,很难挨边儿。

　　可难也得想办法啊,再这样下去,说不定还没等儿子长定型,就累垮了呢。

　　那年月,大伙手头拮据,腰包里都没几个子儿,消费水平相当低。就说抽烟吧,村里人抽的,一般都是9分钱一包的"经济"烟,境况稍好的,就抽1毛三分一包的"向阳花"。可别小看这一毛三分,它是一个标准劳动力一天的分红啊。当时,有一首歌颂人民公社的歌曲,叫《社员都是向阳花》,传唱率极高,开篇的歌词是:公社是棵常青藤,社员都是向阳花……"向阳花"这个品牌,是不是源于这首歌,没人考证,也无须深究。但很长一个时期,"向阳花",成了农民的代指和城里人对农民的调侃,却是不争的事实。至于二毛八一包的"朝阳桥",或者三毛五一包的"乌江",那是国干部,才能享有的奢侈。当然,过年什么的,村里也有人会咬紧牙关,买上一包两包,过过瘾,解解馋。

　　许还山父亲思考再三,狠下心肠,将家里唯一的产蛋正丰的老母鸡卖了,走队长的后门,为许还山谋一份"轻工"。为这事,睡在隔壁房间的许还山,听到父母争吵了大半宿。母亲说，你以为我不心疼山娃啊，那是我身上掉下来的肉哩。可家里盐巴煤油、针头线脑，全从鸡屁股里往外抠，你把老母鸡卖了，往后日子咋过？你说咋过？父亲沉默半晌，说，活人还能尿憋死啊，走这一步，再说下一少吧。如果山娃能干上羊倌，不仅轻松，每天还能挣个全劳力的工分哩，这个，你想没想过？哦，母亲恍然大悟，这倒是哈，我怎么就没想到呢，他爹！你啊你，父亲得意地说，我怎么说你呢，等你想转过来，黄花菜都凉了。母亲嗯一声，算是默认。

翌日，正值六天转一轮的赶场日子，父亲将老母鸡抱到乡场上，卖了。随即将卖母鸡换来的钱，买了两条"朝阳桥"。赶场回家，吃过晚饭，说是去队长家"摆寨"，将烟送了出去。

一周后，心想事成，许还山当上了队里的羊倌。

许多年后，许还山都会暗自咀嚼那段生命中不可复制的美好时光。

清早，队里出工的钟声还没敲响，许还山和他的伙伴们便出了门，先让羊们喝足了水，然后上山，选一片牧草茂盛的山坡，让羊们自由自在地饱餐，肆无忌惮地打闹嬉戏。许还山呢，则找一块厚实的草坪，仰天而卧，看小说，跟书中主人公甘苦与共，时而情不自禁地笑，时而愤懑得喘不过气来。小说读完了，便看蓝天上那变幻莫测的云彩。那些云彩，一忽儿像奔腾的骏马，一忽儿像高大威武的大象，一忽儿汇集起来，又像村子背后那座长满杉林的大山……反正，想着它像什么，还真像什么，随心所欲。秋高气爽的季节，还能看见天上一会儿排成一字，一会儿排成人字，悠然飞过的雁阵，别提多惬意了。中午，羊们吃饱喝足了，有的站着打盹，有的侧卧，少数几只发情的母羊，则和自己心仪的公羊啃咬亲吻，兴奋得哞哞有声。这时候，许还山掏出带来的苞谷粑，或者用剩菜热好的饭，就着山上一眼清泉，吃得津津有味。吃罢午饭，在目力能及的范围内，捉捉蟋蟀，追追黄豆雀儿，看看蚂蚁搬家，瞧瞧争宠的公羊厮杀格斗。当然，有时也看发情的母羊与得宠的公羊，尽情交欢，看得目不转睛，胯下蠢蠢欲动。有时兴趣来了，还砍上一捆柴禾。看着玩着砍着，不知不觉地，太阳就偏西了。于是，沐浴一身霞光，扛着柴禾，哼着山歌，与羊儿们一道，吆吆喝喝地回家。

三个月下来，许还山放牧的羊群，都添了一层膘。

狗日的山娃，队长眉开眼笑，见了许还山，当人百众地以山里人连操带骂的方式夸奖，老子没想到，你还是块放羊的料呢。

许还山心里，别提有多乐了。

得到队长的表扬,一向板着脸,难得一笑的父亲,也觉得长脸,为当初自己的英明决策沾沾自喜,破天荒露出稀有的笑靥,觉得那只老母鸡,挺值。生性开朗的母亲,眉毛笑成豌豆角。

你狗日的别骄傲,背了人,父亲脸一抹,警告许还山,几十只羊,担子重着哩,要出了事,你狗日的吃不了,兜起走哦!

嗯!听了父亲的话,许还山心里一惊,高兴劲儿泄了大半,愣了愣说,爹!我会小心的。

父亲面无表情地点点头。

晃眼就是两年。

也许,父亲当初的告诫,是下意识的,随口说说而已,谁也不希望出什么事儿。许还山呢,压根儿也没想到会有什么事,嘴上答应小心,可怎么做才叫小心,也没朝深里想。不过,多惬意的活儿,时间长了,也会腻味。更何况,一个十四五岁的少年,正是放飞梦想的年龄呢。

事儿出得没一丁点儿征兆。

那是个秋日的早晨,太阳还没出来,满山遍野都是浓浓的白雾,一层摞一层,厚得跟一床床硕大的棉被似的,定睛细看,这些棉被似乎还在不停地慢慢翻卷。许还山起了床,洗了把脸,胡乱往嘴里塞了两把苞米花,盛了点剩菜剩饭,就要去羊圈,赶羊儿上山。

这时,刚起床的父亲提着裤子上厕所,抬眼看了看门口的雾,说,哦,这么大的雾啊!许还山嗯一声。雾这么大,父亲又说,晚点放羊吧!没得事儿。许还山说,我小心点就行了。

父亲也许里急,并没停下脚步,边说边提着裤子,急火火地向屋后的厕所跑去。

等父亲从厕所出来,许还山已没了影儿。

不过,许还山对父亲的提醒还是很在意的。他找了片四面环山,相对逼仄的草地,有意将羊拢在一起,并像巡逻哨兵似的,来回不停地转悠,丝毫也不敢懈怠,累得一头一脸都是汗。

晌午时分,浓雾慢慢散去,许还山觉得肚子里像开火车似的,他知道,到饭点了。本想吃了饭再清点,想了想,还是放心不下,于是跳上草地旁边的一块岩石,伸出右手,一、二、三、四、五地清点羊群。

怎么啦？怎么少了两只羊啊！数了一遍，许还山惊出了一身冷汗。再接着数两遍，仍然是这样，少了两只。其中一只，还是膘肥体壮的领头羊。

许还山傻眼了。

心里一急，肚子里的火车也没了声响。

许还山哭泣着将羊群赶下了山。

羊进了圈，队长和父亲，各数了一遍，仍旧少两只。

不听老人言，吃亏在眼前。父亲气得跳起脚骂，就差没抽许还山耳光了，我说晚点上山，晚点上山，你狗日的逞能得很，硬是不相信。这下好了，丢了两只羊，把你狗日的卖了，也不够赔啊！

母亲大气也不敢出，站在一旁，抬起衣袖，默默地抹泪。

算啦！算啦！许伯。这时候，队长倒显得宽宏大量，铁青着脸，狠狠地吸了一口烟，"卟"地喷将出去，说，再骂一歇，羊丢了，也不会跑回来，管卵用啊！这么大的雾，这么多羊，也够难为娃儿了。顿了顿，吸一口烟，又说，讲起来，也怪我，听说前几天别的村就莫名其妙地丢了羊，少了句嘴，没跟你们打声招呼，说不定，人家眼馋多日了呢。

这样啊！队长这么说，父亲总算找到了儿子丢羊的缘由，心里舒坦了些，瞪了儿子一眼，说，我说怎么回事呢，雾再大，也不会把羊吃了嘛！这年头，又没老虎豹子，不会将羊叼了去，没想到有贼哩！

那是啊！队长不失时机地来了句官话，正色道，所以说，我们脑子里，阶级斗争这根弦，得绷紧啊！

对，对，父亲母亲几乎异口同声地说，绷紧，是得绷紧。

事后，队长笑纳了父亲敬贡的一条"朝阳桥"，说看父亲老头老面，乡里乡亲的份上，从轻处罚，两只羊，共赔队里 200 元。

区区两百元，如今看来，并不算回事儿。可那个年代，对许还山这样的家庭来说，两百元，无异一笔巨款。他们一个工日挣 10 分，也就值一毛五分钱。两百元，他们得不吃不喝地干上一年。

问题是，赔了钱，羊倌也旁落了。

队长的说辞是，缺乏责任心。理由十分充足，是啊，你没有责任心，丢了羊，队里就只好另请高明，你不服也得服，有口难辩。

结果，许还山当了两年羊倌下来，起码倒赔一百元，按父亲的说法，叫做偷鸡不成,倒蚀一把米。当然,换一种角度,也不能说没有收获,经过两年羊倌的磨练,许还山的身子骨,硬朗多了。

这一段刻骨铭心的牧羊经历,在许还山心里,打下了不可磨灭的烙印。当年羊倌旁落的时候,他就在心里暗暗发誓,一旦有机会,要重掌羊鞭,给自家的羊群,正儿八经地当一回"司令"。

三十年后,许还山终于如愿以偿,成了名副其实的羊倌。

时过境迁,许还山一往情深的牧羊情结,除了家人,也许没有多少人能够体味,可他将上百只羊,养得一个个膘肥体壮,却是有目共睹,人人翘大拇指的事儿。

出事的头晚,一夜的暴雨,下得昏天黑地。以往天气晴好的日子,天刚亮,许还山就赶着羊群上山了,早年的德性,一点也没变,可下这样的雨,他也不得不赖着性子,在床上多磨蹭磨蹭。数十年前,雾里丢羊的事儿,在他心里留下的阴影,仍旧难以褪去。这样恶劣的天气,羊浇得浑身湿透不说,万一遇上山洪泥石流,那就亏大了。

上午9点来钟,雨下得累了,终于收住雨脚,可天空依旧灰蒙蒙的,只有东面山头,露出一片亮光。圈里的羊群,似乎也和许还山一样,习惯了早起早上山,全都按捺不住,一个个显得极不耐烦,咩咩咩叫个不停。无奈,许还山草草地吃了早餐,赶着羊群出了门。

记不清哪年了,许还山无意中在一本生活杂志看到一篇文章,说人每天早上起来,最好空腹喝几杯白开水,这样有利于体内毒素的排出,增强体质。此后,他如法炮制,坚持每天起床后,先喝几杯白开水,夏天喝凉的,冬天喝热的,身体确实愈发硬朗。重新执掌羊鞭后,他想,畜比人同,人早上起来空腹喝水有好处,那么羊呢,肯定也没坏处啊,于是便把这种养生方法,移植到羊身上。每天吆喝着羊群上山前,总要让他们到水库里,先喝一顿水。开始,羊们似乎不太习惯,有的用嘴沾了沾,就走开了,有的根本不喝,闻闻了事。可他毫不气馁,依旧坚持让他们到水库喝水,久而久之,羊们终于领会了许还山的一片苦心,上山前喝水,习惯成自然。一出羊圈,无须吆喝,便迫不及待地向水库奔去,一个个饱喝一顿,这才悠然自得地上山。

许还山有时暗自得意,自家的羊比别人家的长得壮实,说不定,是自己坚持让它们早上空腹喝水呢。

那天因为下雨,出圈很晚,羊们的生物钟被打乱,显得比平时渴得多,尽管水库里的水,看上去有些浑浊,一个个却急瘟瘟的,争先恐后地挤成一团,一阵海喝。

许还山伫立在水库边,眼里盈满爱怜,仿佛那一群山羊,就是自己不会说话的子子孙孙,看它们抢喝的样子,自言自语地嗔怒道,狗日的些,抢哪样啊抢,这么多水,还不够狗日的些喝啊!

羊喝足了水,许还山便和它们一起上山。

走了个把时辰,离草场还有一半路程,羊们一个个像喝醉了酒似的,步履蹒跚,气喘吁吁,许还山以为它们偷懒,在头羊头顶啪地甩开鞭子,随即大喝道,走啊,看看你们偏偏倒倒的样儿。可他的命令,并不像以往那么灵光,头羊也是一副睡眼迷离的样儿,懒洋洋的,提不起劲。

怎么,许还山心里一惊,见鬼啦!

许还山惊魂未定,那些醉酒似的羊,口吐白沫,痛苦不堪,抽搐不止,只有呼出的气,没有吸进的气。不一会儿,四脚一蹬,头一仰,白眼仁儿一翻,便倒了下去,倒得满路都是,黑压压一片。不少羊虽然已经咽了气,却仍翻卷着白白的羊眼,一个个死不瞑目。

天啦!许还山大喝一声,失声痛哭,哭得应山应水,声嘶力竭……

王平率领调查组来到高桥村的时候,村干部正带领许还山家人和一些村民,帮着从山上往许家搬运死羊。

整整73只,约占许还山羊群的四分之三。

这些黑山羊一只地堆摞在许家院坝里,远远看去,仿佛一座高耸的煤山。

许还山悲愤填膺,气火攻心,卧床不起。

王局长,我们家损失惨重啊!王平到房间慰问许还山,他拉着王平的手不停地摇,老泪纵横地说,你要给我们主持公道啊!

许伯!看着伤心欲绝的许还山,王平也喉头发紧,愣了愣,说,你老放心,我们一定向市委、市政府如实汇报,给您老一个满意的说法。顿了顿,又说,我觉得,起码应该按市场价格,进行赔偿。

好,好好!许还山又拉着王平的手,激动地摇晃,谢啦!谢啦哈!

直到王平他们到来,许还山一家才完全明白过来,他家的黑山羊之所以大规模地暴死,是因为有人将剧毒铬渣偷偷地倾倒在水库上面的山坡上,昨晚一夜暴雨,山洪顺势而下,冲进水库,羊喝了"毒水",一命呜呼。

第五章

张家才的电话,是市公安局局长吴江打来的。

吴局长告诉他,在市消防队的支持下,消防车向市区居民供水,市民的情绪基本稳定,可在桃园小区供水时,因相互争抢,发生斗殴,他正在通往现场的路上。末了,吴江委婉地说,如果张市长抽得出时间,请他也到现场看看。

好,你们一定要稳住局势,我马上过来,张家才告诫吴江,千万不能出乱子啊!

好,好好,张市长放心。吴江大声说,我们一定维持稳定。

撂下电话,张家才的心不禁提了起来,维稳,像计划生育一样,是"一票否决"的大事儿,就像悬在头上的一把剑哩。所谓维稳,说白了,就是不能乱。一个地区,一个市,一个乡镇,经济能搞上去,当然更好,皆大欢喜。实在没招儿,搞不上去,也情有可原,自然条件限制嘛!但千万不能乱。如果在稳定这块出了事儿,作为父母官的政府一二把手,肯定"下课"。按分工,公检法司,由他分管。虽然吴江在电话中说得挺委婉,抽得出时间就去看看,可他还坐得住么。环境污染没整清楚,万一又因此闹出群体事件,就真的吃不了,兜着走呢。

秘书有事出去了,张家才提上包,出了办公室,叫上驾驶员小高,向桃园小区赶去。

刚出政府大院,张家才的手机又响起歌声。

喂,张家才摸出手机,摁下接听键问道,哪位? 我张家才。

喂,张市吗? 我经贸委周郑,有个紧急情况向你汇报。

哦,周主任啊,张家才说,我在去桃园小区的路上,有事你说吧!

是这样,张市。市经贸委主任周郑的语气有些急促,刚才我们在市区巡察,发现许多市民听说水源被铬渣污染,蜂拥到超市抢购瓶装矿泉水,小瓶的,大桶的,多多益善,短短个把小时,抢购一空,有的超市已经脱销。周郑缓了口气,接着说,我的想法是,要么限购,要么跟地区经贸委汇报,请他们大力支持,从别的地方紧急调运矿泉水,满足市民的购买需求。到底怎么办,我做不了主,特向张市请示,请你定夺。

这个,这个啊。事情的确紧急,张家才刹那间有点儿懵,情不自禁地带出了"这个这个"的口头禅,在一些人眼里,视之官腔,在张家才看来,这是一种思考问题的缓冲。果然,一番脑筋急转弯后,张家才有了思路,一板一眼地对周郑说,周主任啊,这事我看这样办。其一,不能限制购买,那样反倒刺激市民的恐慌情绪,不利于稳定;其二。我同意你向地区经贸委求援的意见,争取得到他们的支持,以保障矿泉水的供应。其三,也是最重要的一点,要做好安抚工作,千方百计地稳定市民情绪,不能出乱子。

好好好。周郑连声说,照办,一定照办。

那先这样吧,加强联系! 张家才说,我到桃园小区处理个事儿,有时间,再过来看看,顿了顿,打趣道,知道不,老周,我这市长,快成消防队长啦!

哦! 周郑说,知道,我知道,出这样的事儿,张市更辛苦啦! 呵呵呵!

好吧! 张家才说,再见!

好的,再见! 张市。周郑说,

揣好手机,张家才仰躺在后座靠背上,轻轻地叹了一口气。

张市,你闭目养会儿神吧,小高见状,说,你真够累的呢。

累倒没什么,休息下也就好了,就是这活儿难干啊! 张家才说,你看到了吧,按下葫芦起了瓢。

那是,小高心领神会,说,这年头,领导不好当。

那可不是,小高的话让张家才挺受用,嘿嘿一笑,说,操心着呢!

张家才和驾驶员说着话,不一会儿,远远地便看到了桃园小区。

桃园小区地处瓜州以南,依傍四季如画的桃花山,比邻波光荡漾的桃花湖,出门就是环城高速,交通便利,环境优雅,瓜州人称之富人区。

小高,你来瓜州多少年了? 行进间,张家才仰靠在座椅上,眯缝着眼睛问。

哦,张市,小高回答,才三四年,跟市长你,也才年把。

三四年哈!那是短了点,张家才说,这桃园小区的来历,你不知道吧?

来历?小高有些疑惑,小区也有来历啊,真不知道哩。

那我给你谱谱吧,张家才陡然来了兴致,说,反正闲倒也是闲倒。

哈哈哈!小高忍俊不禁,笑了起来,随即觉得不妥,好容易,才忍住笑,说,张市,讲来听听。

是么,有什么好笑的啊?张家才皱了皱眉头,也不深究小高为什么发笑,那好,讲给你听听。

30多年前,桃园小区还是一片不毛之地,桃花山呢,也是瓜州城边几座人迹罕至的荒山。不过,那时的瓜州城相当小,顶多也就是现在三分之一的样子。

20世纪80年代初,一个姓罗,名根,打小从军离乡,后在京城服役,官至正团的瓜州人,转业时,家居京城,却舍下老婆孩子,毅然决然地返回桑梓,欲在有生之年,为瓜州干些好事实事。

当然,那时候,瓜州叫瓜州县,还没改市。

罗老回到故乡后,先任副县长。两年后,选为县长。这时候,他感觉回报故乡的时机到了。于是在县政府常务办公会上,提出了修整县城,拓宽街道,将城边的几座荒山建成公园,在山下修建人工湖的意见。

罗老县长的这个意见,尽管也有反对的声音,但得到了大多数与会者的支持。后来,也得到了县委的肯定。

声势浩大的动员大会后,瓜州人改变县城面貌的热情,就像干柴堆上扔了一把火,熊熊燃烧。

机关干部麻子打哈欠——全部动员(圆)。除了值班者,纷纷扛着锄头钢钎大锤,参加义务劳动,掀起了市政建设的热潮。就像宋丹丹小品里说的那样,人山人海,红旗招展。那个热闹劲啊!没得说。除了"大跃进"年代,我敢说,史无前例。可你别说,半年下来,这些平素只张嘴,不动手的机关老爷太太们,居然挖地三尺,将城区的一条大街,硬生生地弄下去一米,将一条坡度三十度以上的穿城公路,下降了近一半,并全都浇注水泥,由雨天泥泞不堪,晴天尘土飞扬的砂石路,统统变成水泥路。

修建公园和人工湖,要资金是吧?钱从哪儿来,县财政捉襟见肘,拿不出一个子儿。咋办,罗县长舍嘴卖脸不厌其烦地跑住境大企业,请他们伸以援手,共建美丽瓜州。这些单位呢,虽然级别高,架势大,大多都挺支持。他们虽然旱涝保收,不拿瓜州财政一分钱,可毕竟生活在这块土地上,瓜州环境优美了,延年益寿,于是欣然同意,慷慨解囊。当然也有不识相的,紧紧地捂着单位的钱袋不放,葛朗台似的,仿佛那就是自家的小金库。罗县长呢,不急不恼,一次不行,两次,两次不行,三次,直至你"吐点"为止。还过,这些出血不痛快的单位,虽然最终掏了银子,就有点情去意不专的味道了。用我们瓜州的俗话说,叫屙尿不通泰,人情没得做。

别人出了血,为瓜州的城市建设做出贡献,总得有点表示吧。但这里说的表示,和现在的含义有所不同,不是请客送钞票什么的。罗县长眉头一皱,记上心来,给人家留个名,著作权上叫署名。人生在世,除了吃穿,不就是名利二字么?人去留名,树在留荫。那好,凡是在公园,或者人工湖修建景观的所有单位,可以在自个儿修建的景观上,留下单位大名。此招一出,无不叫好。想想也是,单位再有钱,也不是领导的私有财产,顶多吃白饭喝白酒抽白烟而已,贪多了,要进"笼子"的。既然如此,主政时做些善事,留下单位的美名,不也是自己的功德,或者政绩么,何乐而不为呢?

所以,小高,可能你注意到了。在桃花公园内游览,会看到许多景点,有某某单位兴建,某年某月的字样,甚至在桃花湖的大坝上,也赫然镌刻了某某单位,某某年建造的落款。现在不少年轻人,尤其外地来的游客,对此大惑不解,觉得大煞风景。其实,那是当年的一种无奈之举。可从某种意义上来说,我觉得它忠实地记录了瓜州人因地制宜,敢想敢干,大搞城市化的悲壮历史,是一道不可多得的人文景观。要知道,那是 20 世纪 80 年代初啊!县城有公园,有湖泊,甚至有公交,在我们省,凤毛麟角。

有一年,有人提出,要将这些公园内的单位落款铲除,或者覆盖,我在政府常务会上坚决反对。我说,历史就是历史,历史是无法掩盖的,我们要做的,不是人为地把它割裂开来,而是尊重历史。

当然,这是后话。

公园建成了。满山葱郁,亭台水榭,回廊九曲,清雅幽静。各式各样的雕塑,栩栩如生。人工湖蓄了水,湖水清澈见底,堤上垂柳依依,成了县城锻炼休闲的好去处,瓜州人打心眼里高兴。可就像家里生了儿女,总得取个名字吧。县里广泛征求意见,有建议叫人民公园的,有建议叫瓜州公园的,有建议叫红旗公园的。公说公有理,婆说婆有理,谁也说服不了谁。最后,罗根县长拍板,说我们不是在修建公园时,发现很有考古价值的溶洞么,就以这个溶洞来命名吧!怎么,有人嘀咕,叫逃荒洞啊,不妥吧?我知道大家的潜台词,当然不能叫逃荒公园,那我老罗不是给社会主义抹黑啊,可我们取它的谐音行不行呢?我看,桃花和逃荒,读音就很近嘛!哦!大伙恍然大悟,这个名字是不错啊!有个平时喜欢写点顺口溜的局长,不无得意地卖弄道,对,桃花,这个意象不错啊!东晋文人陶渊明的名篇《桃花源记》云:"晋太元中,武陵人捕鱼为业。缘溪行,忘路之远近。忽逢桃花林,夹岸数百步,中无杂树,芳草鲜美,落英缤纷,渔人甚异之。复前行,欲穷其林。……"这局长摇头晃脑,如醉如痴,还要津津有味地背诵下去,罗县长打断他,说马局长,暂停,暂停,哪天我们开诗歌朗诵会,你再一展风采吧!众人禁不住一阵大笑。待大家止住笑,罗县长又道,不过,将瓜州建成桃花源般美好所在,应该是我罗某,也是在座各位的共同愿望,对吧!

于是,新建的公园叫桃花公园。人工湖呢,叫桃花湖。就连那个因建公园而发现的,后来成为省级文物保护单位的溶洞,也称桃花洞古人类遗址。

不过,开初桃花公园并无桃花。

开园没多久,有个外地游客来瓜州,游览桃花公园时,觉得人间仙境一般,遗憾的是,园中并无一株桃花,觉得名不副实。回去后,写了篇读者来信在省报发表,标题就叫《桃花公园无桃花》。一时成为瓜州街谈巷议的热点,都觉得这游客的建议很有道理。市政府顺应民意,责成园林部门在公园大门两旁和山上,栽种了成片桃花,终于名实相副。阳春三月,桃花吐艳,美不胜收,香了桃花山,醉了瓜州城。

桃花公园成了瓜州的好去处,20世纪80年代中期,瓜州开始房改时,政府在桃花公园附近,开发了桃园小区。购买者,主要是机关无房和住房困难的干部,当然,这些一至六层的小高层住宅,当时倒是有些优惠。

前些年,一个外地来的房开商,下车伊始,就相中了这块风水宝地,不惜重金,在桃园小区旁边开发桃园2期。不过,修的是别墅。本来,有人劝房开商另外取个更好的名字,岂料,马屁拍到了马脚上,房开商非但有钱,也读了些书,听了这人的话,抢白道,我吃饱了没事干啊!桃园,桃花源,多好的名字啊。陶翁笔下的桃花源自不必说。在中国人眼里,桃,历来是吉祥、长寿的象征。古典名著《西游记》中,就有关于食用蟠桃能够长寿的精彩描写。所以,自古以来,桃,始终作为福寿吉祥的象征。认为桃子是仙家的果实,吃了可以长寿,故桃又有仙桃、寿果的美称。桃园,多有诗意的名字啊!桃花灿若云霞,仙桃果实累累,喜气盈庭,福禄寿喜,大满贯,多好。说实在的,我之所以青睐这块地皮,一是确实环境优美,再就是这个名字,对味。

不知是桃园小区的名字出彩,还是房开商的别墅叫座,事实是,桃园2期一抢而空。瓜州有钱人,都以入住桃园2区为荣耀。这也是坊间说桃园小区是富人区的由来。其实呢,这种说法并不准确,因为居住桃园小区的,大多是工薪族。一墙之隔的桃园2期,才是老板,或者有钱人的居所。也许,正因贫富仅一墙之隔,平素磕磕绊绊,嘀嘀咕咕的事儿,时有发生。所以,我担心,这次因抢水发生斗殴,真正的原因,可能是这种贫富之间的隔阂哩。

有可能,小高见张家才刹住了话头,接茬说,现在两极分化严重,仇富心理,一天天漫延啊。

那可不是,张家才若有所思地说,这个问题,想起来就恐怖。

那是,小高说,张市,我发觉得你不愧是瓜州人,对这段历史,好熟悉哦。

是啊,张家才说,有些事,都是我的亲身经历。罗老县长修建公园那年,我正好改行,在乡里当秘书,老县长对我的影响,很大啊!

哦,这样啊!小高说,难怪张市印象深刻,许多事儿,说得活灵活现的。

亲历的事,肯定记得清楚嘛!张家才说,小高,刚才我说到桃花公园,你不由得发笑,能不能告诉我,为什么?

哦,这个啊!小高见张家才提起自己发笑的原因,只好如实相告,说,我也是听别人说的,是个与桃花公园有关的黄段子。

是么?张家才兴趣陡增,与桃花公园有关是吧,说来听听。

据说,小高咳了一声,清清嗓子,说,一到晚上,桃花公园,尤其是桃花湖边,总有女人做皮肉生意。这些人大多是下岗女工和农村妇女,开价低廉。嫖客呢,多是进城打工的农民,或者退休后无所事事的老者。有天晚上,有人路过桃花湖边,听到一对男女讨价还价。女人说:20,男人说:5,女人说:不干,太少了。男人说:少,不挑不抬,就挣5块钱,我辛苦辛苦干一天,肩膀皮都磨破了,才挣20呢。女人说:再加点;男人说:就5块,多一分也不干。说完,车身要走。女人眼看煮熟的鸭子要飞,着了急,说,妈耶,你啥人哟!这样抠,回来回来,5块就5块,顿了顿,大义凛然,视死如归地说,反正,闲倒也是闲倒……

哈哈哈！小高刚住嘴，张家才便笑开了，连声说，经典，经典。

哦，张市此前没听说过啊，小高止住笑，说，其实，这个段子民间流传很久了，闲倒也是闲倒，成了瓜州人调侃取笑的典故，可能因为你是领导，没人敢在你面前说呢。

也许吧！张家才笑着说，看来张某深入不够，官僚，官僚啊。

说笑间，桃园小区到了。

桃园小区和桃园 2 期，各走一大门出入，但通道共用，在俩大门的前面，有块二三十平方米的水泥地，车辆，或者行人至此，往左，进入是桃园小区，朝右，是桃园 2 区，也就是所谓富人别墅区。

一辆送水的红色消防车，就停在小区门口的开阔地上。消防车周围，人头攒动，围满了手拿塑料桶、脸盆、铘锅等容器的人，有的孩子，可能家里实在没什么可盛水的器具，手里竟抬着痰盂。有人盛满了水，因为发生斗殴，并没离去，或者袖手旁观，或者骂骂咧咧，摩拳擦掌，跃跃欲试，一副义愤填膺的模样。

张家才到达的时候，市公安局局长吴江已到位，110 也出了警，局面基本得到控制。两个主要的斗殴者，均被铐上，正准备带到巡警队讯问。

因为发生争吵斗殴，消防车已停止供水。

张市长来啦！吴江见到张家才，连忙迎上来，握着他的手摇了摇，说，局势基本稳定啦！

好！张家才迎着吴江伸过来的手，也顺势摇了下，说，控制了就好。

众人见市长来了，一阵骚动，随即，自动闪开一条路，自然而然地将张家才围在中央，七嘴八舌地嚷。这些人中，真正见过张家才的极少，顶多知道有个姓张的市长而已，当然，也有人在《瓜州新闻》见过他的影像。所以，看到张家才的当儿，都有些惊诧。

哇，以前在电视上见过，现在看到活的了。

个子有点高哦。

看着倒蛮能干的。

哟，你看那将军肚。

……

乡亲们！我是瓜州市政府常务副市长张家才，让大家受苦啦！张家才跳上路边的道牙,大声说,瓜州水源受到铬渣污染,给大家的生活造成不便,是政府,更是我这个常务副市长的工作没做好,我向大家表示深深的歉意,对不起啦!

说着,张家才深深地鞠了一躬。

人群里有人鼓掌。

呃,张市长的态度挺诚恳的。

作秀。这年头谁不会啊!

不能全怪人家,他不可能每时每刻都盯着永久化工嘛。就是老虎,也有打盹的时候哩。

都是那些老板太黑心,只要能赚钱,哪管别人死活。

议论纷纷。

不过,张家才没太在意人们的议论,稍稍停顿一下,继续说,事情既然已经发生了,政府一定会查清事故原因,严肃处理,决不姑息。该法办的,坚决法律制裁。同时,请大家放心,我们一定想方设法,确保大家的生活用水。当然,请大家按秩序取水,在瓜州最困难的时候,我们要相互关心,同舟共济。

谢谢大家!

说完,张家才又是一个鞠躬。

掌声热烈响起。

这样吧!张家才原本一只脚已跨下道牙,想了想,又抽回脚,重新站在道牙上,朝大家挥了挥手说,吴局长安排两位民警,留下来维持供水秩序,大家排好队,一个挨一个地接水,不管你拿什么容具,管满,但千万别浪费啊!已经接到水的人,赶紧把水送回去,家里急着用呢。顿了顿,又说,大家看怎么样啊?

好!大伙异口同声地回答。

好!大家都同意哈,那就这么办。现在,我建议,要接水的留下接水,接了水的,马上送回家去,该上班上班,该办事儿,办事儿。没事儿,看热闹的。也差不多了,都散了吧!

要得,人群中有位中年人,举起右手,喊口号似的振臂一呼,就按张市长讲的办。

要得!不少人也举起了手,大声附和。

张家才跳下道牙。

按照张家才的指示,吴江指定的两个民警,已各就各位,进入角色。人们激动的情绪趋于平稳,没事儿的,开始散去,留下接水的,在民警的指挥下,将各种各样的器具,放在自己面前,井然有序地排成两路纵队。

事态完全平息下来。

走,让驾驶员把你的车开回去,张家才拍拍跟吴江的肩膀,你坐我的车,跟我到新干线超市走走。

好啊,吴江说,那儿又起火是吧?

是啊,来桃园的路上,经贸局周郑局长打电话,说市区许多超市都在抢购矿泉水,我们一起去看看吧!

好的,吴江笑着打趣,张市真成救护队长啦!

那可不,张家才苦笑,只要能把火扑灭,我就烧高香了。

上了车,两人坐在后座,张家才说,吴局,说说吧,这场斗殴,是怎么搞起来的呀!

哎呀!原来张市让我上你的车,是要听汇报。吴江笑着说,你这救护队长,可真抓得真紧啊。

是么,没想到吧!张家才诡异地一笑,说,反正车上没事儿,闲倒也是闲倒呀!

哈哈哈!吴江显然知道这个典故,放声大笑,驾驶员小高忍不住,也笑了起来,甚至张家才自己,也异口同声地笑开了,稍倾,吴江止住笑,说,对头,闲倒也是闲倒,我就在车上给市长汇报好了,省得又找时间,另起炉灶。

就是嘛!张家才说,省时,省事儿。

我了解到的情况是这样的。吴江清清嗓子,说,早上突然停水,桃园小区,当然也包括桃园 2 区的住户,全都傻了眼,因为许多人家都没蓄水,水管一断流,洗脸刷牙,都成了问题,饮水机,或者暖瓶里余留的水,只能草草地洗把脸,想煮碗面条吃,竟成了奢望。更恼火的是,因为没水冲洗,卫生间不再卫生,不时发出一股股恶臭,让人难以忍受。

这时,送水的消防车开进小区门口,无异雪中送炭。消息传开,男女老幼,大娃细崽,全都蜂拥而出,拎着各种各样的盛水器具,挤到小区大门口取水。

住在桃园 2 区的煤老板赵大发,昨晚在 KTV 待得太晚,一泡尿憋醒过来,已是8 点多钟,老婆早送儿子上学去了。他揉揉惺忪的眼睛,撑起身来,急匆匆地向卫生间走去。打开门,揭开马桶盖,一阵恶臭扑鼻而来,定睛一看,一堆污秽赫然入目。赵大发不由骂道，这娘俩，真他妈懒！随后按了按按钮，但只听得呼呼呼响，一滴水也没流出来，这才发觉，原来是停水了。内急难耐，赵大发也顾不得那么多了，拉开裤子，哗啦哗啦，卫生间里，又多了一股难以言说的怪味。

赵大发从卫生间出来，感觉口苦，迷迷糊糊地来到客厅，想接杯矿泉水解渴，可按了半天，没水。定睛一看，桶里空空如也，半桶矿泉水，早被老婆和儿子用来洗漱了，连一口解渴的，也没给他留下，更别说洗脸了。

他妈的，赵大发脱口骂道，不知是骂老婆，还是骂自来水公司，咋突然就停水了呢？随即，一屁股坐在沙发上，生闷气。

赵大发乃先发起来的瓜州土著。

也许是家里世代受穷的缘故吧，发蒙读书时，父亲意味深长地给他取名"大发"。赵大发瓜州师范毕业后，在一所乡镇小学教书。虽然旱涝保收，温饱无忧，却似乎与父亲的夙愿，渐行渐远。穷则思变。那时，瓜州兴起一股教师改行风潮。他找准路子，扔出不少银子，终于挤上了教师改行的末班车，先是在瓜州市安监局当办事员，继而科员，短短几年，教书并不咋样的赵大发，如鱼得水，八面来风，谋到了市安监局监察股股长的宝座。照理说，一个小小的股长，并不上品位。可有时候，官不在大小，而在手中有无实权。有的官，架势倒是不小，但无权可用，其含金量，势必大打折扣。市安监局监察股股长，官衔虽不大，却挺管事，更管钱。因为他们的工作，就是主管安全生产，对象是境内所有煤矿，或者非煤矿山。监察股的人一下去，老板们一个个奉若神明。

后来，严禁党政干部经商办企业，且风声日紧，许多手握实权的人，东窗事发，相继"双规"，或进了"笼子"。赵大发审时度势，觉得骑双头马风险太大，不但有钱不敢放开手脚花，弄不好，还会钻进笼子里去，权衡轻重，索性辞了公职，可这时，他早已完成了资本的原始积累，挖到了满满的第一桶金，身家上千万。虽然不在其位，但利用手中掌握的丰富人脉资源，很快从别人手里转手一个年产 30 万吨的煤矿，正儿八经地当起了老板，日进斗金。

兴建桃园小区时，赵大发刚进机关不久，可运气来了，堵都堵不住，他赶上了机关带有福利性质的分房，美中不足的是，由于工龄，进机关年限限制，分到的是一楼，心中时常不爽。腰包鼓起来后，早有换房愿望。无奈，这些钱毕竟来路不正，不敢太露富。辞去公职那年，房开商在桃园小区隔壁开发桃园 2 区，赵大发逮着这个机会，花了两百多万，在桃园 2 区买了一栋三层楼的别墅。虽然与原来的住房仅仅一墙之隔,却实现了从平民到富翁的飞跃,住进了瓜州人眼里的"富人区",成了名副其实的富人。

赵大发正坐在沙发上发愣,外面有人呼喊:接水啊,快去接水,消防车送水来啦!他推开窗户一看,小区里的住户,正拎着各式各样的器具,向小区门口跑去,奔命似的。

听说有人送水来了,赵大发也有些雪中待炭的兴奋,正想站起身来,找个东西下楼接水,稍倾,又犹豫了,觉得和别人一样,呼呼啦啦地去争水,有失身份,不如打个电话给"凉泉"供水站,让他们送两桶矿泉水过来,解燃眉之急了事。于是,他抓起茶几上的手机,调出"凉泉"供水站的电话号码,打了过去。

喂,"凉泉"是吧,赵大发说,送两桶水到桃园2区3号楼来。对不起,先生,接电话的小妹声音甜润悦耳,我们现在没水可送。请你耐心等待,一旦有水了,就给你送过去,好吗!没水可送?怎么回事儿啊!哇,先生,你不知道是吧,我们瓜州的水源受到铬渣污染,自来水公司停止供水,我们店里的矿泉水,不到一个小时,就抢光了,目前已经脱销。是么,赵大发说,原来是这样啊!是的,先生,接线小妹说,不好意思,拜拜!

赵大发愣愣地放下手机,终于明白了停水是怎么回事儿。看样子,不得不下去接水哩,谁知道这铬渣污染,多久能排除?别的不说,要洗漱,要喝水,要煮点面条充充饥吧,还有卫生间里的污秽,也得稍稍处理一下呀。想到这里,赵大发站起身来,找了两只红色塑料桶,拎上,晃晃悠悠地下了楼。

赵大发来到小区门口,消防车刚刚抵达不久,车旁人头攒动,黑压压一片,一个消防战士抬着水龙头,两个消防战士维持秩序,让大伙排成一路纵队,顺序接水。

哎,有点忙,赵大发提着两只水桶,挤到水龙头前,一个小姑娘接了一桶水,刚把水桶挪开,他便将自己的水桶放到水龙头前,说,我先接两桶哈!

按顺序啊!小姑娘后面,轮到个五十开外的老人接水,老人见状,大声喊。

你干嘛?谁不忙啊,我脸都没洗呢。

嘿嘿!赵大发一边讪笑,一边说,就两桶,就两桶。

你,你……老人一脸愤怒,两眼喷火,可又无可奈何。

后面等待接水的人,实在看不下去了,突然爆发一阵吼:

干嘛!排队!

你市长啊，这么特殊。

他妈的，什么鸟啊，霸道。

把狗日桶砸啦！

……

众怒难犯。按说，赵大发该悬崖勒马，停止自己的恶劣行径。可他不知是仗着兜里银子充足，还是在官场，或者商场，练就了一张铜墙铁壁的脸，根本没在意身后熊熊燃烧的怒火，依旧我行我素。

突然，一个三十开外的年轻人冲上前去，飞起一脚，"砰"一声，踢翻了赵大发接水的塑料桶，桶里的水，哗啦啦淌了一地。

面对突如其来的袭击，赵大发刹那间懵了。稍倾，见自己桶里快盛满的水没了，顿时恼羞成怒，挥起一拳，朝着年轻人的脸上打去。年轻人头一偏，闪过赵大发迎面袭来的拳头，赵大发用力过猛，瞬间失重，随着惯性，向前一个趔趄，险些倒在地上。年轻人没等他站稳，抬腿一脚，蹬在赵大发高高耸立的砂锅肚上，赵大发不由得向后倒退两步，可终究没站稳，两瓣肥硕的屁股，仿佛两扇沉重的磨盘，重重地砸在地上，随即，身子一仰，整个儿倒了下去。可年轻人并没收手，一纵身，扑将上前去，骑在赵大发身上，啪啪啪，一顿狠揍。

众人见状，一窝蜂冲上去，噼里啪啦拳打脚踢，比当年打小鬼子还要狠。瞬间，赵大发满头满脸，青一块紫一块。

现场一片混乱。

几个消防战士赶紧劝阻，并停止供水。

混乱中，有人摸出手机，打110报警。

几分钟后，110巡警赶到现场，混乱的场面，才基本得到控制

这么说，张家才一直静静地听，看吴江说得差不多了，问道，这赵什么，赵大发是吧，被揍得不轻啊！

那可还是，一顿饱揍呢。吴江说，从中，既看到赵大发犯了众怒，也反映了民愤民怨。可令人没想到提，这个带头揍赵大发的年轻人，竟然是他过去的同事，或者部下呢。

是么，真是出人意料。张家才说，再怎么说，毕竟一起共过事呀！

物极必反吧，否则也不至于这样。吴江说，揍赵大发的年轻人叫李大奎，听说小时候练过几天拳脚，两人几乎一起进的市安监察局，开始，好得跟亲兄弟似

的,工作上,都是一把好手。后来为竞争股长的宝座,都没少使劲。可交椅毕竟只有一把,不可能同时都坐上去是吧。结果,李大奎败北,两人结下梁子。虽然同在一个单位,早上不见晚上见,却视若路人,形同水火。事情到了这个地步,就此刹车,也许没啥。可赵大发当上股长后,一副小人得志的嘴脸,没少给李大奎小脚鞋穿。李大奎呢,也不是善茬,哪肯俯首就范。于是,争吵时常发生,有几次,还险些动手,局长出面调停了好几次,都未能奏效。这种情况,直至赵大发辞职,才彻底改观。吴江顿了顿,继续说道,所以啊,今天这一仗,可以说,旧仇新恨,一起爆发呀!

哦,我说这两人咋有点面熟呢,张家才说,原来都在机关待过呀。

是的,吴江笑着说,不过,赵大发有钱后,发福了,起码净增30公斤,呵呵。

何该!打得好!驾驶员下意识地摁了下喇叭,愤愤地说,这些暴发户,发了混财,一个个神气活现,张牙舞爪的。真不是东西。

是啊,分配不公,两极分化,富的,富得流油,穷的,喝凉水都困难。张家才不无忧虑地说,揍一顿,固然解恨,痛快,并不可取,再说,也不能从根本上解决问题啊!

那可不是。吴江说,棘手哩!

车内顿时陷入沉默,谁也没再说话。

尽管张家才和周郑通话后,对超市抢购矿泉水的热闹情景,已有足够的心理想象,可当他携公安局局长吴江来到新干线超市,眼前的"盛况",还是让他感到吃惊。

新干线地处瓜州城区黄金地段,客源茂盛,生意兴隆,自不必说,其规模之大,经营范围之广,在瓜州首屈一指。除了中心区的总店,还在城区和市郊,开了五六家连锁店。某种意义上说来,新干线的经营状况,无疑是瓜州经贸的晴雨表。

新干线销售矿泉水的柜台在一楼,大门进口处,人山人海,虽然两个保安极力维持秩序,还是十分拥挤和混乱。买到矿泉水的人,一个个喜形于色。没买到的,脸上充满焦灼和渴望。有的人家,居然开了车来,一买就是七八箱,一副打持久战的架势。大门外,前来购买矿泉水的人,仍旧络绎不绝,大有爆棚的危险。

超市门口,张家才碰到个五十开外的女人,正抬着两箱矿泉水往外走,兴许是矿泉水有点重吧,她虾着腰,有些气喘,额头上,汪了一层密匝匝的汗珠。张家才走上前去搭讪:老人家,买这么多啊?多什么多,老人放慢脚步,不无遗憾地说,要是家里有车,我还要再买几箱哩!停水是暂时的,张家才说,不用买这么多。暂时的?哪个知道停多久啊!一个家孙,一个外孙,全都在我们那里住,每天上学,一个背两三瓶,你算算,这两箱矿泉水,够背几天啊?哦,张家才笑着说,这样啊,你老说得有道理哈!老人家,这是政府的张市长呢,站在旁边的吴江说,水源受到污染,政府正在想办法,一是用消防车拉水供应,再就是正在抓紧治理,可能要不了几天,就正常了呢。哎呀,原来是市长来了,难怪有点眼熟,电视上见过,见过。老女人高兴地说,市长深入了解情况,肯定有办法,我们相信政府,没有过不去的坎。是我们工作没做好!听了老女人的话,张家才竟有些哽咽,让大家受苦啦!没事儿,老女人哈哈一笑,说,会好的,会好的。

多好的群众,张家才目送着老女人远去,自言自语地说,我们有愧啊!

是啊!吴江接茬,真是惭愧。

人声鼎沸,抑或是大伙都忙于购买矿泉水,没人注意到张家才和老女人的谈话。

两人向超市门口走去。

大家让一让,吴江走在张家才前面,一边拨开拥挤的人群,一边大声喊,请大家让一让,让张市长进去看看哈!

听见市长来了,有人闪开身子,有人原地未动,有人干脆将刚挪出的缝隙,又缝合起来。嘈杂拥挤的人群里,此起彼伏地响起一片探寻之声。

市长来干哪样?买水呀!

卵,市长还用买啊。

来做做样子呗。

老百姓都买水过日子了,还做什么样子哦。

不管瓜州人的死活,还当市长干吗!

回家抱孙子得了。

哈哈哈!

……

张家才跟在吴江后面,狠劲往里挤,这些形形色色的议论,悉数钻进他的耳朵,臊得心慌,如果眼前有道地缝,他恨不得一头扎进去。难堪之余,觉得吴江也真多事,来看看,也就看看罢了,没必要亮明自己的身份呀。转念一想,又觉得这事儿不能怨吴江,身为瓜州父母官,虽然自己不是一把手,可出现这样的突发事件,让老百姓受苦受难,也难辞其咎,脱不了干系。如此愧对自己的衣食父母,别说讲几句怪话,发发牢骚,就是抽几个耳光,也不为过。假如换个位子,自己也站在拥挤不堪的人群里,汗流浃背地抢购救命水,保不准自己的牢骚,比他们还要盛呢。老百姓有兴趣对政府的不作为说三道四,说明他们有期待,还不至绝望,倘若某一天,他们连发牢骚的欲望也没有,就更可怕了。

心里释然,张家才陡然有些阴沉的脸,倏地明亮开来,甚至透出些许欣慰。

好容易挤进了超市。

正在柜台边张罗着卖矿泉水的经贸局局长周郑,迎上前来,与张家才和吴江握手。

情况怎样,张家才问,还撑得住不?

应该问题不大,店里还有些库存。周郑说,我和地区经贸委取得联系后,他们跟无极县打了招呼,让我和无极县经贸局对接,无极那边听了我们的遭遇,很支持,两车共60吨装矿泉水,已在运来瓜州的路上,估计中午,最迟下午就可抵达。

好!张家才说,真得好好感谢人家,解了燃眉之急啊!

是啊!周郑说,雪中送炭哩!

供应不成问题,但维持秩序的保安,再增加几个人,一定要按排队,按顺序购买,张家才强调,不能发生挤压踩踏伤人的事儿。

好,好!周郑说,我马上就安排。

还有个问题,张家才说,怎么到这里买矿泉水的人这么多,我看别的店,没多少人呀!

哦,是这样,张市有所不知,周郑说,铬渣污染水源,城区大面积停水的信息一传开,抢购矿泉水的市民,打仗似的到处扑,许多店面一看这阵势,趁机抬价,过去一块五一瓶的,涨到了三四块,有的小店,甚至卖到了五块。但新干线超市,依然坚持卖一块钱一瓶,自然而然,就顾客盈门了。

这样啊!张家才说,一会儿我给市物价局打个电话,这股涨价风,不刹住怎么得了,发国难财呀!

是哩！周郑说，时间长了，会闹得人心惶惶的。

跟周郑又交代了几句，张家才和吴江一起，走出新干线超市。

先送吴局长回公安局，两人上了车，张家才对驾驶员小高说，然后我们再回办公室。

好的，小高随口应道，去公安局哈。随即启动马达。

市长大人不用我保驾护航啦！吴江打趣，忙着去救火是吧。

那是哦，火势还没完全控制呢，再说，你都陪我这么久了，张家才笑着说，你那一大摊子，事儿也不少啊。

呵呵，吴江说，我可是舍命陪市长哩。

车刚开动，张家才摸出手机，给市物价局局长打电话，要他全员出动，务必刹住因水源污染导致的涨价风。

第六章

　　瓜州市委常委、宣传部长季军，没有参加常务副市长张家才主持召开的紧急会议。原因是他参加省委宣传部召开的坚定不移实施工业强省战略，推进"三化"（工业化、城镇化、农业现代化）同步研讨会。市政府召开紧急会议时，他刚离开省城，正在回瓜州的路上。

　　下午上班，参加会议的常务副部长和正刚，将上午会议的主要内容向他做了汇报，别的事情，当然也重要，但作为瓜州意识形态领域的大管家，最让季军感到难办，抑或棘手的，是杨兵将这次铬渣污染的影响，控制在一定范围内的要求。季军仔细琢磨，认真推敲杨兵的意图，解读开来，不外乎两点：其一，控制，就是新闻封锁，或者限制；其二，一定范围，就是不能让瓜州以外的人知道事情真相。身为"空降干部"，杨兵这种心态，季军固然不难理解，可互联网时代，资信何其发达。有人甚至断言：这是个没有秘密可言的年代。此话虽然不无偏颇，但却充分说明，互联网时代，要想掩盖某种东西，无异痴人说梦。眼下，"网络反腐"，已经成为一种风潮，尤其是"微博"，更是所向披靡。比如郑州"房姐"，正常渠道效果甚微，一经"微博"披露，18 天就有了突破性的战果，直至惊动"最高检"，要求"挂牌督办"；再有陕西"房妹"，重庆雷政富等 11 名高官，因相继披露的不雅视频，悉数落马，等等。那么，杨兵安排的活儿，到底怎么干？盖子，捂得住么？

　　季军原在市工商联任副主席，平素喜欢捣古通讯报道什么的，算是瓜州小有名气的"准记者"。

作为瓜州最具实力的投资商,李永久受到了前所未有的重视。一则工作需要,再则缘于新闻敏感,季军和李永久的接触相当频繁。他觉得,李永久到瓜州投资,可谓招商引资的一片旗帜,颇具典型性,于是通过认真细致的采访,写了篇人物通讯在《乌蒙日报》和省报相继发表,引起广泛关注。正因为深入采访,他知道了市长杨兵在引资中所取的关键作用。行文中,对其不乏溢美。

打这以后,凡与非公经济有关的活动,甚至无关,但只要杨兵出席的活动,他都会通过秘书,或者干脆自己打电话,要季军采访报道。季军呢,也没让杨兵失望,除了动态消息,发表了好几篇颇有分量的深度报道,俨然成了杨兵的"跟班记者"。

一来二去,季军也就成了杨兵圈子里的铁哥们儿。

两年后,市直机关机构改革,各单位头头脑脑大面积调整变动,市委宣传部出现空缺,经杨兵鼎力举荐,季军到宣传部任职。虽然红头文件上还有个副字,却前缀"常务",成了正儿八经的正科级。距副县级领导干部,也就一步之遥。

尝到了甜头,季军紧紧地跟在杨兵后面,亦步亦趋,走得愈发近了。

季军当然明白杨兵需要什么,自己需要什么。他要做的,除了做好组织工作,就是身体力行,更加勤奋地采写通讯报道。他相信那句老话:功到自然成。作为通讯员,他的见报率,在瓜州依旧高居榜首,甚至在乌蒙地区,乃至全省,也名列前茅。有篇写杨兵亲政为民的现场特写,曾荣获省报现场新闻竞赛一等奖。

晃眼又是两年,瓜州市委换届,原宣传部长另有任用,考察新部长人选时,杨兵又力挺季军,让他顺理成章如愿以偿地登上了瓜州市委常委、宣传部长的宝座,实现了许多人一辈子也无法企及的跨越。

按照干部管理权限,副县(处)级干部,市里无权定夺,决定权在地委,但人选多由市里推荐。或者说,上级党委拍板,只是组织程序,很大程度上,除了两个党政一把手,其他副职的任用,基层,也就是市里的意见,举足轻重。其中,书记的意见,至关重要,一言九鼎。

履新后,季军无意中听说,他高就的事儿,书记办公会、乃至常委会上,都有不同意见。这时,身为市委副书记、市长的杨兵挺身而出,据理力争。大意是,像季军这样自学成才的新闻精英,在瓜州,甚至整个乌蒙地区,都是不可多得的人才。更重要的是,我们瓜州的改革开放,招商引资,急需要这样的人才。作为一级党委,我们有责任为他们搭建更高的平台,以期发挥更大的作用。"二把手"如此赤膊上阵,持不同意见者,也就不便再坚持了。

实际上,这些人之所以心里不爽,也并非与季军有什么过节,而是觉得他太顺畅了,轻轻松松地,就跻身副县。更重要的是,书记自己的人,也需要高升,如果扼杀了季军的升迁,自己的有些打算,就可能受到杨兵的掣肘,到头来,两败俱伤。官场,讲究的不就是平衡协调么?于是一直默不作声的书记说,杨市的想法,很有道理呢。知人善任,人尽其才,是我们识人用人的一个基本原则嘛。

书记一锤定音,谁还敢二话。

结果,当然是皆大欢喜,各得其所。

不知从什么时候起,季军就听到一种说法,说在瓜州,要弄个一般单位的科级乌纱,需投进三五万,热门点的地方,少说也得七八万,弄个副县级,除了有硬火的后台,没十万以上下不来。季军有时想,如果这个潜规则放之官场而皆准,那么,他的升迁就是个例外了。当然,他知道,杨兵需要的不是他的钞票,而是他制造的舆论动力。从这个意义上说,杨兵对自己该是多大的恩典啊!不过,人情也是债,季军眼下犯难的,不就是这个症结么?

季军思忖半天,依旧没有万全之策,看样子,只有先管好自己这一亩三分地,再摸着石头过河了。

于是季军给常务副部长和正刚打电话。

季部,不一会儿,和正刚来到季军的办公室,笑着问,有什么吩咐?

我考虑了一下,杨市长早上交办的事儿,先这么处理,季军示意和正刚坐下,说,你马上给广播电视台,瓜州报,瓜州公共信息网等新闻单位打电话,有关瓜州剧毒铬渣污染的信息,一律不得见报、上网、播放。顿了顿,又交代说,拿不准的事情,一定要请示汇报,不得擅自处理。

好,季部,和正刚说,我这就去办。

和正刚车转身,领命而去。

季军抬起办公桌上的紫砂杯,吹吹上面漂浮着的几片茶叶,有滋有味地啜了啜,随即,长长地透了一口气。

季军的预感没错,当下想要封锁信息,难于上青天。

和正刚出去约莫二十分钟,又匆匆地走进季军办公室,向他汇报打电话的情况。

季部,我分别向境内所有新闻媒体,传达了你的指示。和正刚也许是电话打多了,嗓子有些干涩,顿了顿,说,目前的情况是,广播电视,报纸都没事儿,但瓜州信息网有个叫"山猫"的网友,中午挂了个关于瓜州铬渣污染的帖子,说瓜州铬渣污染20多人中毒,死亡8人,毒死黑山羊300余只;瓜州城区因水源污染,全城停水,也有人中毒死亡,等等!这个帖子挂出不久,点击率高达上万次,转载也挺多。网站拿不准,请示部里,看看如何处理。

网站干什么吃的?季军愣怔片刻,大声说,这么大的事儿,早不汇报,简直是乱弹琴。和正刚说,那可不是,我要不打电话传达你的指示,他们还不吱声哩!不过,季部,追究责任,那是以后的事儿,当务之急,是考虑怎样阻止这条信息的传播。那是,季军沉吟不决,稍倾,似乎下了决心,斩钉截铁地说,和部,你马上给瓜州信息网打电话,要他们立即屏蔽这条帖子,对后续的类似信息,也一律屏蔽,不得有误。和正刚连声说,好,好!季部,我这就去办。

看着和正刚轻轻地掩上门,走了出去,坐在大班椅上的季军双手扩胸,随即又举起,伸了伸懒腰,然后身子向后一仰,躺倒在大班椅高高的靠背上。

季军感到,眼下的情况,就像什么地方着了火,消防队是派出去了,兴许能暂时把火势压下去,但谁能保证不会出现新的火源呢?防不胜防啊!当下的瓜州,似乎到处都有火星,稍有不慎,随时都有燃烧的危险。关键是,要不要把这种动向,给主持市委工作的杨兵市长汇报。做了汇报,万一出了大篓子,上头有人撑着,自己少担点干系,但这样一来,就显得自己无能了。市委,或者说杨兵器重自己,将意识形态这一摊子,交给自己打理,并不希望什么事儿都去汇报;通常情况下,领导都不喜欢下属过多的请示汇报,而是希望他能独当一面,管好自己那一亩三分地;不汇报呢,万一真有大麻烦,就得吃不了兜着走。可真到了那时候,能兜得了,也就罢了,古人不是说,士为知己者死么?问题是,自己的口袋有多大?兜得了么?

中午平安无事。

季军下午刚上班,和正刚便跟着走进他的办公室。

季部,有新动向呢。没待季军开口问什么事儿,和正刚便开了腔,根据你的指示,瓜州信息网已经黑掉了"山猫"的帖子。可刚才我在新浪浏览,这个帖子又用"微博"在新浪发了出来,不一会儿,点击量嗖嗖嗖直往上蹿,网友跟帖和转载不少,你看怎么办啊?是么,不屈不挠啊,还真较上劲啦!季军说,我看看,怎么说的。好啊,和正刚说,你自个儿看看吧。

季部,除了"山猫"网上的帖子,还有个更头痛的事情呢,和正刚看了季军一眼,欲言又止。

说啊,什么事儿?季军说,别吞吞吐吐的。

网上还有个帖子,说瓜州将受到铬污染的"毒水"倒进南盘江,下游的珠江已受到污染,羊城市民陷入饮水恐慌……具体怎么说,你也看看吧。

好,季军说,我看看。

季军打开电脑,在新浪微博看到了"山猫"关于瓜州铬渣污染的帖子,内容与瓜州信息网传播的基本一致,但把瓜州对铬渣污染所采取的信息控制,顺带捅了出去。

某某省瓜州市境内近日因山洪暴发致铬渣污染,现有 30 多人中毒,8 人死亡,300 多只黑山羊暴毙。瓜州市区因水源受到污染大面积停水,全靠消防车供水度日,市民因抢水斗殴不断,超市矿泉水,皆抢购一空……

更不可思议的是,居然实行新闻封锁,本人挂在当地信息网的帖子,不到两小时,即被屏蔽……

看了"山猫"的帖子,季军又点开和正刚所说的另一个帖子,严格说来,这应该是一篇新闻报道。

昨日,某某省《信息时报》报道,称该省瓜州市发生一起重金属污染事件,5000 吨铬渣被倒进水库,致水库六价铬超标 2000 倍。事后,将受污染的 30 万立方毒水,用管道输入珠江源头南盘江,导致羊城市民产生饮水恐慌……

紧随这个帖子的,是议论纷纷的各种跟帖,在几乎众口一词的议论中,也有人提出异议。其中,有个叫"海之声"的网友在微博中说了几句真话:

现在沿海发达地区都在搞产业升级,主要途径,就是把高污染高能耗的"老鸟",都赶到了上游、内陆,或者相对不发达地区去。因此,广东也不要扮无辜……

这两个帖子,仿佛凌空投下的两枚重磅炸弹,季军虽没粉身碎骨,却震得晕晕乎乎的,愣了好大一会儿,才回过神来。人命关天,死亡8人,这还了得,煤矿死亡3人以上,就是重大事故啊!污染了珠江源,让下游数千万人喝毒水,该当何罪!他下意识地干咳一声,极力掩饰自己的窘态,问和正刚,和部,你看,这事儿咋办?

这……这个问题,季部,有点头疼呢,和正刚吞吞吐吐,欲言又止。没事儿,季军说,有什么想法,看法,直说啊!跟我还客气?是这样,和正刚得到鼓励,说,新浪上的微博,我们是无可奈何的,直说,就是没法删除。因为平时和这些大型网站,都没什么联络和沟通,急时抱佛脚,人家不会买账的,反倒碰一鼻子灰。因此,我觉得,这个事情,既然已经捅出来了,盖子没法捂,还不如因势利导。说得有道理,和部,季军说,刚才看完山猫的帖子,我就想到了疏导的问题,你这一说,就更坚定我的决心了。我想,我们应该尽快召开一个有关铬渣污染的新闻发布会,或者叫新闻通气会,公布事实真相和我们采取的措施,以证视听。对,季部,和正刚说,眼下,这应该是最好的办法了。好,就这么的。季军说,不过,这事还得请示杨兵市长,由他来拍板。然后,再看看具体怎么操作。那是呢。和正刚说,季部,你忙,我先回办公室,有事尽管吩咐。那好,季军说,有事我们再商量。

主意虽然打定,可杨兵会不会同意召开新闻发布会,季军心里没谱。多年搞新闻报道的经历,尤其是跻身官场,他知道,官员们的普遍心理是:报喜不报忧。说成绩时,天花乱坠,把老鼠说成大象。谈缺点不足,遮遮掩掩,避重就轻,以文过饰非为目标。对麾下喜欢揭短的通讯员,穿小脚鞋自不消说,即便是号称"无冕之王"的新闻记者,表面看来,地方奈何不得,实际上,也难以超脱。经常跑某个地方,并不停地为其搽脂抹粉,这样的记者,必然受到欢迎,当地会主动为你提供新闻线索,视为座上宾。县长,甚至书记一高兴,偶尔还会陪吃陪玩,亲热得跟哥们似的。反之,倘若你不栽花只栽刺,在当地领导眼里,无异洪水猛兽,没人愿意搭理你,倘若你厚着脸皮去,那好,上上下下给你坐冷板凳,让你自讨没趣,灰溜溜的,一走了之。

季军正犹豫不决,挂在腰间的手机响了起来,他掏出手机,晃了眼来电显示:杨兵!心里不由得一惊,慌忙摁下接听键,小心翼翼地说,喂,杨市啊,我季军。哦,季部是吧,网上都闹腾得沸沸扬扬的了,你这宣传部长,杨兵不无调侃地说,可真稳得起哟!是这样,情况我们都知道了,并且有了个初步想法,正准备向你汇报呢。季军自然听懂了杨兵调侃中的弦外之音,赶紧抢先表白,杨市,你在办公室哈,我马上过来,当面向你汇报,请你拍板。那好吧,杨兵沉默有倾,说,过来吧。

政府大楼在党委大楼对面,市长办公室在三楼,与季军所在的党委大楼,相距百来米。季军下了楼,急忙来到政府大楼,蹭蹭蹭登上三楼,不知是心里着急,还是平素不大运动,气喘吁吁。

杨兵办公室的门虚掩着。

季军走到门口,突然停下脚步,定了定神,让气喘得稍微均匀了些,这才抬起右手,用半握着的指背,轻轻敲门。

杨兵正看手中的一份什么文件,听到敲门声,知道是季军来到了,头也没抬,随口说,请进,季部。

打扰了,杨市! 季军推开门,笑着走进屋里,说,正要过来给你汇报,就接到你的电话。

这样啊,看来我们心有灵犀,想到一块去啦,杨兵抬起头来,随手指了指对面的沙发,示意季军入座,随即呵呵一笑,说,客气话就不用讲了,就当前的局面,说说你的想法吧。

好,季军说,好好。

于是,季军就瓜州信息网发现“山猫”关于铬渣污染的帖子和所采取的措施,以及这个帖子又以微博的形式,出现在新浪网等情况,向杨兵作了详细汇报。

杨兵静静地听着,右手五指微屈,习惯地用指尖在大班桌上断断续续地敲打,弹钢琴似的,不时转过平视的眼睛,看看季军。

季部啊,应当说,你初衷不错,就在季军汇报完过程和现状,准备说打算时,杨兵插话,可是你忽略了一个最现实,也是最简单的问题,互联网时代,防不胜防啊。说得不好听点,这叫掩耳盗铃,欲盖弥彰,本来死了两个人,网上说死了8人,差距大,负面影响更大啊,我的部长同志!

对,对,杨市说得对,是这样,季军说,反倒弄得我们很被动,这都是我的责任,是我工作没做好,我接受批评。

见季军态度诚恳,杨兵原本有些愠怒的脸,稍稍柔和了些。

乍一看,杨兵对网上有关瓜州的负面信息很是不满,对季军也不无责备,实际上,他心里的想法,却与季军如出一辙。因此,他才在紧急会议上,强调处理铬渣污染时,要把握导向。身为瓜州市政府首脑,他绝对不希望自己任上,产生影响政绩的负面新闻。可眼看事与愿违,阵脚压不住了,也只得改变策略,顺应趋势,先过了眼下这一关,再从长计议。既要达到转弯的目的,话又不能说得太直白,就只能挥泪斩马谡,对季军这个瓜州意识形态的掌舵人,做出一副严加问责的架势了。

面对杨兵的谴责,季军哑巴吃黄连,有苦难言。心想,小学生都晓得的东西,你以为我白痴啊。你在紧急会议上,还作为重要问题强调呢。再说,还不是为你大人的仕途着想嘛,谁知道,弄巧成拙,马屁拍到了马脚上。可这样的憋屈,他能说吗?说了,杨兵不是觉得自己更可笑么?算啦,磕掉牙齿带血吞,除了将憋屈咽下去,他还能说什么?下级服从上级,说的不就是这么一回事儿?

于是季军依旧面带微笑,一副心悦诚服的模样,有板有眼地,向杨兵汇报了召开铬渣污染新闻发布会的想法。

我想,这个新闻发布会,应该以瓜州最高的规格召开,也就是说,杨市你得出席,并由你通报有关铬渣污染最新最准确的信息,以正视听。

杨兵仍静静地听着,不时微微点头,尤其听到季军新闻发布会他如果出席,就是瓜州最高规格的说法,心里挺受用。不错,自己是政府一把手,可书记在家的时候,重大问题,都得书记拍板。换种说法,虽然都是七品芝麻官,但自己实际上处于从属地位,实打实的老二。眼下书记镀金去了,自己主持市委工作,虽有些名不正言不顺的遗憾,可党政一把抓,这种感觉,就一个字:爽!

不谋而合,杨兵笑着说,不谋而合啊,季部,我也是这样想的,河水涨了,闸门起不了作用,怎么办呢?就疏导嘛!疏通了,郁积的水流了出去,河道的压力,不就减轻了吗?顿了顿,抬起桌上的茶杯,有滋有味地啜一口,又说,我看这样,这个新闻发布会,以瓜州市人民政府的名义召开,根据你的想法,我出席发布会,由家才副市长主持;市委那边,李副书记正在乡镇指挥抗洪救灾,就不分散他的精力了,由你代表市委出席新闻发布会。另外,还有个重要任务,由你主要回答记者提问,你经常跟他们打交道,比我这个外行,有经验,呵呵!

好,好,好,就按市长的指示办,季军看杨兵定了调,说,至于我,就代表宣传部出席吧,代表市委,恐怕不妥哩!

为什么?杨兵说,你是市委常委,代表市委,有何不可啊?

这倒没错,季军说,可杨市你不仅是市长,还有个市委副书记的头衔,你在场,我怎么敢代表市委,太岁头上动土啊。当然,如果你们书记、副书记都不在家,我这个常委,冒一冒皮皮,倒还说得过去。你说,是不是这个理啊。

有道理。杨兵哈哈一笑,说,季部不愧是搞宣传工作的,对官场这套程序,蛮熟悉嘛。

哪里,哪里,杨市过奖了,季军也笑着说,没有规矩,不成方圆嘛。

那是啊!杨兵深有感触地说,自古官场深如海,等级森严,岂能越雷池半步。就现在,主席台上排座次,张三坐哪儿,李四坐哪儿,马虎不得。官员们一起走路,谁走在前,谁走在后,也不能乱套的。你的位置是第三,你有意,或者无意地,走到了第一的后面,抢了别人的镜头,就犯忌了。这些东西,虽然大伙都知道是繁文缛节,却没法摈弃,就连我们这些小小芝麻官,也难以免俗,呵呵呵!

杨市高见,高见。听了杨兵一通感慨,季军不失时机地拍了一回,深入浅出,高屋建瓴,切中时弊啊!

哪里,哪里哦,杨兵嘴上谦虚,心里却美滋滋的,胡言乱语罢了,季部,千万别当真,哈哈哈!

呵呵,季军见状,自然不便再拍下去,于是见好就收,杨市客气啦,客气啦。

哦,还有个问题,也要敲定下来,杨兵说,我们这个通报会,应该叫新闻发布会,还是叫记者招待会好呢,我想听听季部的意见,你是内行哩。

杨市过奖了,你知道的,搞新闻我是半路出家,野猫子。季军实打实地说,不过,据我所知,新闻发布会,又称记者招待会,可严格说来,两者还是有区别的。前者重在有重大,或者公众关心的新闻要发布;后者与前者的区别在于,它不一定有发布新闻,主要目的,是和新闻媒介进行沟通。季军说到这里,有意识地停顿下来,干咳一声,不经意地瞅了杨兵一眼,见他正认真听,又继续说下去,因此,鉴于当前铬渣污染众说纷纭的现状,我以为叫新闻发布会,可能要得体和准确些。当然,最终怎么定,还得杨市拍板。

好,好啊!杨兵眼里毫不掩饰地流露出赞赏,不错不错,季部虽说半路出家,可早修炼成佛了。我同意你的意见,明天这个通报情况的会议,就叫新闻发布会。顿了顿,说,我看会标上就写:瓜州市人民政府新闻发布会。主题嘛,当然是通报铬渣污染的相关情况。

好的,季军说,杨市这个定位相当准确。

那就这样,季部,按既定方针办。杨兵看事情谈得差不多了,委婉地说,明天上午9点,政府会议厅见。

好的。杨兵虽未逐客,季军知道自己该走了,识趣地站起身来,说,杨市,我回去了。

那好。杨兵欠了欠身子,算是送客,就这样吧。

走出市政府大楼,季军突发联想,市政府,相当于旧时县衙,普通百姓眼里,何其森严,自己没走进这个大院时,也觉得这里的每一个窗户,都神秘莫测,一旦身临其境,成了这里的一员,甚至有了一定话语权,才知道它其实没那么神秘,许多看似重大的问题,常在不经意的调侃言谈中,就敲定了。

走到市委大楼楼下,季军正要上楼,手机响了,看了看来电显示,是和正刚打来的,心想,哪里又起火了,刚摁下接听键,便响起和正刚有些急促的声音,季部,你回来没有? 回来啦! 我在楼下,正要上楼呢。季军说,怎么啦,有事儿?

是这样,和正刚说,新华社省分社刚刚来个姓张的记者,说要见你,采访瓜州铬渣污染事件,我说你下乡去了,晚上才回来,但他不大相信,还在办公室候着呢。哦,这样啊! 季军说。是啊,和正刚说,季部,我想你还是回避一下,如何? 行,就这么办。季军说,你先安排他在瓜州宾馆住下来,告诉他,明天上午9时,瓜州市人民政府在政府会议厅,召开有关铬渣污染的新闻发布会,请他届时光临。好,和正刚说,我这就去安排。

最后,季军要和正刚安排好张记者后,立马着手筹备新闻发布会的相关事宜。同时,抓紧通知境内新闻媒体,并与省、地各家新闻媒体联系,请他们委派新闻记者与会。这事儿过去也弄过,轻车熟路的,季军最后美了和正刚一句,和部,你就辛苦一下吧! 没事,没事,我知道的,季部,和正刚当即表态,你放心吧!

接完和正刚的电话,季军不由得停下脚步,和正刚说的这个新华社省分社记者,此前来过瓜州,打过两次交道,在省分社的一帮记者中,颇有资历,笔头也硬,给瓜州写过几篇有分量的报道,算是老朋友了。按理说,这哥们儿来了,应该见见面,陪他整几杯,可眼下,瓜州处于敏感期,任何不慎的言行,只会是火上浇油。既然决定召开新闻发布会,由杨兵统一发布信息,就只有怠慢这老兄了,以后有机会,表示歉意好了。

季军转身,走下已上了两级的台阶。

去哪儿,躲开下午这段空闲的时光呢? 季军思忖。

突然,他想起前几天,文体广局局长马占水,说文化市场管理方面有个问题要向他汇报,当时,时间安排不过来。何不逮住这个意外空隙,去那里看看,一来赚个亲民深入的口彩,再则,也可打发这段闲暇,如果问题得到了解决,一石三鸟,何乐不为。

喂,马局长啊,季军摸出手机,打马局长电话,我季军,你在办公室吧?

哦,季部啊,是我,是我,马局长声音洪亮,我在办公室呢,季部有什么指示啊!

在啊!那好,季军避实就虚,并不说有什么事儿,我来你那儿看看。

好,太好了。马局长说,欢迎季部光临!

一会儿见!季军说。

好!马局长大声呼应,晚上好好整几杯哈!

第二天上午,新闻发布会如期举行。

发布会在宽敞明亮的市政府会议厅举行,但格局作了些调整,将原先摆放在中间的圆桌搬走了,临时设置了主席台,主席台下面的椅子,按前后顺序放置,并有了相应的增加。

主席台的后方,是必不可少的背景板,为使上镜和拍摄效果更佳,用了当下时髦的海蓝色高清晰写真布,上书:瓜州市人民政府新闻发布会。下端的副标题——铬渣污染最新情况通报。副标题下面,是主办单位:瓜州市人民政府办公室。

高清晰,无异味,不反光写真布的首度使用,对现场气氛的营造,无疑起到了很好的烘托,无形中,陡然提升了新闻发布会的档次。

蓝底白色的黑体字,端庄厚重,耀眼夺目。

出席新闻发布会的领导,除了瓜州市委副书记、市长杨兵,市委常委、常务副市长张家才,市委常委,宣传部长季军,还有市环保局局长任杰,他还有个身份,抢险救灾指挥部副指挥长。

任杰参加新闻发布会,是杨兵日前临时动议。

原来,杨兵和季军商定召开新闻发布会后,又找来常务副市长张家才,嘴上说和张家才商量商量,实际上是告诉他自己的决定,出于程序的需要,通通气而已。张家才心领神会,当然表示支持,考虑到涉及环保方面的许多专业知识,建议让市环保局局长任杰参加。杨兵觉得张家才的想法有道理,但有些犹豫不决,因为再怎么说,任杰也只是正科级,分量似乎轻了些。不过,这种想法,不便抬上桌面。于是,好久没吱声。张家才见状,知道杨兵想什么,笑了笑,说,任杰不是指挥部副指挥长嘛,除了环保局长外,挂上这个头衔,不就行了。杨兵就驴下坡,说,那倒是哈,副指挥也可以代表市政府嘛,就这么的。

与会的新报媒体,除了瓜州本土,还有来自地区、省里的新闻单位。当然,来头最大的,是新华社省分社的张记者。

会议厅坐得满满当当。

9 时整,新闻发布会准时举行。

张家才:女士们,先生们,上午好!欢迎各位出席今天的新闻发布会。下面,首先介绍出席会议的有关领导。

瓜州市委副书记、市长杨兵;瓜州市委常委,宣传部长季军;瓜州市抢险救灾指挥部副指挥长、市环保局局长任杰。至于我,在座的,有不少老朋友,当然也有新朋友。老朋友们都知道,本人张姓,名家才,瓜州市委常委,瓜州市政府常务副市长。当然,新朋友认识了,也就是老朋友了。一回生,两回熟悉嘛!

昨天,金竹镇由于山洪暴发,导致铬渣污染,网上一时议论纷纷,各种揣测,莫衷一是。我们举行这个新闻发布会,就是为了澄清事实,还原其本来面目,给社会一个负责任的交代。

下面,我们请杨兵市长,介绍瓜州发生铬渣污染的相关情况,并主要回答记者提问。

杨兵:各位记者朋友好!

刚才,家才副市长讲了我们这次新闻发布会的主旨。现在,我就这次污染发生的原因,造成的后果,以及目前的情况,给大家做一个比较全面的介绍。

这次铬渣污染的最初原因,是瓜州永久化工转运铬渣到市外,作无害化处理时,疏于监督和追踪,致使承包转运者,将有毒铬渣中途随意倾倒,埋下隐患。昨晚,瓜州暴雨,山洪暴发,转运人随意堆放在山坡上的剧毒铬渣,被山洪大量冲进山下的松山水库,致水库受到污染,村民喂养的山羊,喝了水库有毒的水后,中毒死亡。据我们统计,饮用毒水致死的黑山羊,计 124 只。更令人沉痛的是,有 2 名村民在不知情的情况下,误喝被污染的井水致死。由于被污染的水库,乃瓜州城区主要饮用水源,因此,瓜州城区大面积停水。

目前,市政府已采取措施,用消防车运水,保证市民日常生活用水。非法倒运铬渣的承运人,已被公安机关刑事拘留,准确地说,应该是已经批捕。对被污染的水源,我们正在采取措施,作置换处理。

最后,我要郑重地说明,我们没有向南盘江倾倒铬渣,经环保部门检测,南盘江的水质,合乎国家标准。

经瓜州市政府办公会议研究决定,永久化工停产整顿,相关责任人,将依法追究。

好,我的介绍就到这里。下面我本人,以及季军部长、任杰局长,乐意回答各位提出的问题。

问:我是省卫视记者。请问杨市长,根据你刚才的介绍,铬渣堆放,在山洪到来之前。有两个问题,我想求证一下,一是永久化工的铬渣堆放合不合乎相关规定,再就是非法倾倒的问题,有关部门事先有无察觉?

杨兵:这个问题颇具专业性,也比较具体,我看这样,请市环保局任杰局长,回答这位记者的问题。

任杰:作为环保局长,我非常乐意代表杨兵市长回答这位记者的提问。其一,永久化工废弃铬渣堆放,一开始是比较规范的,也就是说,采取了硬化地面防渗,搭建雨棚防雨、防风、防尘等措施。后来,时间长了,处理得不及时,棚里堆放不了,便露天堆放,对周边的土壤,空气,造成了污染,村民反应较大。环保部门发现这个情况后,曾责令永久化工进行无害化处理;其二,该公司将铬渣转运市外,作无害化处理,就是在这种背景下采取的措施。至于具体的转运细节,以及中途非法倾倒铬渣,我们并不知情。当然,作为环保职能部门,我们有监管不到位的责任。

问:我是《乌蒙日报》记者。所我所知,饮水安全,或者饮水危机,是这次铬渣污染的恶果之一,甚至,对南盘江下游城市的饮水安全,也有影响。请问杨兵市长,除了你刚才说的消防车运水等应急措施,还采取了哪些行之有效的措施,以确保市民饮水安全,度过水荒。

杨兵:这个记者的问题,提得挺好啊!市民的饮水问题,既是大家关注的焦点,也是我们抢险救灾的重中之重,水是生命之源嘛。三天不吃饭,也许问题不太大,三天没水喝,可能就有生命之虞了。不过,这个问题具体怎么处理,我想,仍然请环保局任杰局长作答。

任杰:这次受到铬渣污染的松山水库,是个中型水库,容积数千立方米,是瓜州的主要水源点。而松山水库与南盘江比邻。为保证市民的饮水安全,我们暂停了部分城区的自来水供应。有关部门正在采取措施,最大限度地控制污染,尽快地恢复城区正常供水。

南盘江乃珠江上游,虽然我们对南盘江水质作了检测,且并未检出六价铬,但下游城市担心饮水安全,我们表示理解。我们要做的,就是对受到铬渣污染的松山水库,进行无害化处理,不让一滴有毒的水,流入南盘江。具体措施是:为防止南盘江受到污染,正在修建一座拦水坝,把水库里受到污染的水,拦蓄起来。与此同时,组织专业技术人员,对拦蓄下来的数千立方水体,进行还原、解毒处理,待达到安全排放标准后,再排放。

问:我是新华社省分社记者。据了解,这次铬渣污染事件的发生,除了天灾,更主要是人祸。对此,瓜州在抢险救灾的同时,已着手对铬渣污染相关责任人进行调查和追究,比如杨兵市长刚才说到的,批捕铬渣运输承包人。请问杨市长,对污染地受灾的村民,怎么赔偿?另外,永久化工对当地的生态环境破坏极大,据说已经出现"癌症村"。眼下,生态建设作为五个文明之一,同等重要,建设美丽中国,成为国人共识。请问市长,如此污染严重的企业,事后将何去何从?

杨兵:这个……这个……问题,不可否认,的确有人为因素。目前,瓜州市纪委、环保、监察、安监、公安等相关部门组成的调查组,已经着手调查铬渣污染事件的原因。待结论出来后,我们一定会按照法律法规,严肃处理。在此,我代表市委、市政府表态,不管涉及谁,我们都会坚决查处,绝不手软,绝不姑息。

至于永久化工造成当地环境污染,对村民的生命安全造成威胁的问题,此前,我也曾听到过反映。我想说的是,近年来,永久化工对瓜州经济发展,起到了很大作用。换句话说,它几乎占了瓜州 GDP 半壁江山。因此,永久此后何去何从?这样一个事关瓜州经济发展大局的问题,作为个人,我无权,也不便在此多说什么,就算我说了,也不可能算数。因为这样的大事,必须经过市委、市政府集体讨论、研究,达成共识,才能作出决定。当然,作为个人,我可以表态,永久无论是关停,还是继续开办,或者迁移厂址,只要市委、市政府作出决定,我都会坚决拥护和支持。

问:我是讯腾网记者。瓜州铬渣污事件发生后,瓜州新闻媒体几乎集体失语。仅有某网站挂出个帖子,但有网友暴料,该帖子很快被黑,这种掩耳盗铃的做法,广大网友十分愤慨。请问季军部长,身为瓜州分管新闻宣传的主官,你对此有何评论?

季军:这……这,这个,屏弊的问题,前两天我上省里开会,昨天才回来,并不知情。至于我的态度,我想,瓜州市委、市政府,今天在这里召开新闻发布会,公布准确的信息,既是宣传部的态度,也代表我本人的态度。

……

按事前分工,主持新闻发布会的常务副市长张家才不用回答问题,但他有个别人无法代替的责任,就是掌控发布会的局面和时间,适时刹车。见杨兵和季军回答记者的问题时,连续出现打顿,靠"这个这个"稳定情绪和思路,知道他们碰到了棘手的问题,心想再这样下去,瓜州的脸,就丢大了。于是不经意地看了看主席台对面墙壁上的电子钟,新闻发布,已历时 70 分钟,比预计时间差 20分钟。虽然还有记者不停地举手,要求提问,张家才却视而不见,决定刹车。

各位朋友,张家才挪了挪面前的麦克风,一字一顿地说,新闻发布会,至此结束。

谢谢大家!

台下响起一阵挪动椅子的声音,没抢到提问机会的记者,一个个表现出意犹未尽的失望。

眼看记者走得差不多了,季军尾随着杨兵、张家才,任杰则跟在季军之后,鱼贯走出会议厅。

杨兵耷拉着脑袋,一声不吭,张家才和季军见状,也不便搭讪。只有任杰,脸上的神采鲜亮些。这个新闻发布会,他作为"候补委员"出席,反倒歪打正着,抢了风头,露了脸,杨兵和季军的表现,却差强人意。尤其是季军,瓜州堂堂新闻宣传的主官,在记者的诘问下,语无伦次,就像当众被人剥光了衣服,要多难堪,有多难堪。

不过,瓜州举行的这次新闻发布会,尽管杨兵和季军对自己的表现都不太满意,基本上达到了"以正视听"的目的。

会后,省内,甚至北京的几家大报,网站,都相继刊载了以新闻发布会为由头的有关瓜州铬渣污染的新闻,内容大同小异。之所以如出一辙,当然是因为这些记者的大作,都是在新闻发布会散发的通稿上,掐头去尾,稍加改动,炮制出来的。

作为回报,瓜州馈赠的红包和土特产大礼包,相当丰厚。

第七章

  瓜州铬渣污染的导火索是暴雨,但更主要的,却是人祸。肇事者,或者叫犯罪嫌疑人,是铬渣的非法承运者和倾倒者张大山、马家河。

  张大山和马家河都是瓜州凤山镇人,出生在一个名叫小箐沟的小山村,上邻下坎,房檐挨着房檐,张家打个响屁,马家闻到臭味,马家一声咳嗽,张家知道谁感冒了。更巧的是,他俩同年同月生,张大山生在月初,马家河生在月尾,打小一块儿上树掏鸟蛋,下河摸螃蟹,好得穿连裆似的。如此亲密无间,出生年月又像双胞胎,哥俩自然也一起发蒙上学。要读书,少不了取个正儿八经的官名,或者学名。在小箐沟,取名虽不像时下城里人那么讲究,翻翻易经或名字学什么的,可还是得有点来由的。张大山的父亲因为小箐沟坐落在一架大山上,且一生都在山里刨食,深知靠山吃山的道理,希望儿子的未来,像山一样稳靠,哪天年迈了,也好有个依托,几经思索,意味深长地为儿子取名"大山"。相形之下,马家河的父亲脑筋却要活泛得多,即便是割资本主义尾巴的年代,也时不时偷偷地,从甲地倒腾些山货到乙地,干点投机倒把的勾当,赚几文差价补贴家用。兜里有了钱,老马还会不时摸到镇上餐馆,炒上几个菜,舀二两土酒,打打牙祭,犒劳犒劳自己。马家河与张大山发蒙的当儿,正巧镇里的放映队来小箐沟放映《地道战》,电影里,汤司令有句不时挂在嘴上的喃喃自语:高家庄,马家河……老马眉头一皱,记上心来,这不是明摆着的好名儿么,姓马,名家河,好听,上口,响亮。当然,潜意识里,他还有个不能言说的隐秘,希望儿子将来能赚很多钱,多得就像村前滚滚而来的河水。

　　如果说，上学是人生第一个长跑，那么，村小简陋得不能再简陋的教室里，这哥们儿便渐渐地拉开了距离。马家河儿时掏鸟蛋摸螃蟹的优势灵光，很快被张大山每次考试清一色的"红分"，乃至满分，领先掩盖。马家河呢，也不可谓不努力，但尽管他使出浑身解数，总是在 60 分上下徘徊，远远地落在张大山后面。后来，随着距离的拉大，马家河慢慢地成了班里吆鸭子的角色。

　　村小 6 个寒暑转瞬即逝，张大山作为优等生，毫无悬念地考取了镇上的初中。马家河呢，尽管成绩与张大山挺悬殊，也在"两基"召唤下，榜上有名，跨入了中学生的行业。可才读了不到一个月，马家河的父亲就不干了，他不辞劳苦地走了 30 里地，找到镇中的校长说，我儿子马家河这书没球读头，不如跟我回家，帮衬着做点活路哩！校长说，为什么没读头啊？老马说，为什么？你校长咋个当的，我儿子每次考试，都吆鸭子，你不知道啊？校长说，这个我还真不知道，这么多学生哩。不过，再怎么说，也得把初中读完呀。老马振振有词，没球读头，我让他回去，先帮着干点地里的活儿，过几年，身子骨硬朗了，出去打工，养家糊口，成家立业。校长劝老马，读完初中，再出去打工也不晚嘛！再说，你虽是马家河的父亲，也没权力剥夺他受教育的权利啊！老马听校长这么说，顿时火冒三丈，你说我没权力，哪个有权力，校长你啊？可我一把屎一把尿地拉扯娃儿的时候，你在哪儿？你以为我这娃儿，是一碗米喂大的？校长愣愣，嘴里哦哦地不知道说什么，心里却咬牙切齿地骂，真他妈不可理喻。

　　于是马家河便顺理成章地辍了学。辍学之所以如此顺畅，一是校长在老马的高论面前默然退却，再就是马家河也觉得父亲的理论挺有现实意义。是呀，老吆鸭子的学生，在老师同学面前抬不起头不消说，问题是折腾半天，你还能上北大清华不成？恐怕连三本，也挨不着边儿呢，不如干脆回家干活了事。因此，对辍学这事儿，马家河显得十二分地理解父亲，不像有的孩子，憋闷、伤心得要死要活的。

　　与马家河中途辍学相反，张大山以优异的成绩度过了 3 年初中时光，顺利进入瓜州市一中。在瓜州这所唯一的省级重点中学，他仍是品学兼优的好学生。以致高中的板凳还没捂热，老师和同学都认为，张大山的一只脚，已经跨进了重点大学的门槛。除了学习名列前茅，他还是校篮球队主力前锋，一手命中率极高的中远距离投篮，常常让篮球场边的女生，啧啧称羡，雀跃欢呼。坐在教室里，奔跑在球场上，不经意地看过去，他常常会发现一双双迎面而来的火辣辣的眼睛。可面对这火一般的热烈,他反倒极不自在,仿佛被人发现了什么隐私,慌忙躲闪开去。有时,与三五马群的女生擦肩而过,居然惹得她们窃窃私语,随即,背后陡然暴发一阵哄笑。不过,这些目光中,他发现有一双非常熟悉印象特深的丹凤眼,那是也来自凤山镇中,镇党委书记欧阳明鉴女儿欧阳梅秀美的眸子。有时候,他会突发奇想,倘若能朝朝暮暮看到这双丹凤眼,岂不是桩美事。可这种念头刚冒出来,就被他用理智的利刃斩断了。黄鼠狼想吃天鹅肉,可能么?

晃眼就是一年。

正当重点大学的校门越来越近,爱情的种子也即将迎春萌芽的当儿,张大山这个人们眼中的准大学生,也步了马家河的后尘——辍学。与马家河不同的是,张大山黯然神伤,心如刀绞。他像一只翱翔蓝天,陡然折翅的鸟儿,躲在校园一角,默默地舔吮自己血肉模糊的伤口,含泪吞下因贫困而衍生的苦果。同学老师,乃至学校领导的关心劝慰,自然是有的,但在张大山听来,那些话不说隔靴搔痒,起码也显得苍白。老家小箐沟有句俗话:火烧脚背,自个儿知道疼。打发蒙开始,小学、初中,加上高中这一年,整整十个春秋,三千六百多个日日夜夜,尤其是高中这一年,陡增的开销,宛如虎视眈眈的血盆大口,只有他知道,父亲是怎样熬过来的。为了让他上学,家里能变卖成钱的东西,全都卖了。课堂上,老师讲解家徒四壁这个成语时,他脑海里突然闪过家里空空荡荡的景象。心想,还有什么诠释,比自己的亲身体验来得更刻骨铭心呢?十年上学路,就像一场遥远漫长的马拉松,老实巴交的父亲,佝偻着并不伟岸的身躯,迈着铅一般沉重的步履,紧紧地跟着千千万万望子成龙的父亲,蹒跚前行,心力交瘁。如果不是春上那场突如其来的汤圆般大小的冰雹,将家里的茅草房砸得通花见亮,将一坡丰收在望的油菜籽,横扫殆尽,哪怕再艰难,父亲也会咬紧牙关,让他的大学梦继续放飞。可生活太现实,太实际了,支撑他上学的费用和家里的柴米油盐,父亲本已精疲力竭,灾难从天而降,更是雪上加霜。那被冰雹洞穿的房子,是要很一大笔钱,才能修复翻盖好的,而那一坡坠弯了腰的油菜籽,是父亲为他存在大地银行的开销哩。假如还有一丝儿力气,他相信,父亲会支撑下去的。望子成龙,并不只是有钱人的专利。相反,穷人的这种愿望,也许更加迫切。

一番痛苦的挣扎后,张大山含泪接受了中途辍学的严酷现实。

　　也许,张大山仅仅历经十七场人生风雨的肩膀,要为父亲扛起养家糊口的重担,显得有些稚嫩。可他觉得,既为准男子汉,对这个经济濒临崩溃的家,有着义不容辞的担当。常言说,穷人的孩子早当家。再不济,也得自食其力吧。

　　张大山辍学回到小箐沟的时候,马家河还窝在家里帮着干些手上活儿,三四年的历练,他最大的变化是,身子骨像其父期待的那样,硬朗结实多了,个头呢,也笋子般蹿了老高,仅看他胳膊肘上那一楞楞腱子肉,就知道他有使不完的劲头。遗憾的是,虽然他并不吝啬大把的力气,可在这片贫瘠的土地上,收获与付出,相去甚远。

　　虽然脚踏实地,走在故乡坑坑洼洼的山道上,张大山还是有种不真实的感觉。身子回来了,心却留在了瓜州,飘荡在幽静温馨的校园。打发蒙读书那一天起,他压根儿就没想过要回到小箐沟,他的目标在山外,在很远很远的地方。多少个万籁俱寂的夜晚,小箐沟静得没有一声狗吠,没有一声鸡鸣,张大山静静地躺在床上,凝视着房顶窟窿里恣意倾泻的如水月光,心里溢满了沮丧。以后的路怎么走,怎样改变最起码的生存环境,他不止一次地久久思量。

　　痛苦的思索中,张大山终于开了窍,既然命运让贫困这只魔掌扼杀了自己劳心的梦想,那么,劳力总该可以吧。眼下,打工潮风起云涌,有力气,总不至于饿肚皮吧。当然,他的力气肯定不能在小箐沟使,得找个价值相对较高的地方。去哪儿呢,沿海不去了,太远,看起来挣得多,可消费也高,三下五除二,就没几个子儿了,父母有个三病两痛,也鞭长莫及。想想,就瓜州吧,离家近,既可照顾年迈的双亲,常回家看看,又能挣些钱养活自己,改变家里捉襟见肘的困境。

　　这个点子刚冒出来,张大山脑海里倏然闪现马家河一身铁实的腱子肉,何不带上这兄弟,一来出劳力是把好手,再则相互也有个照应。

　　张大山找到马家河,将赴瓜州打工的美好前景描绘得天花乱坠,仿佛那里就是人间天堂,勾腰捡起的,都是金元宝。高兴得马家河呵呵呵咧开大嘴,一个劲儿傻乐。

　　大山哥! 回家这些年,我冥冥之中,好像就等着这一天呢。马家河好容易刹住笑,说,咱哥俩,又可以在一起打堆了,呵呵!

　　那是呢,又可以打堆了。张大山也笑着说,可你这冥冥之中是什么意思,心里巴不得我回来,或者说,算定我必然回来和你打堆? 见不得穷人喝稀饭啊!

　　那倒不是,兄弟的心理不至于这样阴暗嘛! 马家河说,反正,我也说不清楚,但我真感觉我们还会在一起打堆的。当然,这样的形式,并不是我所期待的。

呵呵,不说这个了。听了马家河的话,一丝沮丧,蓦地从张大山心里浮起,他赶紧岔开话头,说,人生无常,一切皆有定数。打工的事儿,你父亲不会反对吧?

不会。老窝在家里干吗。马家河说,不过,我还得问问他,争取能痛痛快快地答应我出去。

是这样。张大山说,皆大欢喜最好,没必要为这事儿,闹得别别扭扭的。何况出去打工,也是好事啊。

就是嘛。马家河说。

当晚,老马郑重其事地来到张大山家里,探询进城打工的事儿。表面上,却故作轻松,天南海北,东拉本扯地和张大山的父亲侃了通闲篇,才言归正传。

大山,老马不经意地说,你准备带家河一起去瓜州打工哈!

是呢,大叔!张大山说,反正家河在屋里也没多少事儿,出去打工,至少能养活自己嘛。

是哩,是哩。老马连声赞同,不失时机地给张大山贴金,过去村里好几拨人出去打工,都邀约家河,可我都没吐口。说句掏心窝子的话,跟他们出去,我不放心呢。顿了顿,喝了口茶,生怕这话引起张大山的不快,赶紧补充道,可家河跟你出去,大伯我放心,放心。

谢大伯信任。张大山坦言,其实我也没啥经验,一切都得从零开始。不过,我和家河,就像亲兄弟似的,我有一口吃的,他就不会饿肚子。这一点,大伯尽管放心。

放心,放心。老马说,和你大山出去,我放十二个心哩!没经验不要紧,只要有脑子就成,经验是干出来的嘛。说真的,家河力气上不输,可脑子,没你灵光活泛。你们两个在一起,正好可以取长补短哩。

大叔夸奖啦!张大山说,我们会好好干的。

好好好!老马讪笑着说,相信,大伯相信。

老马看目的达到,打着哈哈与张大山一家告辞。出得门来,"啪"地摁亮打火机,借着一线微弱的光亮,蹒跚前行。须臾,融入一片黝黑。

张大山伫立在大门边,看着马伯有些佝偻的身影渐渐淡去,陡然感到,带马家河一起出去打工，自己的肩上，无形中，又多了一份沉甸甸的责任。

瓜州之于马家河，是一个全新的世界。

与张大山结伴进城打工前，马家河到过瓜州的次数屈指可数。第一次到瓜州的时候，他觉得这个县城与自己所在的小箐沟相比，好大好大，大得找不着北。后来，他才知道，瓜州别说在全省了，就是在乌蒙地区，也只是小兄弟的辈分。之所以觉得它大，那是因为自己眼界太小。按小箐沟的俗话说，他只见过簸箕大的天。不过，打第一次进瓜州，他就有个不能示人的梦想，假如有朝一日，自己能够在县城待下来，成为她的一员，那该多好！

心想事成。

在张大山的带领下，马家河终于进入瓜州。虽然是打工者的身份，准居民，算不上道道地地的城里人，但他还是打心里高兴，浑身上下，有一股使不完的劲。

相形之下，张大山对瓜州要熟悉得多，他毕竟在这个小城里，度过一年的求学时光，虽说当时没有太多闲暇游逛，可说起县城的大街小巷，也知道个八九不离十。不过，那时候，心理上有点儿"隔"，觉得瓜州不过是自己漫漫人生路上的一个驿站，自己之于瓜州，充其量，也就是个稍纵即逝的过客，并不想，也没时间，从从容容地去打量它。每月依赖父亲从牙缝里挪下的微薄银子，吃好自然是奢望，果腹，倒是没问题的。如今，重返瓜州，学子身份不再，以打工仔的面目融入瓜州，这才明白一个简单得不能再简单的道理：生存，是第一要务。

张大山和马家河找了背街一家便宜的小旅馆栖身，天刚亮，便没头苍蝇似的，四处找工作。

在马家河看来，只要有力气，到了瓜州，肯定有用武之地，挣大把的钱不敢说，维持温饱，应该没问题。张大山呢，想得倒没这么轻松，但再怎么说，两个气饱力壮的大小伙子，总不至于找不到卖劳力的地儿吧。

晃眼便是一个星期。

哥俩从家里带来的几十元盘缠，即将告罄，工作呢，泡泡都没见一个。本来，有家公司知道张大山读过高中，有意让他干推销，他也觉得自己能够胜任。可人家一打听马家河的履历，得知他仅仅小学毕业，便没兴趣了。张大山一再恳求，说马家河挺能干，希望也留下他。那家公司的人力资源部主任，意味深长地笑笑，随手从大班桌上拎起一张《乌蒙日报》，指着头版一篇报道，递给马家河一支圆珠笔,一张 A4 纸,说,小马,照着报上的这篇文章,抄写一遍。

约莫一个时辰,马家河满头大汗地抄完了这篇不足五百字的报道,主任接过去一看,眉头紧锁,一脸凝重。

张大山顿觉不妙,凑过去一看,马家河字写得像鸡爪子似的,七弯八拐,有的硬生生地大御八块,四分五裂。最令人头疼的是,照着抄写,居然还有七八个错别字。

张大山也深感错愕。

仅仅三四年时光,马家河学到的那点可怜巴巴的知识,几乎原封不动地还给了老师,以至,连字都写不全了。

马家河脸上青一块,紫一块,只恨没有地缝儿可钻。

小张,你都看到了吧!漂亮的女主任莞尔一笑,眨巴着美丽的大眼睛说,不是我们不给他机会,虽然公司不唯学历,但更注重能力呀。

张大山点点头,无语。

他能说什么呢?

你看这样吧,主任说,小张你留下来。至于小马,另找个适合他的地方好了。

这不行。张家才毫不犹豫地回答,我们一起从小箐沟出来,说好了的,要干就在一起干。愣了愣,诚心诚意地说,谢谢主任的美意。

主任充满惋惜地叹了一口气。

大山哥,刚才你怎么不答应呢,你找到工作,我再去找啊!走出这家公司,马家河终于缓过劲来,幽幽地说,实在找不到,我回小箐沟继续种地得了。

你傻啊!我在这儿干,你不是更难找工作了。张大山没好气地说,哥既然从家带你出来,并对马伯作过承诺,就要同甘共苦。你记住,只要哥兜里有一分钱,就会掰一半给你花。

哥!马家河眼里噙着泪花,声情并茂地喊了一嗓,大山哥!

兄弟!张大山心里一热,喉咙里咸咸的东西往上冒,愣怔片刻,好容易才咽了下去,拍了拍马家河的肩膀,说,时候不早了,我们去那边整碗面条,下午继续找吧。我就不相信,偌大的瓜州,就没咱哥俩混碗饭的地儿。

好!马家河说,听哥的。

天无绝人之路。两天后,张大山和马家河终于找到了一份工作:在一个建筑工地做小工。

他们的工作,就是挖土方、搬砖、送灰浆,做杂活什么的。工资不高,每日10元,但管饭,可以住公司提供的工棚,省去了食宿的必须开销。这类活,行内俗称"小工"。

许多年后,想起初出茅庐的这段艰辛岁月,张大山很是佩服中国文字的博大精深。同样做工,一个小字,就届定了你的身份地位。在建筑工地上,没有比当小工更卑微,更受人挑剔的了。工头,师傅训斥、怒吼是家常便饭,就连早入行的工哥工姐,也不正眼瞧你。在他们眼里,你就是一无是处的"新兵蛋子",是刚进门的人人可欺的"小媳妇"。

找到了工作,马家河显得很高兴。辍学这些年,他跟着父亲日晒雨淋地在山里劳作,除了长力气,还吃了不少苦。因此,这样的活路,对他来说,根本不算一回事儿。

张大山可就有些吃不消了。十来年间,一直读书,虽然也时不时地帮助家里干些农活,却蜻蜓点水似的,没受过什么大的磨炼。陡然操练强度如此之大的活儿,累得几乎散了架。没几天,手上就打起了水泡,肩头磨得血红血红的,隐隐地渗出缕缕血丝,杠子一压上去,钻心地疼。可他得忍着,从不在马家河面前哼唧。他知道,万事开头难,干什么都难,都得咬牙挺住。在举目无亲的瓜州,别说每天还有钱挣,能找到遮风避雨的地方,就已经烧高香了。

这种当小工的日子,一晃就是五年。

时间这把高碳钢的锉刀,把张大山和马家河磨砺成了名副其实的男子汉。马家河比起刚进城的时候,更加壮实,力大无穷。张大山最大的变化是,身板结实的同时,洋溢一股儒雅的书卷气。过了劳动关、博闻强记,偷师学艺的同时,他没闲着,抽闲等空地自修了建筑方面的相关知识,尤其在《土木工程学》上,下足了功夫,能看图纸,也能照着图纸施工。后来,手里有了些积蓄后,张大山试着接些基础开挖、保坎修建等小工程,当上了小包工头。刨去成本、人头工资、以及各种必需的打点,手头宽裕多了。

马家河当然也不用再当小工,而是干上了监工,时髦的词儿,叫监理。

手里有了温饱以外的闲钱,许多事儿就好办多了。早在读高一的时候,张大山就听人说过:烟搭桥,酒铺路,有钱就能买条路。当时似懂非懂,也不在意。瓜州这所社会大学的磨砺,让他深刻地领会了这句俗话的真谛,并身体力行地效法,屡试不爽。有时,简直出神入化。

某日,一伙哥们儿小酌,有人无意中说起,瓜州一中新近圈了偌大一片地,准备新建教学实验大楼和足球场。眼下,马上砌保坎修围墙。说者无意,听者有心。一番刨根问底,得知校长依然是就读时的郭校长,便动开了心思。

教学实验大楼,那是个大工程,鉴于眼下自己资质和财力都欠缺,难以企及,可那长长的一圈保坎围墙,利润也不会少啊。虽然离开学校多年,但自己当年是老师们眼中的好学生,辍学时,郭校长还将自己叫到办公室去,苦口婆心地劝导,那一份真挚的慈爱,让人动容。尽管自己最终离校,但在他心目中,印象应该不坏。有这么个前提,为什么不去争取呢?

张大山准备了一分丰厚的礼品,当然还有不菲的红包,登门拜访老校长。

敲开门的瞬间,看着老校长已有些斑白的双鬓,心里蓦地一热,恭恭敬敬地鞠了一躬,声情并茂地喊:郭校长! 老校长愣怔片刻,镜片后面的眼珠扑楞楞地转了一圈,这才回过神来,哦,张大山啊! 快进来,坐,请坐! 对,我是张大山,好多年不见,校长还是这么硬朗啊! 张大山走进在客厅,坐在长长的皮沙发上,激动地说,您老还记得我这个不争气的学生,我好高兴哦! 别这么说,条条大路通罗马,上大学,当然好,上不了大学,也可以成有用之才嘛! 老校长给张大山泡了杯明前毛尖,在对面的沙发上落座,一脸慈祥地说,听说你来瓜州多年了,干得也挺不错。哪样不错哦,校长过奖了,混生活罢了。张大山说,我确实来瓜州有些年头了,早该来拜望校长的,但没混出个人样儿,没脸见您啊! 看你说的,老校长说,当初你要能继续学业,考清华北大我不敢说,考一本肯定没问题,可家里碰到天灾,实在撑不下去,我也能理解。一句话,你张大山上大学,是我的学生,没上大学,也是我的学生嘛。有空,尽管来家里玩,有什么我能办的事儿,尽管开口,不用客气。好,好,谢谢校长! 张大山倏地站起身,跨上前去,紧紧地握着老校长的手,激动地说,我张大山,永远是您的学生!

张大山如愿以偿地签订了承包合同。

他还从老校长嘴里得知,母校的确要新建教学实验大楼,目前正在做前期准备:预算、立项,一旦瓜州市政府批准,资金到位,就破土动工。不过,因为工程浩大,所需资金多达上千万元,由瓜州市教育局基教办主管,学校通常插不上手。大问题,应该是局长,或者分管教育的副市长拍板。

张大山得知这些情况,不免有些失落,多年来,他都是流寇似作业,既没有注册公司,也没什么大型的机械,说得不好听点,连搅拌机也没有一台,打的全是人海战术。这么大的工程,就是天上掉馅饼,一不小心砸到自己头上,他也没这么大的胃口吃下去。看来,还得听老校长的建议,正儿八经地注册一家公司,既可以整个老板当当,接工程,也方便得多。

两个月后,瓜州一中的保坎围墙竣工在望。

张大山大略算了算,刨掉成本人头公关一应开销,着着实实赚了不少。更可喜的是,这期间,他终于名正言顺地开办了自己的公司——大山基建土木工程有限公司。结束了昔日工程结算挂靠别人,按比例交纳管理费的日子。自个儿当老板的感觉,从未有过的好。

承包工程这些年,张大山自觉地养成了好习惯,注重质量管理,亲自到工地督阵。他深知,哪怕是土石方开挖,也是万古千秋的事儿,马虎不得。搞工程,当然要赚钱,但保证质量,是首要的。在这个前提下,能多赚一点是一点,绝对不能为了多赚钱,偷工减料,打马虎眼。他过手的工程,甲方都挺满意。他之以能不间断地揽到活,口口相传的良好声誉,是很重要的原因。更何况,老校长能将保坎围墙发包给自己,那是多大的情分和面子呀。就凭这一点,更不能掉以轻心。因此,母校的这个工程,他格外上心,有事没事,都要到工地看看。马家河有时跟他打趣,大山哥,真不愧在这读过书呢,比干自家的活儿,还要上心啊!那是,你给我盯紧点,张大山说,我家的墙砌不好,关系不大,这墙要出了问题,哥饶不了你哦!我知道,我知道,马家河连声说,盯得紧着呢。

一个夏日的黄昏,血红的太阳挂在城西高高的文笔峰上,欲坠未坠,漫天嫣红,水一般抛洒在静谧的校园,热烈而温馨。

张大山从工地出来,转过从前读书的教学大楼,嫣红的天幕下,一袭白底黑点的连衣裙,蓦然飘进眼帘,他不由得心里一动。定睛细看,腰细臀丰,凸凹有致,袅袅婷婷,模特似的。索性停下却步,呆呆地盯着看,看得久了,竟觉得这身影似曾相识,可在哪儿见过,又一时想不起来。

突然,张大山来了勇气,加快脚步跟了上去。

连衣裙女人开始没注意到后面有人盯自己,及至听到有脚步声接踵而来,这才警觉地转过身来,眼里有些许疑惑,甚而还有一丝惊慌。

谁也没料到,四目相对,居然碰出电光石火。

啊!张大山嘴都合不拢,愣了愣,大声惊叫,欧阳梅。

哇！欧阳梅也惊奇得仿佛发现了新大陆，顾不得矜持，惊乍乍地喊，张大山。

两双手情不自禁地紧紧相握。

真是你啊，欧阳梅眼里满是幽怨，该不会是做梦吧！

梦想成真。张大山用力地握了握欧阳梅的手，这才恋恋不舍地松开，笑着说，应该假不了。

怎么会在这里碰到你啊？欧阳梅问。

我包了学校的保坎和围墙哩。张大山回答。

你呢，张大山问，干吗呀？

我在这里教书呀，刚上完阅读课，准备回家呢。欧阳梅说，高中毕业后，我考取乌蒙师院中文系，分配到这里教初中，已经三年了。

原来如此，大学生哩！张大山说，没想到在母校重逢，缘分啊！

真的。欧阳梅红着脸说，缘分。

欧阳梅说话的时候，张大山定定地盯着她，倏忽间，那种似曾相识的火辣辣的目光一闪而过，尽管就那么一瞬，他还是捕捉到了。

张大山怦然心动。

真是命中有缘，不期而遇的邂逅，让张大山欧阳梅双双坠入爱河。

张大山后来知道，欧阳梅大学毕业那一年，她父亲欧阳明鉴调任瓜州市教育局局长，举家迁居瓜州，就住桃园小区。

时光像一条不舍昼夜的河，行走在这条河里，谁都不可避免地会受到打磨，发生意料之中，抑或意料之外的变化，张大山和欧阳梅这对同窗，自然也不例外。如果说，在张大山的眼里，同窗共读的欧阳梅清淳俊俏，那么，许多年后，在时光这个魔术师的手里，她演变出来的，更多是艳丽妩媚。不过，因有着清淳俊俏的底子，这种妩媚艳丽并不咄咄逼人，蕴含些许内敛。唯其如此，反倒比那种张扬的艳丽，更慑人心魂。同样，张大山也发生了很大的变化，用欧阳梅的话说，昔日那个见了女生就脸红就躲闪，仿佛做了小偷似的小青皮，变成了风度翩翩的男子汉。刚一见面，就那么大胆热烈地盯住她，撩拨得她脸红心跳。

面对从天而降的爱情，张大山心情格外复杂。一方面，他为当初的朦胧爱意梦想成真而欣喜；另一方面，心中又不时充斥些忐忑。虽然自己眼下已经脱贫,不再是当初那个一文不名的穷小子,但与欧阳梅的家庭,地位相比,差距是明摆着的。这种客观的差距,传统说法叫:门不当,户不对。这些,欧阳梅不会不明白,可她似乎并不在意,成天乐呵呵的。张大山蓦然想起不知谁说过的话:热恋中的女人智商为零。那么,有一天,这温度下降了呢?

他不敢想下去。

自然而然地,张大山成了欧阳梅家的常客。凭感觉,他觉得欧阳局长虽然端着政府官员的架子,好像并不反感自己。欧阳梅的母亲,城关一小的数学教师,对自己还有些喜欢。

转眼便是清明,欧阳局长携夫人回老家凤山扫墓。

傍晚,张大山接到欧阳梅打来的电话,说已经做好了他喜欢吃的菜,让他下班后去家里,一块儿共进晚餐。

张大山欣然前往。

果然都是他喜欢吃的,折耳根炒腊肉、豆瓣酱炒回锅肉、蒸香肠、菜豆腐什么的,行七八郎,弄了好大一桌。

这么丰盛啊,宝贝! 张大山一边说,一边拎起盘中的一片腊肠塞进嘴里,哇,香死了。

先洗洗手嘛。欧阳梅扬起手,佯装要打的样子,馋猫!

就馋你这小花猫。没等欧阳梅的手落下,张大山一把将她揽入怀中,四片火一般的嘴唇,紧紧地贴在一起。臂弯中的欧阳梅,一阵阵地颤栗抖动。

先吃饭吧! 仿佛过了一万年,欧阳梅这才透过气来,挣脱张大山的臂膀,说,一会菜凉了哩。

好,好好。张大山说,先吃饭。

天擦黑了,张大山走过去开灯,欧阳梅制止他,不用,随即变戏法似的,从茶几下面摸出两根红蜡烛,得意地笑笑,用这个。

哇! 烛光晚餐啊,张大山一阵激动,好浪漫。

餐桌上原本就摆着一瓶红酒。

温馨的烛光,玛瑙般的美酒,多情的佳人,如此浪漫多情的氛围,应该发生的事儿,当然都会发生。

不知什么时候,两人相拥着倒在床上。可初涉女人河的张大山,心切切,意慌慌,却半天找不着北。相形之下,欧阳梅虽也迫不及待,却要从容得多。正当张大山在她的导引下,找到前进方向的当儿,她却捏住了张大山一直没闲着的手,说,先别这样吧,也许你会后悔哩!张大山愣了愣,倏然明白过来,可他像一辆早已失控高速下坡的大卡车,哪里刹得住,喃喃地应了一声,没关系,又动作开来。欧阳梅见状,双臂将张大山一揽,完全打开,任其长驱直入⋯⋯

三个月后,瓜州一中教学实验大楼开始招投标,如老校长此前所料,具体主持筹建工程的,是瓜州教育局局长欧阳明鉴,欧阳梅的父亲。

按大山基建公司的资质,连报名竞标的资格都没有,可近水楼台,千载难逢,张大山岂能让良机擦肩而过。他心生一计:借船出海。找到瓜州一家具有资质的建筑公司游说。这家公司原本就盯着瓜州一中教学实验大楼这块肥肉,正苦于狗咬刺猬,无从下口。张大山找上门来,且背景如此之铁,无异天上掉馅饼。当即一拍即合,答应由他们司出面投标。明眼人都知道,所谓招投标,当然是必不可少的程序,但更多的,却是标外功夫,就像写诗,功夫在诗外。说白了,未开标前,各路神仙皆各显其能,下足了功夫,比的是谁出手阔绰。倘看不透其中猫腻,眼巴巴等待公平公正从天而降,不是脑子进水,也有点"二"。

条件自然是优惠的。事成后,付可观的中介费。工程竣工,按造价百分之一的比例,提取利润。

这家公司果然一举中标。

其间,除了公司出手不凡,欧阳梅从中斡旋,功不可没。

天上真的掉下了馅饼,张大山实实在在地捞了一把。如果说,此前他所干的,都是小打小闹,那么,这一单生意,堪称大手笔。换种说法,不经意间,张大山便完成了资本的原始积累,迈进小康。

张大山在老家盖了栋两层楼房,让父母家人告别了世代栖居的茅草屋。透着水泥清香的小楼,鹤立鸡群般屹立于小箐沟一片低矮破败的房屋中。与此同时,在瓜州市内,他买了一套三居室,如果一切顺遂,那应该是他和欧阳梅的爱巢。

张大山正期冀花好月圆,欧阳梅却突然向他摊牌:分手。

为什么?张大山像只被打昏的鸡:懵了。我什么地方做得不好啊!没什么不好,欧阳梅很平静,抑或深思熟虑,你都做得挺好,可我觉得我们不合适,不合适,知道不?顿了顿,又说,我骨子里,是个保守的人,第一次的时候,我说过,也许你会后悔,是吧!我不想让自己老觉得欠你的。可我没后悔呀,张大山急赤白脸地辩白,我依然一如既往地爱你!你嘴上是没说什么,欧阳梅说,可你的眼睛,你的心却告诉我,你其实是有想法的,对吧?

张大山无语。

这么长的交往,他知道,欧阳梅是个决绝的人,一旦打定主意,说什么,都没有用的。

毫无疑义,欧阳梅是张大山从男孩演变到男人的第一任导师。那个烛光摇曳的春夜,无疑是他告别男孩的盛典。一番狂风暴雨手忙脚乱气喘吁吁,他们终于平缓下来,仰卧宽阔的席梦思,良久,都没说话,可脸上,都不约而同地写着三个字:没想到。是啊,欧阳梅没想到张大山混迹商海,居然还能洁身自好,童身如初。许多年后,她居然成了当初曾暗恋的这个大男孩横渡情海的导航者,幸?非幸?她说不清。张大山呢,没想到自己心中的女神,此前已有男人捷足先登。尽管彼此之间,并没有什么承诺,抑或约定,欧阳梅没义务,也没责任为自己守身如玉,但心里,还是隐隐地,有一丝儿失落和伤痛。说实话,这些年,自己不是没有亲近女人的机会,再不济,甩上几张老人头,就可任意挑选,但他心如死水,总是难以荡起些许微澜。瞬间,他倏然明白,冥冥之中,自己期待的,其实是这一天的到来。

可当梦想成真,却物是人非……

张大山顿悟,欧阳梅和他,为的都是圆一个青涩年华的美妙梦想,可期冀变成现实,彼此都发现,这个久远的美梦,并没有想象的那么圆满。

一年后,张大山和欧阳梅分别走上了婚姻的红地毯。欧阳梅的丈夫是瓜州一中一位离异的年轻副校长;张山大的妻子,是小箐沟附近,一个上过初中,水灵灵的、没谈过恋爱的山妹子。从他身上,张大山似乎打捞起欧阳梅身上的一些失落,又仿佛仍旧什么也没得到。婚后,张大山将她带到瓜州,让这小女人,心满意足地做上了全职太太。

有要好的朋友后来告诉张大山,说欧阳梅在和他分手之前,就与她现在的丈夫过从甚密。他听了,淡淡一笑,说,也许吧,并不深究。嘴上没怎么在意,心里却想起开始与欧阳梅热恋时,脑海里闪过的忧虑。是啊,这个迟到的无须深究的信息,让他陡然明白,虽然自己脱了贫,本质上仍是个打工仔。兜里有了银子,并不代表就有了地位。也许,这就是许多人钻头觅逢,绞尽脑汁,也要不惜血本地整一顶乌纱帽的缘故。

出人意料的是,张大山在建筑行业做得顺风顺水的当儿,却抽身而退,花几十万买了辆大卡车,与马家河一起,轮换着开,搞起了运输。问及个中缘由,他总是虚与委蛇,让人不明就里,就连他的"跟班"马家河,也丈二和尚摸不着头脑,不知道朝夕相处的大山哥,到底是怎么想的。

其实,张大山做出这个抉择时,心里也经历了痛苦的博弈。这么多年,他当然知道建筑行业利润不菲,但同时他也知道其间的潜规则,稍有差池,就脱不了干系,风险太大了。再有,他觉得凭自己的人脉和现有的经济实力,要在建筑业有大发展,几乎不可能。就瓜州一中教学实验大楼工程来说吧,没有那家公司大量的前期投入,没有欧阳梅这一层关系,自己连边都挨不了。既然如此,为什么要在一棵树上吊死呢?古人说:识时务者,方为俊杰。他张大山虽然不是什么俊杰,但也不能干连自己都信心不足的事儿啊。这些,自然是难以对人言说的,哪怕是发小马家河。欧阳梅的分道扬镳,着实让他刻骨铭心,两情相悦,都要谈婚论嫁了,却一转身,扬长而去。这世界,还有谁可信赖?

还好,经过这些年的历练,转行后,感觉还算不错。其实,许多东西是共通的,行道不同,手法相似。可谓是万变不离其宗。

没想到,因为倾倒铬渣这事儿,栽了跟斗,摊上了大事儿。

张大山揽到为永久运输铬渣这桩生意,也不容易,甚至费了九牛二虎之力。

打听到永久化工要向外运输铬渣,张大山想起了一次聚会中认识的永久副经理王大伟。本来,他对王大伟的印象并不咋的,觉得他除了长得周正,肚子里没多少货色,就会吹牛逼。但想到他在永久公干,多个朋友多条路,说不定哪天船头相遇,转拐相逢呢。于是称兄道弟,热情有加。过后,还找了几个朋友作陪,专门请王大伟搓了一顿。酒足饭饱,大伙儿到红太阳夜总会,声嘶力竭地嚎了一气,花了不少银子。不过,张大山倒想得开,商海遨游,公关费用必不可少,平时不行春风,急时哪来雨下?

有了前面这个铺垫,张大山为运输铬渣的事找到王大伟,他表示竭尽全力,促成这桩生意。

不过,谈到具体细节,王大伟就有些周吴郑王的味道了。

张哥,你知道不,王大伟说,这铬渣是危险物品,运输有特殊要求哩。

什么要求,张大山说,我还真不知道呢,请兄弟明示。

不知道是吧?王大伟一板一眼地打起了官腔,这第一嘛,你要有运输化学危险废品的资质,或者资格。换句话说,不是哪样人,都可以从事铬渣运输的;第二呢,你们得有专门的运输工具,也就是危险物品运输车。据我所知,老兄的运输工具,是普通的大卡车,这是得不倒吃的哦;第三嘛,想弄这单生意的人不少,就看谁神通广大了,呵呵呵!

运输铬渣,要求这么严格啊?张大山问,不就是废物嘛。

是废物,但是有毒的废物。王大伟说,反正我也不球太懂,听说铬渣中含有致癌物铬酸钙和剧毒物六价铬。这东西一碰到水,毒素就出来了。

这样啊!张大山有点儿吃惊,愣了愣,说,照兄弟这这么讲,哥是瞎子养儿——无望啰。

那倒不一定哦。王大伟说,哥是见过世面的人,商场摸爬滚打这么多年,什么事儿,应该怎么做,明镜似的,用得着兄弟多嘴啊!顿了顿,接着说,就我刚才说的前两个硬件,要让你马上具备,不可能,等你有条件了,再来谈,黄花菜都凉了。但第三个条件,是活的呀,和尚都是人做的嘛!

那是,那是,张大山说,谢谢兄弟指点迷津。

呵呵呵,王大伟一个劲儿打哈哈,老兄谦虚啰!谦虚啰!

摸清了底牌,事儿就成功了一半。张大山想,要做成永久这单生意,得通过王大伟牵线搭桥,而王大伟这人,最需要的是什么,他自然心知肚明。

搞定王大伟,事情就好办多了。如果此前王大伟是张大山的障碍,那么,这时候,王大伟就变成了他的同盟军,他们甚至可以联合起来,一起攻克老总李永久这个最大,也最难的堡垒。可同样的方法,在李永久身上会不会奏效呢?

张大山颇费思量。

他将自己的疑虑向王大伟和盘托出。

老兄讲得有道理。王大伟眉头紧锁,也帮着张大山出点子,稍倾,哈哈一笑,说,有了,张哥。

怎么弄?张大山迫不及待地问?

是的,李老板不缺钱,可我问你,他是男人不是?王大伟说到这里,故意停顿下来,卖起了关子,良久,见张大山嘴巴大张,眼里满是狐疑,这才慢慢悠悠拿腔拿调地说,他是男人是吧,是男人就他妈好色,这是与生俱来的欲望,或者叫本能。

这倒是啊!张大山张大的嘴巴慢慢地合拢,心悦诚服地说,哪个男人不好这一口啊,只不过,许多人想入非非,但得不到罢了。稍倾,又说,可听说李总有个小蜜,如胶似漆的哦!

不错,他是有个小蜜,水蜜桃似的,人见人爱,树见花开。王大伟笑着说,可这是两码事儿,既然是男人都好色,谁不想把天下女人都操光,能不能办到,那是另一码事儿。我前几天听说,红太阳夜总会引进了两个俄罗斯姐,哇,那风骚劲儿,没得说。洋妞,味道肯定不一样,李总哪怕铁骨金身,见了洋妞,还不照样散了架呀。不过,王大伟停顿了一下,补充说,听说价格不菲,你老兄要做好挨宰的准备哦。

钱不是事儿。张大山说,舍不得孩子打不了狼,这个道理,哥懂,哥懂!

接下来,就不用详叙了。

张大山买了两瓶茅台,在王大伟,马家河的陪同下,请李永久在红太阳夜总会喝得晕晕乎乎的,然后,让他心满意足地开了洋荤。

没几天,永久化工与张大山顺利地签订了铬渣运输协议。

运输过程中,正正经经地跑了几趟后,张大山为了节省运费,获取更多的利润,终究没逃过心中那只欲望的魔爪,将本该运到外地处理的剧毒铬渣,倾倒在狗场、高桥、郭家院公路边的灌木丛中,惹来牢狱之灾。

第八章

　　不知从什么时候起，金竹镇转弯塘村年过半百的老支书吴尔金，养成了看央视新闻联播的习惯。对此，老伴的说法是，那是他当上支书后的事儿，但老吴却不以为然，说没当支书的时候，自己也很关心国家大事。具体表现是，只要没特殊的事儿，每晚都看新闻联播，雷打不动。

　　那天傍晚，老伴在厨房炒菜，吴尔金准时打开电视机，拎起茶几上的遥控器，轻车熟路一摁，便锁定了央视一套，仰靠在沙发上，看了起来。看着看着，老吴突然瞪大眼睛，愣了愣，急三火四地大声喊，哎，快来看，快来看，铬渣上电视啦，上电视啦！老伴听老吴急得火上房似的，抬起火上的铁锅，连忙从厨房跑出来，连声问，怎么啦？怎么啦？你看，老吴指着电视画面说，瓜州铬渣污染的事儿，电视曝光了。老伴刚看了一眼，画面便一闪而过，只听到电视里说，死了百多只山羊，还死了人什么的。这次闹大了，老吴说，都上新闻联播了。老伴说，哦，这样啊！又不是说我们村的事儿。老吴说，倒是没说我们村污染的事儿，但这事引起上面的关注，我们转弯塘污染的事儿，不就有指望了？根源是一个嘛！那当然好啰！老伴爱怜地盯看着老吴，发现他眼里居然有泪花打转，脸上的表情呢，却有些复杂，有喜悦，有悲伤，更有无奈，于是不由得叹了口气，幽幽地说，我说你这老头子啊，一辈子操心劳碌的命呢。

　　吴尔金是转弯塘最先听到这个报道的人，他不顾老伴吃了饭再说的劝告，跑出家门，将这个信息挨家挨户地奔走相告。并不厌其烦地告诉没看到电视的人，晚上 10 点，晚间新闻，还要播呢，看看，都看看哈！

也难怪老吴对瓜州铬渣污染的新闻报道触动如此之大,这些年,铬渣污染,不仅是他,也是转弯塘,一个挥之不去的噩梦,一道难以愈合的伤痛。

如果永久化工的剧毒铬渣是十恶不赦的魔鬼,那么,转弯塘村数千人在它的魔掌里,已挣扎了十多年。这个恶魔张着看不见的血盆大口,吞噬着转弯塘人的幸福、梦想、健康,乃至一个个鲜活的生命。他们比报道中非法倾倒地的民众,经受了更久、更多,且迄今为止,仍旧遥遥无期的煎熬。

尽管转弯塘人十二分地不情愿,但在瓜州,在乌蒙地区,甚至省里,转弯塘在人们的心目中,已被"癌症村"的称谓所取代。

当初,永久化工选址时,相中了地势平坦,水秀山青,交通便利的转弯塘。

县里(那时瓜州尚未改市)对永久这个外来和尚,奉若神明,除了金竹镇书记乡长,前呼后拥地围着老板李永久转圈儿,当时主管工业的纪副县长,也不惜放下身架,亲自披挂上阵,带着计委、工商、环保等一干人马,声势浩大地开进转弯塘,名曰:现场办公,提高办事效率,实则排除阻力,扫清障碍,为永久落户转弯塘,鸣锣开道。

那时,吴尔金担任支书不到三年,正雄心勃勃地准备带领全村奔小康,憧憬着把转弯塘建设成鸟语花香,五谷丰登的新农村。

不管镇上,还是县里的领导,都不遗余力地在村民面前鼓吹:永久化工落户转弯塘,无疑向村民打开了一条奔向小康的捷径,别的不说,公司上马后,首先吸纳村民进厂务工,在家门口就能挣钱,挣多少,得多产,吹糠见米,不像在外面打工,花销大,到头来,所剩无几。

面对从天而降的喜事,转弯塘人不外乎两种心态:一种认为并非领导吹牛,公司一旦建起来,不说家家户户日进斗金,起码也是一股常流常淌的活银水;再一种,则心存余虑,觉得瓜州这么大的地方,这么大一个馅饼,咋单单砸在转弯塘人头上,是不是有点蹊跷啊!但蹊跷在哪里,谁也说不出所以然。当然,比较而言,前一种心态的人,要多得多。

吴尔金便是持后一种观点的人,这类人虽为数不多,但因为他是村领导,影响力不可低估。

纪副县长郑重其事地找吴尔金做工作。

老吴啊!在转弯塘开办永久化工,好事哩。纪副县长说,你可要积极支持哦,村看村,户看户,群众看干部嘛!吴尔金坦率地说,纪县长,说句实话,是不是好事,我咋心里没底呢?怎么没底啊?身为政府副县长,我们肯定要为乡亲们谋利益,莫非还会害你们不成。纪副县长振振有词地说,作为村支书,你不能仅凭感觉,无端地猜忌县里引进的利县利村的项目啊!这,这个……吴尔金语塞了,愣了半晌,没说出一个囫囵的词儿。带领大火好好干吧!纪副县长见状,见好就收,也不再说什么,末了,笑着拍了拍吴尔金的肩膀,强调说,钱,够你们挣的。

吴尔金没再和纪副县长理论。

人家说得没错,你不能凭感觉,认为这个项目不好,得拿出依据,以理服人啊。

那些年,电脑还不很普及,偌大个瓜州县城,除了县直几个部门,比如县委办、县府办、组织部、宣传部,配备了一两台电脑,民间的电脑不上 10 台,会上网的人呢,更是凤毛麟角。一个偶然的机会,老吴听说电脑这东西很神奇,神奇得就像部大百科全书,里面什么都查得到。说者无心,老吴听了,心里却一激灵。这家什这么管用,何不让城里上中学的儿子吴迪请他要好的同学查查,那孩子暑假跟儿子来家里玩耍,看上去挺实诚的。听说,他父亲是县委宣传部的领导,应该没问题的。

果然,那孩子挺乐意为吴尔金张罗这事儿。

儿子吴迪回家时,反馈给老吴的信息是:铬是用途相当广泛的重金属,瓜州引进这个项目,经济效益挺可观,但这东西毒副作用太大,对空气,土壤,水源,有很大的污染,尤其对土壤的污染,几乎不可逆转。

这还了得呀!听到这个说法,老吴坐不住了,把村里的土壤、水源污染了,全村几千口人,还活不活?

村里人得知这个信息,有些慌了。

老吴带着村民代表,找到乡里的领导,反映大伙的忧虑,希望能另外选址。他的原话是,我们转弯塘发不了这个财,水源、土壤都弄脏了,到头来,恐怕我们挣的钱,还不够治病,弄不好,老命都得赔进去哩!

吴支书你们先回去吧,你们反映的情况,我一定如实地向县里汇报。乡党委书记不温不火地说,我可以负责地告诉你们,永久化工落户转弯塘,是县里的决定。也就是说,要不要另选地方,我说了也不算。还有,据我所知,这是今年瓜州引进的重大项目,县财政眼巴巴地指望它招财进宝呢。

我知道书记有书记的难处，老吴当然听懂了书记的弦外之音，可他还是不愿放弃努力，不过，我们还是希望书记能反映我们的要求，请县里另外选个地方。

反映反映，那是肯定的。书记说，但结果如何，我可说不准哩！

书记说话还真算数，及时把吴尔金他们的意见反馈给了县里，就在老吴他们反映诉求后没几天，纪副县长再次急火火地来到转弯塘，为永久游说。这次，他没单独找吴尔金做工作，而是召开有镇、村干部，村民代表参加的数十人的座谈会。

会上，纪副县长喋喋不休地大谈创办永久化工对促进瓜州经济发展，带动转弯塘一带村民致富的重大意义，要大家打消多余的顾虑。纪副县长又重复了和吴尔金说过的意思，政府办事，肯定会为大家着想。放着眼皮底下白花花的银子不挣，傻啊？纪副县长定了调，镇里的书记镇长，遥相呼应，结合镇里和转弯塘的实际，对纪副县长的指示，作了淋漓尽致的阐释和发挥，唾沫横飞，天花乱坠。

如此强大的心理攻势，有谁能不心动。许多犹豫不决的人，瞬间便转了向，几乎一边倒，觉得失去在转弯塘开办永久的机遇，无异将就要揣进兜里的金元宝，拱手相让。

这种情形，脑子活络的人，绝对见风使舵，改弦易辙，顺着杆子朝上爬，皆大欢喜。可吴尔金却一根筋，认准的事儿，九头老牛也拉不回来。他不仅不顺杆爬，还在大庭广众之下，将自己知道的铬渣有可能造成的污染和危害，合盘抖了出来。

仿佛凌空投下一颗重磅炸弹，与会者一阵骚动不安，随即窃窃私语。

哼！主持会议的镇委书记威严地干咳一声，会场霎时哑然。

我讲两句好不。眼看局势就要失控，没待镇委书记邀请，纪副县长迫不及待地说，刚才吴支书所说的担心，主观愿望是好的。可我想说的是，网上鱼龙混杂，说什么的都有，其可信度有多高，大家可以掂量。其次，我想告诉大家的是，我这次来，是带着尚方宝剑来的，书记、县长都发了话，永久，这个瓜州引进的重大项目，不能再磨嘴皮子了，必须尽快破土动工。纪副县长顿了顿，抬起面前没盖上盖子的茶杯，轻轻地呷了一口，润润嗓子，继续说，换句话说，这是县里引进的重大招商引资项目，建也得建，不建也得建。我希望，这个瓜州与转弯塘双赢的项目,能得到广大村民的拥护和支持。尤其是村干部,一定要把思想统一到县委、县政府的决策上来。顿了顿,狠狠地说,如果不换思想,就换人。

与会者,都感觉到了纪副县长话语间的腾腾杀气,或者警告,如果吴尔金再不听打招呼,拿下。

会场再度沉寂,气氛凝重。

我也说两句。吴尔金首先打破沉寂,一字一顿地说,纪县长的话,我算是听明白了。在这里,我也撂句不中听的话,当不当这支书,无球所谓。如果对老百姓有利的事儿,我支持。有害的,我坚决反对。

吴尔金撂下这几句掷地有声的话,拂袖而去。

满满一屋子人,盯着老吴远去的背影,面面相觑。

转眼便是五年。

吴尔金担心的事儿,不幸成了现实,转弯塘受到铬渣污染的境况,大大超出了人们的想象。村里人不少人,或明或暗地称赞他这个"下台支书",说他有先见之明,要是大伙当初不为眼前的蝇头小利所动,齐心协力地以死抗争,坚持要县里另行选址兴建永久,也许,转弯塘后来就不会有这么多人患上癌症,二三十人死于非命。每当听到这种马后炮,老吴都不置可否地笑笑,一言不发地走开了。可心里那个酸楚,只有他知道。

吴尔金能说什么呢?面对谁也不想看到的恶果,指责乡亲们没远见?这些年,不少人一次次地追随自己到永久化工、到县里,甚至省里,为永久剧毒铬渣对转弯塘的毒害讨说法,比当年打官司的秋菊,还要艰难,还要心酸,说明许多人早已意识到,堆在村旁不远处山一般的铬渣堆,并不是想象中的金山银山,而是时时排放毒水毒气的大"毒堡",一分一秒地扼杀转弯塘人鲜活的生命。这时候,再指责别人,说三道四,还有意思么?实事求是地说,他吴尔金也没有什么先见之明。一个初中没念完的农民,一个小得不能再小的村支书,能有日天本事?当年力主在转弯塘办厂的头头脑脑们,哪个不比他多见多识广,学问高?所不同的是,虽然人微人轻,但他对转弯塘人,有一份朴素的感情,对转弯塘村,有一份与生俱来的责任罢了。他不相信镇上和县里的头头脑脑,真不知道铬渣污染会对空气、土壤,还有人的健康造成致命的危害。可在巨大的经济效益面前,转弯塘数千人的生存环境,在他们眼里,就微不足道了。用转弯塘的俗话说,他们只顾羊卵子,哪管羊性命。

当年的座谈会上,吴尔金因纪副县长咄咄逼人的架势,撂下几句狠话,愤然退会的举动,深深地刺激了纪副县长的自尊,觉得颜面扫地,心里那个恼怒,几乎喷薄而出。但纪副县长毕竟官场历练日久,宠辱不惊,喜怒不形于色,心里的不快,仅在脸上那么一闪,便没了踪影,依旧笑盈盈的。

这老吴啊,纪副县长转过头,瞅了瞅旁边的镇委书记一眼,说,脾气还真不小哩!

纪县长别理他,镇委书记正担心纪副县长下不来台,见他这么说,顺势将楼梯架了上去,笑了笑说,他这人就这卵德性,老牛筋,县长别在意。

呵呵,没事儿。纪副县长一副大人不记小人过的姿态,一个劲儿打哈哈,没关系,没关系。

半个月后的一天下午,金竹镇党委来到转弯塘村,召开党员和村干部大会,以"工作不力"为由,宣布免去吴尔金村党支部书记职务。

吴尔金没说什么,他知道说什么也没用。镇党委书记话音刚落,他便站起身来,默然地离开会场。那一刻,他脑海里闪过多年前学过的成语:欲加之罪,何患无辞。一股苦涩倏地从胸腔升腾起来,直冲喉咙口,他真担心自己当众吐将出来,那多丢人呀!其实,打那天在座谈会上公开唱反调,他就知道会有这一天,让他诧异的是,居然这么赤裸,这么立竿见影。

如果说,支书算个官,那么,他为维护村民的生存权利,丢掉了这个连芝麻也不算的官,并不丢人,问心无愧。不当这个官了,或许会少些顾忌,他照样会为转弯塘的生存权据理力争。不是支书了,他还是党员,他们不至于把他的党籍也撸了吧。

吴尔金陡然觉得浑身轻松,从未有过的坦然。

永久化工落户转弯塘的最大障碍,终于清除了,上上下下,不由得都松了一口气。

当年岁尾,永久化工在欢天喜地的鞭炮声中典礼剪彩,四方宾朋把酒相庆的时候,吴尔金像一匹受伤的狼,潜伏在自己狭小的房间,目光呆滞,黯然神伤。

凝视着窗外深蓝色天穹上一弯时隐时现的残月,吴尔金深深地感受到了什么叫人微言轻,未来的转弯塘是什么样子,他无法想象。

公正地说,永久化工开办的头几年,不仅瓜州的财税收入嗖嗖地直往上蹿,永久一跃成为名列前茅的纳税大户,对转弯塘村也无大碍。村里不少人进厂做工,每月净赚两三千元,一个个乐得嘴巴都合不拢,仿佛捡到了金元宝。实现了纪副县长当初承诺的"双赢"。

可渐渐地,就感觉不对劲了。过去碧空如洗的蓝天,常常笼罩着一层灰蒙蒙的似雾非雾的东西。早上起了床,总觉得喉咙干涩难耐,鼻孔里满是结痂,甚而伴有血丝。更要命的是,村民们发现,过去地里棒槌似的苞谷,突然小得跟锥子把差不多,苞谷米粒呢,细得像黄豆,瘪瘪的。田里的稻子,扬花后,老是直杵杵地站着,怎么也勾不下头,好容易长出稀稀拉拉的穗子,大部分是空壳,秋后收回家,偌大一挑稻把,轻飘飘的。不到三成的收成,有的田块,甚至颗粒无收。

到底怎么回事?

此时,村民们蓦然想到了免职多年的老支书吴尔金,想起了他当年主张重新选址的理由——铬渣污染。

不在其位的吴尔金,无形中,又成了村里的自然领袖和主心骨。

在老吴的带领下,村里人向市环保局(这时瓜州已县改市)等相关部门反映转弯塘的怪现象。可等了好久,也没人来扯个回销。无奈,他们只得自己着手调查。好在,电脑这时在村里已不再是稀罕的物件,老吴呢,不但家里有了电脑,他也与时俱进,学会了上网,诸多不明白的事儿,百度百度,大多能知道个八九不离十。

生产铬盐,就会有副产品,就是含有剧毒的铬渣。建厂之初,永久化工建了一个专门堆放的棚子,铬渣都堆放在里面,也作了些无害化处理,但随着产量剧增,就饱和了。于是。干脆就在离村子不远的地方,将没法堆进棚内的铬渣,露天堆放,日积月累,越堆越高,铬渣堆成了一座山,日晒雨淋,铬渣山变成了"毒山"。站在家门口,刺鼻的气味扑面而来,倘若碰到刮风,更是呛得人透不过气来。

还有更惊人的发现,不但空气糟糕,水源和土壤也深受其害。绕村流过的清凌凌的小河,水色泛黄,混浊不堪,刺鼻难忍,牛羊不小心喝了,就一命呜呼。村里的牧羊人放牛娃,一走到河边,仿佛临大敌,神经都绷得紧紧的,生怕牛羊喝了河里的水,有什么差池。

隔了快一个月,瓜州市环保局污染控制科才来了两个人,走马观花地转了一圈,没给村民留下只言片语,走了。

转弯塘的煎熬遥遥无期。

更有离奇的事儿,不少在厂里打工的人,感觉头晕胸闷,成天软兮兮的,干起来活来,使不上劲儿,像被人抽了筋似的,许多人不得不因此辞工。

接下来,村里人接二连三地患癌症,最多的,是肺癌,间或也有肝癌什么的。至张大山马家河非法倾倒铬渣被媒体曝光为止,已有30余人相继因病丧命。

老吴在网上百度:"长期吸人铬酸盐粉尘者,可诱发肺癌。当然也可以致别的癌症。"

十余年间,村里人能用的,也就两招。一是多次到永久讨要说法。刚开始,还能见到公司老板李永久,说些不痛不痒的话,然后县里环保、公安,疾控等部门来人,共同说些不痛不痒的话。或者按每户污染面积多少,"定补"。村民多人患癌的事儿,市疾控中心来人,郑重其事地采了水样回去,过后,村里被告知:水质正常。老吴好生奇怪,肉眼都看得明明白白的事儿,怎么精密仪器一检测,倒没了问题,莫不是大伙都老眼昏花了。后来去得多了,李老板索性老将不会面,让他们死等憋等,奈何不得。有一次,数十村民被永久化工的傲慢蔑视激怒了,索性将永久的大门堵住——静坐,于是乎,外面的人车进不去,里面的人和车也休想出来,李永久这才傻了眼,如临大敌地向市里报告,甚至还惊动了地区领导。

老吴他们的要求很简单,补偿屁用不顶,强烈要求永久搬迁,还转弯塘人基本的生存权。市里的态度也很明确,围堵公司大门的村民马上撤离,恢复永久的正常运转。别的事情,接下来再商量。双方为此僵持不下。当晚黄昏时分,市里下令驱逐静坐村民,并抓了吴尔金等四个村民。

事态这才暂时平息下来。

吴尔金等人,次日上午才被释放回来。

老吴每每想起这事儿,痛苦之余,觉得有点滑稽。因为那时他不仅是党员,还是市里的人大代表。按相关规定,要先履行相关法律手续和程序,才能拘留他。事后,市公安局的领导曾就此作解释,说当时情况紧急,他们是奉命行事,迫不得已,云云。情况紧急就可以不讲规矩啊?老吴毫不客气地诘问。那领导嘿嘿干笑,无言以对。看着那张皮笑肉不笑的油乎乎的胖脸,老吴脑海里倏然闪过不久前在网上学到的词儿:草菅人命。

村里的第二个招数,就是三番五次地上市里,地区,乃至省里反映问题,官方的说法：上访，可脚板皮都跑翻转过来，除了一堆千篇一律大同小异的套话，以及毫无意义的"你们反映的问题，已转瓜州有关部门处理"等批示，屁用没有。吴尔金感到既悲哀，又无奈。明知没用，还得迎着一张张冷脸，不厌其烦地跑，希望有朝一日感动上帝，发生奇迹。舍此，别先他途。可除了能见到信访局的工作人员，市、地区、省领导长得高矮胖瘦，影子都没看见着。去得多了，门卫也知道了他们这些常客是什么人，怎么回事，不管轮到谁值班，全都声称领导不在，连大门，也不让他们进了。

　　一次次上访，就像求神拜佛，明知希望不大，但功课还得做，是寻求心理安慰，还是期冀梦想成真，老吴觉得都有，也都说不清。求神拜佛，得有盘缠是吧。比如车费、住宿费、简单得不能再简单的伙食费，一个子儿也不能少。日积月累，多大的一笔开销啊。

　　有年秋上，正值水稻收获的时节，吴尔金眉头一皱，想了个点子：咱每次去上访，虽然都打印了申诉材料，但领导们很忙，不一定有时间看，再就是不知道工作人员呈报上去没有。俗话说：耳听为虚，眼见为实。空口说白话，没实物证明，谁信啊！这回，干脆带上几把干瘪绝收的空壳稻穗，让领导亲眼看看，还愁他不相信么？老吴将自己的想法跟赵保平、江明明等人一说，大伙都觉得这个主意不错。得到了大伙的支持，老吴在自己田里，割了两把空壳稻穗作物证，买了火车票，准备次日和赵保平、江明明一起，到省城上访。

　　买了火车票，便坐下来合计上访事宜，筹措经费。他们每次上访，都是大伙凑钱，由老吴负责统一支付。可一伙人把荷包翻了个底朝天，还是没凑够三人最基本的开销，顿时，都傻了眼。过去，也曾碰到过这种差钱的情景，大多是老吴先支垫，然后再结账，三一三十一，平摊。可当时老吴手头也紧巴巴的，除了自己应该摊的份子钱，多一个子儿也没有。眼看实在凑不足盘缠，赵保平说，老吴，就咱们手上这点银子，就算每顿只吃碗面条，也撑不到返家啊！要不，把火车票退了，凑够了银子再去好了。不行吧！赵保平刚说完，江明明便接了茬，退票，要花手续费呢，再说，物证都准备好了，搁一搁，不全都脱落了啊！那倒是呢，赵保平说，可有钱走遍天下，没钱寸步难行，一分钱难倒英雄汉啊！

　　嗯，我倒有个想法，一直沉默不语的吴尔金咳嗽一声，开了腔，大伙看看行不行。

　　赶紧说啊！赵保平、江明明异口同声地说。

仿佛都通了电，屋里十多双眼睛，齐刷刷地射向吴尔金。大伙心里明白，老吴一旦开口说话，办法就会有的。这么多年遥遥无期的上访路，老吴这个曾经的支书，就是他们心里，一盏指路的明灯。

车票都买好了，退票麻烦，还得花冤钱。吴尔金迎着大伙凝视的目光，不慌不忙地说，开弓没有回头箭，我的想法是，不得现钱，我们能不能凑点实物，比如大米什么的，变换一下，不就有钱了啊。

对头，对头，我们咋没想到呢？江明明乐呵呵地说，活人还能让尿憋死啊。

高，高，老吴这点子就是高。赵保平惯常就喜欢概括，这时候，也忘不了露一嘴，这当过支书的人，就是和我们这些平头百姓不一样哩。

就是，就是。不知谁幽了一默，落毛的凤凰，终究是凤凰嘛。

是啊，是啊！许多人极力附和，屋里的气氛格外活跃。

好了，好了，别给我贴金啦。看着眼前这些朝夕相处的铁杆上访者，老吴觉得一股咸咸的东西，直往喉咙口窜，他好容易控制住自己的情绪，平静地说，感谢大伙支持我的想法，老话说得好，众人拾柴火焰高，只要大伙儿齐心，就没有过不去的坎。事不宜迟，每家一蛇皮袋大米，先从我开始交。

说完，让老伴上楼去，装了满满一袋大米下来，足有七八十斤的样子。

老吴带头，大伙如法炮制，相继跑回家，不一会儿，便把各自的大米扛了来，堂屋里，顿时，耸立起一座米山。

接下来，吴尔金又让他赵保平和江明明带上几个小青年，将大米运到集市上去，如愿以偿地变了现。

次日，吴尔金、赵保平和江明明，如期登上了远去省城的列车。

至于他们几经周折，终究还是领导的毛也没见一根，两把带去的稻穗"物证"，一路折腾，成了扫帚，那就是后话了。

这些年，深受铬渣毒害的转弯塘，经历了多少病痛折磨，多少生离死别，多少酸甜苦辣，外人无从体味。比如，赵保平妻子患肺癌身亡，至今仍在鳏夫的队伍里晃荡；江明明二十多岁的儿子，年纪轻轻就因肝癌夭折，等等。人称"癌症村"的转弯塘，许多人都有一本心酸账，血泪史。这，也许是他们不断地、艰难地上访的动力吧，人活着，要的就是个心气，就是死，也要死得明白呀！

较之别人，吴尔金对铬渣污染的体验，刻骨铭心。

担任村支书前，吴尔金就是村干部，具体说来，当生产队长，也就是后来的村民组长。现行体制最小的官,可再小,毕竟是个官,管着二三十户人家的生产生活,作息劳作。早上,他三长一短的哨声一响,大伙就得呼呼啦啦地跟着出工。傍晚,他不直接或间接地发出收工指令,谁也别想溜号。不听招呼是吧,好办,扣工分,怕? 你别说,这一招还真灵,那是大集体的年代,三级所有,队为基础。所谓三级,就是人民公社、生产大队、生产小队。其中的基础,指的就是生产小队。只要你是农民,就得在某个生产小队干活,挣工分养活自己,当然也能养活别人。说白了,工分并不是抽象简单的阿拉伯数字,那是钱呀,谁傻帽,跟钱过不去呢? 按当年"人七劳三"的分配原则,队里如果收获 100 斤粮食,其中 30 斤,必须按工分多少来分。哪家挣的工分多,分得的粮钱,也就多。

不过,既然公鸡头上一块肉,大小是个冠(官),干什么你就得带头,不能落在平头百姓后面,如果那样,还不如不当。别人怎么想,吴尔金当然管不了那么多,但他就这么想的。比如计划生育吧,你就得带头。20 世纪 70 年代中期,计划生育刚在乌蒙地区展开的时候,还是比较温和的。规定每对夫妇生两个孩子,假如你硬性超生,也就象征性地罚罚款了事。不像后来,越来越紧火,乡里的计生小分队,就像打鬼子的夜袭队,神出鬼没,撬房拉猪吆牛牵马,罚款,什么也没挪下。按说,吴尔金是幸运的。计生开始的时候,他已有了女儿吴敏和儿子吴迪,既没压力,也没紧迫感。

吴氏到吴尔金这一代,已经三代单传,传宗接代的任务,十分艰巨,喜添长孙,老父亲眉毛笑成豌豆角,一脸灿烂,把一锅像盐菜一样差的叶子烟,咂巴得津津有味,别提有多香了。明里暗里,希望吴尔金两口子不要自满,再接再厉生上一堆姓吴子孙,一个个出人头地。吴尔金对父亲的愿望,自然心领神会,可他的观念要比父亲新得多,儿孙满堂,多子多福,那是上一代人的愿望,新社会了,再讲究这个,就落伍了,何况,自己还是党员和村干部呢。冷静下来,又觉得父亲的话,也不是没有一点道理。多多益善,固然不可取。可仅有一个儿子,还是孤单了些,俗话说:麻绳朝着细处断。时尚的说法,保险系数太低。就一个儿子,万一有个三长两短,咋办哦! 这人世间,不怕一万,就怕万一啊。老吴将自己的担心跟妻子一嘀咕,妻子高兴得不得了,扬起手来,要打的样子,稍倾,破天荒地在他脸上拎了一把,说,这事儿,总算想到一块儿了,谁说不是啊,一个男娃,不保险哩。

统一了认识,可真就心往一处想,劲朝一处使了。儿子吴迪刚满月,两口子鼓足干劲,逮着机会就加油。你别说,功夫不负有心人,没几个月,还真心想事成,老婆的身子又有了感觉,干呕带恶心,一个劲儿吃酸菜,妊娠反应与怀上吴迪时,一模一样,准又是个儿子哩。妻子笑成了一朵花,乐滋滋地告诉吴尔金,迪迪有俩弟兄,相互也有个照应呢。那可不是,没想到这么快,又搞上了,呵呵呵!老吴兴高采烈地接茬,可你不是说隔口袋捉鸡嘛,你就能保证给迪迪生个小弟弟啊?我倒不敢眼你打保票,起码也八九不离十吧。妻子本想说,自己凭借的是经验,但想到平日里,难得在丈夫面前扬眉吐气,也就顺势神气一把,说,你也不看看你老婆是什么肚子啊,坐胎呢,想不生儿子都不成。是哩,是哩!吴尔金转过身来,在老婆的肚子上摸了摸,没说的,没说的,我老婆的肚子就是争气。牛皮不是吹,火车不是推,可娃儿,是从我老婆从肚子里,蹦出来的,哈哈哈!妻子浑身洋溢着成就感,说,你就等着当三儿的爹吧!顿了顿,一把拎开肚子上那只不安分的手,说,不过我告诫你哈,眼下这两个月,你得忍着点,别一上床,就鬼摸鬼摸的,弄得人心子痒,又不敢要,怪难受的。遵命,遵命!吴尔金呵呵呵坏笑,说,保证规规矩矩,绝不乱动乱摸。德性!妻子爱怜地说,看你傻乐。

老婆的肚子一天天膨胀开来,吴尔金心里喝了蜜似的。

赵保平小吴尔金两岁,打小一块儿玩泥巴坨坨长大,称兄道弟,时常跟吴尔金两口子开些不荤不素的玩笑。一日,在村口与老吴两口子相遇,打老远,便盯上了老吴老婆凸起的肚子,老吴知道,赵保平狗嘴里吐不出象牙,点点头,拉着老婆正要擦身而过,赵保平却开了腔,哎呀,吴哥,你两口子真个厉害哦,老二还在吃奶,嫂子就装窑了啊!顿了顿,夸张地补充道,抓得好紧,跑热窝,呵呵呵!

吴尔金当然知道,村里人将狗啊猪啊的大牲畜发情受孕,叫跑窝。将某人产后一年内接着怀孕,戏称跑热窝。

看我不抽你的臭嘴。老吴笑着说,没大没小的。

兄弟眼红啊!老吴的老婆,开初脸红到耳朵根,须臾,镇定下来,不恼不怒地说,眼红了你两口子也抓紧,跑跑热窝啊!大不了,多蹭烂几床席子,哈哈哈!

赵保平结婚后,生了个女儿,不知咋的,老婆的肚子,就再也没鼓起来,眼看计划生育越来越紧火,他正为这事儿,急得抓耳挠腮。老吴老婆一通以牙还牙,就有些哪壶不开提哪壶的味道了。

有道理,嫂子说得有道理。赵保平没占着便宜,赶紧鸣金收兵,我们两口子是得抓紧,不能有种无收哈!

赵保平说完,讪笑着,悻悻地走开了。

此后,为了不招人耳目,吴尔金有意识地让妻子窝在屋里,很少出门。

谁料,吴尔金憧憬着再添一子的当儿,公社分管计生的副书记,在村支书的带领下,登门拜访来了。

那天,挺着大肚子的妻子,正巧走亲戚去了。实际上,就是想出去避避风头。

吴队长啊,嫂子没在家是吧? 副书记刚落座,就开门见山地问,听说她有喜了哈!

她走亲戚去了呢,吴尔金实打实地回答,书记咋知道她怀孕的?

没有不透风的墙嘛! 副书记喝了一口老吴泡上的茶,说,老熟人,我就不绕山绕水的了,你是共产党员,又是队长,按现在的计生政策,一对夫妇只能生两个孩子,你这是第三胎,怎么办,你应该知道啊!

这,这个……平素能说会道的吴尔金,嗫嚅半晌,没吐出一个囫囵的词儿。

他能说什么呢? 副书记说的这些大道理,没错。他心里那些“万一”之类的小道理,此时此刻,抬得上桌面么?

老吴啊,你是提起眉毛吹得叫的明白人,响鼓哪用重锤敲? 副书记见吴尔金沉默不语,知道他动开了心思,软硬兼施地说,你们队里,挺着七八个大肚子,正盯着你两口子的一举一动哩。

副书记见火候差不多了,并不逼吴尔金当场表态,与旁边的支书相视一笑,站起身,走了。

一周后,吴尔金妻子在瓜州县医院妇产科,引下一个近 7 个月的男婴。

据说,助产士顺势拉出还在动弹的男婴时,倒提着血糊糊的双脚,习惯地朝躺在产床上的妻子晃了晃,仿佛心灵感应似的,原本眯缝着眼的妻子,蓦地睁开眼睛,那一团红乎乎的小鸡鸡,电光石火般闪过她的眼帘,她“哇”地大叫一声,晕了过去。见多不怪的助产士,面无表情地扯扯嘴角,默然地转过身来,将手中扭动着的男婴,随手扔进盛有半桶水的白铁皮垃圾桶中……

还好,老天保佑,吴尔金两口子担心的“万一”,始终没有出现。儿子吴迪在全家浓浓的爱意中,长得像牛一样壮实,打小,感冒药都很少吃。美中不足的是,成绩还算跟得上的儿子,在县城读完初中后,死活也不肯再上学,回到转弯塘干起了农活。两个月下来,不管粗活细活,拿得起,放得下,干得有模有样的。

欣慰之余,望子成龙的老吴,倒也慢慢释然。心想,这世间七十二行,行行出状元,什么都得有人干。全都出去当官吃商品粮,这村里的田地,不就撂荒了。咱祖祖辈辈,都是转弯塘的农民,把地种好,就是本分呢。

有一桩事,倒是让吴尔金夫妇很高兴,儿子回家务农不久,便和江明明在永久打工的二女儿江媚搞上了对象。这姑娘乖巧,孝顺,花骨朵似的。两家原本过从甚密,知根知底,这样一来,亲上加亲哩!其实,早在儿子吴迪上中学的时候,老两口就有这层心思,按照妻子的想法,干脆由家长出面,给儿子去"说"这门亲事得了。可老吴毕竟是村干部,转念一想,新社会,不能再搞父母之命,媒妁之言那一套了,万一人家同意了,儿子不喜欢,屁股大的地盘上,早上不见晚上见,多尴尬呀!于是也就按兵不动。没想到,儿子还真有眼水,两代人,不约而同地想到了一块儿,心有灵犀。

吴迪和江媚热恋两年,喜结连理。

婚后三四个月,江媚的肚子,眼看着一天天鼓将起来。

原来,小两口婚前,就播上了种。一个土地肥沃,一个种子优良,长势呢,自然就茁壮。开始,老吴觉得脸上有点挂不住。不时在老伴面前感叹嘀咕,哎!现在的年轻人,这也太快了点吧。老伴一开始只是笑笑,说,有哪样呢,谁还像当初咱们那样,不入洞房就不那个呀!嘀咕多了,老伴不耐烦了,没头没脑好一顿数落,你这人咋没完没了,少见多怪,现在的年轻人,不都这样啊?先上车,后买票,正常着呢。说实话,迪迪和媚媚算不错的了,前几天我听说,城里一对新人,办喜事的当晚,闹洞房的人还没离开,新媳妇就喊肚子疼。你猜咋的,要生娃儿啦!结果,马上打120,进了妇产医院,当晚,就生下一千金。真的啊!老吴喃喃喃自语,我还真少见多怪哩。那可不是。老伴见老吴情绪受影响,马上想起一件让老吴高兴的事,哎,你看见没,媚媚的肚子下大上小,尖尖的,鼓鼓的,像个笡箕呢。看你说的哪样卵话。老吴说,我一个老公公,咋个好盯着媳妇大肚子看哦!再说,就是像笡箕,又能咋的?老伴说,像笡箕能咋的?抱孙子啊!孕妇鼓起的肚子像锅底的,一般生女孩,像笡箕,多半生男娃哩!哦,老吴说,还有这样多讲究啊,我还真不知道呢。还有,老伴为了强调自己的判断,又找了个佐证,媚媚这段喜欢吃酸菜,这个你不会没看见吧?这倒是,老吴说,看见了啊,酸儿辣女是吧,准确不?老伴说,当年我怀老三的时候,不就这样啊,准着哩!要不是遭引产,也该娶媳妇了呢。迪迪这辈,又是单传,你心里头,不就担心你们吴家断了香火嘛！对头，对头。担心，咋不担心啊！愣了愣，老吴自言自语地说，要说看得准，还是医院那个，什么超哩！看你那傻样，老夫老妻的了，还不好意思说这个字啊，那叫 B 超，知道不，B 超。顿了顿，补充道，听说那东西，真是一看一个准，可国家不准随便看，你给再多的钱，怕也没医生敢看，要丢饭碗的呢！对头，对头，老吴诺诺连声，但愿天遂人愿，天遂人愿。

谁也没料到，江媚怀孕半年左右，突然病倒了。

事前，一点兆头都有没有，精精神神的一个人，说病倒，就病倒了。脸白得像张白纸、浑身软兮兮的，饭也吃不下，鼻腔、齿龈不时出血，皮肤青一块，紫一块的，时常发烧和呕吐。

送瓜州市医院一检查，论断令人瞠目结舌：白血病。俗称血癌。

宛如五雷轰顶，一家人都震得晕乎乎的，傻眼了。

怎么会这样呢？真是麻绳朝着细处断啊！青春洋溢活蹦乱跳的一个人，怎么就得了绝症？判了死刑了呢？不仅儿子想不通，吴尔金也百思不得其解。后来，他蓦地想起村旁那铬渣堆成的"毒山"，铁锈色的河水，还有常年呛人刺鼻的空气。江媚不是在永久打工么，这种毒气，吃得更多哩。他上网查了查，长期接触这东西，就可诱发癌症啊！

按医生的告诫，虽然江媚一再问起，家里人都没告诉她真实病情，可江媚何等冰雪聪明，好端端的，陡然病入膏肓，没人说，也猜了个八九分。

没多久，江媚就脱了形，奄奄一息。

老吴倾尽家中所有，为儿媳妇治病。医生竭尽全力，试图挽救母婴两人鲜活的生命。可最终，没能妙手回春。

三个月后，江媚带着腹中没来得及面世的"儿子"，走完了自己二十九个春秋的人生旅程。

转弯塘对门的山头上，一座泥土鲜润的坟头上，插满了一棵棵飘荡着白纸的坟标，萧瑟秋风中，那一缕缕耀眼飞舞的雪白，仿佛一个个鲜活的精灵，为江媚母子招魂。

难怪，央视关于瓜州铬渣污染的报道，令吴尔金这般激动。

第九章

参加市政府新闻发布会后,任杰一直忙得陀螺似的。

以往难得被人想起的环保局,陡然成了众人瞩目的焦点,被推上了风口浪尖。

那天任杰刚回到办公室,市长杨兵的电话就追了过来,周吴郑王地又作了一通指示,强调环保局眼前的工作有多重要什么的。任杰嘴上连声称是,心里却想,早知今日,何必当初呢。其实,不用市长强调,他也心领神会,作为环保部门,当前的重头戏,就是落实市政府新闻发布会的承诺,给社会,尤其给瓜州人一个交代,安定民心,将铬渣污染尽快控制,将污染造成的损害,降低到最小,将污染带来的负面影响,逐步消除。

任杰将自己做的第一件事儿,戏称揩屁股。也就是组织人力和车辆,将张大山、马家河非法倾倒在桑树坪乡狗场、高桥、郭家院周围山坡上的剧毒化工废料——铬渣,夜以继日地进行清理,连同堆放地的泥土一起,运回永久化工专门堆放点,再进一步作无害化处理;第二件事儿,叫堵截。建一座拦水坝,将受到污染的数千立方污水拦蓄起来,进行还原、解毒处理,待水质达标后,再排放;第三个事儿,摸底。对桑树坪乡铬渣非法倾倒地作调查评估,为日后赔偿,提供准确翔实的第一手资料。前面两件事,经过大伙的数日奋战,已基本完成。后面一件事儿,也接近尾声。当然,还有件事,也至关重要,那就是局里的相关职能部门,动态监测有关区域的水质,定时向社会公布水质监测数据,及时报告和处理有关问题,确保群众生产生活用水安全。同时,请求省环保厅向社会公布近期南盘江水质监测数据,让珠江下游诸多城市,了解上游南盘江的水质动态,放下悬着的心。

　　如果仅仅是忙,或者累,倒没什么,睡上一觉,放松放松,也就没事了。让任杰难受和憋闷的,是心累,说不清,道不明的累。身累,再加上心也累,两者叠加,就有些身心交瘁了。

　　这天上午,8点未到,余杰提前半个小时来到办公室,泡了杯茉莉花茶,静静地仰靠在大班椅上,任思绪像脱缰的野马,肆意驰骋。他这个提前上班的习惯,始于当秘书的时候,算起来,有些年头了。目的呢,自然是为领导作好上班的准备,比如外出和下乡的话,要个车什么的。后来虽然干了别的行当,再后来,自己大小也成了所谓领导,可习惯深入骨髓,也就成了自然。不管在什么单位,他总会提前到达办公室,先梳理当日要做的事情,权衡事情的轻重缓急,然后按部就班,有的放矢。眼下,永久化工到了停产整顿的关键节点,可自己的思绪似乎有些混乱,他得忙中偷闲,让自己静下心来,厘清其间错综复杂的头绪。

　　像当今环保战线的许多员工一样,任杰进入这一行,也是半路出家。纵观上下左右,这种"半路"现象,相当普遍。原因是环保机构的设置,比起别的部门来,相对较晚,就连国家环保部,也是20世纪70年代初期,才初具雏形,而动因,则是缘于一场环境意外。

　　1972年,位于河北张家口市和北京市延庆县境内的官厅水库,突然发现上万尾鱼翻着白肚,漂浮在水库四周。北京市场出售的鲜鱼,也有异味。吃了鱼的人,浑身乏力,有头痛,恶心、呕吐、胃痛等症状。当时,正值"文革"时期,阶级斗争的弦绷得特紧,有人认为,这是阶级斗争的新动向:投毒。

　　官厅水库是新中国建立后兴建的第一座大型水库,也是北京的一个大水缸,主要水源为河北怀来永定河。水库建于官厅山峡入口处。据传,明代曾在此设"把水官",监视水情。附近有个村子,名"官厅"。故水库1954年建成后,便命名官厅。除了作为北京的水源点,官厅水库还用于发电,装机容量达数万千瓦。

　　如此重要的一个水库,突然出现死鱼,非同小可。有关部门逐级汇报,直至国务院。周恩来总理得知此事,亲自过问,并为此连续发了三个文件,迅速成立官厅水系水源保护领导小组,由后来任全国人大常委会委员长的万里出任组长。成员包括北京、河北、山西,以及中央相关部委的领导和专家。

这个领导小组,应当是国家最早成立的环保机构。在中国环境保护史上,具有划时代的意义,

通过大量事实和数据分拆,最终得出结论:官厅水库的死鱼事件,由上游工厂排放污水所致。

许多年过去了,由官厅水库污染引发的一系列环境震动,不仅催生了中国环保机构的问世,也开创了中国环境污染防治的先河,诞生了许多至今仍旧沿袭并行之有效的"第一"。如设立水源保护区、环境水背景值、土壤背景值、环境容量、环境影响评价等等。

20 世纪 80 年代初,国家成立环境保护局的时候,任杰还在瓜州一个名叫凉风垭的水电站守轮机。那时,他刚刚告别那个修了三年地球,人称黑羊箐,却一根羊毛,也看不到的小山村,幸运地来到掩藏在大山皱褶里的凉风垭,当上了一名轮机工。这个工作,说起来很简单,就是看守水轮发电机,观察它的运转情况有无异常,看上去蛮轻松的。上班时,震耳欲聋的轰响不绝于耳,滚滚流动的水流呼呼有声。一开始,刚从寂静的山村,来到这山野热闹的所在,觉得既新奇又新鲜,精神抖擞。日子一久,就感觉单调乏味了。许多时候,盯着飞旋的轮机,浑身上下原本就不坚强的一根根神经,仿佛被锋利的噪声,一缕一缕地剔出来,又一缕缕地撕得粉碎,头痛难忍。为驱逐这种折磨,让自己能在轰鸣中独守一分心灵的寂静,他买来庞中华的钢笔字帖,上班时,一边留心轮机的运转,一边一笔一画地练字。你别说,这办法还真一举两得,班也上了,心也静了,大半年下来,任杰的"鸡脚叉"有了很大改观,一手钢笔行书写得像模像样,既有庞氏韵味,又不失自己的个性。可上班的问题解决了,下班却相当难熬。凉风垭地处乌蒙山深处,前不挨村,后不着店,到了晚上,鬼都打得死人。顾名思义,这凉风垭,就是一个高耸陡峭的山口。山脚下,是水流湍急不舍昼夜的南盘江。周遭除了嶙峋的怪石和总也长不高的灌木,就是山垭上一年四季呼呼叫唤的东西南北风。许多落日衔山的黄昏,朝阳喷薄的早晨,别人正"拱猪""升级",或者睡梦正酣,任杰却捧一本厚厚的中外名著,或跟随孙大圣一路降妖除魔,或在"呼啸山庄"流连忘返,排遣岑寂难耐的时光……

凉风垭烂漫山花五度绽放的当儿,任杰在工友们惊羡的目光中调离电站,光荣而体面地撤退。也难怪工友们惊诧羡慕,在这个白天看岩石,黑夜数星星的峡谷里,尽管政治学习的时候,全都争先恐后表忠心:艰苦奋斗干革命,扎根

电站一辈子。可大伙儿,甚至包括领导,心里都明镜似的,谁都不巴不得早一分钟,离开这个经常碰到鬼打架的地方。那些口是心非冠冕堂皇的说道,不过装装门面罢了。不过,在"开后门"成为能耐和时尚的年代,想离开,谈何容易。于是,八仙过海,各显神。比如烟搭桥,酒铺路,比如直接甩大把的银子,再如,年轻而有几分姿色的女人,充分发挥自身的资源优势……实际上,任杰的离开,也得利益他的自身资源。不过,那不是他奉献出来,而是别人发现的。调离的头年春上,瓜州举办首届硬笔书法大赛,任杰回城时,于朋友处无意间知道这个信息。回到凉风垭,他把自己关在寝室里,潜心创作。从布局谋篇,寻找合适内容,到入定静心,酝酿情绪,等待灵感降临,随即一挥而就,整整耗了两天,走出屋子的时候,大伙倏然发现,任杰就像生了场大病,看上去,整个瘦了一圈儿。

三个月的时光转瞬即逝,任杰心里的希冀,随着当初迸发的创作激情,渐行斩远,似乎早已忘却参赛这档子事儿。这时,喜讯从天而至,他呕心沥血创作的硬笔行书,在瓜州首届硬笔书法大赛中一举夺魁:荣膺一等奖。

任杰别提有多高兴了,一帮哥们儿,也兴奋得忘乎所以。一桌 8 个人喝酒,醉了 9 个。干吗啦?上桌子的人,一个个东倒西歪,全都现场直播,大伙"公养",用来做伴的大黄狗,窜来窜去一顿饱餐,也晕晕糊糊地倒下去,醉了。

也许,那年头,不管是谁,都难得一回醉。

真是运气来了,门板都挡不住,书法获奖后不久,任杰屡遭退稿的小说处女作,终于在省里一家文学期刊问世,平日里清冷寂寞的凉风垭,又热闹了好一阵。

不过,热闹归热闹,许多人眼里,这东西既不遮风,也不挡雨,顶多是任杰这样有点儿雅兴,抑或有点"二"的人,茶余饭后,自我陶醉津津乐道的谈资而已,排不上什么大用场的。

20 世纪 80 年代初期,大概 1984 年前后,县级政府机关迎来了一次较大的机构改革。其主要标志,就是知识的重要性被重新认识,往日被人遗忘的"老九"们,陡然成了香饽饽。能当官的,或者并不具备领导才能的,都戴上了一顶乌纱帽。本来,这样的好事儿,与任杰无干,他一介青工,学历高中,按相关规定,挨知识分子的边儿,还有一道门槛儿。可许多东西,并不是孤立的,会产生连锁反应。知识分子不是被重用了么,那么,这些有知识的人做了官,相应地,他们也会重视有真才实学的人吧?答案,当然是肯定的。当年得到破格提拔的郝县长组阁后，踢出的头三脚之一，就是在全县范围内，公开选调政府办秘书。合乎条件者，不管工人，还是干部，不管是行政事业单位，还是国营，或集体企业，组织人事部门，全都大开绿灯。这样的选拔，眼下看来，实在是没什么视觉冲击，可当时，无疑是瓜州政坛前所未有的一次革新。为了把活儿干得扎实，郝县长特意交代了两个漂亮：钢笔字漂亮；文章写得漂亮。领导如此不拘一格，有人蓦然想起荣膺硬笔书法大赛一等奖的青工任杰。经常在文学期刊徜徉的人，则不失时机地补奏一本：这小伙，还在省刊发表过小说呢。

是么，瓜州还有这等人才？我们官僚，官僚啊！郝县长大喜过望，直抒胸臆，字写得呱呱叫，小说能上省刊，一般的公文材料，还不是小菜一碟？这样的人才，打着灯笼也难找啊！

于是，不经意间，任杰便实现了人生的第一次跨越，当上了瓜州县政府办的秘书。

地球人都知道，或者在机关公干的人都清楚，秘书是个特殊的不可小觑的群体，甚至有人视其为官员后备军、预备队。不管乡镇，还是县里市里，甚至省里和国家机关，某人要当了某某办秘书，或者某领导的秘书，一只脚就跨进了做官的行列。通常情况下，顶多三年五载，要么就地提拔，要么空降下去，都会戴上顶戴花翎。

当然，任杰当初离开凉风垭的时候，并没有跨越的感觉。那时，他满脑子想的是，只要有机会离开这个夹皮沟，回到县城，哪怕是扫大街，也是桩值得高兴的事儿。至于当秘书，还是干别的营生，全都一个样儿。及至他跻身秘书行业，并尝到了由此带来的诸多好处，这才感到天上确实掉了个大馅饼，不偏不倚地，砸到了他的头上。不出一丁点儿血，就干上了秘书的美差，欣喜之余，也明白了一个简单朴素的道理，这世界，不仅有好人，也确实有好官，并暗里产生了不能示人的朴素想法：哪天自己真要戴上乌纱帽，也要做个郝县长那样的好官。同时，对秘书这个特殊群体的起始沿革，也有了前所未有的关注。

秘书的起源，最早可以追溯到炎黄殷商。掌管图书之官，即称秘书。如汉代以来的秘书监，秘书郎等。按时下的定位：秘书，就是协助领导处理日常事务和办公室繁杂事务的专业人士。但有一点古今相同，那就是，秘书岗位与领导岗位相生相伴。换句话说，有了领导，才有秘书。领导与秘书的关系，是一种有别于同事的特殊关系。这种关系处理得好不好，关系到全局工作的开展和秘书工作的成败。正因为秘书岗位具有特殊性,升迁也就容易些。有的秘书,自恃是领导身边的人,私下里打着领导的旗号,谋一己之私。

任杰名义上是瓜州县政府办秘书,其实呢,就是郝县长的跟班,行话叫跟班秘书。通俗点说,就是郝县长到哪儿,他就跟到哪儿。到了后来,哪怕郝县长不出面,只要他说郝县长怎么说怎么说,人家也照样买账。跟了两年班,官运果然降临,先是秘书科长(其实是股长),后任政府办副主任,才过两年,便荣升主任,政府党组成员,跻身政府核心圈。也就是说,任杰从一个山旮旯里的小青工,到正科级干部的飞跃,仅用了六年时间,顺风顺水。民间组织部有人预测,任杰有望成为下届副县长候补人选。

有一年夏天,任杰陪郝县长到地区开会。晚上一起聊天,郝县长也有意无意地说,小任啊,当了主任,担子重,更累,可千万别松劲哈,有机会的话,我可要给你压担子哦!哪敢哦,郝县。任杰自然听懂了郝县长的弦外之音,笑靥如花地抖出句古诗,我是不用扬鞭自奋蹄呢!好,好好,郝县长高兴地说,我就喜欢有上进心的年轻人。

正当任杰踌躇满志,意欲跃马扬鞭,大展宏图的时候,却出人意料地走了麦城。

其实,这样的遭遇也属正常现象。如果说人生原本就是一条曲线,怎么可能都在峰巅运行呢?有波峰就有浪谷呀。当然,这些道理,事隔多年,任杰才悟出来,"木秀于林,风必摧之"。古人早预言在先。可人感觉良好的时候,通常是很少有这种忧患意识的。实际上,打郝县长不拘一格地提携,他在许多人眼中,就上了贼船,成了不折不扣的"郝派"。各种阵营的无数双眼睛,或明或暗地盯着,他之所以万事无忧,是因为时日未到罢了。这有点像峡谷里的水,表面风平浪静,实则暗流涌动,一旦风云变幻,势必波涛汹涌,让自以为稳坐钓鱼船的人,一不小心,翻船触礁,头破血流。

变换的风云是换届。完整地说,叫换届选举。老一届的"县太爷","两院"院长们届满,要么调离,要么继续留任,要么退下来,给新的县太爷让位。那时候,每届任期3年,只能连任两届。郝县长已当了6年县太爷,按相关规定,他面临两种可能,一是调离瓜州,另行任用,可调那里,怎么任用,扑朔迷离,全是未知数;再就是歪屁股过县委这边,坐上书记宝座,一统瓜州。

外界对郝县长的去留,众说纷纭,莫衷一是。

每逢届末，县太爷们的去留进退，总会陡然成为人们关注的焦点。圈内人关注，在于某人的进退升迁将会影响自己的进退；圈外人呢，原本没什么直接关联，可社会就是一张看不见的大网，相互牵扯掣肘，谁敢保证万事不求人？说不定，哪天船头相遇，转拐相逢哩。能帮得上，就帮一帮，作点功德摆在那里，有益无害呀。于是乎，上上下下，或明或暗，八仙过海，各显神通，煞是热闹。结果，还真有人心想事成，虽然不是组织推荐的候选人，冷不丁从票箱里跳将出来，了了夙愿。

郝县长看上去不动声色，对外界的种种猜测充耳不闻，暗地里却没少使劲，常常让任杰陪着，连夜一趟一趟地朝地区跑，走关键领导的门子。虽然郝县长没有明讲自己的意图，任杰还是从零零星星的交谈中，知道了郝县长的愿望，那就是外界猜测的，歪屁股到县委这边来，坐书记的交椅。

郝县长已从内部探到可靠信息，时任书记陈国栋，可能赴地区高就。虽不敢说虚位以待，还真是，算路正赶着算路来。

从县长到县委书记，都是正"七品"，官衔没有高下。官场上，从县长到书记，甚至从省长到书记，也并不鲜见，似乎已成常态，看上去蛮简单的，就是坊间流传的"歪屁股"。实际上呢，却不是那么回事，这没有高升的挪动，也是要花功夫的。现行体制中，不管哪一级，尽管"长""书"级别相同，但其分量，却截然不同，政府一号，实际上是老二，常处于从属，或者被领导的地位。可身在官场，谁不想做一把手呢？应当说，郝县长跑得还是见成效的，地区一位握有干部生杀大权的领导，当着任杰的面给郝县长许诺，只要县里呼声较高，愿鼎力相助。据此，任杰以为郝县长"歪屁股"的事儿，胜券在握。岂料郝县长长叹一声，推心置腹地说，小任呀，这里面的水，深得很，那领导话里有话，莫非你没听出来？怎么啦？郝县！任杰傻乎乎地问，我觉得他说得挺实在的嘛！是实在，可他强调县里的呼声要高是吧。郝县长说，这种呼声，并不是我们通常所理解的呼声，而是县委的意见，县委的意见又是谁的意见呢，就是陈书记的意见呀！可这些年，你知道的，我们俩面和心不和，从来都尿不到一个壶里，公开叫板，就不下三次。在瓜州，本地方丈和外来和尚明争暗斗，已经不是什么秘密。关键时刻，事关升迁，他能给我好果子吃呀！哦，这样啊！郝县长一通开导，蓦然将任杰点醒过来。仔细一想，还真是这么回事呢，作为局内人，郝县长和陈书记明里暗里的摩擦争斗，他经见的还真不少。想到这里，任杰脸上笑容可掬，心里倏地一个激灵，顿觉一股寒气，从头蹿到脚后跟。

也难怪任杰不寒而栗，在许多瓜州人眼中，他是郝县长的心腹，红人，倘若郝县长的算盘打错了，尽管他和陈书记没什么过节，城门失火，势必殃及池鱼，能有他的好果子吃么？

郝县长的忧虑，真成了现实。

半年后，换届尘埃落定，明里暗里的厮杀，暂时马放南山。用一句话来概括届后的瓜州：有人高兴有人怄。此前小道，或者大道的预言，有的得到证实，有的落空。其间曝出的最大冷门是，被许多人看好，十有八九要"歪"上书记宝座的郝县长，意外地调离瓜州，任地区农委常务副主任，虽然组织部按常规给上了"环"，加括弧明确正县级，可实际上，却由正七品降了半格，成了副七品。那种"副"的感觉，且能与独占一壑之水的政府一把手相媲美。一场旷日持久看不见硝烟的战役下来，非但没有攻城略地，反倒失去了原有的阵地，郝县长心里，别提有多郁闷了。

郝县长的失利，在于届前风传即将赴地区高就的县委书记陈国栋，最终并没挪窝。权威的说法是，党政两个一把手同时挪动，不利于瓜州稳定，政府换届，没有党委的坚强领导，那是万万不行的。据说，地委届前确有让郝县长任瓜州县委书记的意图，可征求陈书记意见时，他投了反对票，而且挺坚决。为表达自己的强烈诉求，陈书记甚至不惜放弃高就的诱惑，声称，倘若没有合适的书记人选，自愿留任瓜州，再干两年。

陈书记在瓜州换届后不到一年，荣升地委副书记，那是后话。

如此强硬的态度，难免影响地委的决心。

最终，地区农委的常务副主任，在人代会召开前三月，赴瓜州履新，代理县长。在随后召开的人代会上，当选县长。郝县长则与之对调，填了这位副主任空出的坑。区别在于，这位副主任到瓜州乃高就，郝县长却原地踏步，甚至给人倒退的感觉。

县里的班子敲定，接下来，紧锣密鼓地，便是各部、办、委、局头头脑脑的角逐。通俗的说法：重新洗牌。事实上，许多人之所以在换届中竭尽全力，并不是自己真有当上县级干部的机率，一个县的架势，满打满算，副县以上的官员，也就三十来人，绝大多数人，都望尘莫及。他们期冀的，是秋后算账，在力所能及的范围内，分上一杯羹，或者摊上一杯更好的羹，虽然没有人明说，可都心照不宣,颇有些论功行赏的意味。郝县长既然在这场权力的角逐中落荒而逃,那么,平素与他过从甚密,鞍前马后的人,或多或少地遭遇剔打,一代新人换旧人,也就不足为奇了。

身为"管家婆"的任杰,首当其冲,挪到县残联任理事长。级别上不进也不退,依旧正科级,但明眼人看来,无疑从米箩跌到糠箩,今非昔比。

就任前,分管组织的副书记和组织部长找任杰谈话。副书记笑容可掬地说,任主任啊,干部交流,是正常现象,也是工作需要。组织上希望你到新的岗位后,再接再厉,为党的事业,做出更大贡献。

没有比这更冠冕堂皇的理由了。一句干部交流,就足以堵住你的嘴,何况还工作需要,言下之意,这个岗位非你莫属。领导如此看重,你还有什么可说?即便你硬着头皮说点什么,有什么用呢? 于是,整个谈话,从进门到出门,也就一刻钟的样子,任杰始终面无表情,支楞着两只耳朵,似听非听,一言不发。

从炙手可热的政府办到门可罗雀的残联,除了县委、县政府召开的为数不多的副科级以上干部会议露露脸,任杰逐渐淡出人们的视线,县府办后来的秘书们,已经很少有人知道,他们曾经有个主任姓任。好在有过凉风垭的历练,任杰养成了随遇而安,干一行爱一行的秉性,很快便适应了角色的转换,从一窍不通成了行家里手,瓜州的残疾人工作,在乌蒙地区名列前茅,在省里的评比中,居然也荣获了好几次先进。

任杰觉得,如果说当初到残联时,面对那些肢体不全的残疾人,自己曾有个失落郁闷。那么,长期的朝夕相处,他们自强不息,乐观向上的生活态度,已经深深地感染了他,让他的灵魂受到了洗礼,精神得到了升华。

杨兵空降瓜州任市长,政府职能部门,又经历了一次动作蛮大的"洗牌"。鬼使神差地,在残联如鱼得水,自得其乐的任杰,又一次被挪动,走上了瓜州市环保局局长的岗位,兴许是恋旧,抑或真找到了残联工作的感觉,离开干了8个春秋的残联时,他竟有些恋恋不舍。

坊间有消息说,杨兵无意间听到任杰在政府办工作过的经历,对他产生了浓厚兴趣;又一种说法是,杨兵与现任书记也明争暗斗,无形中对政府这条线上的人,有一种没来由的亲近。凡此种种,任杰没想,也觉得没必要深究。环保局长这个角色,在领导们的棋盘上,并不是车马炮,时常是爹不疼,妈不爱,在狭缝中过日子。

任杰至今仍记得,除组织部门例行公事的谈话,杨兵作为政府一号人物,也郑重其事地将他找了去,就在"市长办公室",和他有过一次开门见山的任前交谈。

老任啊,杨兵说,瓜州经济发展滞后,一方面,要保护环境,另一方面,要发展经济,如何处理发展经济与环境保护的矛盾,怎么平稳协调,你肩上的担子,不轻啊!

任杰没有马上接茬,他迅速地将杨兵这番柔中带刚的话,在脑子里过了一遍。何谓平衡协调? 市长的潜台词应该是:作为环保局长,你既不能影响经济发展,又不能造成大的污染,引发群体事件,影响社会的安定。

是不轻啊! 杨市。任杰顿了顿,打住,似有难言之隐。

任局想说什么,尽管说,今天我们的谈话,没第三人,杨兵笑着说,我绝对不会打棍子,更不会秋后算账。实际上,你的经历,你的能力,我也有耳闻,组织上把你挪到这个位子上来,不是无缘无故的,畅所欲言嘛!

那好,感谢领导对我的信任。任杰说,说实在的,我也觉得担子很重。按市长刚才的要求,既要马儿跑,又要马儿不吃草。或者说,干环保就像走钢丝,要是不能保持发展经济和环境保护这个平衡,非摔下来不可。可眼下,瓜州上马的项目,有几个没有污染? 恕我直言,一个也没有啊!

是很具挑战性。杨兵说,环保和发展,道理谁都明白,不能以牺牲环境为代价,谋求经济发展。可实际上,却很难做到,尤其我们欠发达地区,更是这样。许多西方国家,包括我们中东部地区,走的都是先发展,后治理的路子。

问题是,实践证明,这条路子得不偿失。任杰说,后治理的成本,远远高于当初的效益,效果也不佳。有的东西,一旦遭到破坏,就是毁灭性的,不可再生的。

没错。杨兵打着呵呵说,看来县委让你当市环保局局长,还真是知人善任呢。没上任,就有这么远的想法,你从环保局长的角度看问题,真没错。不过,假如我们俩换个位置,你来当市长,又会怎样想呢? 六七十万人,单单吃财政饭的,就好几万人,每月发数千万工资,瓜州方言叫什么? 哦,对,叫捉倒黄鳝要火烧啊。

呵呵,这样啊。任杰笑了笑,说,我还真没想过,不在其位,不谋其政嘛。顿了顿,又说,我不久前看电视,听到省里领导有个提法,叫什么来着? 对,想起来了,叫保住绿水青山,也是政绩。

可我在其位呀!除了环保,我得通盘考虑是吧?杨兵脸上倏地闪过一丝不快,至于省领导的提法,我当然清楚,但怎么处理相互的矛盾,我这个市长肯定要考虑,你这个环保局长,更得考虑。杨兵的目光不经意地在任杰脸上轻轻地掠过,接着说,其实道理很简单,比如我们今天在这里交流,不一会就是饭点了,你说我们是先去弄点进口货,还是去我们瓜州4A级樟江风景名胜区逛逛?

任杰笑笑,没再吱声。一是杨兵的疑问里原本就包含了答案,再就是人家市长都把话说到这份上,他再说什么,就是不醒水,或者脑袋进水了。因此,面对杨兵的提问,出于礼貌,他笑了笑。不能说杨兵的说法没道理,可自己的想法也没错呀。那么,问题出在哪里呢?也许,就像杨兵说的,各自所处的地位和看问题的角度不同吧。如此说来,平衡协调,真是他今后工作的主旋律呢。舍此,他还能怎么的,打天呀!

至今回想起来,任杰觉得那场各抒己见的谈话,最终谁也没说服谁。但杨兵毕竟是市长,是他的顶头上司,该怎么拿捏,他懂。

适者生存,优胜劣汰。自然界是这样,人类社会也如此。任杰想,没错,在其位,谋其政。当残联理事长,得为残疾人着想,尽量为他们谋更多的福利。当环保局长呢,就要在发展经济的同时,为瓜州山青、水绿、天蓝,竭尽全力。

走出杨兵的办公室,到底怎么当瓜州的环保局长,任杰已有了比较明晰的思路。

思路决定出路。这话似乎有点老套,也记不得是谁的语录了。可仔细琢磨,还真有点道理。这些年,在环保局长任上,任杰遵循协调平衡的路子,总的来说,钢丝走得还算平稳。日子久了,居然也有了自己的"三搞"心得:两只眼睛睁开——搞死;两只眼睛闭着——搞乱;睁一只眼,闭一只眼——搞活。说白点,在县一级搞环保,你不能两只眼睛时时事事都盯着,不给经济一点松动和空间;反之,两只眼睛都闭着,什么事儿也不管,必然导致环境恶化;最好的办法,当然是有的管,有的可不管就不管,也就是睁着一只眼,闭上一只眼。其精髓,在于把握适当的"度"。实际上,"三搞"并非万全之策,更多的是,反映了环保人发自肺腑的无奈。这个"度"的拿捏,实际操作中,就挺有难度,甚至事与愿违。比如,当初给永久化工做环评的时候,任杰就一睁一闭。倘若两眼都睁着,那个项目,肯定不能上。结果呢,因为一只眼闭着,瓜州的经济确实得到了可观的增长;但也因为闭着一只眼,厂区周围转弯塘等几个村寨,吃够了污染的苦头。面对转弯塘吴尔金们年复一年的迁址诉求,他这个环保局长,无能为力的同时,像吃了黄连的哑巴,心里充满难以言说的苦,充满挥之不去的痛。

也许,正是这种"和稀泥"的做法,导致了吴尔金等乡亲的痛苦,且至今仍在忍受。任杰时常想,要是当初他两只眼睛都使劲地睁着,拒绝给这个项目作环境评价,结果又会怎样,能阻止它上马么? 可随即,他又为自己这种天真的假设忍俊不禁,倘若顶着不给永久做环评,他还能稳在瓜州环保局长这个位子上?说不定,早就发配到爪哇国去了。他任杰不做,换了李杰马杰张杰,抑或刘杰王杰,不都得按头头脑脑们的意思做,谁顶得住啊! 除非不怕丢了头上这顶乌纱帽,可他真做得到舍得一身剐么? 难! 倒不是说非做这个官不可,撇开正科级待遇不说,手头有点权力,也可以在力所能及的范围内,按照自己的意愿,为环保做点儿好事实事呀。当然,官员们手中的权力,无疑是柄双刃剑,既可以为民谋利,也可以为己谋私,就看你怎么挥舞了。任杰知道,在市里这盘棋上,环保局长,在百姓眼里算是个官,而在握有生杀大权的书记市长眼里,不过是他们手中一颗微不足道的小卒而已,想拎哪儿,就拎到哪儿。

可眼下,摆在任杰面前的,却是一道棘手的几乎无解的难题。

永久化工非法倾倒铬渣造成环境污染,损失惨重,影响恶劣,上上下下,闹得沸沸扬扬。市里做出的决定是:停产整顿。言外之意:整顿合格了,就继续生产。而整顿合格与否,取决于环保局拿出权威的具有说服力的数据,或者依据。鉴于当前风声紧雨点大,当事者有所收敛,整出个合格的样子,供你检查验收,并非难事。一旦风过雨停,就会依然故我,跟环保局捉迷藏。有趣的是,整出不同风景的,都是同一茬人。不错,环保局有监督的职责,责无旁贷。可环保局的人,不可能每分每秒都盯着吧,就是老虎,也有打盹的时候呀! 这就是许多企业白天冒白烟,晚上冒黑烟的奥秘。就说大气污染吧,只要永久化工不停产,就不可能根治。公司所在的周围村寨,癌症高发,当地空气污染,就是症结所在。因为长期吸入铬酸盐粉尘诱发肺癌,已是定论。现在,全国省会城市,甚至包括一些二线城市,都在监测 PM2.5,而他这个环保局长面对的,却是肆无忌惮的排污。每每想到这些,他都会有种无可奈何的郁闷和悲哀。再就是化工废水对土地的污染,也是致命的。因为铬等重金属在土壤里,基本不会消失,会影响好几代人。目前,对污染土壤的修复,不外乎物理修复,化学修复,生物修复三种方法。所谓物理修复,就是将被污染的土壤深埋,置换未被污染的土壤。这种置换过来的土壤,称"客土"。通俗地说,就是从别的地方取土过来,将被污染的土壤,深埋到水稻根系不能到达的 25 厘米地表以下。但这种修复方法的成本很高,每修复一公顷土地,需耗资数百万元;其次是化学修复。这种方法尚处于田间试验阶段。即通过添加相关制剂,使其与土壤中的铬等重金属离子形成难溶,或者作物难以吸收的化合物,以减少农作物对重金属的富集;最后一种生物修复,也在试验之中。方法是,利用土壤中某些微生物,降低土壤里重金属的属性。三种修复方法,都不太成熟。其中,尤以生物修复中的植物修复受青睐。已陆续发现一些超富集植物,可吸收沉积在土壤中的重金属,如砷超富集植物蜈蚣草,锌超富集植物东南景天等。但这个技术也美中不足,一是周期较长,再就是成熟植物的处理,又成了新的问题。

换一种说法,乍一看,环保部门对永久能否恢复生产有着至关重要的作用。实际上,任杰很清楚,问题并不这么简单,真正的决定权,在市委、市政府。再具体点,取决于书记、市长的意志。而书记外出镀金,杨兵的意见,一言九鼎。当然,这种个人的意志,往往以集体的面目出现,似乎很民主,很公正。有一次,在一个什么会议上,杨兵讲到高兴处,说,我打个通俗的比方,我们政府与所属职能部门,说白了,就是老子和儿子的关系,儿子,就得听老子的,没什么价钱可讲;身为部门一把手,不听是吧,那你别当儿子,当老子好了。如果当不了老子,你就乖乖地当儿子,听话;既当不了老子,又不乐意当儿子,那也好办,摘了头上的乌纱帽,自个儿走人,完事。除了这三条路,别无他途。台下顿时嘘声四起,可杨兵表情坦然,稳稳地端坐着,没事儿一般。真是见过大言不惭的,没见过这样大言不惭的,很让任杰开了回眼界。

正遐想间,楼道外响起一阵杂杂沓沓的脚步声,上班的工作人员陆陆续续地到了,任杰下意识地掏出手机,看了看时间,8 点 15 分。

任杰刚收回遥远思绪,手机突然唱起了歌,宽大的屏幕上,"杨兵市长"在歌声中不停地闪烁,欢快地舞蹈。真是想什么,就来什么呢。

喂,杨市啊,任杰急忙摁下接听键,我任杰,呵呵!

任局啊,在办公室是吧? 顿了顿,杨兵先给任杰戴高帽,你这个副总指挥,很忙是吧,辛苦啦!

不辛苦,不辛苦,在办公室呢,杨市!任杰明知这是杨兵的惯常风格,不时做出平易亲民的样子,可心里却挺受用,乐滋滋地说,杨市有什么指示请讲,我一定坚决执行,认真落实,呵呵呵。

哎呀,我说任局,嘛指示哦,杨兵呵呵一笑,说,别整得周吴郑王的,随便聊,随便聊聊嘛。

好,好好。杨市!任杰一边顺着杨兵的杆子爬,一边赶紧竖起耳朵,说,随便聊聊。

是这样,任局,杨兵终于切入正题,说,最近永久整顿得如何?

任杰将所掌握的情况,向杨兵作了详细汇报。

是吧,抓得不错嘛!杨兵听完汇报,打趣道,等事情处理得差不多了,我建议市委、市政府给你记功,呵呵呵!不过,杨兵话锋一转,说,既然停产整顿大见成效,接下来,就得考虑恢复生产的问题呀!你知道的,任局,永久是我们瓜州,数一数二的纳税大户,好多人靠着它讨生活呢。就我们俩的工资,可能也有不少来自永久哦!老这么耗着,也不是办法,白花花的银子,就打水漂了嘛。顿了顿,强调道,所以,我的意见,当然,还得政府党组达成共识,争取在近期召开个验收会,或者叫论证会,由环保局做出一个评估,如果合格,或者没太大问题,就让他们重新点火算了。你看呢,任局。

哦,哦哦,杨市说得对,是要尽快哈!任杰哦哦连声。官大一级,稳如泰山,他能说什么呢,尽管他心里有许多话,许多真实的想法,但他能说么?不管他愿意不愿意,他能做的,就是顺着杨兵的杆儿爬,愣了愣,说,我们一定按照市政府的要求,做好份内工作,促使永久早日投产。

好好好,很好呀!任局。杨兵高兴地连说了三个好,刚才我说了,永久恢复生产,你们环保是关键一环,说一不二嘛。验收会的事儿,你也是第一个知道我想法的人。一句话,我们共同努力,务求成功,务求成功哈。

好,好!任杰也连声叫好。

那就这样。任局,眼看指示下得差不多了,杨兵准备收线,你忙吧,拜拜!

拜!任杰连忙说,杨市,拜拜!

挂断电话,任杰倒抽一口冷气,额头上的汗珠密密匝匝,浑身虚脱一般。

杨兵电话里的意图已经相当明显,把永久恢复生产这个烫山芋,踢给了环保局,美其名曰,你们的意见说一不二。任杰不得不承认,杨兵不愧在官场摔打多年,这一招好生厉害。永久不是因非法倾倒铬渣导致停产整顿么,那好,由你们环保局给它把关,看看能否发放通行证,合情合理,名正言顺。乍一听,似乎由环保局说了算,任杰手握生杀大权,实际上,并不是这么回事儿。名义上由你任杰出面,但怎么讲,得听政府的,听我杨兵的,你不过是前台表演的木偶而已。这样一来,如果没什么事儿,企业、政府、打工者,皆大欢喜,我杨兵领导有方,敢于拍板,决策正确;万一有点什么闪失,是环保局开的绿灯嘛,你们是职能部门,专门吃这碗饭的呀!进退自如,游刃有余。尤其是杨兵最后那几句嘱咐,听起来像跟你掏心窝子,什么第一个知道他内心想法的人,鬼知道他又跟谁说了。可潜台词却是,我这么信任器重你,你可不能不听招呼哦。无形中,让你压力倍增。

陡然间,任杰乱麻般的脑海里,陡然跳出一个滑稽的联想:自己就像一只身不由己的羊,被人硬生生拔掉毛,架在熊熊燃烧的大伙上炙烤,烤得一个个毛孔吱吱冒油,烤得周身雪白雪白的皮,逐渐炸裂,变黄变焦。

第十章

感觉架在火上炙烤的,还有永久化工总经理李永久。

不过,同样是炙烤,李永久和任杰有着质的不同。身为环保局长,任杰所面临的是一种身不由己的无奈,和人性良知的无情拷问。李永久作为污染的始作俑者,是因为金钱这只欲望的手,或将被斩断。

办企业这么多年,李永久自然知道停产整顿意味着什么。某种意义上说,这是永久化工的一个转折点,是他李永久的一个坎。转得过来,迈得过去,不管是公司,还是他自己,都会是一片艳阳天。否则,就会比败走麦城的关云长还要惨。融入瓜州这些年,时髦的说法:双赢。他赚得盆满钵流。瓜州税收呢,也刷刷地往上蹿。可凡事都有利有弊,扪心自问,白花花的银子流进自己腰包,瓜州GDP一个劲儿看涨的同时,铬渣污染,也日趋突出严重,尤其是厂子周围的转弯塘一带,更是苦不堪言。这些,他都看在眼里,心知肚明。他眼不瞎耳不聋,嗅觉也挺灵敏,能看不见闻不到那刺鼻的味儿么?当听到厂子周围村寨癌症高发,看见村里的癌症病人一个个地离世,说实在的,他也会心痛,一阵阵地揪着痛,因为他比谁都明白,那到底是怎么回事儿。可他能承认自己是罪魁祸首么?表面上,他得绷着,得以瓜州功臣救世主的面目出现,得做出一副财大气粗的架势。有时候,他觉得自己就像只随地拉屎——拉毒屎的猫儿,一边拉,一边想方设法地,将拉出来的污物盖住,猫儿盖屎,出自本能,他呢,盖住自己拉下的毒屎,则是赚钱的需要,也近乎本能。在"盖"这方面,多年来,他的奥秘是:对症下药,投其所好,大多屡试不爽。当然,也有例外,在瓜州,他还真碰到了不吃这一套的"钉子"。比如任杰,就是只不沾腥的猫儿。有一次,接连碰了好几次钉子后,李永久逮了个任杰出差的机会,到其府上,将厚礼捧到其妻手中,兴许是耳濡目染吧,其妻死活不肯笑纳。李永久好说歹说,说了一大堆冠冕堂皇的理由,不由分说地扔下红包,自个儿开门,逃也似的跑了出来。可没过几天,这个大红包又完璧归赵。推辞间,任杰冷冷地告诫他,假如他不收回,只好交到纪委去。弄得他一脸难堪,嚯嚯嚯干笑。上交纪委?那怎么成呢,他傻呀,扩大了知情面不说,那可是嘎嘣响的"老人头"哩,拱手交公,瓜州人的口头禅:怕不会哦!于是,李永久用干笑掩饰尴尬,接过了原本属于自己的那个大红包(一个鼓鼓囊囊的牛皮纸大信封)。不过,红包是收回来了,心里却不踏实,只要公司有风吹草动,任杰他们一来,心里总是惴惴的。这时候,他感到自己的角色跟任杰转了过个儿,任杰是猫儿,自己变成了老鼠,一举一动,全都被一双,抑或好多双亮闪闪蓝悠悠的眼睛,盯得紧紧的,挺不自在。好在县里有杨兵罩着,这些年,并无大碍。没想到,这次大意失荆州,非法倾倒铬渣,把天都捅破了,捅出了窟窿。当务之急,就是要找到能补天的人,挽救永久于危难之中。而放眼瓜州,上上下下,左左右右,自己能说上话,又回天有术的,非杨兵莫属。

李永久知道,杨兵是自己挺进瓜州的桥梁。没这座桥,他是进不了瓜州的。当然,进不了瓜州,他也许会去东州南州北州什么的,但财源,会不会像瓜州这样滚滚而来,就不得而知了。凭直感,他觉得那是不可能的。当下,许多有钱人都信神拜佛,见了寺院,就磕头作揖,烧纸上香,有人还在家里的神龛上客厅里,供奉观世音财神爷,祈求万事遂意,日进斗金。李永久却不以为然,他觉得那是兜里钱多,心里空虚的表现。可他信奉贵人之说,无论是官场还是商场,都需要贵人扶持。有了贵人相助,就事半功倍。如果把商场比作战场,那么,贵人就是奇兵,有了奇兵,才能出奇制胜。从这个意义上说,杨兵就是他李永久的贵人,是他屡战屡胜的奇兵。

当然,李永久对杨兵的了解,也是不断深入,循序渐进的。

李永久的经验是,只要是人,都离不开酒色财气,这是个难以摆脱的桎梏,不同的是,各自的倾向和侧重不同罢了。他虽是商人,闲暇却喜欢翻翻书,知道历史上将酒色财气称"四堵墙",并由此引出一段佳话。

北宋大文豪苏东坡到大相国寺看望好友林元了(佛印和尚),不巧好友外出。住持便请苏东坡在禅房休憩,并让人端上香茗美酒素肴,盛情款待。

苏东坡自斟自酌,渐渐地便有些许醉意,抬起头来,眯缝着眼,不经意地一瞅,雪白的墙面上,有元了新题的一首诗:"酒色财气四堵墙,人人都在里面藏;谁能跳出墙头外,不活百岁寿也长。"苏东坡觉得诗颇有哲理,但禅味太浓,四大皆空。他想,既然人世间躲不开酒色财气,何不因势利导,化害为益,把握好一个适当的度呢?于是,略微沉思,便在元诗右侧题《和佛印禅师诗》一首:"饮酒不醉是英豪,恋色不迷最为高;不义之财不可取,有气不生气自消。"题毕,将笔一掷,乘着醉意,离开了禅房。

翌日,宋神宗赵顼由王安石陪同,也来到大相国寺游玩,赵顼看了佛印和苏东坡饶有风趣的诗,笑着说:"爱卿,你何不和诗一首啊!"王安石微微点头,欣然应命,沉吟有顷,挥毫于佛印诗左侧题《亦和佛印禅师诗》:"无酒不成礼仪,无色路断人稀;无财民不奋发,无气国无生机。"王安石站在大政治家、大改革家的高度,以诗人的慧眼,跳出了前人的窠臼,巧妙地将"四堵墙"与国家社稷,众生生计相结合,赋予新的勃勃生机和喜庆色彩,深为神宗赞赏,并也乘兴和诗一首:"酒助礼乐社稷康,色育生灵重纲常;财足粮丰家国盛,气凝太极定阴阳。"

君臣同在大相国寺,就同一题材,先后和诗,各抒己见,情趣盎然,流传千古。遗憾的是,大相国寺粉墙上的君臣和唱墨宝,早被岁月的风尘驳蚀殆尽,未能保存下来,只有脍炙人口的酒色财气诗,历久弥新,供人们久久咀嚼回味,也成了李永久商海扬帆的指南和航标。

李永久和杨兵的周旋,酒,就是开路先锋。当年,李永久经邻县杜若水副县长引荐,赴瓜州投资铬盐项目,第一个要攻关的人,就是"空降"瓜州,刚任市长不久的杨兵。

李永久获悉,像时下许多空降干部一样,杨兵也是只身赴瓜州任职,没带家眷,根据地呢,仍是省城。市里在政府招待所,为其安排一个套间,里间住宿,外面摆上沙发茶几,作休闲和会客用。如果市里工作不忙,杨兵一周回一趟家。尽管兜里揣有驾照,但为了不碰领导干部严禁驾车的"红线",杨兵从不自己开车,每次回省城,都由驾驶员接送,有人将这种奇观称之"走读"。现实中,这种景象,上上下下蔚然成风,久而久之,早已观而不奇。在瓜州,除了杨兵,地区到瓜州任职或挂职的,还有好几个市领导,谁都没带,也不可能带家眷,全都在市政府招待所长住套间,房费呢,当然统统由政府买单。上行下效,瓜州市机关到乡镇任职和挂职的干部,当然也不会傻哩巴叽地把家搬下去,清一色"走读"。

乡镇没宿舍,好办,就住镇上的旅馆,由乡镇政府买单。当然,也有人不以为然,说有什么好奇怪的,都什么年代了,当下实施城镇化带动战略,家在乡下的农民,都要鼓励他们进城安居乐业呢,哪个干部还会开倒车,把家搬到乡下去?反对者反诘,不搬可以呀,住宿费车船费自己掏腰包,不就结了?支持者嘿嘿嘿干笑,没了词儿。

搞企业,局外人,李永久倒不会在意别人走不走读什么的,或者说,他对走读干部还有种由衷的喜欢。别的不说,登门拜访,总比去别人府上要方便吧。门一关,就成了两人世界,说什么,怎么说,都无须顾忌。

虽然有杜若水开具的"介绍信",李永久第一次拜访杨兵,还是颇费了些心思。他知道,人与人的相处,不管是官人,还是商人,抑或百姓,第一印象尤其重要,有时,甚至决定事情的成败。

最关键的,当然是见面礼。

送什么好呢?首先跳进李永久脑海的,是酒——茅台。

兴许是父亲喜欢喝酒,耳濡目染的缘故吧,李永久很小便学会了喝酒。当然喝的是乡下烧烤出来的苞谷酒,度数不高,也就三四十度的样子,辣得封喉,有一股怪怪的泥土般的味儿,空腹喝的时候,刚吞下喉咙,就像有一条火蛇倏然朝着肚子里钻,钻到肠肝肺胃都知道。喝多了,肠胃有了耐受性,这种感觉就轻微了,酒量呢,也就有了进步。一生辛劳的父亲,很喜欢喝这种苞谷烧,许多时候,就着一碗炒黄豆,有滋有味地喝,面前一碗炒黄豆拈没了,两碗苞谷烧也就进了肚,一口饭也不吃,偏偏倒倒迷迷糊糊地摸索着爬上床,不一会儿,便迫不及待地扯开了风箱,春雷般的鼾声,一阵阵地在茅屋里回荡,应山应水。

父亲后来喝到胃出血,肝硬化。

上过中学读过历史学过诗词的李永久,虽然打小就会喝酒,却不赞赏父亲如此嗜酒。他很推崇曹操对酒的解读:"何以解忧,唯有杜康"。他觉得,既然杜糠源远流长,形成了一种文化,它的功用,就不仅仅是解忧所能囊括的了,醇香扑鼻的杯中尤物,除了喜悦和兴奋人的神经,势必蕴含着更深的社会和文化内涵,是一种文化的符号和文明的象征,毫无节制地死喝烂喝,就距酒文化的真谛越来越远了。因此他以为,东坡老先生"饮酒不醉是英豪"的见解,实乃入情入理的真知灼见。也就是从父亲喝劣质酒喝出毛病的时候起,他就暗下决心,即便自己兜里有了充足的银子,也要尽可能地少喝酒,要喝,就喝好酒。

把喝酒作为人际交往的润滑剂，把送酒，送好酒视为欲望的铺路石，那是李永久跻身商海，兜里有了颇多银子后的事儿。

什么时候喝到茅台酒，李永久已经记不太清了。但他对这琼浆玉液的感觉，刻骨铭心。"回味悠长，空杯留香"。真不愧"国酒"的美誉。

也许正因为价格不菲，酒香独特，人们才把它作为攻关的利器，交往的桥梁。眼下，李永久就要用它，在自己和杨兵之间，架起一座利益和交易的桥梁。

为防止买到假酒，李永久特地跑到省城专卖店，买到了两瓶15年陈酿飞天茅台。可掂量掂量，他觉得，美酒倒是醇香，可经济价值似乎轻了些。于是，又在两瓶茅台的包装盒里，各自夹了一沓厚厚的戛嘣响的老人头。如此一来，提在手里的两瓶茅台，就重扎多了。

李永久决定晚上拜访杨兵，并且不要去得太早。他侦察过了，杨兵的套间在市政府招待所308，也许是因为有领导住在哪里，如果不是房间紧张，那一层楼，很少安排客人入住，但再怎么说，那毕竟是公共场所，人多眼杂，虽然跑和送，在官场已是心照不宣的秘密，毕竟见不得阳光，于己于彼，李永久都不想让人看到自己登杨兵的门。

吃罢晚饭，李永久先打电话给杨兵预约，说晚上过去拜访他。

杨兵沉默有倾，说，李老板，算了吧，有事明天到办公室谈，我在外面有个饭局，刚刚开吃，可能要很晚，才回宿舍呢。

没关系，杨市长，李永久知道杨兵有推挡之意，连忙说，我知道你忙，去办公室当然好，但你更忙啊。所以只有占用一点点你休息的时间了，呵呵！这样吧，你先应酬，我晚点过来，10点，你看怎样？

那好吧！杨兵愣了愣，说，我争取早点回去。

拜拜！李永久说。

再见！杨兵说。

李永久提前5分钟，开着奥迪A6L来到杨兵宿舍楼下，停了车，随手拎起副驾驶座上的黑色塑料袋，一边向楼上走，一边摁了下手里的遥控器，锁好了车。

一楼、二楼走廊里，都安有声控灯。

走上三楼，走廊黑乎乎的，李永久心想，是不是时间久了，声控不太灵敏，使劲地跺了跺脚，仍旧漆黑一团。正纳闷，市长的寝宫，咋能黑灯瞎火？突然，一股说不清的香水味扑面而来，随即，一袭白裙袅袅婷婷地飘过李永久身边，他下意识地车过身,挤挤眼,正欲看个究竟,白裙晃悠晃悠地,倏忽间,便飘下了楼。

李永久想,这样的黑,会不会也是特权呢?

李永久敲门,杨兵果然在屋里。

初次拜访,没什么东西,李永久走进屋里,将手里的黑色塑料袋放在茶几上,淡淡地说,顺便给市长带了两瓶酒。

哎呀,李老板,来坐坐就成,杨兵的语气有点夸张,你还带啥东西呀,一会拿回去,拿回去哈!

不成敬意,不成敬意。李永久呵呵笑,说,杨市可别见外哦。

说着,不待杨兵邀请,自个儿在沙发上坐下来。

杨兵自然知道李永久的来意,一番过场后,主动挑起了铬盐的话题。

李老板的情况,若水副县长早已给我作了介绍。杨兵端起茶几上的杯子,啜饮了一口茶,说,李老板能来瓜州投资,于公于私,我都打心眼里欢迎。铬盐这个项目,初步考察下来,经济效益,还是相当可观的。但这东西的副产品,也就是铬渣,对环境的染污比较大,时间越长,污染越严重,比如对土壤的染污,可以说,不可逆转。这些情况,李老板比我还清楚。事实上,早在20世纪80年代中期,国家有关部门就意识到了铬等重金属的危害,提出治理含铬废渣、废水的处理措施。1992年后,基本杜绝上新的铬盐项目。当然,我说的是基本,不是全部,呵呵。所以,就铬盐产业的态势来说,走的是下坡路啊!兴许是嗓子眼干了,杨兵又啜了一口茶,接着说,我之所以跟你说这些,想来李老板已经明白,从发展经济的角度,我们很需要你这个生产铬盐的公司,但从环保,以及铬盐发展的趋势来说,能不能立项、开工、建成,有些未知数呢。换句话说,哪怕我这市长,也是打不了保票的,呵呵呵。

杨兵以一串干笑煞尾,暂时结束他既有历史回顾,也有现实观瞻的说道。其间,李永久的脑子也在高速运转,不停地吸收消化辨别杨兵的言下之意,以求应对之策。他不得不承认,杨兵对铬盐的了解,并不比自己这个专业人士逊色,他对铬盐利弊的估量,也是相当准确的。问题是,他既然对铬盐的弊端了如指掌,为什么还要招商?把自己请了来,又强调这些客观,用意何在?莫非觉得爱莫能助,甚至反悔?不会,绝对不会。这个念头刚冒出来,便让李永久给掐灭了。如果杨兵反悔,他完全可以将自己拒之门外。或者,嘴巴应承,却让自己吃闭门羹。他如约提前候着,说明招商的大门,仍是敞开的。杨兵的这一通说道,用意有三:一是说明自己对铬盐并非外行;二是在肯定效益的同时,陈述弊端,以强调创办这个企业的难度,让自己感恩戴德;三是留后手,打预防针,万一事情办不成,心安理得地退却和享受自己的供奉。杨兵的这些伎俩,反而表明,他就像一条已吞钩的鱼,被提溜上岸前,下意识地扭动扑腾,不过是做做姿态,半推半就,忸怩一下罢了。

将清思路的李永久,瞬间便打定了主意:欲擒故纵。

呵呵,杨市的职业是当市长,却对铬盐很内行啊! 佩服,佩服啊! 杨兵的呵呵余音尚在,李永久也打着呵呵接了茬,铬盐这玩意儿,的确是柄双刃剑,高回报,高染污。当然,还有高耗能。要不,我们在青岛干得顺风顺水,怎么会想到来瓜州呢? 不过,杨市,纵观东欧西欧发达国家,哪个不是先污染,后治理呀! 兜里的银子赚足了,再拿出点来治理环境,也不迟嘛。吃饭是第一件大事呢。当然,如果瓜州有难处,杨市您有难处,我另找地儿也行。眼下东部类似企业都向西部转移,大势所趋,我想,西部这么辽阔,欢迎的地方,还是有的。呵呵呵。

是啊,李老板高见,高见哩! 杨兵先前的一通高论,不出李永久所料,除了想显摆显摆,就是拿捏一把,让他知道,锅儿是铁铸的。见李永久较了真,忙转变话风,生怕他真跑了似的,顿了顿,接着说,不过,凡事都有利弊,这世界上,没有十全十美的东西,就看怎么取舍了。不瞒李老板,瓜州是国贫县,财政捉襟见肘,吃了上顿愁下顿。我这父母官,当务之急,第一要要务,肯定是发展经济嘛。

那是,杨市高瞻远瞩。发展才是硬道理嘛。这硬道理,就是财政收入,就是GDP。李永久见杨兵中了套,一个劲儿上眼药,说千道万,肚子饿了,要吃饭,解决肚皮的问题,是第一位的,呵呵。

李老板说得有道理,看来我们的看法,基本一致啊。杨兵哈哈一笑,说,只有想法一致,才能合作共赢嘛。

对头,李永久连声说,共赢,共赢。大家都有钱赚,多好啊! 顿了顿,又说,一句话,我李某在瓜州人地生疏,还得仰仗杨市多关照,多多关照!

呵呵! 李老板客气了,杨兵热情洋溢地说,尽力而为,尽力而为。

时候不早了,李永久见事情敲定,起身握别,杨市,打扰了,你休息吧!

也好,也好。杨兵也站起身来,说,李老板慢走。

好,走了哈! 李永久走出门的当儿,不经意地回过头说,杨市有时间,记得把酒喝了哈!

呵呵！杨兵笑着说，李老板太客气啦！你提回去，提回去喝呀。

小意思，小意思。不成敬意哩！李永久头也不回地出了门，打着呵呵，消失在走廊黑漆漆的夜幕中。

成功拜访杨兵，李永久像吃了颗定心丸，心里踏实多了。

李永久当然知道，现行体制下，杨兵实际上是瓜州二把手，前进方向人事大权，书记一锤定音。可自己只发财不升官，与县委这边关系不大，也不太直接，更多的是与政府职能部门打交道。杨兵呢，就是这些职能部门的老总，也就是大老板。搞定了杨兵，就迎刃而解。下面的职能部门，照瓜州口头禅：看哪个敢吊歪。所谓擒贼先擒王，讲的就是这个道理。

不过，理是这个理，具体操作时，下面职能部门的头头脑脑，比如发改委、安监局、疾控中心什么的，得打点打点。甚至具体办事的小股长办事员，也得意思意思，混个脸熟。李永久记得有一本书，叫《细节决定成败》，相当一段时间，机关的公务员，都组织学习。他找来一读，你别说，说得还真在理。做生意办企业，也讲究细节，不打眼的地方疏忽了，就可能前功尽弃。于是，他像当年基辛格穿梭外交似的，一周内拜会了相关职能部门的头头脑脑，作了必不可少的铺垫。就像钓鱼，挂上鱼饵，抛出去，几乎都吞了钩。当然，也有不吞钩的主儿，比如环保局局长任杰。可总的来说，效果比意料的好。

李永久这种作派，有人不以为然，比如他老婆，就说他钱多了，烧包。

知道不，你是招商引资来的瓜州，说通俗点，你是客人，是他们，是杨兵市长请你来的，在杨兵市长这里，表表谢意，情有可原。别的，有这个必要么？李永久老婆振振有词地诘问，你钱多得跳脚是吧？烧包。我说你婆娘头发长，见识短，你还不服气。李永久嘿嘿一笑说，没错，我们是招商引资来的，是瓜州的客人。可不要以为你是客人，就事事顺意，就得天天供着你。顿了顿，又说，这么说呢，跟你打个比方吧，有人邀请你去做客，款待得也不错，可这人，儿子姑娘一大帮，时间短倒也好说，日子长了，少不了和这帮人有摩擦，有的还会吹鼻子瞪眼，邀请你去的人，也就是家长吧，管得过来不？你呢，鸡毛蒜皮的事儿，也不愿意去告状吧！如果大家关系处得融洽，许多事情，不就迎刃而解了。至于钱嘛，舍不得孩子打不了狼。这么简单的道理，你也不懂啊！再说啦，今天的付出，是为了明天更大的收入嘛。

李永久老婆听了他一番合情合理,通俗易懂的开导,终于明白了投入和产出的关系,眼前很少的投入,将能赚更多的银子,愣了愣,翻翻白眼仁儿,不吭声了。

果然一路绿灯。

不过,不知是急于求成,还是疏忽了,瓜州第一次上报项目时,居然犯了个低级错误,连环境评估也没做。

李永久登门拜访,任杰像躲瘟疫似的,避而不见,虚与委蛇,让老婆和他磨蹭。幸亏杨兵从中周旋,这才转危为安。

可这次倾倒铬渣,仿佛捅破马蜂窝,祸惹大了。如果不能力挽狂澜,没准就死定了。

怎样才能化险为夷,李永久可没少费心思,以往的招数还灵光不,他心里也没谱。因为一个偶然的机会,他听说杨兵在县里的时候,曾任林业局局长,政策允许的范围内,以其弟的名义,承包了一片山林,十数年间,说价值连城,也不为过。也就是说,钱在杨兵眼里,并不稀罕。人就这样,通常官不嫌大,钱不嫌多。可两相比较,杨兵对前者的兴趣,显然更浓厚些。后来的交往中,李永久似乎也察觉了这一点。那么,除了在意官场的升迁沉浮,杨兵最感兴趣的,还有什么呢?

李永久绞尽脑汁,终究不得要领。但他坚信,每个人都有自己的死穴,或者软肋。杨兵呢,自然不会例外。关键是,如何寻找。

有天晚上,李永久躺在沙发上,眼睛有一搭没一搭地晃着电视屏幕,心里却一个劲儿走神,想着想着,脑海里蓦然闪过第一次拜访杨兵时,政府招待所黑漆漆的走廊里,袅袅婷婷地飘过来的那一袭白裙。对啊,这不就是杨兵的"死穴"么?撇开男人骨子里都好色,巴不得将天下女人都揽入怀中不论,杨兵正值盛年,长期远离家眷,雄性荷尔蒙分泌过盛,工作忙时,个把月回不了家,更关键的是,他好像挺好这一口哩。想到这里,李永久像打了鸡血,比哥伦布发现新大陆还要兴奋。沿着这个思路走下去,过往的事儿依次闪回,好几次宴请杨兵时,他嘴上调侃,开些荤玩笑说些黄段子就不说了,趁人不注意,杨兵色迷迷的目光宛如蛇信,总在助理周薇的脸上胸脯上贪婪地吮吸,恨不能眼里长出把钩子,将周薇钩了去。

蓦地,一个大胆的计划在李永久脑海里冒将出来。

对症下药,是医生治病的原则,不同的病,用不同的药,才能立竿见影。李永久思忖,据此推理开去,社会的病,官员的病呢,自然也要对症下药,才会有效。就说杨兵吧,他对钱财兴趣不大,但对色,却情有独钟。这样的"病",就得用色去治,才能药到病除,事半功倍。

李永久为自己的发现哑然失笑,很是得意。

一阵兴奋得意之后,李永久转念一想,顿感揪心地痛。是啊,虽无名没份,可周薇毕竟跟了这么多年,如果说,她是一朵鲜花,就是在自己手里绽放蓓蕾,灿烂开放的呀。况且,当下,正是花浓香艳的时节呢,拱手相让,真像割自己的肉一样疼。可不忍痛割爱,还有别的好办法么?没有。既如此,就得舍出去,不是说,舍得舍得,有舍才有得么?还有,即便自己发扬风格,周薇肯围着自己的指挥棒转么?

沉思良久,李永久灵光一闪,也有了主意。

周薇是人,是女人,同样也有软肋。那么,找准她的软肋,对症下药,就可迎刃而解。

李永久抓起茶几上的手机,给周薇打电话。

喂,妹儿!李永久说,我李哥,在哪儿啊?

嗯,我在屋里呢!周薇哀怨地说,今天到哪儿去了,连个鬼影子都不见哩。

呵呵,想哥了是吧!李永久嘿嘿嘿坏笑,说,上午去铬渣倾倒地又看了下,正要回公司,政府办打电话,说让我参加上半年的经济形势评估总结会,就直接过去了。

我知道你有事儿。周薇穷追不舍,不依不饶,可也得给我打个电话吧,再忙,发个短信,总该可以吧!

好,哥的不是,哥的不是。李永久赶紧缴械,下不为例,以后,哥一定提前请示汇报,违反重罚哈!

小样儿,这还差不多。周薇娇嗔地笑道,罚什么呀?

罚什么都行。李永久说,要不就罚"还要"吧!

咯咯咯!周薇笑着说,坏!

坏是吧!稍倾,李永久又说,猜猜,哥现在最想听什么?

还用猜么?我还不知道你花花肠子啊,周薇说,想听"要"呗!

呵呵呵!李永久说,真是心有灵犀哦。

咯咯咯！周薇也笑,看你得瑟。

……

老地方,宝贝儿！哥想你了。李永久收回思绪,止住笑,说,我马上开车来接你哈。

嗯！周薇不经意地说,辛苦哥啦！我说拿那宝马,我自己开,你又吞吞吐吐的,不痛快。

哦,李永久心里一颤,说,不就宝马嘛,好说,好说。

除了女人,李永久喜欢玩车,玩豪车,觉得那是身份财富的象征。开着豪车出去,就像娶了个漂亮老婆,回头率要多高,有多高。刚来瓜州时,买了 A6L 奥迪 2.4,开了几年,又换了 A8L 奥迪 3.0,比起 A6L,车身稍长,线条更优美,很是抢眼,就像时髦女郎招摇过市,回头率特高。兴许是奥迪玩腻了,去年,花了 150 多万,换了宝马 760Li,周薇喜欢得赞不绝口,坐在车里,情不自禁地手舞足蹈,两人一起出行,经常要李永久让她驾驶,兜兜风过过瘾,并不止一次地要求给她玩一段时间,李永久却不置可否。今晚周薇旧话重提,李永久不禁感慨,这不就是周薇的死穴,或者软肋么? 不过,话说回来,只要公司能开下去,有大把大把的银子可赚,香车宝马又算什么呢? 还是那句话,有舍才有得哩。

不一会儿,李永久驾着宝马 760Li 来到周薇楼下,周薇早已身着白底蓝花连衣裙,玉树临风般伫立在楼道口,李永久刚停稳车,她便敏捷地钻进车里,坐在副驾驶位置上,"啪"地卡上安全带,也不说话,转过头,在李永久脸上甜甜地波了一个,李永久心里受用,嘴上却嘿嘿嘿笑着说,别闹,别闹,开车哩！随即慢慢松开刹车,轻轻一点油门,宝马便轻盈地向着"老地方"窜了出去。

他们要去的老地方叫仙马湖,距瓜州城区约莫 20 公里。

仙马湖其实是 20 世纪 70 年代修建的一座大型水库,功能以灌溉为主。开始叫仙马水库。叫仙马湖,是本世纪的事儿。仙马水库也好,仙马湖也罢,之所以以仙马为为名,源自湖边有一座海拔 2000 余米,酷似神骏奋蹄的仙马山。

传说,古时一僧人在此修行数十年,终于得道成仙。仙人想,自己这么些年,孤灯残照,形影相吊,好容易修成了正果,理应回到红尘中,尽享荣华富贵才是。某日,仙人侧卧卧榻上,恍恍惚惚中,一骑神骏不期而至,仙人翻身上马,急驰而去。奔腾间,突然眼前金光闪闪,神骏头颅高昂,一声长嘶,定住了脚步,仙人差点摔了下来。定睛一看,慈眉善目的观世音端坐莲台,一手持净瓶,一手拿柳枝,那一道金光,就是观音手中柳枝挥洒而成。观音菩萨慈祥地微微一笑,悠悠地说,阿弥托福,还是六根未尽啊,回去吧！仙人大惊,险些摔下马来。

醒来,发现自己依然侧卧床榻,想起梦中情境,不禁暗暗称奇。翻身下床,揉揉眼睛,走出门一看,一座酷似神骏的大山,横亘眼前。从此,断了红尘非分之想,潜心讲学布道,遂将门前大山,名之仙马山。

这些年,瓜州的旅游不断升温,有人发现山青水秀的仙马湖蕴藏着无限商机,投巨资打造。除了湖畔栽花种草植树,建造水榭亭阁,还建了集休闲餐饮住宿为一体的"仙马山庄",生意好生火爆。节假日,如不提前一周以上预定,难觅一席之地。瓜州市政府不少上档次的会议和迎宾宴请,大多在这里进行。在许多瓜州人眼里,能在"仙马山庄"潇洒走一回,无疑是挺长脸的事儿。

这样一块风水宝地,永久化工当然不会缺位。为随时派上用场,李永久不惜血本,在西苑三楼长租了一间名叫"桂花阁"的套房,许多重要的宴请和洽谈,包括李永久和周薇平日里的幽会,都在"桂花阁"上演。因此,一提起老地方,彼此心照不宣。

宝马760Li在宽阔平坦的柏油路上沙沙行驶,轻捷得几乎没有噪音,雪亮的车灯像一柄硕大的利剑,划开黑黢黢的夜幕,掩藏着的村庄、田畴、树木、玉米林,还有偶尔横穿公路,落荒而逃的黄鼠狼和野兔,一闪而过。

李永久和周薇都没说话,默默地享受着夏夜难得的惬意。清凉的风从车窗不停地灌进来,扫开了李永久心里郁积多时的阴霾,顿觉豁然开朗,气爽神清。

约莫一刻钟,李永久携周薇来到"仙马山庄",勾肩搭背地走进"桂花阁"。

第十一章

那天是周末,市长杨兵参加下午一个会后,本可以回省城。可地区分管农业的高副专员来瓜州调研,只得陪同,并共进晚餐。吃罢饭,已是8点多钟,回家的愿望,也就被黑夜淹没了。

杨兵已经个把月没回家了。妻子不止一次打来电话,虽仍轻言细语,柔柔地叙说家常,隐隐地,杨兵能感觉到个中的幽怨与性的饥渴。再则,上初中的女儿正处于青春逆反期,母女俩常常没来由地争吵,他这个和事佬,也该出面调停调停了。

杨兵没能回家,当然是因为忙。别的不说,就铬渣污染这档子事,就够劳神棘手的。上上下下方方面面,都睁眉鼓眼地盯着,按下葫芦起了瓢,稍有不慎,就会闹出更大的风波,以至不可收拾。眼看城区供水逐步趋于正常,杨兵悬着的心,这才慢慢放下来。水是生命之源,人没水喝,是要出人命,出大乱子的。当务之急,要让停产整顿的永久化工尽快恢复生产,余下的事儿,再慢慢善后。瓜州财政原本捉襟见肘,自己这个当家的婆婆,数着米粒儿过日子。多停产一天,就意味着白花花的银子打了水漂。身为市长,抓经济,保增长,是他的首要任务,一句话,GDP是"账面成绩",看得见,摸得着。只有把GDP搞上去,才能促发展,保民生,保稳定,保就业。与此同时,自己的仕途,也才有更大的上升空间。春上到地区参加全区经济工作会,分管财政的钱副专员拍着杨兵的肩膀说,小杨呀,你们瓜州保两位数增长,没问题吧?呵呵,钱专员,杨兵回答,我们力争,力争。不是力争哦,钱副专员正色说,是要想方设法,保证完成任务。告诉你,我性钱,也分管抓钱,丑话说在前面,你要完不成任务,我可是要打板子的哟！好，好好，钱专员，杨兵说，我们保证完成，保证完成。海口夸是下了，可这钱，得一分一厘地去创收。因此，某种意义上来说，永久化工，这个瓜州顶天立地的"支柱"产业，既是杨兵"空降"瓜州树起的一面招商引资大旗，也是他立足政坛的一张烫金名片。

杨兵像妻子一样，也充满了性饥渴。甚至，他的渴望，要比妻子强烈得多。

杨兵当然知道，性的欲望是人与生俱来的本能，就像需要吃饭喝水睡觉一样。但他觉得自己似乎有些另类，他不时自问，为什么自己对做那事儿的欲望，就那么强烈，乃至亢进呢？

是先天禀赋，还是后天形成，不得要领。

记忆中能检索到的影像是，大山深处的那个小山村，八九岁的时候，他就会与村里的小女孩玩娶媳妇的游戏，对当虚拟的新郎，有着十二分的兴趣和热情。当然，那时他没有杨兵这个官名，村里大娃细崽，都叫他杨老幺。

有一次，为争做花妹的新郎，杨老幺与狗娃恶狠狠地"决斗"。也想娶花妹为"妻"狗娃，趁其不备，一拳捣在他的鼻子上，刹那间，两条鲜红的蚯蚓蹿将出来，沿着上唇朝着下巴溜，他觉得嘴巴热哄哄的，伸手一抹，一张小脸，立时灿烂如花。当然，为"爱情"而战的杨老幺，也非等闲之辈。他定定神，一个箭步冲上去，倏地钻进狗娃胯下，双手抱住他的脚，海底捞月般狠劲一拱，"啪"，狗娃四仰八叉地倒在地上，杨老幺顺势骑上去，也照着狗娃的鼻子，挥手就是两拳，顿时，狗娃的脸，晚霞般耀眼。

花妹比杨老幺大两岁，似乎更醒事些。"决斗"后，便心甘情愿地做起了杨老幺的专职"媳妇"，一起玩耍时，脸上的笑容，比以往明媚多了。

夏日，酷热难当，屋旁槐树上的蝉，吱吱吱叫个不停，家里那条大虎斑狗，趴在门槛边，奔拉着猩红的舌头，一个劲儿喘粗气，一滴滴韧性极佳的涎，牵成线线往下掉。父母亲都上山干活，杨老幺懒洋洋地没事可干，蹲在院子里，津津有味地看蚂蚁搬家。他目不转睛地看着那群来来往往忙忙碌碌的蚂蚁，不停地数呀数呀，费了老鼻子劲，却数不胜数，还是没弄清有多少只蚂蚁。懊恼间，花妹急匆匆地跑来，说，老幺，愣这干哪样？走啊！去哪儿？杨老幺问，我数蚂蚁呢，可咋个数，都没整清楚。数你个头。花妹嗔怪道，你憨呀，这么多蚂蚁，怕是数到天黑，你也数不清哩。杨老幺问，那去哪儿玩啊？去我家玩啊！花妹说，我爹妈都没在，不叫别人，就我们两个玩儿，好不？不去。杨老幺说，你家有嘛好玩的。憨包不是？花妹说，我们俩玩娶媳妇呀！要得。杨老幺一听玩娶媳妇，顿时有了劲头，笑呵呵地说，走啊！

杨老幺和花妹手牵手地来到花妹家，花妹的父母果然没在，心里莫名地欢喜。

你看，这伞多红。花妹翻箱倒柜地找到一把红纸伞，说，待会我打上，好看不？

打伞干哪样啊？杨老幺大惑不解，没下雨哩！

又憨包了吧！花妹说，没吃过猪肉，没见过猪走路呀？村里娶新媳妇，哪个没打伞，打红油漆伞哩。

嗯！花妹一提醒，杨老幺脑海蓦地闪过村里迎亲的画面，说，那是哈！

花妹换上件刚洗干净的红花衣服，打着红纸伞，从院子里走过来，要杨老幺这个新郎，站在大门口迎亲。

花妹来到大门口，自个儿收了伞，见杨老幺呆眉呆眼的，主动挽起他的手，跨过门槛，一起走到堂屋正中的神龛前，双双跪下，一起磕了三个头。

磕完头，杨老幺愣愣地站起来，正要走开，花妹又牵着他的手，向里屋走去。

干吗？杨老幺有点懵，去哪儿啊？

你忘了？花妹的脸突然红到耳朵根，怯怯地说，进洞房呀！

嗯！杨老幺愣了愣，和花妹进了里屋，一起倒在床上。

花妹侧过身去，避开杨老幺，脱下自己的裤子，然后羞怯地车过身，盯着杨老幺说，你也脱啊！

哦！看着花妹白花花的下身，杨老幺似乎开了窍，愣愣地说，我也脱哈！

嗯。花妹点点头，杨老幺刚脱下裤子，便一把拉着他扑到自己身上。

杨老幺下意识地用自己的小鸡鸡，来来回回地在花妹那地方擦蹭，花妹呢，本能地张开腿。可捣古了半天，弄得一头一脸都是汗，仍然不得要领。

没错啊！花妹不明就里，爹就这样压在妈身上呀！

不晓得咋的。杨老幺也强调说，我也见过一回呢。

不玩啦。花妹骨碌碌翻身坐起，低头一看，那地方红红的，像桃子，惊诧诧地说，咋这样红呀？

可不是。杨老幺也看了看自己的小鸡鸡，好像比花妹那地方还要红，鸡嘴的地儿，都有些肿了，可这时，他却从未有过的镇定，说，搓的呗！

对头,花妹愣了愣,说,有点辣乎乎的哩。

嗯! 杨老幺说,是呢。

两人闷闷不乐地走出"洞房",来到院子里玩耍。

院坝角落,有一堆陈年石灰,看上去白里泛黄,脏兮兮的,间或夹杂着一颗颗没烧透的矸石,杨老幺见了,说,花妹姐,听爹说石灰可以消毒呢,你看我这鸡鸡好红哦,擦点行不行? 是啊,花妹说,擦点可以的。好! 杨老幺说,那我就擦点哈! 嗯,花妹说,试试嘛。

当晚,双方老人知道"腌腊肉"的事儿,都说是对方的娃娃教坏了自己的宝贝,结结实实地吵了一架。

许多年过去了,在城里做了官的杨兵回乡省亲,见到头发花白,未老先衰,却早已见孙的花妹,说起儿时的游戏,杨兵一脸不自在,花妹却拍脚打手又说又笑,哎哟! 兄弟,姐当年做傻事哩。没影响雀雀飞起来吧! 哈哈哈,没事哈,没事,姐就放心啦!

杨兵常常想,花妹,这个天真无邪的山妹子,无疑是自己的性启蒙导师。自己对女色格外倾心着迷,也许与当初山村游戏的刺激不无关系。

杨兵好色的毛病,或者嗜好,妻子了如指掌。因此,只要他有需要,全都满足。并在杨兵的开发下,欲望也越来越高。开始,对杨兵拈花惹草,妻子也痛心疾首,又哭又闹,抹脖子上吊(当然都是闭门上演),什么招数都使过,可风头一过,杨兵还是我行我素,陶醉肉欲之欢。后来,妻子没了招儿,也就睁只眼闭只眼,豁然开朗。妻子的观点是,吃喝嫖赌抽,男人必然有所嗜好,正常着呢。好色呢,如同好酒,上了瘾,要真正戒掉,是困难的,但适当节制,别喝醉,就可以了。她不会像别的女人,打翻醋坛子,把个平静的后院,闹得鸡犬不宁,耽误了老公的前程……。

杨兵坐在副驾驶位置上,双目微闭,任思绪在过往的天空上下翻飞。仿佛一头稍事安静的骚公牛,对往日的艳史艳遇,不停地反刍,津津有味。突然,车身轻微耸动,丰田 RAV4 在瓜州招待所楼前停了下来。驾驶员车过头说,杨市,到了。唔! 杨兵睁开眼睛,说,到了哈! 顺手拉开车门,下了车,砰地关上,对驾驶员挥挥手说,休息去吧! 好! 驾驶员说,杨市好好休息,走了哈!

看驾驶员开车离去,杨兵夹着公文包,准备上楼。

这时,包里响起彩铃。

杨兵掏出手机一看，是李永久打来的，摁下接听键。

喂，杨市啊！李永久说，我李永久，你回家了，还是在瓜州啊？

哦，李老板啊！杨兵说，在瓜州啊，本来想回去的，下午有个会，弄晚了。

是么，那好啊！李永久高兴地说，杨市，好久没聚了，过来聊聊，喝杯酒啊！顿了顿，又说，反正周末，你一个人在宾馆，也没什么事儿嘛。

算了吧！杨兵说，晚饭刚吃了，也整了几杯。再说，驾驶员刚刚走哩。

小事一桩啊！李永久说，一会儿我开车来接你，哦，要不这样，我派周美女亲自来接你，如何？稍倾，又强调，今晚不请别人，就我们仨，慢慢聊，慢慢喝。

哦，哦！杨兵一听周薇开车过来，聚会的人也不多，心里不由一动，嘴上仍坚持说，李老板，心意我领了，吃也吃了，喝也喝了，改天吧！

吃了喝了，可以再吃点，再喝点呀！李永久不屈不挠，这样吧，杨市，我们来个土洋结合，吃烧烤，喝洋酒，我最近弄了瓶"人头马"，等着你开封呢，呵呵呵。

那好吧！杨兵这些年名酒喝得不算少，可洋酒却没开过荤，听说有洋酒喝，有美女迎接，再则，因为想着要回家，今晚也没别的安排，一个人待在房间里，看那些千篇一律的泡沫电视剧打发时光，多没劲。于是便松了口，说，那听李老板的，恭敬不如从命，呵呵。

好，好好！李永久兴高采烈，杨市，一会儿见！

一会见！杨兵也高兴地说，我等着。

周薇驾着李永久的宝马760Li，去瓜州宾馆接杨兵。

这漂漂亮亮的坐骑，周薇平时没少消受，可独自驾驭，还是头一遭，并且是执行一个特殊的使命——接市长，不禁喜形于色。不过，欣喜之余，她的心情也有些复杂，既有对与市长聚会的窃喜，也有前途未卜的惴惴不安。

周薇的思绪，不知不觉闪回半月前。

那晚，李永久带着周薇来到仙马山庄，轻车熟路地走进三楼的"桂花阁"，刚把肩上的包扔在沙发上，李永久便紧紧地抱住了她，一通狂吻。

周薇愣了愣，待李永久缓过劲儿，这才抽开嘴，喃喃说，看你猴急猴急的，歇会儿嘛！想死啦！李永久说，哥都快半月没沾腥了。鬼话！周薇嗔怪道，家里不是摆着一个嘛！不信呀？李记久佯装生气地瞪了周薇一眼，说，哪壶不开提哪壶哈！真的啊？周薇一想，可不是么，打和自己好了以后，李永久的老婆，就成了聋子的耳朵。铬渣污染的事儿一出，李永久焦头烂额，疲于应付，她心里也不痛快，还真好长时间没亲热了呢。于是，抛了个媚眼，说，还真错怪你哈！可不是。李永久嘿嘿笑，又将周薇拥入怀中，一低头，覆盖了周薇的两瓣嫣红，下面的家什，也顶了上来。蓦地，周薇也感到一把火在心里腾腾燃烧，情不自禁地回应着李永久蛇信般缭绕的舌头。须臾，趁蛇信退缩的当儿，顺势让自己的舌头，钻进李永久的嘴里，如法炮制，相互缠咬，顿时，便感到一阵紧似一阵的触电般的颤栗。

两人相拥着，向里间的席梦思挪动。

久违的痛快淋漓，李永久和周薇心满意足地躺着，落地灯橘红的灯罩透出一片绯红，将宽大的房间，渲染得氤氲而富有情调。周薇随手从床头柜上抽出两张纸巾，递给李永久，揩揩吧！李永久接过纸巾，先抹了抹额头上细密的汗珠，长长地叹了口气。

怎么？周薇关切地问，有点累是吧，我知道，这段时间，你蛮辛苦的，过一段，就好了。

有点儿，其实，身累倒好说，李永久说，更主要的是，心累。

是啊，好像办得差不多了吧。周薇说，恢复生产后，就轻松点了。

没那么简单哦，妹儿，李永久说，停产整改，两说呢，整好了，开工；整不好，关门。可你知道，这个行道，其实大家心里都明白，要真做到没一点儿污染，难于上青天。既然如此，整改合不合格，就取决于关键人物，是什么态度了。

你说的关键人物是谁？周薇问，环保局任杰，任局长是吧？

任杰当然是个关键人物，李永久说，但不是最关键的人物。

那是谁？周薇问，谁最关键？

傻了是吧？李永久在周薇高耸的乳房上轻柔地拍了拍，说，市长，杨兵市长啊！任杰再牛屄，毕竟是局长，得听市长的是吧。

那是哈！周薇说，可你跟杨市关系挺铁的呀。过去，他也没少帮公司的忙，再找他就是了。

找，肯定是要找。李永久说，但事关公司的生死存亡，老皇历怕是不能再翻了。如果不能一次性搞定，煮成了夹生饭，就没有回旋余地了。

也是哈！周薇当然知道李永久指的老皇历是什么，可老皇历不管用，还有什么管用呢？于是悠悠地问，那咋办啊？

是啊，怎么办呢？李永久说，左思右想，我觉得只有请妹妹出马，公司才能起死回生啊！

我出马，周薇大感不解，瞪着一双凤眼问，我能干吗？

李永久一把搂过周薇，坏笑着附在她耳边一阵嘀咕。

你有病啊！周薇仿佛赤裸的肚皮上掉了颗火炭，鱼跃而起，站在席梦思上，指着李永久骂道，你他妈把自己的情人拱手相送，你还是人，是男人么？我死心塌地跟你这么多年，你就这么对待我呀？

兴许是太过愤怒，周薇俊俏的脸蛋，有些狰狞。

骂得好，我的确不是人，也不是男人。面对周薇的愤怒，李永久不为所动，依旧平静地躺着，一字一顿地说，可我没病，让自己的心上人投怀送抱，你以为我好受是吧，告诉你，我心如刀绞哩！我仿佛看见自己心里的血，一颗一颗地滴出来。做出这个决定，你知道我辗转反侧，度过多少不眠之夜么？哪怕有一丁点办法，我会出此下策？不会。当然，我也可以选择顺其自然。但结果必然是关门，走人。真要那样，我能有好日子过？我日子不好过，你又能好到哪里去呢？我们是拴一条绳上的蚂蚱啊。你说，是不是这个理？顿了顿，又接着说，不过，我理解你的愤怒，这说明你真心爱我，如果你无动于衷，甚至喜形于色，反倒不正常了。呵呵呵。

李永久大发感慨，直抒胸臆的当儿，周薇先是站着听，听着听着，自个儿坐回床上，下意识地跟李永久拉开一段距离，两手捂住脸，默默流泪，静静地听。打心眼里，她觉得李永久的话，不无一定道理。或者说，他忍痛割爱的馊主意，于情让她所不齿，于理确实是这么回事儿。这世上，哪有天上掉馅饼的好事儿呀。要得到，首先就得付出。就说自己，从一个夹皮沟的黄毛丫头，混到永久化工总经理助理，衣食无忧，吃香喝辣，坐豪车，穿名牌，不就因为傍上李永久么？而自己凭什么得到李永久的宠爱，那是付出了青春，美色，也有情感。没有这些付出，所有的东西，都与自己无缘。要么，仍在山沟里修地球，要么，顶多是哪个建筑工地满身灰浆泥土的打工妹。就像李永久说的，他们是拴在一条绳上的两只蚂蚱。李永久真过不了这道坎，关门走人。自己当下拥有的富足优越，倾时间，就会烟消云散，回到山里妹的原点。在学校读书的时候，老师讲过一个成语，叫皮之什么？哦，对了，皮之不存，毛将焉附。她记得，意思是：皮都没有了，毛在哪里生长呢？同理，如果李永关张了，自己借以生存的基础，也就没有了，更别说吃香喝辣了。所以，为李永久舍身，看起来是为他，实际上，也是为自己啊。再说啦，男女间这档子事儿，山里人有句俗话，讲得相当透彻：七月萝卜八月菜,拔了萝卜窝窝在。自己是李永久包修养的,他不在乎,舍得将自己送出去,自己有什么可在乎的?何况,人家杨兵不是等闲之辈,帅哥,一市之长啊。许多女人想献身,还愁没机会,挨不了边哩。这样的好事儿,何乐不为呢?当然,得狠狠地敲李永久一竹扛,别让他看轻了自个儿。

怎么样?李永久知道周薇动开了心思,没打扰她,眼看火候差不多了,挪动屁股,坐到她身边,揽住周薇的小蛮腰,柔柔地问,想开没?宝贝儿!

想开怎样,想不开,又能咋的?周薇被李永久一声宝贝儿,撩得心里痒痒的,破涕为笑道,在你眼里,我不过是可以送人的玩物而已,或者,一颗可以任意摆弄的棋子罢了。

呵呵,妹言重啦。李永久听周薇的口气有所松动,嘿嘿嘿笑,我们俩,谁跟谁呀,这叫有福同享,有难同当嘛。

看你美的。周薇说,可你别把算盘拨错了哦!第一,人家会不会听你调遣,自动上钩;第二,就算妹子乐意牺牲奉献,和他上了床,你又能咋的,提起裤子,就走人,你咬他屁股两口呀?顿了顿,警告道,别到头来,赔了夫人,又折兵哟。

哟哟,不愧是哥的好助理,肯动脑子啊!李永久称赞道,先回答你第一个问题,那就是:保准上钩。因为不管做官为民,男人本质都好色。再说,莫非你没察觉,我们每次聚会的时候,那老兄色迷迷的眼珠子,是不是总在你身上滴溜溜地转圈儿?

这,这个,李永久一提醒,过往和杨兵交往的画面,电影似的在周薇脑海闪现,她愣了愣,随口说,你看得好仔细哦,好像还真有过呢。

有过是吧!李永久说,既然那老兄是只沾腥的猫,这不就结了,还愁他不上钩啊。

嗯!周薇咯咯咯笑,那是哈。

周薇蓦然想起,有个夏天,她穿超短裙,一伙头头脑脑在仙马山庄聚会。市长杨兵坐在主宾位置,李永久和她分列左右作陪。席间,周薇一不小心,将杨兵铺在桌沿的餐巾碰落在地,她连声说对不起,对不起,正欲勾腰去捡,杨兵手疾眼快,已将地上的餐巾,捡了起来,可就在伸直腰的当儿,顺手在周薇赤裸性感的大腿上摸了一把,连声说,没关系,没关系。

周薇下意识地扭了扭身子,以为是无意触及,没事儿一般,照常推杯换盏,觥筹交错。

原来,杨兵是在试探呢。

这就难怪,为什么李永久到了关键时刻,胸有成竹地将她推出去了。

这第二个问题嘛!李永久说,哥早就想到了。的确,妹妹说得不错,男人是下半身动物,再冠冕堂皇,也可能穿上裤子,就不认账。所以,哥准备了一手,以防不测哩!

李永久说着,从床头柜里找出个长方形,黑色、车钥匙一样的东西。周薇正要问是什么东西,他又笑着摸出个圆镜似的,湖蓝色的精巧小玩意儿,你看看,这俩小东西,就可以搞定他。

这什么玩意啊?周薇愣愣地问,蛮精致的嘛。

没见过是吧!李永久坏笑着说,针孔摄像头啊!有这玩意,他敢不认帐?顿了顿,解释说,你看,我买了两种,钥匙式和镜面式,钥匙式规格 $1.9 \times 1.9 \times 5cm$,小巧玲珑;镜面式外形稍大点,但都是 500 万像素 SONY 镜头,我试了下,效果蛮好的。角度嘛,可以任意调。

哦,不错哈!周薇说,看样子你是蓄谋已久,处心积虑啊!

哟哟!还没上床,就偏心了是吧!李永久呵呵笑,人在江湖,哥也是万不得已,被逼无奈。

讨厌!周薇点点头,嗔怒道,哦,你就这样让妹去堵枪眼,没丁点儿表示啊?

哪会呢!李永久愣了愣说,妹为我舍身取利,咋可能一毛不拔。这样吧,事成之后,刚买的那台宝马 760Li,就归你了,行不?

真的啊?周薇高兴得跳起来,不停地在席梦思上蹦跶,胸前颤巍巍的两座峰峦,也相跟着,一上一下地欢呼雀跃,一边跳,一边大声疾呼,我有宝马啦,我有宝马啦!

李永久平躺在席梦思上,微笑着,静静地欣赏周薇手舞足蹈。

来,周薇跳了一会儿,稍稍平静下来,一屁股坐在李永久身边,伸出右手小指,倏地横在他面前:拉钩!

好!李永久稍稍侧了下上半身,也伸出右手小指:拉钩!

刹那间,一粗一细两根小指头,紧紧地扣在一起……

周薇一路沉浸在往事中,难免分神,行至公园路左转弯时,差点和一辆悦达起亚越野亲吻,陡然惊出一身冷汗,赶紧回过神来,专心驾车。

不一会儿,便看到了瓜州宾馆古朴雅致,极富民族特色的门脸。

周薇进入宾馆,径直来到住宅楼前,市长杨兵正坐在门口的花坛上,耐心地等候。

杨市,周薇在杨兵跟前刹住车,甜甜地喊,让你久等啦!

没事,没事。杨兵抬起头来,看见周薇,脸上顿时阳光普照,激动地说,哇,周小姐,还真亲自来呀!

是啊,肯定亲自来嘛!周薇笑靥如花,迎接大市长,是我的荣幸哩。

呵呵呵!周小姐嘴巴好甜哦,杨兵拉开车门,坐上副驾驶座椅,边关门边说,喊哪样市长嘛,生分呢。八小时以外,喊杨兵,哦,我比你大,最好喊杨哥,亲切呢。

好啊!遵命。周薇按下左转向灯,松开刹车,一边起步,一边高兴地喊,杨哥!

哎!杨兵脆生生地回答。

哈哈哈……

两人禁不住开怀大笑。

杨哥!周薇说,我也有个要求呢。什么要求?杨兵说,只要我能做到的,没问题。真的啊?周薇说,我叫你杨哥,你称我小姐,这不太公平吧?你知道,当下,小姐的内涵,早就变味了。哦,是哈,杨兵说,其实这事儿我也想过,可真不知道,怎么称呼你合适。所以,明知称小姐不是太好,也只有这样叫了,抱歉,抱歉哈!这样吧,周薇说,既然我比你小,我叫你哥,你叫我妹,或者小妹,不就行了。好啊!杨兵笑着说,我们家弟兄五个,正缺个妹哩。顿了顿,大声喊,小妹!哎!周薇怯怯地回答,哥,干吗?

又是一阵哈哈大笑。

两人一番有意无意地调侃铺垫,一声哥一声妹地互唤,彼此间的拘谨,不知不觉烟消云散,看似遥远的距离,顷刻间,缩小得几近为零,周薇感觉通体舒爽,浑身轻松,车内,溢满甜蜜温馨。

天早已黑尽。驶出城区,周薇换了个档,轻轻一点油门,宝马雪亮的车灯,划开黑沉沉的夜幕,一路狂奔。

李永久这辆新宝马是手动挡。当初买车时,周薇曾建议他买自动挡,说开着轻松省事。可李永久不干,说自动挡是憨包车,没技术含量,开起来没意思。再说,瓜州虽然这些年汽车保有量增加了不少,但不像大城市那样堵得凶,坚持买手动宝马,周薇也没辙。虽说小蜜身份不低,可毕竟不是从自己口袋里掏银子,有时说话,难免轻飘飘的。谁曾想,这可爱的坐骑,将要姓周,任自己随心所欲地驾驭呢?

不过,手动挡的确有点麻烦,得一边开,一边换挡。看,眼前又是一段坡路,得换挡。就在周薇凝视前方,右手自然而然地伸向挡位时,却碰到了杨兵放在操控台上的手,周薇仿佛被烫似的,下意识地抽了回来,可挡还得换呀!稍倾,周薇又伸手去换挡,杨兵的手,非但没挪开,却在她抓住挡杆的当儿,从天而降似的,笼罩住她的手,周薇动弹不得,坚持着在杨兵魔爪覆盖下,换了挡,用了老大的劲,才将手抽了出来。

周薇窃喜,心说,有戏。表面上,却若无其事,夸张地嚷了一嗓,哇,好热。

嗯,杨兵愣了愣,见周薇没生气,喜不自禁地接茬,是有点热哈。

周薇兴奋地点了脚油门,宝马奔腾得愈发欢实。

周薇带着杨兵来到仙马山庄,李永久已伫立楼前恭候。

哎呀!欢迎,欢迎!宝马刚停下,李永久便走下台阶,拉开右侧副驾驶车门,双手一把紧紧地握住杨兵的一只手,热情洋溢地摇着说,杨市,好久没见了啊!

是啊,李老板,是有好久没见了呢!杨兵笑逐颜开,一边抬腿下车,一边大倒苦水,最近破事儿真多,忙得焦头烂额,四脚不落地。稍倾,强调道,好久没回家看老婆了,今天周末,本想回去的,突然有个接待,又泡汤了啰,哈哈哈!

想老婆正常啊!李永久殷勤地扶了扶还比他年轻的杨兵一把,陪着笑,打着呵呵说,人之常情嘛。当然,除了老婆,想想别的女人,也没关系,呵呵呵。

哪敢,哪敢。杨兵下得车来,和李永久肩并肩朝着屋里走,自嘲道,过把嘴瘾罢了,岂敢造次?呵呵!

周薇穿一双白色高跟鞋,硌硌硌跟在杨兵和李永久后面,听到他们的调侃,间或捂住嘴,吃吃吃笑。

来到"桂花阁"门口,和杨兵并肩而行的李永久后退小半步,立定,右手向杨兵面前一伸,掌心向上,做出请的姿势,优雅地说,请,杨市!

呵呵,李老板总是这么客气,杨兵径直走进屋里,夸奖道,儒商啊!难得,难得。

过奖,过奖。李永久笑着接茬,杨市过奖啦,受之有愧哩。

杨兵进屋,李永久和周薇相跟着,鱼贯而入。杨兵坐在正面的大沙发上,李永久和周薇分别坐在两侧的小沙发上。

旋即,周薇站起身来,涮杯子,倒茶叶,摁出饮水机里的开水,给杨兵和李永久泡茶。

喝的是瓜州绿茶。

开水冲进杯里,水慢慢地变绿,茶叶并不浮在水面,或旋即沉入杯底,而是一根根直直地立于杯中,上下起伏,微微荡漾,仿佛一个个会跳舞的精灵。看上去,水愈发碧绿,茶格外苍翠。不一会儿,便绿意盎然,四溢清香。这种绿茶,是瓜州近年开发的新品种,人称"绿水青山",价格不菲。

这茶不错。杨兵端起茶几上的杯子,吹吹,闻闻,轻轻地啜了一口,说,挺香的。

嗯!李永久点点头,说,市长难得来哩。

怎么?杨兵放下手中的杯子,四下看了看,说,真的只请我一个啊!

那可不是?李永久说,我在电话里说了,今晚咱们小范围聚聚,没别人,你是唯一的主宾。我,还有周薇,始终陪同。内容嘛,土洋结合,喝洋酒,吃烧烤。你知道,仙马烤肉,别具一格哦。顿了顿,嘿嘿一笑,接着说,现在的问题是,我们是去小吃一条街,就着火盆烤来吃呢,还是买回来,就在这房间里慢慢品味,想听听大市长高见。

仙马烧烤堪称瓜州一绝,是近年冒出的新鲜事儿。

仙马湖开发,尤其是仙马山庄建成后,陡然成为瓜州首屈一指的旅游景区,游客纷至沓来,小吃街也应运而生。其中,尤以烧烤为游客称道。烧烤者,除了仙马湖附近村民,还有些身着维吾尔族服装,说着别声别气普通话的人,自称来自新疆。真真假假,不明就里,可炮制出来的烤肉,确实鲜美可口。有一次,这些外来烧烤者与本土烧烤者,因生意竞争发生纠角,杨兵为此现场办公,双方化干戈为玉帛,和平共处,公平竞争。有记者将此事作了报道,上了《乌蒙日报》头版头条,一度传为民族团结佳话。当然,由于身份的原因,杨兵至今未能品尝。

好啊!杨兵说,土洋结合,李老板很有创意哦。顿了顿,又把李永久抛出的皮球踢了回去,至于出去吃,还是买回来吃,客听主便呀。

呵呵,杨市幽默呢。李永久笑着说,那就出去吃吧,就当微服私访,与民同乐嘛。

哈哈哈！杨兵也笑着说，李老板才幽默哩。

还是在屋里吃吧，李总。两人正欲起身，一直没吱声的周薇开了腔，烧烤摊烟熏火燎，人多嘴杂。再怎么说，市长毕竟是市长嘛，身份丢不得是吧？

说话间，笑容可掬地看着杨兵和李永久。

是呢，是呢！李永久恍然大悟的样子，拍拍脑袋，说，你看我，脑子真有点散啊，只顾高兴，咋就没想到这一层呢？

哦，是哈！听了周薇的建议，杨兵也觉得在理，怎么只想着随和高兴，就忘了这一点呢？市长沿街吃烧烤，喝人头马，这信息要在坊间传开去，不说爆炸，也具震动性呢。于是也称赞道，不错啊！小周的确比我们想得周到。

哪里哦。周薇笑眯眯地说，杨市夸奖啦！

这样吧。李永久说，我和杨市欣然采纳你的建议，可这事儿还得你去落实。我陪杨市在这儿吹吹牛，你辛苦一趟。我先前跟烧烤店的张老板打好了招呼，他备着呢。

没事儿，没事儿。周薇高兴地说，义不容辞，你们稍等一会儿哈。

这女孩真能干。目送周薇一扭一扭地摇着屁股走出去，杨兵不由得咽了泡口水，胯间的家伙，倏地抬起头来，一副夺门而出的架势，杨兵赶紧弯下腰，端起茶几上的杯子喝茶，随口说，这年头，长得漂亮，又办事利索的女孩，难得。

那是，那是。李永久不经意地说，套用一句老话，人才难得，呵呵呵。

呵呵，杨兵也随口说，那是，难得哩！

盯着周薇的美臀扭动着在门口消失，杨兵有一搭没一搭地和李永久聊着，脑子却开了小差。

杨兵第一次见到周薇，也是缘于一次宴请。当然，那是瓜州市政府做东，宴请境内成气候的非公经济代表，也就是民营公司董事长总经理什么的，李永久作为瓜州首屈一指的大老板，自然是不可或缺的嘉宾，且安排在主宾席，由市委书记市长常务副市长等领导亲自作陪，周薇则以永久化工总经理助理的身份，陪同李永久出席招待酒宴，破例安排在主宾席就座（出席酒会的各公司助理不在少数）。

这次宴请，或者酒会，规格之高，菜肴之精美，出席者之多，在瓜州史无前例。市政府的意图，在于通过这个桥梁，联络感情，加深了解，与非公经济人士一起，共促瓜州经济腾飞。

就在这个宴会上,周薇给杨兵留下了不可磨灭的印象。

杨兵走南闯北,见识,以至得手的漂亮女人不少,但见到周薇,还是不由得暗暗惊叹。他没想到,瓜州这样的地方,居然会有出落得如此令人怦然心动过目难忘的金凤凰。脸蛋俊俏,身段苗条,曲线凸凹有致,该凸则凸,该凹则凹。走起路来,两只兔子蹦蹦跳跳,呼之欲出……背后的弧线,直拉腰际臀上,划出一道深深的峡谷,随即,又陡然上升,两座浑圆的山峰,巍然屹立,其高差、弹性、柔韧,均令人想入非非。

酒宴上的是茅台。

此前,杨兵听人说过:女人天生半斤酒量。但周薇之能喝,好生了得,堪称海量。半斤酒,不过才垫了底儿。大杯小杯,自己敬酒,代李永久喝酒敬酒,周薇喝下的酒,当在一斤以上,除了一脸桃红,话稍多,举止行为,没什么异常。

那也是夏天,周薇穿 V 字形粉红色短裙,领口开得极低,敬酒的时候,挺谦恭地走到杨兵面前,微微弯腰,双手端着满满的杯子,俯身做出请的姿势,欲与之碰杯,杨兵礼貌地站起来,有意无意地一瞥,两只鲜活的小白兔,蓦然撞入眼帘,不觉浑身一颤,赶紧拉开视线,端起杯子与周薇碰杯,掩饰自己的失态。

正是从这个时候起,杨兵开始惦记周薇,不过,一直深藏于心,不敢露出任何蛛丝马迹,顶多有机会相聚的时候,多睄几眼罢了。

看今晚的架势,也许梦想成真呢。

杨市,有心事啊!李永久见杨兵走神,没话找话,想嫂子是吧。

哪里,哪里。杨兵回过神来,抬起茶几上的茶喝了一口,掩饰道,老夫老妻,没什么好想的,呵呵!

人之常情嘛!李永久当然知道杨兵在想什么,笑着打趣,老公想老婆,正常啊!就算不想老婆,想想别的女人,也没什么大不了的嘛。顿了顿,补充道,有句名言怎么说?哦,对,不想当元帅的士兵,不是好士兵。套用过来,不想女人的男人,未必就是好男人。对吧?杨市。

呵呵,经典经典。杨兵也笑着打趣,还是李老板潇洒啊。

哪里,哪里。李永久说,哪有杨市潇洒哦。

说着话,周薇已经买了烧烤回来。

哎哟!两位领导聊得好高兴哦。周薇打趣道,谈笑风生。

哈哈哈。李永久和杨兵相视而笑,说,我们探讨一个古老而长青的命题,不过,保密。

呵呵,对。杨兵说,秘而不宣。

哪样东西搞得神秘兮兮的。周薇打开拎回来的一摞快餐饭盒,笑眯眯地说,好好,不打听,尊重你们的隐私哈。

杨兵看着李永久,窃笑。

不一会儿,茶几上便琳琅满目,烤羊肉,烤牛肉,烤鸡杂,烤臭豆腐,烤莲花白,烤韭菜……

哎呀!小周,你弄得也太丰盛了吧,杨兵说,就我们仨,就是敞开肚皮倒,也装不下啊。

没事儿。周薇笑着说,大市长难得来,慢慢吃,慢慢喝,慢慢聊啊!

那是那是。李永久从里间拿来一瓶包装十分考究的人头马,打开,接茬说,就按周薇说的,"三慢",一醉方休。

好好好。杨兵看看李永久手中椭圆形的高颈酒瓶,知道那是700毫升装,路易十三特级干邑,价格昂贵,笑了笑说,客听主便,三慢就三慢,不过不能醉,醉了,就回不去了呢。

那没什么。李永久挤挤眼,豪爽地说,杨市你敞开喝。醉了,就在里屋睡,反正,你回去,也是独立大队,没人陪是吧。

呵呵!那是。杨兵嘿嘿笑,说,没人陪,没人陪哩。

接下来便喝酒。

三人各自编出各种各样敬酒的理由,我敬你,你敬他,他敬我,轮番敬酒,劝酒,不一会,人头马便消失了大半瓶。

周薇的连衣裙开口仍旧很低,颇像时下流行的爆奶衫。喝下几杯人头马,面若桃花,楚楚动人。敬酒的时候,依然是勾腰俯身,胸前那一对尤物,颤颤地晃悠。杨兵来仙马前,原本喝了不少酒,酒精的兴奋作用正值鼎盛时段,再喝下洋酒,仿佛火上浇油,欲火更盛。

笑语欢声,酒酣耳热。

美酒美人,良宵难得。杨兵正按捺不住,李永久放在沙发上的手机响了起来,看了看显示屏,说,查岗呢。失陪,失陪,我出去接个电话哈。

他老婆啊!杨兵坏笑,盯得蛮紧嘛。

嗯!周薇不置可否,说,不管,我们喝酒。

说话间,端起高脚杯,挪到杨兵面前,砰地一碰,喝,杨市。

喝。杨兵抬起头,两只活蹦乱跳的兔子又撞进眼帘,蓦地,又是一波热浪涌来,就在右手举杯相碰的当儿,左手情不自禁地在周薇浑圆的峰顶,有意无意地一掠而过,随即,一仰脖子,将酒干了。抬起右手臂抹了抹嘴,夸张地嚷嚷,哇,醉啦!

真醉啊!周薇佯装不知,向杨兵飞个媚眼,说,怕不会哦!

真的。杨兵眼里的欲火,一股股地喷将出来,愣了愣,打了个响亮的酒嗝,伸手指了指胸口,说,要不要把这儿,剖开看看啊?

周薇正欲搭腔,李永久接完电话走进屋里。

哎呀!杨市,真不好意思,李永久一脸无奈地说,老婆打来电话,说儿子在夜总会唱歌,和别人打架,被110带到派出所去了,要我马上回去看看。顿了顿,又说,你看,你看,咋就凑到一块了呢。

没事儿,回去看看吧!杨兵说,要不,咱们别喝了。

不行,不行。李永久断然否定,我回去看看,让小周继续陪你喝,难得一聚哩,杨市。

这个,不太好吧?李永久心中窃喜,心想,天从人愿呢。嘴上却言不由衷,我看还是刹车算了,来日方长嘛!

别,别别。李永久面向周薇交代,小周,我就失陪了,但你得好好陪杨市喝,知道不?顿了顿,强调道,你要陪好了,杨市满意了,月底我发奖金。

好,老板说了算。周薇说,我一定陪杨市吃好喝好,一醉方休,你放心去吧!稍倾,转向杨兵说,杨市,既然李老板执意挽留,盛情难却,就恭敬不如从命吧。

那好,我听小周的,恭敬不如从命。杨兵笑着说,李老板这么盛情,美人伴美酒,多惬意哦。我要再推辞,就显得假了,呵呵呵!

就是,就是。李永久说,美酒美人,何乐不为,哈哈哈!

李永久打着哈哈,讪笑着,向门口走去。

杨兵和周薇相视一笑,站起身来,一块儿将李永久送到门口。

留步,留步。李永久车转身,与杨兵握别,杨市,回去,回去,继续喝酒,别因这档子破事儿,扫了酒兴。

那好。杨兵安慰李永久,先了解一下情况,需要我出面,招呼一声。

行,行。李永久边走边说,先谢了哈,杨市。

杨兵和周薇相跟着回到屋里,刚刚落座,楼下便响起马达声。

第十二章

那天早早地吃过晚饭，吴尔金照旧雷打不动地坐在客厅看新闻联播。

时政要闻，领导出访，海外来宾，房价走势，经济动态……老吴看得挺认真，也挺投入，可全都一晃而过，没能引起太大兴趣。

哎！迪迪，快来看看嘛！突然，老吴朝着里屋的儿子吴迪大声疾呼，这条新闻有点好看哦！

干吗呀？凭经验，吴迪知道父亲说的好看，就是发现了有价值或者可以借鉴的东西，可他正在QQ游戏大厅欢乐斗地主，便头也不抬地支吾，好看，自个儿看看，不就得了。

你来不来呀！吴尔金扯开嗓门吼，老子喊不动你哈！

好，好好，我来我来。父亲一嚷，吴迪便有有些怯了，连忙说，吼哪样嘛，我来看还不行呀！

吴迪知道，父亲虽然早就没当支书了，但也许是深受村民拥戴，成了自然领袖无冕之王的缘故，领导欲有增无减。在家里表现出来的，则是强烈的强迫症，若是什么事儿拂逆了他，常常大喊大叫，没完没了。

也许，为转弯塘被污染的事儿，父亲真有些走火入魔了。吴迪想。

有什么好看的嘛？吴迪来到客厅，父亲要他看的新闻只晃了个尾巴，没好气地说，大呼小叫的，我以为火上房了呢。

小脚女人啊！磨磨蹭蹭，喊了半天不挪窝，吴尔金的火气比儿子还大，诘问道，我能拴起等你啊？

行了,行了。吴迪不想跟父亲叫板,软下口气说,你说说什么东西嘛,没看到,我在网上搜搜视频,不就成了啊!

那倒是哈。吴尔金听了儿子的话,也觉得在理,自己不是也常常"百度"么?怎么倒疏忽了呢。于是也挂起免战牌,和颜悦色地说,刚才播的是广东江门市长的电视讲话,我觉得对我们解决永久化工污染的事情,可以参考哩。

那好。吴迪转身走进里屋,说,我搜搜看。稍倾,又说,搜到了。

吴尔金兴奋地进到里屋,和儿子一起,又看了遍视频。

看明白了吧?吴尔金概括道,这条新闻的大意是:中核,也就是中国核电集团鹤山龙湾核燃料项目,签订投资意向书后,江门市近千市民对这个项目的安全性表示忧虑,到市政府门口反映诉求。江门市委、市政府积极回应群众诉求,延长公示期,以更好地听取市民和各界的意见。市委副书记、市长发表电视讲话承诺:没达成广泛共识之前,绝不办理立项手续,绝不开工建设。请大伙放心。实际上,相当于否定,或取消了这个项目。

那是,江迪说,江门市政府,还真能倾听市民的呼声呢。眼下,有个时髦的说法:稳评。这个项目,就是稳平没过关。说通俗点,群众不答应。

呵呵,你小子新名词不少嘛!吴尔金说,哪样叫稳评,我都没弄清楚哩。

以为就你关心环境污染啊!吴迪说,所谓稳评,就是社会稳定性评价。也就是重大的,对环境有影响的项目,要充分考虑其对社会稳定的影响。

哦,吴尔金说,不错,这东西有点意思哈。顿了顿,又说,不过我喊你看这节目,更重要的是想借鉴一下。你想,永久化工对我们转弯塘的污染,这些年,我们没少反映是吧,可以说,脚板皮都跑翻转过来啦!可有多少改变呀?污染照旧。我想,干脆把动静闹大点,引起上上下下足够的重视,也许有希望解决哩。

你是说如法炮制,吴迪问,也组织人到瓜州市政府门前反映问题?

怎么,不行啊!吴尔金说,害怕是吧,有事儿,我这把老骨头撑着,你该不会忘记江媚怎样死的吧?

这个办法,也许会有些效果。爹一提亡妻死于非命的事儿,吴迪喉头发紧,两眼泛红,忍了忍说,我咋会忘记呢,这一辈子都忘不了。不过,爹,你想过没,要集会,游行,按正常程序,首先得提出申请,经公安部门批准,规定时间、路线,才能进行。不是你想游,就能游的。否则,就是违法呀!

哦，这样啊！吴尔金说，可提出申请，你觉得靠谱吗？鬼都不信。再说，我们也就百八十人的样子，不叫游行。说实在的，这么点毛毛人，就是让游，也游不出气势哩。我们就静静地坐着，不喊口号，不搞打砸抢，他们还能咋的。

同样不行啊！帽子现成的，叫聚众闹事。吴迪说，刚才的电视新闻你看到了嘛，擅自组织和参与集会游行，属于违法行为。弄不好，问题没解决，又被人家拎进去了。

这也不行，那也不是，树叶落下来，都怕砸破脑壳。吴尔金有些火冒，说，照你小子的说法，就坐家里等死得啦！你说的进去，不就是蹲笼子嘛，老子又不是没蹲过，蹲一回是蹲，蹲两回也是蹲，我怕个卵！只要转弯塘的污染，得到彻底解决，就是蹲一百回笼子，值！

呵呵，你老人家既然都说到这份上。吴迪嬉皮笑脸地说，不怕以身试法，身为你儿子，当然只有奉陪啦！

你个狗日的！吴尔金笑骂道，没个正型。不过你能有这份心意，老子算没白养你一场。你把心放到肚子里去，如果真有事儿，你爹我，自个儿扛着，绝不会牵连你。

吓唬你呢！吴迪说，我想也不至于，不就坐坐，反映诉求嘛，能咋的？

我想也是，你看江门那边，问题基本上解决了，也没把游行的民众怎么的，批评教育了事。说实在的，现在的法制和民主，还真进步了哩。

那是那是，是很有进步。吴迪说，其实我也在想，永久这次发生非法倾倒铬渣污染事件，引起了方方面面的关注，事情闹得很大，看起来是坏事，但对解决我们转弯塘的污染，说不定是个契机呢。

哎呀！咱爷崽这回，真想到一块儿去了。吴尔金高兴地说，我喊你看这个节目，就这意思，呵呵！

你当我傻啊！吴迪笑着说，你怎么想，我能不知道，知父莫若子呢。

不傻，不傻，我儿子咋会傻哦。吴尔金正色说，问题是，我们如何把握这个契机，关键时刻行动，起到关键作用。

嗯！吴迪说，这倒是个关键问题。

这样吧，吴尔金说，你去把赵保平、江明明叔叔叫来，我们几个先合计合计，统一思想，看这事能不能弄，具体咋弄？

要不明天吧，爹！吴迪仍对欢乐斗地主恋恋不舍，犹犹豫豫地说，明天再议，也不迟嘛，有点晚了哩。

去呀！刚才还夸奖你。吴尔金说，晚哪样晚，你没翘尾巴，老子就知道拉什么屎，怕是挂念斗你那个地主吧？顿了顿，强调说，去吧，时间不算晚，再说他们住得也不远，白天人多，眼杂，晚上，反倒好商量事情哩。

那好吧。吴迪无可奈何地站起身来，嬉笑着说，遵命，谁叫你是我爹啊！

嘻尔不哧的。吴尔金眼里荡漾着欣喜与慈爱，呵呵一笑，说，哪个叫你当我儿子呢？你小子哪天才长得大哦！

那是哩。吴迪边走边说，在你眼里，我从来就没长大过。

好，去吧，去吧！吴尔金说，长大了，长大了，个儿比老子高出一头，男子汉了呢！

呵呵呵！吴迪讪笑着，拎起茶几上的手电筒，走出门去。

看着儿子的背景消失在门外漆黑的夜色里，吴尔金陷入了深深的沉思。

从当年妻子被迫走进产房的那一刻起，吴尔金就知道，不管自己想得通，还是想不通，这辈子，就只能拥有一个儿子了。小吴迪呢，也就不可避免地，成了没有兄弟姐妹帮忙搀扶的独生子女。尽管当下独生子女已经不是什么稀罕事儿，可那时，走出这一步的人，却很少，相当孤单。儿子孤单，做老子的，也孤单。心里的那份失落苦涩，无从诉说，也没人理解。有些人眼里，他这样做，是为了保住村支书的乌纱帽。要不，再生一儿半女，也是可以的，后来居上嘛！其实，他心里的痛，只有自个儿知道。这种痛在心里的苦，是一种难以言说无法排解的苦。

虽然文化不高，可长相英俊，身板壮实，能言善辩的吴尔金，打小就是村里异性关注追逐的对象。成了小伙子，尤其是当上生产队长，每天黏在身上的美眸，一摘一大把，一度形成围追堵截之势，仿佛倒在花丛中。尽情享受王子般受宠的同时，其中的一双丹凤眼，令他格外心动。

那年月，"农业学大寨"风靡全国，其中有个重要内容——"坡改梯"。顾名思义，就是将荒山上的树丛杂草统统挖掉，就近开采，或者从远处搬来石头，砌上地埂，将荒坡隔成一块一块的荒地，锄去地表的草皮，挖开下面的泥土，然后种上玉米、高粱、大豆等农作物。目的呢，当然是为了增产，以填满人们嗷嗷怪叫的肚子。可结果，却事与愿违，这种新开垦的"生地"，让人们五彩缤纷的期冀,大打折扣。长出的苞米,小得不能再小,高粱仅仅齐腰高,高粱米小得像油菜籽,且稀稀拉拉的。大豆荚结得倒是不算少,却瘪得几乎没有豆粒,提在手上,轻飘飘的像一逢草。一句话:广种薄收。

更让人始料不及的是,雨季来临,没了草地树木吸收的雨水,宛如一条条通体金黄的巨龙,在光秃秃的山坡上肆无忌惮地狂舞,以摧枯拉朽之势,将大伙费气扒力,好容易才砌筑的地埂,无情地洞开一道道豁口,将地里的泥土,席卷而下,把山下的河道,几乎夷为平地……

当时,村里也有人对这种干法不以为然。尤其那些上了年纪的人,暗地里,议论纷纷。可也就暗中说说罢了,谁也不敢公开抬到桌面上(当然抬上去也没用)。有个家庭成分富裕中农的老人,掰苞米时,就说了句,哎呀!这苞米咋这么小哟,还没我孙子的雀雀大哩!没料到,隔墙有耳,被人告到公社,书记说他攻击农业学大寨,抹杀"文化大革命"的丰硕成果,打成"坏分子",在村里召开三天三夜批斗会不算,还在全公社"游街示众",直批得老人家"体无完肤",斗得奄奄一息,才肯罢休。

那时候,血气方刚的吴尔金刚刚当上生产队长,村里开批斗会时,虽然他坚持的是"文斗",没像有的人那样大搞"武斗",对老人拳脚相加,却也振臂高呼,义愤填膺声嘶力竭地带头高呼革命口号,如今想起,心里时常愧疚。有年清明,独自偷偷地来到老人坟前,点上三炷香,烧了一沓纸钱,随后重重地磕了三个响头,请求老人的在天之灵,饶恕自己当年的狂热莽撞……

许多年后,吴尔金才明白过来,当年滥垦滥伐,杀鸡取卵的行径,忤逆了自然之神,惹得老天发怒,用眼下时髦的说法,破坏了生态平衡,势必遭到大自然的疯狂报复。也就是人们常说的,种瓜得瓜,种豆得豆。

大自然对村里人的惩罚,具体到吴尔金身上,就是导致了他的难言之隐和心中不可愈合的痛。

有年冬春之交,又值坡改梯时节,身为队长的吴尔金率人扛着彩旗,带上大锤、钢钎、锄头,呼呼啦啦,热火朝天地在大云坡开山炸石,砌筑地埂,平整坡地。某日,他看见张花狗砌的墙头石不在水平线上,当即过去指点纠正。那时,旁边的马坪子正用一把八磅大锤,砰砰砰分解一块大石头。他站着和张花狗说话的当儿,抢锤挥舞的马坪子,原想把大锤砸在大石中部,将其一分为二。没想到,就在大锤高高举起的瞬间,赤裸的右脚突然硌在了一块尖利的碎石片上,钻心地痛,马坪子禁不住腰一闪,抡下的大锤落在了大石的边缘,砰地一声响,一块拳头大小的石片,仿佛一颗飞驰而来的流弹,不偏不倚地射向吴尔金胯下,他哎哟一声惨叫,重重地仰倒在地上。

"流弹"准确无误地击中了吴尔金的两个宝贝蛋。

医生诊断:双侧睾丸严重挫伤。并暗示,性功能有可能受到影响。

得知这个论断,吴尔金顿时眼前一黑,感觉天塌了下来,那两个宝贝蛋,是他的命根子啊。

吴尔金此前曾上过赤脚医生培训班。结业后,在村里当过一段"赤脚医生"。他知道,睾丸是男人的"性枢纽",具有产生精子和分泌雄性激素,也就是睾酮素的重要功能,以维持男性的性功能和第二性征,比如浓密的胡子,突出的喉结什么的。这宝贝受到损伤,又不能治愈的话,意味着他做男人的权利将丧失殆尽,甚至"变性",不男不女。

村里先前围绕着他翻飞的一只只五彩缤纷的花蝴蝶,翩翩离去。

那双丹凤眼,却毫不犹豫地停留下来,两年后,坚定不移地做了他的妻子。

吴尔金当时挺矛盾。既为丹凤眼的一往情深所感动,又生怕亵渎了这一份真情。他坦率地陈述了自己的现状和不可预知的未来。岂料,丹凤眼一脸决绝地说,只要能和你在一起,哪怕没有孩子,我也愿意。不仅仅这个事儿,吴尔金说,恐怕你连女人也做不成哩!那时候,后悔莫及呀!没事儿。她说,我不相信,老天爷就这样无情地对待我们。真要这样了,我认命,决不后悔。哎!吴尔金一声长叹,你咋就一根筋呢?咋?你才知道啊!丹凤眼嘿嘿嘿笑,我就一根筋呢。旋即,仿佛一只快乐的小鸟,扑进吴尔金怀里。

吴尔金在县医院治疗一个多月。

出院时,管床医生告诉他,治疗效果还不错,性功能基本可以恢复。

兴许是职业使然吧,医生通常说话都不会很满,总是掐着捏着,可有些医学常识的吴尔金知道,基本这个说法,在这里却不是空话。内涵是,他俩宝贝蛋的功能,比起常人来,可能会逊色些。

新婚之夜,吴尔金深深地理解了"基本"的含意。尽管都迫不及待,伤前一触即勃的命根子,虽也有兴奋,却明显劲头不足,后经妻子一番抚爱拨弄,方渐入佳境,双双实现人生必不可少的蜕变……

往后,自然没少耕耘,却常常不尽人意。

还好,一年后,他们有了儿子吴迪。按照妻子的说法,是送子观音对他们爱情的馈赠。吴尔金对求神问卜的事儿,没多大兴趣,但觉得如果真有上苍的话,还真待自己不薄,心里那个乐,并不比妻子逊色。

可夫妻间那事儿,仍没多大起色。尽管吴尔金滋补壮阳的玩意儿没少吃,还是不尽人意。以至,心生愧疚。

令夫妻俩欣慰的是,虽然性事时常欠些火候,却又一次得到了送子观音青睐,妻子称心如意地怀上了。可谁也没想到,意外的变故,竟让他们添子的美好愿望,成了泡影。

生理的重创,原本就让吴尔金的性事力不从心岌岌可危,心理的打击,更是雪上加霜。打妻子引产,吴尔金和妻子的性事每况愈下,许多时候,蜻蜓点水似的,到口不到肚,弄得各自都扫兴难受。为此,吴尔金甚至主动提出分手。可妻子仍死不回头。斩钉截铁地警告他,你趁早打消这个念头,别说老天爷让我们有了迪迪,就是一个也没有,我也会牢记当初的承诺,和你过一辈子!何苦呢,没有必要硬撑呀,天下好男人多的是。吴尔金苦口婆心地劝导,没必要吊死在我这棵歪脖子树上呀!别说了好不好?妻子眼里泪花打转,央求道,哪样叫硬撑,在我心中,你就是世上最好的男人,就算歪了脖子,也是棵好树,知道不。顿了顿,又说,我承认,那个时候,我难受,因为我也是血肉做的,也有起码的要求啊,可夫妻间,莫非除了那档子事儿,难道就没别的情分?人生在世,也就几十年光阴,忍忍,也就过去了哩!

话说到这个份上,吴尔金要再说什么,就不是人话了。

他默默地将妻子揽入怀中,落下了难得轻弹的眼泪。

也许当独生子女户实属无奈,后来国家在农村提倡独生子女,并在政策上有所倾斜和照顾时,吴尔金做出了一个常人难以理解的决定:拒绝对独生子女户的一切照顾优惠。村里人对此议论纷纷,说他犯傻,至于么,鼻涕落在嘴里——白吃!可吴尔金充耳不闻,我行我素,根本不把那些叽叽喳喳,当回事儿。

吴尔金曾经坦率地跟发小、亲家江明明说,自己说到底是个农民,或者一个当过村官的农民,他不可能有多崇高的理想,骨子里,很在乎传宗接代。听到村里女人吵架时断子绝孙的叫骂,除了感到这女人心里的阴暗刻毒,还有一种被人剥光了衣服的羞愧痛楚。儿媳和未曾谋面的孙子双死于非命,他心里已没了羞愧,留下的全是痛楚。而且,这种心痛,随着时光荏苒日益发酵,愈发膨胀,塞满了整个胸腔。这就是他为什么不惧牢狱之灾,三番五次地上访,决心赶走永久化工,还转弯塘一片蓝天净土的心结所在。

当然,如果说,吴尔金最初的动因是为了自个儿的小家,那么,一次又一次的表达反映中,他的灵魂和境界都得到了升华,转弯塘村数百户人家的生存环境,成了他最为严重的关切……

爹!门外突然传来吴迪一声喊,我爸和赵叔叔来啦!

儿子的呼唤,把吴尔金从往事中拉了回来,

哦,来了哈!吴尔金连忙站起来,一边跟赵保平和江明明打招呼让座,一边说,不好意思,这么晚了,还让你们跑。

你让我们过来,肯定有事商量啊!江明明笑着说,自家兄弟,就应该这样,有事儿,就吱一声,只要在家,招之即来。

江明明和吴尔金打小关系就铁,后来成了亲家,更是亲兄弟一般。女儿江媚去世后,兴许双方都需要慰藉吧,两家并未因此疏远淡漠。相反,走转得愈发勤了。虽然女儿因病离世,外孙也不幸夭折,表面看来,江吴两家不再有什么瓜角,可吴迪对江明明这个昔日泰山的称呼,依然如故,仍称"我爸",尊敬有加。没想到,歪打正着,这样一来,江明明和吴尔金同处一地的时候,反倒有了区别,不致混淆。

爹!吴迪解释道,我爸正津津有味地看电视剧呢,听说你找他,屯都不打,立马就和我去找赵叔叔哩。

呵呵呵,够意思。吴尔金打趣道,真是招之即来呀!

那是,那是,来之还能战呢。赵保平接茬,我可没江老弟那份雅兴,盯着那些又长又臭懒婆娘裹脚似的电视剧不放,我是被吴迪从床上揪起来的。

不容易,不容易。吴尔金嘻嘻地笑,没打破兄弟的美梦吧?顿了顿,又说,有句笑话,说过去农村不通电,睡得早,所以娃娃就多。

那是老皇历啦!赵保平说,一是好多地方都用上了电,电视机几乎家家都有,想看什么节目,就看什么节目;再就是像我们家那撂荒多年的瘦地,就是关了灯,天整,也长不出一棵苗苗来呀。

哈哈哈!三人不约而同地一顿大笑,异口同声地说,深刻,深刻呀!

实事求是地说,这些年农村的变化还真不小。江明明刹住笑,说,以前有段描写农村落后的顺口溜:交通基本靠走,通讯基本靠吼,治安基本靠狗,性交基本靠手。可现在,除了未婚大龄男青年仍然不少,别的都有了很大改观。公路修到了家门口,到镇上都可以坐班车;治安嘛,也不像前些年那么乱。至于通讯,更是发达得不得了,你看村里,男男女女老老少少是人是鬼,兜里都揣个手机,坎上坎下,连喊吃饭,也不用扯着嗓子咋呼,玩上了洋的。喂,袁老三啊,在哪儿,赶紧给老子回来吃饭呀! 爹,我在坎下小花狗家搓麻呢,就玩最后一把,马上,马上哈! 你听听,多现代,多潇洒啊。

确实是这么回事儿,社会进步,经济也发展了,有目共睹。赵保平说,不过,随之而来的问题,也不可小看。比如人情淡漠,贪污腐败,世风不古。比如土壤,水源,空气污染。远的不说,就我们转弯塘,打建起永久化工,县里倒是赚了不少银子,可造成的污染,却一天比一天严重。天,没有过去那么蓝,水,没有以往那么清,地里呢,也没当年出种,甚至长出来的东西,都成了"毒品",吃都不能吃了。再这样下去,我们怎么活呀?

是啊,我们怎么活? 江明明接茬,确实是值得深思的严重问题。前几天路过邻县一乡镇,看到写在巨石上的红色标语:但存三分地,留与子孙耕。说实在的,当时受到了很大震撼。可就我们转弯塘来说,如果污染不能有效遏制,就算我们积德,给子孙留下的,却是一块块长不出粮食,或者长出粮食,也不能吃的"毒地",那又有什么用? 子孙后代,不戳我们脊梁骨才怪呢。

对,对呀! 吴尔金情不自禁地拍了一掌,高兴地说,说到点子上了,我们哥仨绕了半天弯子,扯了一通闲篇,终于涉及正题,这正是我急火火地找你们来的原因。顿了顿,接着说,如果硬要明确个议题,借用保平刚才的说法,就是我们往后怎么活,或者叫转弯塘怎么活下去?

哎呀! 老支书,江明明打趣道,我们白话半天,你这才点题呀,可真是稳得起哟!

是啊! 吴老兄,赵保平说,你这关子卖得够大够远的呢。

呵呵,是这样,刚才看新闻联播,看到了一条广东江门的新闻,觉得对我们转弯塘很有启发,所以就叫迪迪去把你们找来,大伙儿合计合计,看这个办法行不行,如果觉得可行,商量下具体怎么弄。

接下来,吴尔金把看到的内容,详细地向赵保平和江明明复述了一遍。

确实是个办法哩! 赵保平听了,肯定地说,不把动静整大点,没人重视啊。

我觉得可以。江明明说,儿不哭,娘不知,光哭不行,还得大声哭。

好,好! 吴尔金说,我们虽不是英雄,所见相同,相同哩。愣了愣,朝着里屋大声喊,吴迪,你也出来,一块儿合计合计呀!

吴尔金他们扯闲篇的时候,吴迪不知什么时候溜进里屋,又欢乐地斗开了地主。

这小子,刚才和我一起看了报道,有想法哩。吴尔金说,转弯塘抵制污染的事儿,只靠我们几把老骨头,肯定不行,还得充分发挥年轻人的作用啊。

是的,是的。赵保平说,年轻人有干劲,有闯劲。

那是。江明明善于总结提高,引经据典地说,十八大报告首次提出建设生态文明,美丽中国。保护环境,是生态文明的重要内容,但环保,是与经济建设同步的长期过程,不是一朝一夕的事儿,所以,得后继有人。

有道理。吴尔金夸奖道,说得有道理啊!

爹! 吴迪从里屋来到堂屋,站着问道,你们合计就成,我也要参加呀?

当然要参加啊! 吴尔金不容置疑地说,莫非你想袖手旁观,站在旁边看热闹? 得挑大梁哦!

那好吧! 我倒是挺乐意的。吴迪打趣,绝对服从吴支书的指挥。

江明明赵保平呵呵呵地笑。

行行,别贫了。吴尔金说,坐下坐下,马上开会了。

吴迪不再吭声,搬了把椅子,在江明明旁边坐了下来。

好,现在开会。吴尔金端起支书的派头,周吴郑王地说,议题嘛,大家都知道了,首先,我提个杷头,谈点不成熟的想法,供大家讨论、参考。

我们转弯塘反映永久化工污染的事儿,已经很多年了。这中间,镇里,县里,地区、甚至省里,大家伙都反映过,但雷声大,雨点小,基本没有什么改观,再这么下去,水不能喝,地不能种,空气等于毒气,我们还能活不? 所以,我的想法是,借鉴外地成功经验,搞一次较大规模的请愿。具体说来,就是组织百来人,在瓜州市政府门口静坐,以期引起上上下下,方方面面的重视,尤其是媒体网站的关注。目的嘛,就一个,请求政府将永久化工搬离转弯塘,还我们原有的一片蓝天,一块净土,一眼清泉。

有几个问题,得强调一下。其一,规模不宜过大,也就是我刚才说的百人上下。之所以这样安排,一是大家都知道,村里青壮年大多外出打工,留下的，老弱病残居多，客观上人员有限，凑不起更多的人；二是人多了不好掌握，容易失控，弄不好会出乱子，偷鸡不成，倒蚀一把米，不划算；其三，方式问题。我刚才说了，我们是静坐，顾名思义，就是安安静静地坐那儿。要求参与者遵守纪律，服从指挥，不能到处乱窜，不能搞打砸，也不能喊口号。反映问题时，不能像麻雀吵架一样，叽叽喳喳，谁都说，谁说的，也听不清楚。我的意见是，明明文化高些，见多识广，由你作代表统一发言。现在时髦的说法，叫代言人，或新闻发言人。当然，除了口头陈述，你辛苦一下，最好弄个书面稿子，既方便呈交相关单位和媒体，效果也会更好些；其三，组织联络，后勤保障。我建议由保平负责，吴迪协助。主要任务是发动群众参与，但要注意，要完全出于自愿，不能有半点强求。这就需要做耐心细致，入情入理的说服动员工作，担子是很重的。我想，大伙对永久化工的污染，本来就有水深火热的感觉，只要讲清道理，大伙儿是会踊跃参加的。为了能证明参与者完全出于自愿，我们手里要捏倒个"夺夺"（凭证），比如大伙要签名摁手印什么的。最后一点，这次行动由我们四人小组负责，我负总责。换句话说，以后真有什么事儿，首先由我顶上去，扛着。

我想到的，就这些，吴尔金喝了口茶，在赵保平，江明明和吴迪脸上逡巡一圈，笑笑说，抛砖引玉。我的砖抛完了，大家看看，有哪样不同意见，或者有新的好的想法，全都抖搂出来。

我没意见，我觉得考虑得比较全面，赵保平首先表态，如果说还有什么问题，那就是经费，兵马未动，粮草先行，这么多人拉出去，吃饭是第一件大事。

我看也行，但何时动作，至关重要。江明明说，再就是时间长短，也得有个预案，比如一天，两天，还是三天，或者更长，因为这牵涉到吃喝拉撒。如果考虑不周，到时要抓瞎的。

不错，你们的问题都提到了点子上。吴尔金说，经费问题，我们带头集资，多交一点。再就是自愿参与者，按人头集资。我想，自己出钱为自己办事，转弯塘人，这点觉悟，应该会有的。至于时机的把握，我也想过，的确重要，要不早不迟，正是时候。但要做到这一点，必须在政府内部找到同情、支持，或者乐意帮助我们的人。否则，我们就成了聋子瞎子。时间问题，最好能够一天就有效果，一天不行，两天，最多三天，更长，可能就撑不住了。百十号人，每人发瓶矿泉水,就是好几百呢。

好,就这么办。江明明说,我们几个发起人,带头集资,人均 500 元,怎样?老吴和吴迪没分家,在一起过,就交一份好了。

有道理。赵保平点点头说,就交一份吧。

那咋成呢?吴尔金说,我们爷俩是在一起过,但我们是发起人,得带头呀,就交 1000 吧。其余参与者,我看按每人 50 元集资,你们看行不。

行。赵保平江明明异口同声地说。

你小子呢,有意见没?吴尔金转头问吴迪,发表意见啊,别闷声闷气的。

我没嘛说的。吴迪见父亲点自己的将,脸一红,说,你们指哪我就打哪,你们都是长辈,说的又在理上,我多什么嘴呀。

是晚辈不假,尊重我们,也是应该的。江明明说,但不影响你发表意见啊。

那是。赵保平说,畅所欲言嘛。

这些我都知道,关键是我没新的想法。吴迪说,重复一通你们的想法,有意思么,废话嘛。

看样子,你小子还有点自知之明哩。吴尔金见状,忙打圆场,那就这样,吴迪你找张纸来,我们先签名摁手印,然后把钱交了。

好!吴迪转身进屋,拿来几张信笺纸。

随后,吴尔金、赵保平、江明明、吴迪依次签名,并用右手拇指,在自己的名字上,摁上鲜红的手印。

集资款交给了赵保平,由他负责登记,入账。

大家还有别的意见没?如果没有,今晚的会就开到这里吧!吴尔金说,刚才说的时机问题,我想到了一个人,实在没别的门路,我硬着头皮去找他,兴许能成。

谁啊!赵保平说,有把握没?

呵呵,吴尔金笑着说,无可奉告,暂时保密。

怎么?江明明说,还卖关子啊!

也不是卖关子。吴尔金说,其实,这条路能不能走得通,我心里也没底。没有把握的东西,还是先捂着些好。顿了顿,强调说,事情既然议定了,大家就各负其责,分头行动,做好充分准备,一旦时机成熟,就付诸行动。

好!江明明说,听你的号令。

要得。赵保平说,我们做好充分准备。

吴迪看着父亲,点了点头,算是应允。

散会。吴尔金看了看赵保平和江明明,时候不早了,你们回去休息吧!

赵保平江明明不约而同地打个呵欠,点点头,结伴离去。

第十三章

铬渣污染势头得到控制，任杰绷紧的神经松了下来。

刚巧，省里有个生态文明建设研讨会，要求各县(市)环保局长务必与会，并至少准备一篇论文，任杰打电话跟分管副市长张家才请假，张家才说，既是这样，你就去吧，生态文明，现在是热点焦点，当然也是一项长期的艰苦的工作，参加这样的研讨，既可以介绍瓜州的经验做法，更重要的是，还可以把人家值得借鉴的东西带回来，何乐而不为呢，好事啊！那是，那是。听了张副市长的高论，任杰心里直犯嘀咕，心想，还介绍瓜州经验？教训倒是不少哩。嘴上呢，却一个劲儿打哈哈，是啊是啊，张市首肯，那我就去，好好学习学习，机会难得呢。

搞定了张家才，接下来就是安排论文的事儿。按说，论文这玩意儿不是公文，纯属个体的事儿，任杰也有能力操刀，可一是最近当"救火队长"，挺累，不想劳这个神。再就是，既然可以行使手中权力，让别人干，为何不过把官瘾呢？清闲还讨不自在啊。

任杰首先想到了办公室主任焦艳。

局里笔头硬的年轻人，倒是有好几个，可毋庸讳言的是，任杰对焦艳欣赏有嘉，这在局里已是公开的秘密，焦艳短短几年内，坐上局办主任的交椅，全是任杰一手提拔起来的。其中，除了焦艳的漂亮温柔能干，当然还有彼此间的微妙关系。不过，眼下除了微妙，依旧是微妙，并没有什么实质性的突破。顶多在一些氛围混沌的场合，比如酒吧、KTV包房，或者酒后什么的，有意无意地，朝焦艳那些突出部位挨挨蹭蹭，或者唱"夫妻双双把家还"时，借着酒兴，下意识地拉拉焦艳小手而已。焦艳呢,既不排斥,也不欣喜,更不主动,若即若离。弄得任杰狗咬刺猬,无从下嘴,心痒痒地难受。当然,这种时候,通常人都比较多,没有向纵深地带进军的可能。平素间,两人也鲜有独处的机会。

不过,任杰发现,最近焦艳异乎寻常地热乎起来,一有机会,就频频放电,电得他心花怒放。有次进局长室,焦艳不敲门,就走了进来,把需要签阅的文件,搁在办公桌上,笑靥如花地抛个媚眼,不喊任局,甜甜地叫了声"任哥",一转身,袅袅婷婷地闪出门去,撩得任杰心直痒痒,好久好久,都没平静下来。

开始,任杰没搞懂焦艳前所未有的热度从何而来,认真想了想,这才恍然大悟,原来,焦艳对局里可能会增加一把副局的交椅,动开了心思。

前不久的局务会上,任杰透露了上地区开会获得的一个信息,说"十八大"首次提出生态文明的理念,并要求经济建设、政治建设、文化建设、社会建设、生态文明建设"五位一体",着眼于全面建成小康社会,实现中华民族伟大复兴。为体现对生态文明建设的重视,加强基层环保工作的领导力量,省环保局拟向省委打报告,县一级环保局领导职数,在原一正二副的基础上,增加一个职数,也就是增补一名副局长。这事儿,任杰不过顺口说说,给大伙提提虚劲。没承想,一石击起千层浪,引起了不大不小的震动,尤其是一伙局属二级部门的股长副股长们,一个个卯足了劲,兴奋得不得了,对这八字不见一撇的官位,各显神通,趋之若鹜,恨不得一觉醒来,就歪屁股坐上去。弄得任杰暗自后悔嘴上缺个把门的,一不小心,将尚在务虚的风吹了出去,自个儿讨不清静。

焦艳就是打这以后,陡然对任杰热情异常,秋波频频的。

任杰当然心领神会。不过,碍于身份,表面上不得不绷着,装傻。

省里即将召开的生态文明建设研讨会,无异天赐良机。

任杰果断地拎起办公厅桌上的电话。

喂,任杰说,小焦是吧!我任杰。

你好!任局,焦艳甜甜地说,是我,有什么吩咐啊!

呵呵,你好!任杰没接焦艳吩咐什么的茬,你到我办公室来一下。

哦!焦艳愣了愣,说,好,我马上来。

焦艳的办公室在二楼,局长室在三楼,一上一下,也就两三分钟的事儿。通常情况下,任杰都打电话安排工作。今天,却郑重其事地把她"请"上去,且态度严肃,口吻不容置疑,也就难怪她有点儿发愣了。

会是什么事儿呢？焦艳暗忖。

焦艳走到办公室门口，蓦地又踅回办公桌边，站定，拉开抽屉，摸出里面的小圆镜，看看镜子里姣好靓丽的容颜，从坤包取出唇膏和眉笔，描了描眉，补补有些淡去的唇线，又抹了点绯红的唇膏，一边神采飞扬地走出门来，一边天马行空地放飞心绪。

焦艳也是道地的瓜州土著。出生于大河乡一个叫月亮岩的小山村，父母都是老实巴交的农民。天资聪颖，泼辣能干的她，是家里的长女，脚下还有两个弟弟。焦艳父母的伟大之处，在于他们并不像许多山里人那样，重男轻女的观念相当顽固，只要是个带把的，有理无理都宠着。尤其在读书问题上，男娃儿即便读不走，也要死读滥读。女孩子呢，能让你读完小学，顶多初中，就烧高香了。尽管家境贫困得有时吃盐巴都成问题，焦艳父母却不轻言放弃，口中不吃肚中挪，含辛茹苦地供她上了小学上中学，上了中学上大学。其间的酸甜苦辣，可想而知。

焦艳上的是省城师范大学，学物理，却对写作情有独钟。在校时，就是文学社团的活跃分子，在都市报、晚报发表过小诗和"豆腐块"。成果虽然不大，文字上却历经了一番磨砺，无形中，为日后的发展奠定了良好基础。大学毕业后，在乡里当了两年代课教师。几年前，市里许多单位招考公务员，她报考市环保局办公室唯一的文秘职位，在60余名竞争对手中，以笔试第一的成绩入围，进入面试。正当焦艳为首战告捷欣喜不已，以为胜券在握的时候，在城里工作的远房表哥告诉她，笔试入围，顶多一半功夫，更重要更关键的，是面试。许多笔试第一名的，最终都在面试时败北，且败得摸不着头脑，死了都不知道是怎么死的。焦艳大惑不解，一脸茫然，一连问了几个为什么？表哥见她态度诚恳，这才道破天机，说你真的不知道啊，一般而论，笔试考的是自己的才能，基本可以自个儿搞定，别人也帮不上忙；可面试，就不是那么回事了，拼的主要是关系，戏称"拼爹"。笔试，毕竟有个统一的东西——试题，答得对不对，白纸黑字，一目了然，难以作梗。面试呢，虽然也有个框框条条，可伸缩性很大，人为因素不少。许多时候，往往取决于面试者对你的好恶。萍水相逢，操纵好恶的是什么？自然是后面那只隐形的黑手——关系。表哥见焦艳不甚明白，又解释说，关系是什么呢？比如，有权有势的家庭，同学、朋友、老乡、亲戚、上下级等等，直接的，间接的，都成其为关系。没有这些关系，那就得有"两子"，也就是银子，路子。

摸着路子,送出银子,没有关系,也就有了关系。事情呢,也就成功了一半。

听了表哥一番高论,焦艳仿佛被人兜头泼了一桶冷水,从头凉到脚后跟,非但没能从迷津里走出来,反倒更找不着北了。是啊,偌大个瓜州,人海茫茫,却举目无亲,哪来的什么关系?不错,城里是有几个昔日的同学,可都和自己一样,钻头觅缝没头苍蝇似的四处求职,父母呢,也都是人微言轻的庶民百姓,泥菩萨过河,自身难保,哪有能力顾及别人。

焦艳陡然从兴奋的波峰,跌落失望的浪谷,甚而有些绝望。

表哥见状,不无关切地说,我说的是实话,但你也不要太悲观。知己知彼,才有取胜的可能嘛。我想,有一点可以明确的是,你既然报考市环保局文秘,那么,用人单位,就是市环保局的意见,至关重要。你只要能把这个环节搞定,说不定也就有了六七成胜算。至于怎么操作,哥小办事员一个,也没什么锦囊妙计,只能给妹妹指指路,怎么走,爱莫能助呢!我知道的是,瓜州市环保局局长姓任,名杰,听口碑,这人还算正直,妹妹如果能获得他的好感,也就有戏了。接着,表哥告诉她,任杰住哪个小区,朝那儿走。等等。

焦艳好不感动。连声称谢说,哥能跟妹子说这番掏心窝子的话,我就感激不尽了。你看看,这么大瓜州,谁跟我说这些,没有啊。

那倒是,表哥说,现如今,不逢真人,谁爱说真话?全都捏倒鼻子哄眼睛,你哄我,我哄你,谎话连篇,一个编得比一个圆呢。

从表哥家出来,焦艳心里已打定主意:采纳表哥的意见,面试前,拜访任杰。

可怎么拜访?具体点说,送什么见面礼?总不能两手空空吧。银子,肯定是没有的,即便有,素昧平生,人家也不一定敢收。不送银子,那就只有送东西,可送什么呢,太贵重的,囊中羞涩。一般礼物,又不成敬意,拿不出手。

焦艳很是纠结。

回到月亮岩,焦艳整天闷闷不乐。

时值农历六月,地里的苞米已经背包戴红帽,进入成熟期,漫山遍野,绿油油地透出撩人的丰硕。向阳地段,早熟的苞米,已经可以掰下来,煮熟了尝鲜。大豆、四季豆,还有栽种在地埂边的向日葵、红高粱,全都欣欣向荣,丰收在望。月亮岩地处乌蒙山麓,稻田极少,山梁上仅有的星星点点的几坵高榜田,也因风调雨顺,适时地抽穗扬花,一株株粗壮的墨绿色稻秆,沉甸甸地挂满了农家丰衣足食的梦想。

昨晚下了一夜雨,焦艳因上半夜一直失眠,起得晚了些,洗漱完毕,静静地伫立在门前屯口上,放眼望去,满田满坝,满山满岭,都是一派苍翠欲滴充满希望的绿,郁闷晦暗的心空,跳进些许明媚。

焦艳呆呆地看了一会儿,正欲转身回屋吃早餐,父亲挑着一挑水凌凌的青草,手上提着一大把用金丝茅草捆着的鸡枞菌,闪悠闪悠地回来了。兴许是露水太大,父亲膝盖以下的裤管,全都打湿了,一双已经咧嘴的解放鞋,也湿漉漉的,沾了一脚黄泥巴。

爹,这么早啊!焦艳心疼地说,你看你看,裤子都湿半截了,我给你烧火,烤烤吧。

没事儿,没事儿。父亲嘿嘿笑,这大热的天,一会儿,就晾干了哩。顿了顿,一边将手里的鸡枞菌递给焦艳,一边说,提回屋去吧,让你妈穿汤喝,解解馋,这东西,越来越金贵,不好找了哩。

哇!爹今儿个运气不错嘛。焦艳接过父亲手中分量不轻的鸡枞菌,夸张地大叫,好久没吃到这宝贝了,比鸡肉还香呢。

焦艳提着鸡枞菌上下掂了掂,沉沉的,足有七八斤的样子,几乎都是刚冒出土,还没来得及绽放的蓓蕾,也就是没开花的花骨朵儿。这种鸡枞菌,味道比开繁的鸡枞,要鲜美得多。她情不自禁地将鸡枞提到嘴边,轻轻地嗅了嗅,清香扑鼻。

哎哟!这么多鸡枞菌呀!老头子。焦艳母亲闻声从屋里走出来,你今天有点狗屎运气哩,好多年,都没找到这多菌子了。

那可不是。父亲接着母亲的话头,不无得意地说,空跑几年了。昨晚刚下过雨,我想菌子应该长出来了。到以往的菌窝看了看,没得。沿着周围找了一圈儿,就找着了。

呵呵呵!母亲高兴得合不拢嘴。

看着母亲高兴的样子,焦艳也咯咯咯笑。

说起鸡枞这种难得的山珍,焦艳是再熟悉不过了。

鸡枞俗名鸡蛋,兴许其生成与白蚁相关有鸡肉般的清香,又称白蚁菇,鸡肉丝菇。

鸡枞刚出土时,呈圆锥形,开放后,中央突起,表面黄褐色或黑褐色,中央色泽较深,边缘呈放射状裂开,菌褶白色。煮熟时,色微黄。菌肉白色,细嫩肥厚,清蒸,氽汤,清香四溢,回味无穷,营养丰富,是颇受赞誉的珍贵食用菌。据《本草纲目》记载,鸡纵有"益味、清神、治痔"的功效。

　　鸡纵在食用菇类中,最奇特,也最神秘。古今中外不少专家学者,前后投入了近百年时间与精力,意欲研究出人工栽培的方法,迄今,尚无任何结果。原因是鸡纵的共生对象是动物中的白蚁,而非一般营养共生的植物根部。这就是它最神奇与最神秘之处。有研究者在试验中还发现,它甚或与黑柄炭角菌,也有相当的关系。

　　正因为鸡纵无法人工栽培,季节性强,加之这些年来,山区植被生态每况愈下,野生鸡纵越来越少,弥足珍贵。听说,市价已经涨到七八十元,百余元一斤,且供不应求,有钱无市。

　　记忆中,父亲是十里八乡遐迩闻名的"菌子王"。之所以获得这个美誉,当然不是父亲栽种了许多鸡纵,而是他善于找各种各样的菌子。其中,尤其善于找鸡纵菌。到了鸡纵长成的时节,只要他愿意上山,一找一个准儿,几乎没有空手而归的时候。用乡亲们的话说,那鸡纵,就像他自己栽的。有时找得多了,比如找到几窝大的,一次收获几十朵上百朵,实在吃不完,父亲会叫焦艳,给左邻右舍也送些去,大伙尝个鲜,吃个热闹,或者拎些到乡场上,换几个盐巴钱,解解燃眉之急。

　　有一年,也是吃鸡纵的季节,三舅来做客,家里一粒米星儿也没有。那时候,大集体,吃的"大锅饭",生产队分的粮食,常常填不饱肚子,时常"瓜菜代"。大米饭,要逢年过节,才能打打牙祭。无奈,母亲只好背上几升小麦去附近村寨的磨面房,兑换些又黑又厚的面条回来,一家人欢天喜地地等着"喝"。由于粮食紧缺,就算是面条,平素间,也是极少能吃到的。有时候,来了客人,实在没什么菜招待,或者菜太少,甚至用面条浇上点油汤,放在餐桌上,当菜拈着吃。可这天母亲拉开橱柜,里面除了几根葱,半碗菜油,吃面条的佐料,一点儿也没有。母亲正犯愁,父亲笑着说,愁哪样啊愁,没有猪肉鸡肉,也没有鸡蛋,我上山去,找点鸡纵回来,不就相当杀鸡待客了啊?看你能的,母亲说,说找就能找,以为是你栽的啊。不相信是吧?父亲默想片刻,不容置疑地说,你把水烧起就是了,我估摸,有窝鸡纵,就在这两天出土哩。

　　母亲微微地笑了笑,不再吱声,将信将疑地舀了一锅冷水,坐在煤灶上,慢慢地烧着。父亲看母亲烧上了水,跟三舅打声招呼,随手在堂屋里拎起一把镰刀,优哉游哉地,上山去了。

约莫个把钟头,父亲在三舅和全家的惊异中,果然拎了一把欲开未开的鸡纵回来。也许是赶得太急,半截裤腿,都被露水打湿了。

那一顿鸡纵穿汤下面,别提有多香了。

很多年后,三舅跟焦艳提起这码子事儿,对"菌子王"的神通,依旧赞不绝口,津津乐道。

在瓜州,鸡纵还有个妙用:炮制鸡纵油。将一锅菜籽油,或者金龙鱼之类的食用油,置于火上,烧辣(开),撒进些花椒,然后,将少量鸡纵放进烧开的油中煎炸,待鸡香四溢,灭火冷却,捞出锅中鸡纵,将油盛入罐中备用。吃面条、米粉、凉粉、卷粉什么的,搁上些许鸡纵油,那种鸡汤似的鲜美,令人馋涎欲滴,龙口大开。

鸡纵的生长成熟期,通常在农历六七月间,历时一两个星期。这期间,如果没人发现,未能成为盘中美味,也就自生自灭。因此,每到这个时候,父亲有事没事,几乎天天都要去山上转悠,仿佛与老情人约会,守时而殷勤。

焦艳收回思绪,提着鸡纵菌和母亲一起走进堂屋,放到神龛前的大方桌上,正要转身去厨房做早餐,一个念头,突然从脑海里闪了出来。

这时,父亲将割来的青草撒进牛圈,也跟了进来,坐堂屋里小憩,随手摸出兜里的烟袋,裹开了叶子烟,毕竟六十开外的人了,看上去,显得有些疲惫。

焦艳心里一紧,不禁犹豫起来,要不要将自己的想法说出来呢?说了,父母亲肯定欣然同意,但心里却不落忍,可不说呢,思来想去,眼下,没有更好的办法啊。

爹!焦艳犹豫再三,动情地叫了一声,还是开了口,我有个事情,想和你们商量商量哩。

说啊!父亲挺痛快地说,自家爹妈,有什么就直说,不用遮遮掩掩的。

于是焦艳将报考公务员的现况跟父亲简要地说了,最后,说想将他刚从山上采来的鸡纵,作为礼物,送给报考单位的领导。

好事儿啊!艳艳。父亲听了焦艳的陈述,痛快地说,这不用商量,拿去就是了。顿了顿,又说,只怕是这礼物,轻了点哩。

是哩!母亲听了这事儿,也凑上前来说,人家当官的,什么没见过,会不会稀罕这东西啊。

　　谢爹妈理解支持。我知道,你们也好久没吃鸡纵了哩。焦艳笑眯眯地说,怎么说呢,如果以金钱来衡量,这东西确实值不了几个钱,可送别的,比如钞票,我们拿不出来呀。送些山珍,不过是表表心意敬意罢了。这东西季节性强,这些年,市面上很少见,说不定能给人留下印象呢。

　　嗯!这倒是哈!父亲说,这年头,那些当官的,天上飞的,水里游的,地上长的,什么没吃过啊。可山上的鸡纵菌,倒真的是越来越少了,有钱,也难得买到哩。

　　那就赶快给人家送去吧,还磨蹭个啥啊。母亲急煎煎地说,这东西就吃个新鲜,搁的时间长,就蔫了,味道也就差了。

　　妈说得对,是要趁着新鲜送出去。焦艳说,那这样,我弄点早餐吃,马上就去市里。

　　要得,要得。父母亲几乎异口同声地说,趁早,趁早,以早为说呢。

　　焦艳吃罢早餐,当即返回瓜州市区,找到表哥所说的小区,然后挨家挨户地问,终于在任大局长午休之前,将鸡纵菌送到其府上。

　　半个月后,焦艳仍旧以面试第一的成绩名列榜首,被瓜州市环保局录用。

　　好久好久了,焦艳都没整明白,是面试成绩原本不错,还是因为和任杰有一面之缘,暗中提携自己?抑或,两者兼而有之?到办公室上班后,任杰确实对她关照有加。短短几年,就将她扶上了局办主任的宝座。两人之间,也有种似是而非的暧昧。身为成熟女人,她当然知道任杰想要什么,可除了些表面的肢体接触,比如拉拉手,亲亲脸,吃吃豆腐什么的,占点儿小便宜。一到关键时刻,她就以各种各样的理由,拒绝和逃避,弄得任杰到口不到肚,心痒难耐。前不久,听任杰说局里要增加一把副局的交椅,焦艳心里,当即便活泛开来。她知道,在瓜州这样的县级市,局办主任,充其量是个股长,虽然大小是个官,却只相当于科员级别,严格说来,根本不算官。国家公务员职务系列中,压根儿就没有"股长"这个档次,"土特产"而已。在市(县),只有副局(科)以上,才算得上领导干部。眼看机遇迎面而来,为什么不去努力把握呢?还有,既然是新增职位,单位一把手,也就是任杰的意见,举足轻重。如果他力挺自己,就有了六成胜算。其实,男女间那点事儿,看开了,也就那么回事。关键是,献身,也要物有所值,献在刀刃上。假如这次任杰能帮自己圆了副局梦,让他如愿以偿,又何妨。公正说来,各有所图,各取所需,平等交易,两不吃亏。再说,舍不得孩子,怎么打得了狼啊。像自己这种无根无底无依无靠浮萍般的草根,不努力开发自身资源,自己解放自己,天上会掉馅饼?

刚才任杰打电话,让自己去他办公室,该不会有什么好事儿吧。

焦艳思忖着,不觉已来到局长室门口。她习惯地做了个深呼吸,定了定神,本想径直推门而入,又恐屋里还有人,愣了愣,抬起右手,屈起手指,用中指关节,笃笃笃,敲响了任杰办公室的门。

进来吧! 任杰说,没人哩!

任局! 焦艳应声走进屋里,见只有任杰一个人,频频放电的同时,笑靥如花地问,有事啊?

先坐啊,任杰打趣道,没人罚你站嘛! 顿了顿,也放过来一束电波,笑着说,省里要召开生态文明建设研讨会,邀请我参加,就在下个星期。

好事啊! 焦艳关切地说,这段铬渣污染的事儿,闹得你既烦心又疲惫,利用这开会的机会,好好放松一下。

那倒是,是有点累哩。任杰话锋一转,色色地说,怎么样,小艳,一起去好不?

我是想去,多好的机会啊。焦艳给任杰抛个媚眼,说,可人家邀请的是你,我去不合适吧?

这我知道,但凡事都可以变通嘛! 任杰说,这次研讨会要求带论文,我们两人合作,写一篇论文,不就可以名正言顺地参会了呀。

哦! 这倒是个办法呢。焦艳笑嘻嘻地说,可写什么呢? 我找不到写的哦。

我有个思路,就从老子哲学思想入手。任杰说,老子"天人合一"的哲学思想,就是最早的生态环保理念,具有很强的现实性。

是吗,这也太深奥了吧! 焦艳面露难色,这方面,我一点基础也没有,怎么写啊?

那这样吧! 任杰见焦艳有畏难情绪,笑了笑说,你负责搜集资料,然后由我操刀,写出来后,署我们的名,一起去省里参加研讨会,怎样?

求之不得啊! 焦艳高兴得合不拢嘴,能和大局长一起出去,做梦都会笑醒转来。

呵呵! 就喜欢你这张小嘴,抹了蜜似的。任杰站起身来,走到焦艳跟前,在她白里透红的脸颊上拧了拧,说,回去准备准备吧,时间有点紧哦。

好！焦艳羞怯地站起身来，随即又甜甜地向任杰放了回电，转身离开，任杰盯着她滚圆性感的美臀，情不自禁地跟上去，捏了一把。

哎哟！焦艳转过身来，扬起小手，撒娇地在任杰的手上拍了一掌，一边款款地走出去，一边夸张地叫，好讨厌哦！

一周后，任杰和焦艳带着合著的论文《老子哲学思想与生态文明建设刍议》，双双参加在省里召开的生态文明研讨会。

不知何时起，如此之类的年会、研讨会、学术会、洽谈会等五花八门的会议，都选择在风景优美的景区召开。其用意，不言自明，醉翁之意不在会，而在山水之间。说白了，游览玩耍，是第一位的，会议本身，倒在其次，不过是游玩的载体，或者由头罢了。

任杰和焦艳结伴参加的这个研讨会，自然也顺应潮流，选择在距省城30余公里的"情人谷"风景名胜区召开。

会期三天。游览两天。

情人谷，仅就名字而言，就令人想入非非，浮想联翩。

顾名思义，情人谷，就是条自下而上，有着潺潺流水长长峡谷的美丽所在。

这些年，由于参会和出差的原因，任杰到过国内不少著名景区，但省城附近的情人谷，反倒是大姑娘坐花轿——头回。焦艳呢，虽说在省城读书时曾经到此一游，但和自己心仪的人同游，却是破天荒的。因此，彼此都异常兴奋和陶醉。

一番游览下来，任杰不得承认，情人谷果然是不可多得的好去处。

虽时值七月，燠热难当，谷中却清风拂面，凉爽宜人，满眼皆绿，间或有星星点点红色花果点缀其间，仿佛画龙点睛，令人眼前一亮。据介绍，随着季节的变换，情人谷的美丽画面，也会不断翻新。三至五月，桃花灿烂，鲜果诱人；六至七月，杨梅红透，艳桃满枝。八至十月，硕果累累，秋色迷人；寒冬之际，腊梅飘香，素裹银装。游览景区，可划船、漂流、攀岩、探洞，也可篝火露营、欢聚通宵，丰富多彩。

诸多景致中，最具传奇色彩的，是"金龟托桥"。

峡谷两岸最陡峭的一段河谷中，一座酷似龟的巨石，托起偌大的一座桥，横跨湍急的河谷。远远看去，水流的激荡中，这只"巨龟"摇头晃脑，时起时伏，活灵活现。

　　传说，若干年前，情人谷两岸深山里，散落着两个苗族村寨，一个叫地吾岭，另一个叫米汤井。地吾岭有个后生，名阿山，英俊勤劳；米汤井有一少女，姓阿名水，多情美丽。阿山常到情人谷打柴，阿水呢，也常去情人谷牧羊，彼此隔河相望，遂相互问候招呼。日子久了，爱慕之情油然而生。某日，阿水羞红着脸，情不自禁地向对岸的阿山唱道：大河涨水水浪沙，鱼在河中摇尾巴；几时得鱼来下酒？几时得哥来成家？阿山听了，大喜，立马回应：哥隔水来妹隔崖，绕山绕水都要连；哥变燕子飞过河，妹变蜜蜂飞过崖。

　　打这以后，阿山阿水以歌传情，感情与日俱增。

　　为能跨过河去，与心上人相会，阿山决心砍树搭桥。但河水湍急，架桥的木料，一次次被冲走。正当阿山一筹莫展之际，一只巨大的乌龟浮现在惊涛骇浪之中，桥墩般稳稳地为阿山托起桥木，帮助他过河与阿水相会。此后，由于巨龟帮助阿山和阿水，每天都能甜甜蜜蜜地在一起，如胶似漆。

　　他们的恋情，很快就被阿水的父母知道了。阿水父母嫌阿山家境贫寒，死活不松口这门亲事，并要阿水嫁给寨主的傻儿子，阿水誓死不从。为了永不分离，阿水离家出走，和阿山双双躲进情人谷，以溶洞为家，过着没有世俗羁绊，相亲相爱的日子……

　　"金龟托桥"的美丽传说，既是"情人谷"得名的缘由，也给这里的山水风物，赋予灵性，增添无穷魅力。于是乎，山水人文，相得益彰，令人回味无穷，思绪万千。

　　听了这个脍炙人口的神奇故事，年逾天命的任杰，也和焦艳一样，为阿山阿水撼天动地的爱情故事，嘘唏不已。

　　也许，情人谷真是出产爱情的地方，别说任杰和焦艳原本就有些朦朦胧胧的爱意，相互心仪，就算两个素不相识的男女，在此邂逅，成天徜徉奇山秀水之间，聆听美丽神奇的优美传说，也难保不会碰撞出爱的火花，情的硕果，续写一篇篇不老的爱情传说。

　　焦艳和任杰的感情，在情人谷的幽峡深谷中火速升温，"金龟托桥"附近的林荫道上，两人第一次相拥亲吻。霍那间，仿佛身旁的河水停止了流淌，鸟儿不再啁啾。

　　此后的游览中，两人手挽手地依偎而行，甜蜜而惬意。

　　焦艳不经意地，提起局里准备增加领导职数的事儿，希望任杰多多关照。

那还用说？我们俩谁跟谁啊！任杰信誓旦旦地说,那天在地区一听到这个消息,你猜我首先想到什么？

哦！焦艳没想到任杰卖关子,傻乎乎地问,想什么啊？

小傻妞！任杰破天荒地喊了一嗓,想到你啊,我当时想的是:小艳这次有机会了。

真的啊！首先想到我哈。任杰的一句爱称,醉得焦艳骨头骨节都酥了,蓦地转过头,啪地亲了任杰一口,夸张地说,哇噻！感动死啦。

当然啦,局里的格局你也清楚。任杰看焦艳兴高采烈的样子,欲擒故纵,恰到好处地给她降温,下面几个股室的头头脑脑,一个个都眼巴巴地盯着这把交椅,所以嘛,难度,肯定是有的,竞争,肯定是很激烈的。

是啊！焦艳身子蛇一般扭了扭,胸前两座浑圆挺拔的山峰,不停地颤动,愈发高耸,随即,小嘴一噘,一把揽住任杰的脖子,喃喃说,所以,人家要你多多关照嘛！

关照关照。任杰斩钉截铁地说,那是肯定的啊！顿了顿,又坏笑着说,不过,得看看,你这小傻妞怎么表现哦！

好坏哦！看着任杰色迷迷的眼睛,焦艳当然知道他要什么,表面上,却佯装不知,傻傻地问,我的表现哪里不好呀？

好,好好！任杰勾下头,伸出手,紧紧地搂着焦艳纤纤腰肢,四瓣嘴唇热烈地重合在一起。良久,悠悠地说,我想,你的表现肯定好,最好！

焦艳心里猛地一颤,一脸绯红。

任杰嘿嘿嘿坏笑。

凭经验,任杰知道,当一个女人嘴上说你好坏的时候,你在她心里其实是最好,离得手,也就不远了。

真是天从人愿。

省里的这个生态文明研讨会,之所以选择在情人谷这个国家 AAAA 级风景名胜区召开,除了这里山水秀丽,风光旖旎,气候凉爽宜人,当然还有这里一流的配套设施。别的不说,造型颇具欧洲风格的情人谷大酒店,同样是四星级,其装修之富丽,布置之典雅,用具之高档精美,让平素难得有机会外出潇洒的焦艳,着实大开眼界。

任杰和焦艳住的都是标间。

与任杰一屋的,是某县的环保局长。

和焦艳同住的,是省环保局某处一罗姓科长,按照她的要求,焦艳没叫她官衔,称其罗姐。

会议最后一天,进行论文评选,任杰和焦艳合著的《老子哲学思想与生态文明建设刍议》,被评为优秀论文,颁发荣誉证书的同时,发了一千元奖金。

尽管焦艳再三推辞,奖金刚一到手,任杰不由分说地,悉数塞进了焦艳的包里,感动得她眼里泪花儿直打转。

按惯例,会议结束的当晚,通常要会餐,因时下倡导节俭的风声正紧,主办方作了变通,仅在平常四菜一汤的基础上,加了两三道菜,数量虽不多,却极其精致,价格不菲。并上了中档白酒和扎啤。

任杰原本酒量有限,加之胃肠道不是太好,平素极少喝酒,局里每有应酬,都是几个副手和局办主任焦艳,或者其他能喝的股室头头们上阵。可在这月白风清的情人谷之夜,美人相伴,论文获奖,心旷神怡。于是,经不住焦艳和他人相劝怂恿,也就解了禁,喝了几杯。顿时,通体舒泰,飘飘欲仙。焦艳呢,酒量倒是不小,但上脸,一场酒喝下来,俊俏的瓜子脸,灿若桃花,浑身上下大小血管,汹涌贲张,心像只躁动的小鹿,来回狂奔,呼之欲出。

餐厅喝完酒,一伙人又呼呼啦啦地到隔壁的 KTV 包房 K 歌。

酒精真是个好东西,它可以让人暂时忘掉身份、地位、年龄、甚至性别。朦胧氤氲的灯光下,大伙都撕下了平素道貌岸然的面纱,露出本我,会唱的,不会唱的,唱得好,唱得不好的,全都无所顾忌,声嘶力竭,摇头晃脑地一展歌喉,震得屋里的空气都仿佛涌起了热浪。

经不住众人起哄,任杰和焦艳联手,唱了一曲王菲和黄翊首唱的《迟到的爱》:

啦啦啦啦啦

一段情要埋藏多少年

一封信要迟来多少天

两颗心噢承受多少痛苦的煎熬

才能够彼此完全明了

你应该会明白我的爱

虽然我从未向你坦白

> 多年以来默默对你深切的关怀
> 为什么你还不能明白
> 不愿放弃
> 不愿放弃你的爱
> 这是我长久的期待
> 不能保留我的爱
> 这是对她无言的伤害
> 伤痛的心,一片空白
> 如何面对那迟来的爱
> ……

任杰和焦艳的歌,都很业余。比较而言,焦艳的音色、乐感,要比任杰更胜一筹。可他们都用心在唱,其间的那一份情愫,也就格外真切感人,唱着唱着,两人的手,情不自禁地攥到了一起,一伙听众不知是他们为他们的歌声,还是为他们大胆地牵手,嗷嗷大叫,蓦地,掌声响起,经久热烈。

大伙各自回到房间,临近子夜。与任杰同屋的某县环保局长,已酣然入梦。他顾不得洗漱,轻脚轻手地摸上床,却兴奋得怎么也睡不着,伸手嗅嗅,似乎还留有焦艳的体香。

焦艳回屋的时候,房间里一点儿动静也没有,啪地开了灯,没人,罗姐的床上,被子依旧叠得整整齐齐的。诧异间,发现沙发前的茶几上,放在一张便笺,拿起一看,是罗姐给她的留言:

小焦! 很高兴这次会议认识你。本想参加今晚的会餐,明天再回去的,但突然接到家里的电话,说儿子生病,只好先回去了。为不至扫你们的兴,故选择不辞而别。抱歉! 下次有机会来省城,咱姐妹俩,再好好叙叙。

罗姐即日

看了罗姐的留言,焦艳很是感慨,当今人情淡薄,罗姐不仅不端架子,和蔼可亲。萍水相逢,却这么重情重义,实属难得。心想,下次有机会来省城,一定要带上点瓜州土特产,登门拜访,表表敬意。

焦艳草草地洗漱后,便关灯上床,可虽有些疲惫,却浑身火烧火燎的,辗转反侧,总也睡不着,与任杰初识、交往、共事,尤其是三天来情人谷的一幕幕,电影似的在脑海里闪过,心旌摇曳,不能自已。

焦艳毅然决然地拎起枕头边的手机,翻到任杰的号码,啪啪啪地发了条电报似的短信:罗姐子病,已回……

回字后面,是意味深长的省略号。

其时,任杰像一头腱牛,似睡非睡,似梦非梦地躺在床上,有滋有味地反刍和焦艳在一起的美妙时光,突然听到手机短信铃声,一把抓起,摁下一看,顿时欣喜若狂,仿佛一具受到牵动的弹簧,一骨碌,从床上蹦了起来。

对面床的某局长,依旧鼾声如雷。

任杰没敢开灯。

他小心翼翼地摸索着穿上衣裤,蹑手蹑脚地走到门边,轻轻拧开门,悄悄地溜了出去……

第十四章

杨兵近日心绪不宁,不时有被人追逐,又无路可逃的感觉。这种奇怪的感觉,在他并不算短的从政生涯中,挺鲜见。

开始,杨兵不明就里,不知道这种莫名其妙的感觉从何而来。空降瓜州这些年,尤其是陈若虹书记外出学习期间,是他最潇洒最自在的日子。尽管不是名正言顺的市委一把手,不过暂时主持工作而已,可山中无老虎,猴子称霸王。何况他是正儿八经的市委第一副书记,堂堂一市之长。如果说,陈若虹在瓜州的时候,他是一人之下,数十万人之上,那么,而今目下,真有一种顶天立地的感觉。当然,党政一肩挑,忙,也挺累,可一统瓜州的滋味儿,真他妈要多好,有多好。照时下小青年的口头禅:爽,倍儿爽!

这种惴惴不安的感觉从何而来?

及至后来,杨兵才明白,这种感觉,缘于他和周微那一场艳事,抑或"一夜情"。仔细想来,其中确有太多的蹊跷和疑点,他甚至怀疑,那是李永久和周薇设的局,可自己却没头苍蝇似的,不管不顾,一头栽了进去。

那晚,在仙马山庄"桂花阁",送走家里有事提前离去的李永久,杨兵和周薇又转回屋里,准备继续喝酒。从门口走回屋里,也就短短十来步,周薇走在前面,他略微滞后,很绅士地跟在后面。突然,他看见周薇浑圆翘挺的双臀,一扭一扭的,可又不扭得不很大,幅度拿捏得恰到好处,令人心旌摇荡。

杨兵着实把持不住了。

这时候,杨兵的脑子里,市长什么的桂冠,早已不复存在,有的只是一个男人，一个本能男人不可遏制的欲火。他趋前一步，就在与周薇平行的当儿，伸出右手，看似随意地在周薇屁股上，轻轻地捏了一把，手下的触觉，完全与他的视觉和想象相吻合：紧实而富有弹性。当然，他看似无意的出手，无疑也有试探的意思。

这一摸，仿佛通了电，周薇娇滴滴地叫了声，杨哥！左手绕过来，一把揽住杨兵的腰，顺势头一偏，依偎在杨兵肩头。杨兵大喜过望，头也顺势偏过去，迎住周薇的头，情不自禁地轻轻一吻。随即，右手圈过去，揽住周薇的蜂腰，相拥着向里间的卧室走去。

卧室很宽敞，靠里侧，是一张宽大的席梦思。席梦思上方，两盏架着粉红色灯罩的床头灯，散发着温馨柔和的光。席梦思前，摆着两张单人皮沙发，中间的茶几后面，是一台足有一米多高，罩着乳白色灯罩的落地式台灯，但灯没开，灯罩的顶端，放着一个黑乎乎的火柴盒大小的玩意儿（杨兵后来才知道那就是置之于死地的摄像头）。距沙发一米开外，是一壁已经拉上的玫瑰红落地窗帘，席梦思的正面，摆放着一张三抽桌，上面放着电水壶、入住须知等用品，桌子上面，是一面大大的梳妆镜，从镜中看去，席梦思的风景一览无余。

杨兵和周薇相拥着滚躺在席梦思上。稍倾，他腾出手来，褪去周薇的短裙和一应穿戴，将她剥成了一只白花花的粽子，然后，三下五除二地解除自己的武装，赤裸裸地翻过身来，压住周薇瓷玉般光洁的酮体。首先感觉到的，是周薇丰满坚挺的两座山峰，随即，给了她一个透不过气来的长长的热吻。随后，杨兵挪开嘴巴，换了一口气，细心地舔着周薇的嘴唇，一边舔，一边深情地看着她的眼睛。周薇心里痒痒的，既舒服，又似乎有点难受，原先闭合的嘴巴，情不自禁地张开。杨兵顺势将舌头伸进周薇嘴里，上下左右地来回搅动，周薇的舌头，开始有点儿懵，愣了愣，霍那间，一激灵，有了热烈回应。于是，两只舌头紧紧地绞在一起，柔情似水，难解难分。

杨兵明显地感觉到，周薇原本有些僵硬的身体，顿时柔软开来，下面也不由自主地张开，水汪汪的，间或，还能听到燕子似的哼唧和昵喃。

杨兵并不急于求成。他知道，做爱就像作诗，功夫在诗外。诗外功夫做足了，才能得心应手，一挥而就。同理，一个男人的雄风，并不是进入的威猛，而是前戏手段的施展和恰到好处的拿捏。这样，才能使女人的情欲充分地燃烧，让她心花怒放，欲死欲仙，恨不得一把拽住地球，叫它停止转动。

　　除了吻唇，杨兵还有个绝招，吻鼻。

　　鼻子是女人脸上最突出的器官，可鲜有男人会亲吻女人的鼻子。杨兵有时不解，这么突出美好的东西，怎么就视而不见呢？至于其妙用，就更不消说了。当然，也有女人不喜欢吻鼻，认为有些戏耍的味儿。只有被亲过鼻的女人，才能领略那种妙不可言的滋味儿，比如身下的周薇，原本就长着一只俊秀挺拔的鼻子，看着就有让人想吻的冲动。可当杨兵舌头撩上去的时候，她的眼里，却倏地闪过一丝儿惊诧。凭直感，杨兵知道，这是她的鼻初吻。于是小心翼翼地循序渐进，温柔而细腻，仿佛亲的不是可以沐雨沥风的鼻，而是一不小心就会碰碎的玉器。亲着亲着，周薇小巧玲珑的鼻尖，被吻得呈粉红柔嫩状态时，倏地有了被吻在乳头上的感觉，情不自禁地揽住杨兵的脖子，浑身一阵悸动。紧接着，杨兵的鼻尖在周薇鼻梁上，来来回回地摩蹭，不一会儿，周薇便有了被隔着T恤揉搓乳尖的酥麻感，满面绯红，忘乎所以地呻吟开来，樱桃般的小嘴，不停地翕动，哥哥哥地叫唤，那神情，宛如发情的小母鸡，抑或嗷嗷待哺的婴儿。

　　……

　　凌晨两点了，两人仍很亢奋，因是休息日，周薇欲让杨兵在"桂花阁"过夜。杨兵说已经和安监，国土等部门有约，要去高坪乡检查非煤矿山安全生产，遂与周薇依依不舍地拥别，并相约，一旦有机会，再次共度良宵。

　　周薇开车送杨兵返回瓜州宾馆时，淡淡的一抹曙色，正从远处的山巅慢慢地氤氲开来，周边人家饲养的一只只雄鸡，此起彼伏地叫得正欢。

　　此后三天，杨兵一直沉浸在与周薇幽会的蜜意柔情之中。心想，一旦有机会，旧梦重温。

　　第四日，杨兵刚回到宾馆，周薇便打来电话。看着屏幕上不停闪烁的话筒和电波，脑海里当即幻化出与周薇如胶似漆的画面，心说，瞧！这小妖精，终究按捺不住了，呵呵呵！

　　杨兵的记忆中，周薇直接给他打电话，还是第一次。空降瓜州任市长后，他也赶上了潮流，用两个手机。一个是准大众的，类似"市长热线"，知道的人挺多；另一个，则比较私密，除了几个走得近的幕僚和知己，很少有外人知道。周薇之所以晓得这个号码，是那晚"桂花阁"临别时，杨兵主动告诉她的，没想到这么快，就排上了用场。

　　喂！杨兵摁下接听键，却端着，假装不知道是周薇来电，打着官腔说，请问哪位？我杨兵。

杨、杨市长啊！周薇本想喊杨哥，想想觉得不妥，顿了顿，打着呵呵，酸酸地说，我周薇，真是贵人多忘事哟！

哦哦哦！杨兵装着兴奋吃惊的样子，连哦了几声，高兴地说，小周啊，好久没见了呢，还好吧？

杨兵本来称周小姐的，可想起那晚周薇对这称谓挺反感，眼下两人的关系，又非同一般，叫小姐，不但周薇会不高兴，自己也觉得怪怪的，于是灵机一动，便改称小周，既不生分，又不显得太黏，蛮得体的。

还好。谢谢市长还能想起我，周薇又打了个呵呵，转入正题，公事公办地说，是这样，杨市，李老板让我问问，我们永久化工停产整顿，已经这么长时间了，到底好久能恢复生产啊？

周薇那一声尾音啊，拖得长长的，不乏怨气，不满，甚而诘问。

杨兵刚听到周薇的声音时，暗自窃笑，以为又可与之鱼水合欢，准备将招商引资局艾副局长的今夜来访，延期进行，没想到，周薇非但没玫瑰之约，且如此出言不逊，顿时，一股愠怒，倏地从心里蹿将上来，暗自骂道，什么东东，就因为和老子上过床，就肆无忌惮呀！知道跟谁说话么，市长，一市之长呢，这里，没你撒野的份儿。

怎么啦？杨兵愣了半晌没吱声，待情绪平缓得差不多了，这才说，咄咄逼人的哦。据我所知，周小姐不过是李老板的助理而已。顿了顿，又说，所以，退一万步说，即便兴师问罪，也不用劳周小姐的大驾吧。

杨兵看似温言软语，却夹枪带棒，有意无意地，又将小周改称周小姐。

是么？杨大市长。周薇显然有备而来，成竹在胸，对杨兵的挑衅并不理会，呵呵一笑，不愠不火地说，如果杨大市长不健忘，我一开口，就声明受人之托，是吧？还有，不用你提醒，我当然知道，自己有几斤几两，什么助理不助理的，那玩意儿，就是个虚名。在你眼里，我不过是人皆可夫的小姐罢了。不过，我想说的是，就算我是小姐，也有人格尊严，也得公平交易，也得花点嫖资是吧，你以为你是市长，就可以提起裤子，不认账啊？呵呵，可没这么便宜哟！

这事儿啊！杨兵听了周薇的一通高论，心里不由一颤，转念一想，捉奸捉双，那档子事儿，一旦下了床，谁说得清楚？于是慢悠悠地说，我不否认，呵呵，曾经与周小姐，共同拥有过销魂时光，可两相情愿，相互快乐啊！你不至于说我强迫你吧？

没错，你情我愿，谁也没强迫谁。周薇嘻嘻地笑，假如你强迫了我，那就用不着我们在这儿费唇舌了，公安自然会找你。顿了顿，又说，可即便双方乐意，你嫖了我，就算不数钞票，总得有点表示啊，这自古以来的游戏规则，你这大市长，不会不知道吧？

要挟是吧？杨兵顿时火冒三丈，我要不认账呢？

呵呵呵！杨大市长别激动，你要理解成要挟，也不是不可以。顿了顿，嘿嘿一笑，依旧不愠不火地接着说，有人说，无官不贪，无男不色，你就是典型代表啊！可我见过不要脸的，没见过你这样不要脸的。你真以为提起裤子，就可以不认账，耍流氓啊？

你能怎样？杨兵陡然发现，整个谈话，自己始终处于被动防守的境地，虽嘴巴强硬，可底气儿却在一点一点地下沉，心理防线岌岌可危，愣怔片刻，有气无力地说，把我抓起来啊！

我能怎样？弱女子一个，是不能把你这大市长怎么样。可你别忘了，把我逼急了，死我也要咬你一口，你信不信？稍倾，又说，不过，我想提醒你，前段网上闹得沸沸扬扬的重庆不雅视频，你不会孤陋寡闻，说不知道吧。

这，这个……杨兵一听，傻眼了，惊得一股冷汗从额头上冒出来，沿着脖颈，胸脯直往下淌，浑身拔凉拔凉的，半晌，语无伦次地应道，知……知……知道啊！

轰动一时的重庆官员不雅视频案，杨兵怎么会不知道呢？

周薇电话中突然提起这档事儿，莫非自己也中了套？想到这里，杨兵又是一头冷汗。他蓦然想起，那天拥着周薇进"桂花阁"里屋时，似乎晃眼看到床前的落地式台灯顶上，有个黑乎乎的小玩意儿，当时被情欲冲昏头脑，并没在意。假如那就是个微型摄像头，自己在床上的每一个动作，肯定淋漓尽致地拍了下来。天啦！怎么这样色令智昏呢？还有，自己与李永久之间的勾搭，能撇得清楚么？小河沟里翻大船。这视频一旦捅到网上去，别说高升了，现有的一切，也将归零。事情一旦败露，说不定还会钻进笼子里去啊！当务之急，是要稳住周薇，不，稳住李永久，周薇不过是他的一颗棋子，或者性诱饵罢了。能满足的，尽量满足李永久的要求，转危为安后，再想办法，从长计议。事到如今，绝不能意气用事，逞一时之勇，坏了大事。

打定主意，杨兵稍稍镇定了些。

杨兵愣神的时候,周薇也没吱声,挺耐心地等待,似乎有意地给杨兵留下思考的时间。

怎么样啊?知道是吧!突然,手机里又响起周薇洋溢着调侃的声音,杨大市长,考虑得差不多了吧。咯咯咯!

是的,是的。杨兵觉得此刻自己就像一只进了猎人囚笼的困兽,左冲右突,都无济于事,只能乖乖地听从摆布,忙不迭地说,你,不,李老板,有什么要求,我尽量满足。呵呵!

其实也没什么过分的要求嘛。周薇呵呵一笑,说,一开始我就说了,李老板的意思很简单,停产整顿,总不能遥遥无期,总得给我们个准信,让我们重新开工呀。顿了顿,继续说,杨大市长知道的,李老板是商人,在商言商,目标嘛,就是追求利润最大化。就像你杨大市长,在官言官,不就成天琢磨,怎样才能把官做得更大么?不同的目标,相同的道理嘛。老停产是什么呢?那是白花花的银子,哗啦哗啦往外流啊。知道吧?

知道,知道。杨兵连声说。

都说虎落平阳被犬欺,杨兵算是充分地领教了。打上小学,品学兼优的他,从没被人如此这般修理过,可今天,却被这与色事人的骚娘们,训得孙子似的,屈辱至极。可转念一想,谁叫自己管不住下半身,白天瞎鸡巴忙,晚上鸡巴瞎忙,落下把柄,捏在别人手里呢?大丈夫,能屈能伸,先软一着,再说吧。

不过,这事儿你们都知道。杨兵愣了会儿神,接着刚才的话茬说,的确闹得有点儿大呢,上面一直盯着,涉及的部门也多,比如环保,安监、国土,疾控什么的,更重要的是,永久所在的转弯塘,这些年一直告状、上访,这次又不依不饶的。当然,我说这些,不是推脱,呵呵!但你们也得理解,市长,也有市长的难处啊。

那是,那是。这事儿是有难度,我们也能理解。周薇慢悠悠地说,正因为有难度,我们才找你呀!再怎么说,在瓜州,你毕竟是一市之长,一言九鼎,只要你想解决,不会没有办法吧?

好好好。杨兵说,我尽快解决,尽快解决。

是吗?尽快解决,尽快是多久呀?周薇步步紧逼,总得有个期限吧?

这,这个。杨兵有些为难,期限,期限不太好说呀。

有什么不好说的。周薇不依不饶地最后通牒:一个星期。一个星期让永久复工。否则,我丑话在先,杨大市长,可别怪我们不客气哦。

那,杨兵有气无力说,那好吧。

喂!杨兵还想再强调点什么,可手机里,却是一声接一声的忙音,这才发现,周薇发出最后通牒后,首先挂了。

妈的!杨兵恼怒地骂了一声,将私密手机扔在茶几上,随即鞋也没脱,四仰八叉地躺倒在长沙发上。愣了愣,伸手关掉了茶几上的手机,之后,又关掉了兜里的公用手机,切断了和外界可能发生的一切联系,双手枕着脑袋,两眼直愣愣地盯着屋顶,陷入了深深的沉思。

迫在眉睫。杨兵觉得,是该好好地静下来,想想下一步怎么办了。弄得不好,就可能一着不慎,满盘皆输啊。

周薇的言语中,杨兵知道他们已经暗中拍摄了他和周薇颠鸾倒凤的视频,一旦李永久的要求得不到满足,他就会使出这个杀手锏,至他于死地,让他一败涂地,身败名裂,一丝儿回旋的余地也没有。

如今慢慢想来,这事儿,一始就是李永久下的套。为什么请吃请喝只请他?为什么非要在"桂花阁"里请?为什么仅由周薇作陪,且让她直接给自己打电话,分明是故意钓自己上钩。为什么李永久中途离开?有意给他留下空间。凡此种种,都充满了疑点。自己咋不过过脑子,昏头昏脑地就朝里面钻呢?

对李永久的中途退场,杨兵还是有些疑虑的,"一夜情"后的第二天晚上,他给公安局长打电话,要他查查李永久所在的"桃园小区"附近,头晚是否发生打架斗殴的治安案件。不一会儿,公安局长回电说,他问了桃园派出所所长,昨晚该辖区平安无事。杨兵大吃一惊,是么,没人打架斗殴啊?是的,没有啊!公安局长感觉到了杨兵语调的变化,有些诧异,难道市长希望有人打架斗殴?愣了愣,关切地问,怎么啦?杨市,没什么事儿吧?没事儿,没事儿。杨兵连忙否认,我就随便问问,辛苦你啦!呵呵!遂摁断了电话。从那时候,杨兵就有些惴惴不安了。不过,转念一想,他又心存侥幸,瓜州这么大,李永久的儿子就非要在辖区闹事,他长着脚,就不会跑到别的地方惹是生非?于是乎,也就慢慢释然了。

岂料,事隔三天,周薇的来电,仿佛一把利剑,将杨兵一厢情愿的美妙幻想,瞬间击得粉碎。

图穷匕首现。

李永久已通过周薇,向他摊牌。期限:七天。

然而,要摆平这事儿,让李永久如愿以偿,还真是挺有难度,并不像他们想象的那么简单。好像当上市长,就可上九天揽月,下五洋捉鳖,为所欲为。殊不知,自古衙门深似海,身在官场不由人。就算是身居老大,你也得平衡平衡上下左右的关系,照顾照顾同僚下级的感受吧,一味地横冲直撞,一意孤行,无异于给自己下套掘墓,一有风吹草动,交椅下的地基,就会晃动,甚至将你屁股下面的交椅,无情地掀翻。

杨兵很清楚,要实现自己的意志,搞定两个人是关键。一个是常务副市长张家才,再就是环保局局长任杰。前者属于班子成员,后者是下属职能部门头头。也就是说,讨论决定永久化工是否恢复生产时,自己的主张,首先须得到绝大多数班子成员的支持,才能形成决议。而六七个副市长中,常务副市长张家才的态度,举足轻重,颇具影响力。这除了张家才所处的地位,更在于他身为瓜州土著,在瓜州政坛经营多年,根基牢实,触须深厚,一旦他意见相左,势必影响一些人的取向。杨兵空降瓜州后,就曾听说过民间拥戴张家才做市长的呼声很高,似乎自己有横刀夺爱之嫌。张家才呢,表面不动声色,甚至有些谦恭,但他有时感到,他们步调不是很协调,甚至暗中受到掣肘。当然,换位思考,杨兵觉得,假如自己是张家才,也会有怨气的,甚至更大,谁叫你搅了别人的好事呢?因此,共事这些年,只要不是太大,或者不能让步的问题,他常给张家才尝点儿甜头,照顾一下情绪。张家才呢,也拿捏得比较得体,见好就收,并没什么非分的要求和做法。总体上,他们相处得还算过得去,正副职,原本就是一对矛盾,有点摩摩擦擦,也是常事,可并没真正红过脸。然而,永久化工的铬渣污染事件,闹得沸沸扬扬,仿佛捅了马蜂窝,上上下下,都睁眉鼓眼盯着哩。本来,这个项目上马时,很多瓜州土著就颇有异议,说什么宁要绿水青山,不要金山银山。污染的事儿一出,这不,应验了吧?那么,身为瓜州土著的张家才,会不会和自己尿到一起呢?有时候,他也觉得这些人的想法不无道理,土地污染了,水源污染了,拥有再多的钞票,有什么用,喝空气啊,空气也有毒哩。可身为市长,他得盯着 GDP 啊,许多时候,官员的政绩,就是靠这玩意儿说话的。何况,既是空降,他不可能在瓜州待一辈子,时机成熟,拍拍屁股,走人。揩屁股的事儿,自有继任者,没必要管那么多。

至于任杰,下属部门的头儿,按理,应该说一不二,令行禁止。可任杰这人,原本就一根筋,倔。惹毛了,他可以面对面地跟你叫板,让你下不来台。更重要的是,环境保护是一门科学,那些五花八门的化验数据,七七八八的检查,门外汉丈二和尚,摸不着头脑。信口雌黄,轻则闹洋相,重则决策失误,到头来,吃不了兜着走,反倒弄得自己很被动。因此,你得洗耳恭听,做出一副尊重科学,尊重专家的姿态,绝不是行政命令所能奏效的。而任杰会不会按照自己的意愿行事? 难! 倘若他照章办事,一点通融的余地也没有,事情就棘手了。据他所知,永久虽然停产了,也装模作样地搞了些整顿,但环保设施陈旧老化,往往是避重就轻,打马虎眼了事,过去是这样,这次肯定也不例外。一句话,舍不得掏银子搞环保,认为花的是冤枉钱,巴不得一毛不拔。

事情明摆着,倘若李永久的整顿经得起职能部门的检验,他也不用处心积虑出此狠招,置自己于绝境了。

更致命的是,打永久化工筹备伊始,杨兵就和李永久有了银子的牵扯,自觉或不自觉地,上了贼船。他们的那些幕后交易,保不准,李永久都留下了证据。一旦反目,必然和盘托出,那将是灭顶之灾。

杨兵不禁毛骨悚然。

还有块更难啃的硬骨头,那就是转弯塘村老支书吴尔金。这老头,倔得像头老黄牯,低着头,扬着角,四蹄紧绷,为转弯塘重现所谓碧水蓝天,不管不顾,一个劲儿朝前冲。这些年,从来没停止过上访的脚步。这回,永久非法倾倒铬渣,闹得惊天动地,他能闲着? 当下,各级政府的工作,虽然千头万绪,但维稳,是重中之重,一票否决。倘若,这老头趁此机会,闹出点什么群体事件,岂不是雪上加霜? 不行,这事儿,得有所防备,得给镇里的书记打电话,提醒他们,多长只眼睛,死死地盯着,千万不能再出乱子啊。

杨兵长长地叹了一口气,沮丧极了。

想到打电话,杨兵蓦然回过神来,自己的两部手机,全都关机了呢,心里一惊,赶紧翻起身来,将两部手机,相继打开。

市里有规定,市直机关,乡镇副科级以上领导干部,一定要 24 小时开机,以保持正常通讯联络,违者,或造成重大失误,将严肃查处。倘在关机这段时间,市里有什么突发事件,找不到自己,岂不是又自寻烦恼?

杨兵曾在网上看到这样的说法,说做官这行道,看起来风光无限,吃香喝辣,其实是高危职业,弄不好,就会人仰马翻,甚至锒铛入狱。其中,尤以县委书记、县长这样的"土皇帝",处于高危顶端。因为他们虽独占一壑之水,天马行空,呼风唤雨,可也处处暗藏地雷陷阱,稍有不慎,就会名裂身败。想想眼下自己的处境,杨兵觉得此言不虚,倘处置不当,就会有牢狱之灾。

打开手机一看,还好,除市招商局艾副局长一个未接电话,没别的来电,杨兵悬着的心,稍稍放下了些。

要不要给这女人回电,杨兵有些踌躇。

艾副局长名叫艾美丽,在瓜州市招商局三个副局长中,排名第二。这女人长得不算漂亮,但耐看。一米六几的海拔,不高不矮。虽年近不惑,却不胖不瘦,没一点儿多余的赘肉。身上每一个部件,都安装得恰到好处,很是协调,该挺的地方,毫不含糊地挺拔,该凹的地方,大刀阔斧地收敛。浑身上下,像个熟透的红苹果,散发着成熟女人的风韵。最撩人的是,艾副局长有双会说话的大眼睛,忽闪忽闪,仿佛一不小心,就会把男人钩了去。且性格开朗,说话风趣幽默,时不时地,频频放电,和你开些不咸不淡的玩笑,弄得你想入非非。可你一旦认真了上心了,便立即切断电源,陡然甩给你一副冷若冰霜的脸子,搞得你云里雾里,傻愣愣找不着北。

有一年,省里开招商引资洽谈会,杨兵带着招商局,经贸局等一干人马,前往参加。其中,就有艾美丽。

那是杨兵和艾美丽第一次照面。

有人介绍说,杨市,这是招商局的艾局长,艾美丽。

哦,你好!杨兵认真看了一眼,长得蛮有味道,于是主动握着艾美丽的手说,艾局,很高兴认识你。

你好!杨市,我倒是认识你,不止一次听过你作报告。艾美丽快人快语地说,不过,纠正一下,我局长前面,得加个副字。

呵呵呵!是么?杨兵禁不住笑了,这女人还真与众不同。通常,人们介绍职务时,比较忌讳副字,副局长叫作局长,副市长叫作市长,被介绍者呢,也心安理得地默认,并不强调"副"字,也不纠正。很少见谁,像眼前这女人这样较真。顿了顿,打趣说,先副后正,客观规律,谁一开始,就是正的啊。

那是那是,万丈高楼平地起嘛!艾美丽嘻嘻笑,顺水推舟地说,那以后,拜托杨市多多关照哦。

呵呵!杨兵打哈哈,好说,好说。

上了车,杨兵没话找话,说艾局啊,你这姓氏,好玩着哩。

怎么好玩呀?艾美丽呵呵笑,请杨市不吝赐教。

你看吧!杨兵笑着说,就说这称谓吧,年轻时,叫你小艾,年纪大了,叫你老艾。多爽啊!顿了顿,又说,叫职务呢,艾局长,听起来,多舒坦呀!呵呵呵!

是哈!车上的人都起哄,异口同声地喊:艾(爱)局长!叫罢,一个个坏坏地笑。

是哩!艾美丽脸一红,不经意间,意味深长地向杨兵飞了个媚眼,笑着打趣,光嘴上喊有什么用,落实在行动上,才叫艾(爱)局长啊!

大伙儿又是一顿笑。

杨兵心里蓦然一动。也跟着笑。

招商洽谈会后,杨兵与艾美丽也时而见面,但都礼节性的打打招呼,或者开开不痛不痒的玩笑,并无深入发展。

年初,为落实省里推进工业化,城镇化部署,推动瓜州跨越发展,市属三个工业园区相继问世,规格为副县(处)级。原招商局局长荣幸高就,调任白水河工业园区管委会主任。市里指定排名第一的副局长,暂时主持市招商局工作。也就是从这时候起,每当遭遇艾美丽,杨兵发现她总是频频放电。最近,一连在晚间打了好几个电话,说要给他汇报工作。艾美丽主动示好,意欲投怀送抱,杨兵自然心知肚明。当然,也知道其用意何在。可人事任免,通常是一把手说了算,尤其招商局这样的肥缺,多少人眼珠子瞪得圆圆的盯着呢。自己虽然主持市委工作,说白了,不过是维持会长而已,市里的人事任免,基本处于冻结状态。没有陈若虹书记授权,他是不可能擅自召开常委会,讨论人事任免的。倘若接了艾美丽的招,又不能让她如愿以偿,这女人岂是省油的灯。因此,杨兵总与艾美丽虚与委蛇,不接招。可艾美丽却不屈不挠,一个劲儿打电话。杨兵想,既然你坚定不移地要献身,我也就见货当行得了。虽然不敢打包票,可招商局乃麾下部门,推荐个局长人选,要通过,也没太大问题。于是,欣然接受艾美丽今晚前来汇报工作的请求,没承想,周薇一个电话,搅了他的好事不说,还弄得兴味索然,心情灰暗。

正遐想,杨兵的私密手机响起歌声,他拎起看,是艾美丽的来电。

喂!杨兵慢条斯理地问,我杨兵,哪位?

呵呵!是杨市吧,我小艾啊。艾美丽嗔怪道,打了你好几个电话,都关机,在哪儿潇洒啊,无影无踪的。

哦,哦哦,对不起! 杨兵没心情跟艾美丽调侃,愣了愣,撒了个谎,潇什么洒哦,我在省城,家里有点急事儿,下午回来的。

这样啊! 艾美丽一听杨兵没等候自己,顿时便泄了气,酸哩吧唧地说,小别胜新婚哈,不好意思,不好意思,没搅你的好事吧,哈哈哈!

没有,没有,杨兵说,哪样新婚哦,老夫老妻的,左手拉右手,早没感觉喽!顿了顿,赶紧挂免战牌,这样吧,艾局,我还有点事儿,回来我再跟你联系,如何?

好,好好! 艾美丽咯咯咯笑,那好吧,随时听从市长召唤。拜拜!

拜! 杨兵应了一声,摁断了电话。

打完电话,杨兵顿感身心疲惫,烦躁不安,什么事儿也没法做。草草地洗漱,便上了床。可辗转反侧,却怎么也睡不着。刚才艾美丽的打趣,让他蓦然想起,成天穷忙,又有好久没回家了。虽然,妻子的身姿不再阿娜,岁月的风霜,无情地在她原本白皙的脸庞上,镌刻了难以抹掉的印迹,身上呢,也无可奈何地堆起了三道泳圈似的赘肉,可他们毕竟相爱过,结发夫妻啊。还有,春笋般朝气蓬勃的女儿,更需要父爱的阳光雨露呢。家,一个多么温馨的字眼,那里,才是他遮风避雨的港湾啊。

蓦地,杨兵心里不由得升起一股久违的歉疚。

时至子夜,杨兵仍睡意全无,明天还得下乡镇呢,没有充足的体力,怎么工作啊。无奈,他想起自己的催眠术——听萨克斯。

每当难以入眠,杨兵都会听萨克斯,尤其喜欢美国演奏家肯尼·金的演奏。

萨克斯悠扬清亮,柔和醇美,极富穿透力的天籁之音,常常让他不知不觉地忘掉尘世的烦恼,安然入眠。《夜莺》《伴我一生》《回家》《茉莉花》之类脍炙人口的曲子,百听不厌,效果奇特。其中,《回家》这首乐曲,更是把缥缈缠绵的乡情,演绎得淋漓尽致。萨克斯光可照人的质感,回味无穷的音效性,毫无保留地在乐曲中再现出来,具有美丽、清秀、无杂的超空间立体感。莎鼓、金锤等重金属的敲击声,细腻刚硬,延伸悠远,给人以美妙的遐想和无穷的向往。

杨兵随手摁下床头边的音响开关,找到肯尼·金《回家》。

稍倾,曼妙动听的音符,水一般在房间里弥漫流淌,听着听着,仿佛腾云驾雾,晃晃悠悠地,向省城飘然而去……

第十五章

从省城开会回来的第二天晚上,任杰正在客厅看电视,搁茶几上的手机突然响起彩铃,拎起来一看,是瓜州市一中校长、老同学郭晓东打来的。

喂! 晓东啊。任杰笑着说,什么指示啊?

岂敢岂敢,任大局长,郭晓东打着呵呵,恭喜你啊,老同学。

算了吧,校座,别拿兄弟开涮好不? 任杰没好气地说,铬渣污染事件后,我忙得脚板皮都翻转过来,成天愁眉苦脸,喜从何来?

呵呵,任大局长,装吧,你就接着装吧! 郭晓东一顿数落,出了事,说明你环保局长的工作,没做好,跑断了腿,何该? 再说啦,你就是叫苦表功,也走错了门儿,应该找书记市长去,跟我这个"孩子王"唠叨,卵用不起,呵呵呵!

好你个"郭大炮",任杰佯装愤怒,哪壶不开提哪壶,成心挤兑我是吧!

哈哈哈! 郭晓东好一顿笑。

郭晓东是任杰中学同学,长任杰两岁,毕业于省师大数学系。这人原本脑瓜灵活好使,系统地学了四年数学,头脑愈发精明了。大学毕业后,郭晓东在乡镇中学教书,后当教导主任,副校长,校长,教学和管理,都是一把好手。但为让即将发蒙的孩子,能读上好学校,申请调瓜州市一中任教。当时,教育局和人事部门,乃至市一中公开的意见是:调动可以考虑,但不能安排职务。不便启齿的理由是,乡镇中学校长,也就股级干部,在市里领导干部系列中,根本不算一盘菜。瓜州市一中,正经八百的科(局)级单位,不可能给他安排职务。教导主任,总务主任什么的,倒是与郭晓东的官衔对等,可一个萝卜,一个坑,早就塞得满满当当,砍掉一棵,惊动一林,把谁挪开,都不容易。再说啦,你郭晓东在乡镇中学有口皆碑不假,可在瓜州一中,谁看到你三拳两脚?没啥贡献嘛!总不能一落座,就给你戴乌纱帽吧,下面的教职员工,谁服气呀?为这事儿,郭晓东挺纠结,没少和任杰嘀咕。后来,任杰有点火了,没好气地抢白,我知道,你那校长官虽不大,可你没少努力,没少花心思。可甘蔗没有两头甜,有得有失。你的目的,是为孩子受到良好教育,不要输在起跑线上,只要达到这个目的,我看,别的都可忽略不计。什么都算得丝丝入扣,天下哪有这等美事。再说,是金子,扔到哪儿,都会闪光,凭你的学识能力,肯定可以东山再起,说不定,官会做得更大哩。

听了任杰一番推心置腹的忠告,郭晓东舍去了头上那顶小小的乌纱帽,义无反顾地调到瓜州市一中任教。

郭晓东到市一中后,短短七八年间,从普通数学教师做起,先是教研组长、教导主任,副校长,最终坐上了校长宝座,成为瓜州市"高等学府"一言九鼎的知名人士,验证了当初任杰是金子总会闪光的预言。

郭晓东性格开朗,疾恶如仇,喜欢打抱不平。打当上副校长,就成了瓜州市政协委员,任校长后,又当选市人大代表。可不管是当政协委员,还是人大代表,他都喜欢"放炮",让有的领导如坐针毡,可又奈何不得。因为郭晓东放的,不是空炮瞎炮,也不胡乱放炮。他几乎弹无虚发,全都击中瓜州当下沉疴顽症,促使好几个关乎民生的"老大难",得到了解决,在民间,具有挺高的威望。

因此,有人暗里送了郭晓东一个雅号:"郭大炮"。

郭晓东听了,非但不恼,反倒挺自豪地说,好啊,这是褒奖呢!我就是要做一门大伙喜欢的大炮,看准了,就开火。呵呵呵!

因为郭晓东的性格,加之两人掏心掏肺的交往,任杰和郭晓东的关系,比一般同学,要铁得多。说话直言不讳,口无遮拦,谁也不计较。

笑够了没?郭大炮!任杰愣了好一阵,从往事中回过神来,你老兄打电话,不会就为这一顿笑吧?

那是,那是。郭晓东赶紧声明,前天看省电视台新闻,看到了兄弟的光辉形象。祝贺兄弟论文在省里获奖哈,记倒哪天请我喝酒哦。顿了顿,又嘻嘻地说,坐在你旁边那个美女,好像是你们环保局的嘛,怎么?带小蜜啦!呵呵呵,看你们情深深雨濛濛的样子,兄弟不艳福浅啊!

　　郭大炮,我警告你哈,这种炮,不是随便能开的哦! 任杰心里一惊,心想,是不是自己和焦艳忘乎所以,情形于色了,这事要张扬开去,可不是闹着玩儿的,于是正色说,那是我们局办公室主任,那篇论文是我们俩,共同完成的,所以一起去开会,你胡扯什么呀! 真是的。

　　这样啊! 郭晓东哈哈笑,说,你紧张什么呀? 这事儿,也就咱哥俩解解嘴馋,你当我傻呀,没事儿,哥不眼热,继续努力,呵呵呵。顿了顿,又强调道,我知道,美女不像美酒,可以分享,兄弟自个儿好自为之,慢慢消受好了。

　　你到底有事没? 任杰不想和郭晓东纠缠,通牒道,没事我挂了哈。

　　别,别,别。郭晓东听任杰要挂机,急火火地说,别呀,还有正事没说哩。

　　你除了念歪经,任杰说,还有嘛正事?

　　你欠我的账,还没还呀! 郭晓东说,耍赖皮是吧?

　　我欠你什么账? 任杰有点懵,咱俩亲兄弟,明算账,水清米白,哪来的账啊?

　　哈哈哈! 郭晓东大笑,被哥绕晕,还是装糊涂呀? 你答应"6.5"来我们学校作环保报告,铬渣污染的事儿一出,就撇下了,大局长健忘,我可是记得哟。

　　哦哦,这事呀! 任杰恍然大悟,笑了笑说,还真让你绕晕了,是有这笔账呢。顿了顿,接着说,你们好久有时间,我来还吧!

　　我看就这个周末吧! 郭晓东说,麻子打哈欠——全部动员(圆),我组织高中部和全校教职员工,聆听任大局长精彩演讲。就讲你拿奖的那个主题好不,老子哲学与现代环保。

　　好。好。遵命。就按你的意思讲吧! 任杰打趣道,出场费怎么算啊,可不能白讲哦。

　　得。还出场费哩,以为你是明星大腕啊! 郭晓东调侃,有人愿意听,你就烧高香吧。顿了顿,说,不过,晚上撮一顿,整几杯,必须的。可我告诉你,别照本宣科,得整生动点哈。这餐饭,可不是那么好吃的哦。

　　行了,知道了。任杰说,就这么的,保准你不吃亏。

　　还有,郭晓东说,既然你那劳什子与美女合作,把她也邀约来呀,哥们儿也顺便,饱饱眼福嘛。

　　好了,好了,再说吧! 任杰听郭晓东又提这档子事儿,不耐烦地说,没事我挂了哈,拜拜!

　　拜! 郭晓东听任杰不愿扯闲篇,说,那好吧,周末见哈。

好！任杰回应道，周末见。随即挂了电话。

接完电话，任杰愣愣地坐在沙发上，入定似的。

怎么啦？老婆从里屋出来，打趣道，这几天咋个神神道道的，瞧你傻愣愣的样儿，该不会是郭大炮一通轰炸，把你的魂轰丢了吧？哪里哦！任杰支吾道，工作上的事儿，有点烦人哩！这就好。老婆说，工作上的事儿，慢慢解决，愁有嘛用。顿了顿，警告道，你要给老娘弄出什么花脚乌龟来，我可饶不了你。瞧你说的。任杰吃了一惊，愣怔片刻，说，你看我这老实巴交的样子，哪个女人看得上眼，想整点花脚乌龟，也不容易哩！老实？老九家哥是吧？老婆不依不饶，男人有几个好东西，不都吃着碗里的，盯着锅里的呀！好好好！任杰无心恋战，赶紧撤退，男人都不是好东西，行了吧？可我就不明白，既然男人都不是好东西，你还找男人干吗呀？干吗，老婆气哼哼地说，犯贱呗！呵呵！任杰一阵解嘲似的干笑，说，那不就结了，周瑜打黄盖，愿打愿挨。哼！德性。老婆翻翻白眼，不再言语了。

然而，老婆看似不经意的牢骚，包括此前郭晓东善意的调侃，无意中触痛了任杰的敏感神经，让他久久难以平静。

从省城开会回来，任杰仍旧处于亢奋和忐忑之中。亢奋的是，对焦艳多年的暗恋，终于梦想成真；忐忑的是，他做梦也没想到，情人谷那个缠绵悱恻的夜晚，居然是她的初夜。

真是太不可思议了。

那晚，看到焦艳发来的短信，任杰欣喜若狂，轻车熟路地摸到焦艳房门前，门没关，虚掩着，轻轻一推，开了。

屋里没开顶灯。

席梦思的床头灯亮着，橘黄色的灯光，呈扇形氤氲散开，宽大的席梦思，沐浴在温馨的光影里，迷蒙而暧昧。任杰进去的时候，焦艳脸颊嫣红，斜斜地依在床头，下半身盖着一张薄薄的毛巾被，隐隐约约地露出起伏凸凹。上身什么也没穿，藕荷色的乳罩，褪在了枕头边，高耸的乳房颤颤巍巍，仿佛展翅欲飞的两只白鸽。一双撩人的凤眼，流光溢彩，间或，忽闪忽闪地飘出一束束炽烈的欲火，勾魂慑魄……

仿佛过了一万年，他们才飘飘欲仙地降落现实。

焦艳随手从身下抽出一沓纸巾，上面赫然绽放一朵硕大的红梅。

凝视着眼前的一片梅红,任杰不禁愣住了。

当下是个开放的年代,七八岁的学生娃娃,都知道要和这个好,不和那个好。早恋,或者性,不再那么神秘兮兮,许多姑娘,早不把上床当回事儿。听说,在大学校园周边,相恋的男女生开房租房,司空见惯,已不是什么新闻。网上曾曝料,有的大学,甚至公开支持在校大学生谈恋爱。也就是说,恋爱阶段发生性行为,已成常态,不足为奇。相反,只谈恋爱而没有性,反倒让人奇怪了。女人无所谓,男人当然求之不得。有人曾就此作过调查,得出的数据是:5%的男人当天或者第二天,就和女友发生关系。动作之快,让许多"老保"汗颜;仅有5%的男人,婚后才和妻子发生性关系,实乃凤毛麟角。除了这两个百分之五,其余的,都或早或晚,婚前和女友发生过性关系。

印象中,焦艳不仅象牙塔历练四年,工作后,也处过好几个男朋友。其中一个小伙子,曾来过局里,高高大大的,听说到了谈婚论嫁的地步。后来,不知为什么,黄了。可一个28岁的大姑娘,沐浴这么多年人生风雨,见识过许许多多或优秀或平常的男人,居然守身如玉,就是一朵奇葩了。问题是,焦艳如此坚守,为何?该不会是为他这个年过半百的老头子吧。想到这里,任杰不禁有种负疚感。是的,他想得到焦艳,可他万万没想到,自己会是焦艳的拓荒者,也绝不奢望,焦艳会把初夜,奉献给他。可当这一切梦想成真,欣喜之余,他陡然感到了前所未有的压力。任杰觉得,骨子里,自己是个有责任感的男人,潜意识里,不无传统的东西。既然破了人家的处,就得有个交代。那么,扪心自问,自己能给焦艳什么交待呢?职务,似乎可以争取,但自己说了,并不算数;婚姻,不可能,年龄悬殊不消说,家里那只母老虎,岂是省油的灯?不把天捅出窟窿才怪。再说,焦艳也不一定答应嫁给自己,自作多情而已。

想什么呢?焦艳见任杰半天没吱声,笑了笑,说,没想到是吧!

没想到,真的没想到。任杰语无伦次地说,没想到你的初、初夜,居然给了我,没想到我是你的第一个。真、真的,我有种负疚感,觉得对、对不起你,真的!

不用说对不起,没谁强迫谁,两相情愿,男欢女爱。焦艳眼里有些湿润,愣了愣,慢条斯理地说,都哪样年代了,还第一次,第二次,有多少差别呢?俗!顿了顿,又说,当然,你已经知道了,虽然我观念开放,但并不是随便的人,如果是,冠军早就是别的人了。我知道,这些年,你对我关照有加,你想得到什么,我心里,明镜似的。但我一直坚守,坚守最后一道防线。坦率地说,今晚,情人谷这个温馨曼妙的夏夜,我之所以心甘情愿地放弃坚守,除了对你过往的感激,更重要的是,我想得到更多。至于我想得到什么,你心里肯定也明镜似的。我想,你不会让我失望的,是吧?

那是那是。任杰一听焦艳并不需要他做出婚姻承诺,顿感轻松不少,遂郑重其事地说,我当然知道你需要什么。那事儿,竞争激烈,但请相信我,我会竭尽全力。顿了顿,在焦艳的乳头上轻轻地拧了拧,说,这样吧,回去看看,如果地区的文件下发了,我马上向市委组织部打报告,正儿八经地推荐你任副局长,好不?

嗯!焦艳高兴地点点头,说,我相信你。

任杰一把将焦艳搂入怀中,随即腾出一只手,不停地在她腋下咯吱,焦艳忍不住,咯咯咯笑,赤条条的身子,弯成一张弓,夸张地叫,哎哟,好坏哦,弄得人,心痒痒的。

呵呵呵!任杰一边笑,一边说,就坏,就要坏。一边翻过身来,又打开了那张凝脂般的弓……

可回局里一查看,地区的相关文件还没下发。顿时,焦艳脸上便写满了失望。任杰见状,只得尽量安慰她,会下的,许多东西,都有个过程哩,宝贝儿!焦艳苦笑,说,也许吧,可谁知这过程,要拖多久呢?到了手,才是真的。这,这个。任杰愣了半晌,说,不管拖多久,这个位子非你莫性属。焦艳又是一阵苦笑,说,但愿吧!

更要命的是,任杰感觉到,刘立本等几个下属,知道任杰对焦艳情有独钟,便避开他,另辟蹊径,一个个虎视眈眈,志在必得。这年头,人际关系盘根错节,错综复杂,可谓猫有猫路,狗有狗路,你中有我,我中有你,谁知道,他们会搬动哪一尊菩萨呢?虽然自己可以竭力推荐,却无权决定。倘若让焦艳失望,他如何面对?

任杰感到压力愈发大了。

因此,这两天,任杰都有意识地回避焦艳,能不照面,尽量不照面,弄得自己很郁闷,焦艳似乎也不快乐。刚才,郭晓东把还债的球踢了过来,并说邀请焦艳一起去,何不借此机会,一起出去,热乎热乎,稳住阵脚。民间四项基本原则说:女人基本靠哄。冷淡的时间长了,出了乱子,就更不好收拾了。再有,郭大炮声称不要照本宣科。那就得把论文打几百份，先发给与会者，演讲时，采取问答互动，甚至讨论的形式进行，就生动活泼了。可打印稿子的事儿，得焦艳安排和操办呢。

翌日，刚上班，任杰看焦艳办公室没人，便走进去，说了准备去瓜州市一中作环保演讲的事儿，并要她安排，打印500份演讲稿。

就打印我们参加省里生态文明研讨会的稿子。任杰强调，届时，我们一起去。

打印稿子没问题，我这就安排。焦艳面无表情地说，至于演讲，你自个儿去吧！

怎么啦？任杰大惑不解，说，生气啦！

生嘛气哦！焦艳说，总不能两人一起讲吧。顿了顿，嘴巴一撇，嗔怪道，这两天影子都看不到，忙得很啊？

呵呵呵！原来为这啊。任杰一副恍然大悟的样子，撒谎说，别生气，这两天家里碰到些破事儿。稍倾，又说，愁眉苦脸地面对你，于心不忍，我得对你负责啊，宝贝儿！

这还差不多。任杰一声宝贝儿，叫得焦艳心里痒痒的，所有的不快，顿时烟消云散，笑了笑，说，不过，今后有嘛事儿，要跟我说，一起分担嘛！你愁眉苦脸的，我能开心啊？

好，好好！任杰趋前一步，在焦艳脸上亲了一口，嘻嘻地笑，真乖！

别闹。焦艳慌乱地向门口瞅了一眼，制止道，门开着哩！

呵呵！任杰说，胆大妄为哈。我这就走，就走。

去吧，去吧。盯着任杰离去的背景，焦艳笑着嗔骂，真讨厌！

挨了焦艳的骂，任杰心里反倒乐滋滋的，心说，这女人一旦跟你上了床，还真是好哄呢。

晃眼便到了周末，任杰带着焦艳，如约来到瓜州市一中作环保演讲，郭晓东率领几位校领导，亲自到校门口迎接。

欢迎！欢迎！郭晓东首先迎上来，握着任杰的手说，欢迎郭局长光临指导！

谢谢！郭校客气啦。公开场合，任杰当然也得绷着，周吴郑王地回应道，给你们添麻烦了。

麻哪样烦哦！郭晓东热情洋溢地说，请都请不来哩。顿了顿，看着任杰身旁的焦艳,没等任杰介绍,便问,如果我猜得不错,这位美女,就是焦主任吧?

我焦艳。焦艳握着郭晓东伸过来的手,笑着回答,郭校长好!

好!郭晓东仿佛不经意地在任杰和焦艳的脸上晃悠一圈,说,都好。呵呵呵。

接下来,任杰和焦艳与几个副校长一一握手,互致问候。

演讲在一中教学大楼五楼小礼堂举行,任杰和焦艳在郭晓东等校领导陪同下来到会场时,座无虚席,黑压压一片,看上去足有七八百人。

郭晓东作了开场白,任杰便登台演讲。

各位老师,各位同学,下午好!

我今天演讲的题目是:《老子哲学思想与生态文明建设刍议》。

此前,已将打印稿发给大家,想必大多数老师和同学,已粗略浏览。所以,我今天的演讲,不照本宣科。主要就我对老子哲学思想与现代环保,抑或生态文明的渊源和关系,作一个提纲挈领的简要介绍,抛砖引玉。以期有更多的时间,与大家互动,欢迎提问,共同探讨。大家说,好不好?

好!台下响起热烈掌声。

谢谢大家!待掌声平息,任杰继续说,众所周知,生活于春秋时期楚国苦县的老子,又称老聃,李耳,是我国古代伟大的哲学家和思想家。他对后世影响最大的著作《道德经》(又称《老子》),开创了我国哲学思想的先河。其精华,是朴素的辩证法,主张无为而治。数千年来,谜书一样的《道德经》,虽然仅仅五千言,却涵盖了许多妙意,告诉了我们许多法则,让后人有说不尽道不完的话语空间。其阐述的道的精要,迄今,我们未必全都理解。一句话,《道德经》对我们政治、经济、文化,都产生了不可估量的深远影响。别的不说,就环境、生态而言,老子的许多经典论述,比如,"天人和谐",即"天人合一","天人一体";还有"道法自然";"知和"、"知常"、"知足"、"知止"等等,都包涵了深邃的环保理念,具有很强的现实性和指导性。可以说,现代人,尤其环保工作者,老子的《道德经》,是不可多得的必读之书,是具世界性的理论武器。要树立环保理念,要做好环境保护工作,必须先学《老子》;学好《老子》,就能拯救我们生命的摇篮——地球。

又是一阵热烈的掌声。

下面,我愿意回答大家的提问,共同探讨老子与现代环保理念的关系。

倏地，立起一片手的树林。

那位同学，任杰随手一指，请讲。

请问任局长，天人和谐怎么理解？我们应该怎么做？

答：大家知道，已经过去的 20 世纪，是一个飞速发展的时代。可又是一个人类遭受深重灾难的世纪。科学技术的发展，无疑造福人类，但也破坏了自然，破坏了人与自然的和谐。100 多年来，我们的环境遭到惨重破坏，臭氧层变薄、空气污染、植被减少、土地荒漠化等等。总而言之，生态环境问题，已经严重威胁人类的生存和发展。

面对令人忧虑的生态环境，人类不得不重新反思"人与自然的关系"。于是，我们蓦然发现，我们的先贤老子，早在两千多年前，就有了精辟的论述，只不过，相当长一段历史时期，被我们有意无意地忽略了。它，就是老子《道德经》中提出的"天人和谐"。毫无疑问，老子这个观点，或者理论，让我们获得了解决生态环境问题的智慧和启示。

如何处理人与自然的关系？老子崇尚人与自然和谐相处。他认为：人是自然界，即天地万物的一部分。人的一切行为，都要顺应自然，也就是遵循自然规律，"天人和谐"。纵观历史，最早系统地提出顺应自然环境的，就是老子。可见，所谓"天人和谐"，实际上就是"天人一体"，或者"天人合一"。即人与天地（自然界），成为一个和谐统一的有机整体，而不是人与天地（自然界）相分离，甚至相对立。我们只有认识到人与自然必须和谐统一，并在与自然相处时，顺应和遵循自然规律，才能实现人与自然的和谐，从而维护生态平衡和保护自然环境，实现可持续发展。

问：道法自然对环境保护生态建设有什么意义？怎么理解老子所说的"无为"？

答：我们知道，老子哲学的核心，是崇尚自然。因此，老子的"道"，又可称之"自然"之"道"。自然之道，是老子思想体系的核心，也是道教思想体系的核心。

老子认为，世间万物，都是"道"化所生。正如老子在《道德经》第 42 章中所说："道生一，一生二，二生三，三生万物"。就是说，我们所见的万物，与人类都是同一本源。所谓"万物同源"，或"天人同源"。正因为人类与自然界万物同源，老子认为，人类应该尊重自然界万物。他在《道德经》第 25 章指出："故道大，天大，地大，人亦大。域中有四大，而人居其一焉。人法地，地法天，天法道，道法自然"。即是说，世界是由道、天、地、人，共同组成的。其有三个必备的要素：天、地、人。因此，人类要尊重天地（自然界），千万不要以为自己是"万物之灵"，妄自尊大。虽说"域中有四大，人居其焉"，但整个生态系统中，人类只是其中之一员，并位居天地之后，"四大"之末。所以，我们要清醒地认识到，人类不是大自然的"主宰者"，或者"统治者"，而是自然家庭中的一员，人类应当尊重自然，热爱自然和保护自然，和谐相处。因为人与自然的关系，是一种"生命维系"。人和自然生态，都是"生命存在体"。一方面，自然生态具有自身不断进化的生命过程；另一方面，人作为客观现实世界一员，其生命状态与自然生态的生命状态，有着不可分割的联系，自然生态的死亡，必然导致人类生命的衰竭。人与自然，既密不可分，又利害攸关。唇亡，必然齿寒。

通过上面的讲述，我们已经知道，老子哲学思想的核心是"自然"。老子的所谓"无为"，则是从反面角度来诠释"自然"。即是说，"自然"和"无为"，实际是一个意思。所不同的是，"自然"是从正面说，"无为"，是从反面说。老子提倡"自然"、"无为"，认为宇宙万物，都有自己运行的自然规律，人类与之相处时，一切行为，都应当法"道"，遵循其自然规律。一言以蔽之，"道法自然"，亦即"辅万物之自然而不敢为"。这是处理人与自然的关系，实现人与自然和谐相处，即实现"天人和谐"，建设生态文明的一个重要原则。

问：任局长，老子的"四知"怎么理解？它和生态文明建设有何关系？

答：我们前面说了，人与自然要和谐相处，"天人和谐"，且"道法自然"，但在此前提下，还应当做到"知和"、"知常"、"知足"、"知止"，也就是刚才这个同学所说的"四知"。如果说，老子的"天人和谐"、"道法自然"，讲的是人与自然相处的理论基础，那么，我以为，"四知"讲的，则是如何与自然相处的具体方法，有较强的指导性和可操作性。

首先说"知和"、"知常"。

我们知道，从老子哲学的角度，和谐状态，是宇宙万物的自然生存状态，也是宇宙万物的理想存在状态。

老子说："道生一，一生二，二生三，三生万物。万物负阴而抱阳，冲气以为和。"这就是说，由"道"所化生的万物，都包含着阴、阳两个相反相成的方面，阴、阳相互作用，达到平衡和谐。因此，老子说："知和曰常"。所谓"和"，指的就是事物对立统一的和谐状态;"常",即常规,指自然规律。并认为"知常曰明"。意思是,掌握事物对立统一,处于和谐状态这种自然规律,叫作明理。

所以,老子叫人知"和",就是要人们知道,对立统一的和谐状态,是一种自然而然的规律,是宇宙万物的自然存在状态,也是理想的存在状态。之所以理想,就是因其"和谐"。

老子要人们"知常",就是要人们知道,一切行为,都要遵循自然规律。反之,如"不知常",就会"妄作",导致"凶"的结果。其原因,就是破坏了平衡和谐,违背了自然规律。

其次,说说"知足"、"知止"。

老子认为:"知足不辱,知止不殆,可以长久"。

可见,"知足"、"知止",主要是如何处理人与自然的关系。要求人类"去甚、去奢、去泰",不能不顾及生态发展规律,以无限掠取自然资源为代价、以破坏生态平衡为代价,换取一时半会的利益。因为,自然界的资源是有限的。作为人类社会发展基础和前提的自然资源,人类不能无止境地任意掠夺,而需要精心地保护和珍惜,创造和形成一个和谐的生态平衡的环境。

大家知道,与人类生存和发展息息相关的有限资源,有的可以再生,用资金购买,或者用技术替代,但有的不行。所有不可替代的资源中,土壤和水,最重要。无论从当前,还是长远看,耕地和水危机,已成为我国,乃至世界持续发展的最大难题。因此,人类在向自然索取的时候,要有所节制,所谓"知足"、"知止"。只有这样,才能达到"天人和谐"的境界,从而有效地利用自然,合理地改造自然,以保证社会的可持续发展,使人与自然,在和谐的环境中共生共长,让大自然永久地为人类所受益,以求人类自身的长久发展。

应该强调的是,老子《道德经》中,从反面论述了不尊重自然,不按自然规律行事的后果,反对以自己的主观意志,强加于自然和任意地征服自然。为此,老子说:"不知常,妄作,凶"。意思是,如果人类违背自然规律,就会受到惩罚。眼下,由于人类违背自然规律而导致的荒漠化,仍处于扩大趋势,由此带来的耕地减少,草场退化,导致粮食减产,经济收入下降,并时常受到沙尘暴的侵扰。凡此种种,正是老子两千多年前,对"不知常"而"妄作"的惩罚和警告。

因此,我们应该清醒地认识到,自然环境的污染和生态的破坏,给人类造成的灾难,是十分严重的,不堪设想。弄不好,很可能导致生存危机。因为,我们只有一个地球！可以说，自然环境的污染和生态环境的破坏，是人类社会的最大天灾，也是我们在生态文明建设中，必须面对和亟待解决的一道世界性难题。

任杰说完，有意无意地停了一下，端起桌上的茶杯，喝了一口茶，就在他放下杯子的当儿，台下掌声热烈响起。

热烈的掌声强烈地撩拨着任杰的神经，他兴奋异常，成就感油然而生。是啊，老子的环保理念如此深入人心，引起莘莘学子的共鸣，身为环保局长，多惬意的事儿。

还有哪位同学要提问？任杰看鼓掌的时间差不多了，优雅地摆了摆手，示意停止，不经意地看了看左腕上的表，呵呵呵笑着说，还有点时间，请同学们抓紧提问。

台下静悄悄的。没人举手。

任杰有意识地等待了一会儿，还是没人举手提问，间或，有人三三两两地窃窃私语。

那好吧！任杰说，时间差不多了，没人提问，我今天的演讲到此结束，谢谢大……

我有问题。任杰"家"还没来得及出口，坐在右侧后三排位置的一个壮实男生，突然高高地举起手，怯怯地说，我……我想问问任局长。

好！任杰呵呵地笑，说，末班车，请讲！

好，我讲。这学生顿了顿，稳住了情绪，说，任局长，你的演讲和解答，都挺精彩，理论上，无懈可击。可实话实说，听了你的演讲，感觉太空，就像空对空导弹，轰地一炮打过去，轰地一炮打过来，全都在空中爆炸。不接地气哩！

哈哈哈！静寂片刻，会场蓦然炸开一阵哄笑。

这……这……这个。任杰被这突如其来的变故，弄得有点儿懵，愣了愣，定下神来，傻乎乎地问，这位同学，怎样才叫接地气啊？

很简单呀！学生说，理论当然要讲，但作为市环保局局长，更重要的，是要结合瓜州实际。比如，20多天前发生的，轰动一时的非法倾倒铬渣事件，根子在哪里？目前治理整顿进行得如何？今后怎么办？

哦，这个呀！任杰笑了笑说，确实，这次瓜州非法倾倒铬渣导致的环境污染，产生了很大的负面影响。真是好事不出门，坏事传千里呀！事件发生后，市委、市政府十分重视,积极组织人力物力排除污染,做好中毒人员的医疗救治和善后工作。具体的细节,我不便在这里讲,我所能告诉同学们的是,污染已经基本得到控制,相关责任人,已受到处理,或者将要受到处理。肇事的永久化工,已经停产整顿,至今尚未恢复生产。至于根源,主要是企业环保意识薄弱,法制观念不强。其中,当然也有我们环保部门监管不力,工作不扎实等问题。身为瓜州市环保局局长,我对此责无旁贷。在这里,我谨向各位老师、同学,致以深深的歉意,我向大家,鞠躬啦!

哗哗哗!台下响起一阵掌声。

至于今后怎么办?任杰稍作停顿,喝了口茶,继续说,环保局是市政府职能部门,我们可以向市政府提出我们的建议,或者意见,但到底怎么办,我的确表不了态,就是表了态,也算不了数啊。但大家关心的永久化工何去何从的问题,我想,不外乎这么几个趋势。整顿合格,重新开工生产;整顿不合格,继续停产整顿,直至整顿合格;最后一个趋势:搬迁。另选新址,或者干脆关闭。当然,最后一种可能,相对要小些。

我觉得任局长态度挺诚恳,说得也蛮实在。刚才大家鼓掌,就是明证。这学生接茬说,可能许多人不知道,我就是永久化工所在地,金竹镇转弯塘的人。永久化工开办没几年,我们就深受其害,尝到了污染带来的苦果。村子周围空气刺鼻,常常胸闷,喉咙发干。假如测 PM2.5,我想绝对超标,数十倍地超标。流经村旁的一条小河,受到污染后,河中的鱼虾全都死光。地里的苞米,再怎么长,也只有半人高,结出的苞米,像锥子把把,没人敢吃。田里的稻谷扬花后,不会勾头,秋天收获时,几乎都是空壳壳,一大把稻谷,拿在手里,跟棉花一样轻。村里相继有几十人患癌症,其中百分之八十是肺癌,我们转弯塘,成了远近闻名的"癌症村"。我的一个叔叔,就是得肺癌去世的。

学生有些哽咽,眼眶里泪花打转,顿了顿,这才控制住情绪,继续说,多年来,村里人拉钱借米,甚至卖口粮筹措路费,无数次到市里、地区,甚至省里上访,要求永久化工搬迁,能停产,当然最好,但上上下下都踢皮球,你踢给我,我踢给他,踢来踢去,没一个说法靠谱。也许,永久化工给市里创造了丰厚的税收,可我们转弯塘人,却为此付出了惨痛的代价。我想,如果让市委书记,市长,或者你任局长,到我们转弯塘去,待上个一年半载,你们会有什么感受呢?不错,瓜州经济是要发展,可为什么?非要以牺牲我们转弯塘的环境为代价,非要以牺牲转弯塘人的生命为代价呢？难道，我们的生命，就这么贱呀！刚才，任局长说，老子早叫教导我们，"不知常"而"妄作"，就会至"凶"。我们转弯塘的今天，不就是有人"妄作"的恶果么？

学生讲到后来，泪流满面，泣不成声。

仿佛被传染似的，蓦地，一片嘘唏。

任杰认真地听这学生发言，甚至觉得这才叫真正的演讲，讲得比自己精彩，有血有肉，有理有据。看样子，这孩子的年龄，和自己女儿差不多吧，也就十七八岁的样子，道地的90后。女儿衣食无忧，时不时地，还要在自己怀里撒撒娇哩。哪像这孩子，想得如此深透。关注环保，关注民生，知道PM2.5，提出如此鞭辟入里，振聋发聩，令人芒刺在背的问题，真是穷人的孩子，早当家啊！可这样尖锐重大的问题，岂是人微言轻的环保局长所能回答的？就是书记、市长在这里，恐怕也难以给出圆满的答案呢。因为，永久的进退，事关瓜州GDP的升降，事关瓜州经济发展的方向，得集体研究决定，不是某一个人，随随便便，就可以拍胸脯的。

这位同学，说到了点子上，转弯塘的现状，我了解，的确令人堪忧。任杰沉默有倾，稍稍稳定情绪，说，身为环保局长，我真的感到痛心，也很内疚。可永久的去向，是搬迁，还是关闭，抑或再生产，我真的无以对答。或者说，不能给你们一个满意的答案。顿了顿，又说，所以，不好意思，得请同学们谅解，不是我要花腔，用一个外交辞令，真的是，无可奉告！不过，请相信我，在适当的场合，我会亮明我的观点。一句话，我会对得起，一个环保局长的良知。

啪啪啪！台下又一次响起掌声。

任杰觉得喉头发紧，一股咸咸的东西直往上蹿。他硬忍着，定了定神，语调沉重地说，我今天的演讲，就到这里吧，谢谢大家！

任杰演讲和学生提问的时候，郭晓东很认真地听，不住地点头，并一度为任杰能否回答学生诘问而担心，待任杰以他的真实坦诚赢得学生们的掌声，他绷着的神经，这才松弛下来，见任杰离开讲台，赶紧上台主持。

我们今天这个报告会，开得很成功。郭晓东说，任杰局长引经据典，论述了老子哲学思想与现代环保理念的渊源。更重要的是，结合瓜州环保生态的实际，回答了大家的存疑，让我们受益匪浅。各班下去后，要利用班会时间，结合实际进行讨论。我看，可以围绕瓜州环保，从我做起，好好议议嘛。因为，环保离我们并不遥远，或者说，就在我们身边。比如，随手关灯、不乱扔垃圾、拧紧水龙头、爱护花木、节约用纸、尽量不用塑料袋等等，这些环保低碳的行为，同学们都是力所能及的。

最后，让我们对任局长的精彩演讲，再次报以热烈的掌声，并表示衷心的感谢！

演讲结束，郭晓东果然携几个副校长，教务主任什么的，在瓜州最上档次的“浦江”大酒店，宴请任杰和焦艳。

上的是特制“九龙液”。

这种瓜州出产的53度酱香型白酒，开创于20世纪80年代初，高粱、糯米、精米、小麦、玉米五种纯粮混合，经固态发酵酿制而成，窖香浓郁，入口纯净，回味悠长。一经问世，就受到消费者的青睐，曾跻身省八大名酒之列，后因盲目扩张，质量下滑，一蹶不振。近年，市里引进技术资金，重振“老名酒”雄风，并在原有基础上，开发“九龙液”系列产品，很快打开了市场，有了较好的销路。为增强“九龙液”发展后劲，市里不成文地规定：“九龙液”作为瓜州接待用酒。否则，一律不予核销。

郭晓东校长带头，别的校领导步步紧跟，变换着各种理由和花样，一个劲儿敬任杰的酒，气氛很是活跃。

任杰虽然在演讲会上得到了同学们的谅解，但学生质询的话语和转弯塘的污染画面，交替着久久地在脑海里萦绕，很是郁闷。于是，只要有人敬酒，来者不拒，甚至主动出击，喝着喝着，便高了。差点儿“现场直播”。

任杰原本和焦艳相约，吃完饭后找地儿，开个“钟点房”，疯狂个痛快，一喝高，预谋中的美事儿，也就泡了汤。

焦艳呢，酒量好生了得，但因与任杰有约在先，便声称不会喝酒，郭晓东们无奈，也不便勉强，任她喝些饮料完事。

岂料，幽会还没影儿，任杰就先把自己撂倒了。

搀扶着偏偏倒倒的任杰，气鼓鼓地走出“浦江大酒店”，焦艳红红的小嘴，噘得老高。

第十六章

那天是周末,张家才回到家,已经晚上9点过了。

开了门,趿拉着拖鞋转过过道,走进客厅,上小学的女儿已经睡觉,年轻的妻子司马玉琴穿着睡衣,独自躺在沙发上,手握遥控器,有一搭没一搭地换台,不知看什么好。见张家才进去,头也没抬,身子下意识地扭了扭,没好气地说,张大市长还知道回家啊?

呵呵!张家才自嘲地笑笑,说,不是忙嘛,头都晕了,浑身散了架似的。

忙,忙,忙!司马玉琴听了张家才的诉说,反倒更来气了,不依不饶地数落道,一年365天,你要忙366天,可忙了半天,也是穷忙。顿了顿,又说,你看全瓜州,大大小小的官儿,成百上千,副县级以上,四大班子的头头脑脑,少说,也有三四十个吧,哪个玩得没你潇洒,哪个活得没你滋润呀。

谁叫我是这忙命呢,而且像你说的,穷忙!兴许平素间这样的歌颂司空见惯吧,张家才挨了妻子的数落,并不气恼,仍旧笑嘻嘻地解释,就说今天吧,早上仅吃早餐,就陪了五茬客人,你想想,就是吃龙肉,我也没这大的胃呀!所以,到后来,也就象征性地端端碗,啜口牛奶什么的。最后一茬,实在撑不住,也就点个卯,露露面,表示欢迎罢了。

有这么忙呀!妻子有些惊诧,满腹狐疑,八项规定下达这么久了,你们还这样疲于应付,这舌尖上的腐败,何时是个头啊。

说得轻巧。你也在县委办待过嘛,政府是首脑机关,什么人,什么事,好像不从政府过过,就没到过瓜州,不够量级似的。张家才说,不错,八项规定下发后,公款大吃大喝,迎来送往,受到了遏制,不再明目张胆。比如茅台敞开喝,比如到市、县交界迎来送往。可积重难返,这么多年形成的习惯,不是一下两下,就能消除的。所以有人在网上调侃:官员饭桌去哪儿啦?简单,转入地下了呗!或者叫开辟第二、第三战场。大酒店不能去是吧,那好啊!上小饭馆,总可以吧?四菜一汤,不能多是吧,用四个特大号盘子,每个盘子里,搁好几道菜。汤呢,当然是一个,可里面不仅有王八有土鸡,还加了好几种鲜蘑菇。三鲜四鲜,甚至五鲜六鲜,应有尽有。不让上酒,那就不上呗,喝矿泉水行不?可端起杯子喝一口,嘖,咋有酒气?味道格外醇香呢。于是,宾主相视一笑,心照不宣。你说杯里装嘛?茅台酒啊!

是吗?妻子笑着说,好有创意哦,真是上有政策,下有对策哩。那可不是。张家才说,瓜州的状况,可能没这么多花花调调,可要真正做到油盐不进,绝对不请和拒请,不是那么容易的事儿。就说今天上午,陪早餐的这些人吧。有两拨是省里来的,省政协的,调研瓜州民营经济发展状况;省发改委的,了解牛坡水利枢纽工程资金运行情况。昨天晚上,政府办接待时,都声称要见"一把手",交换意见。若虹书记外出学习没回来,杨市长又到地区开会去了,为这事儿,专门给我打电话,说让我代表市委、市政府去见见人家,别怠慢了上级领导。你说,两个"一把手"都不在,我这小老二,陪还是不陪?其他三拨,倒是地区的,一拨是财政局的,检查今年财政预算的落实情况;又一拨是地区消防支队的,检查重点防火单位消防措施是否得力,责任是否落实到人;最后一拨,是地区老干局的,调查离退休干部是否老有所养,老有所为,老有所乐。一句话,来头都不小,都声称要见主要领导。你说,我见不见?当然,也可以置之不理,可我们是基层政府,求人的事儿,多如牛毛呢。山不转水转,没准哪天拜到别人门上去。把人得罪了,咋开口?这样陪来陪去的,真累。可身在官场,不由人啊。晚上,还得陪省政协来的领导吃吃饭,吃好喝好,把他们送到宾馆。不就快9点了。呵呵。好,好好。不说了。妻子没好气地说,讲来讲去,还就你张大市长最忙。顿了顿,又说,成天这么没日没夜地忙,身体受得了不,老婆心疼你呢,知道不?我傻啊!咋会不知道呢。张家才笑嘻嘻地说,可身不由己啊。就说这陪客吃饭吧,局外人不了解,以为是求之不得的好差事。想想呢,也难怪。美酒佳肴,敞开肚子,尽管吃,尽管喝,多惬意呀!说来不怕你笑话,我改行之前,就这样想的,也蛮羡慕的。可身临其境,才体会到,并这是这么回事儿。再好的山珍海味,经常吃,反复吃,天天吃,就腻味了,胃也受不了。所以,每次在宾馆接待,我都要嘱咐服务员给开小灶,弄一碗素煮白菜豆腐,搁在厨房里,眼看客人吃得差不多了,借故要方便,溜进厨房,饱餐一顿,哈哈哈!

那倒是哈!妻子说,再可口的东西,经常吃,不腻味才怪。所以古人说,无官一身轻哩。

其实,还有比我陪吃5次早餐更夸张的呢。张家才笑了笑,继续跟妻子神侃,我们邻县武威的温泉,很有名是吧。前不久,就听说这么一件事儿。说一到年底,许多部门都要来参观考察,检查验收。有位分管外宣的副县长,一天接待10多拨客人,大多数人,或明说,或暗示,就一个要求:泡泡温泉。客人有求,主人必应,装傻装聋,那是万万不行的。因为这些人,大多都掌握着你的经济命脉,怠慢了,随便给你下个套,就够你喝一壶的了。为什么?很简单呀,你有求于人啊!谁都不敢惹,也惹不起。不过,这样一来,就辛苦这个副县长了,有一天,陪客人泡了8次温泉,整个人,都快泡虚脱了。最后一次,实在是撑不住了,连衣服都没更换,直接就泡在温泉里,恭候客人到来。你说,累不累啊。

真有这种事啊?妻子挺吃惊,也很感慨,看来,这世上三百六十行,行行皆辛苦啊!顿了顿,坏坏地问,知道今天什么日子不?

什么日子?张家才愣了愣,周末,星期五呀!

是啊!没错。妻子色色地嬉笑,搞忘了是吧,该打牙祭了呀!

哦哦哦!张家才恍然大悟,看了看妻子薄如蝉翼的睡衣下颤巍巍一对丰乳,浑身一激灵,一股热浪直往头上冲,嘿嘿嘿讪笑着说,忙得昏天黑地的,还真把这事儿,搞忘了哩,呵呵,不好意思哈!

呵呵,妻子坏坏地笑,不会是惦记哪个妹儿吧?

哪会哦!张家才正色说,老枪一杆,火力不足喽。

承认差别是吧!妻子咯咯咯笑,还以为,你金枪不倒啊。

看着笑靥如花的妻子,张家才走了神儿。

张家才老家在金竹镇花香村,与转弯塘一河之隔,相距不到两里地。花香村较之转弯塘,村子要小得多,也就五六十户,二三百号人。名为村,实际仅有两个生产小队(后来叫村民组),够不上建村的规格,只能与转弯塘合建一个村,且以转弯塘为名。学校呢,也就办一所,称转弯塘小学。他在转弯塘读了小学,到镇上读初中,成绩相当优秀。毕业时,老师们都劝他报考高中,然后考大学,他也跃跃欲试,憧憬着有朝一日,跨进大学门槛,实现自己人生的第一个梦想。可最终,不得不将自己的理想掐灭在摇篮之中,忍痛报考了瓜州师范。根本原因,就一个字:穷。他是家里的长子,脚下还有两个弟弟,一个妹,一个个嗷嗷待哺。那时候,大弟和二弟,已经相继上小学,如果他上三年高中,再上四年大学,父亲被贫穷压弯的腰,说不定就断裂了。弟妹们呢,也只有面对辍学的厄运。所以,当父亲委婉地希望张家才报考师范,尽早地为家里分担重负时,他痛苦地度过了两个彻夜难眠的夜晚,含泪点了头。他知道,父亲作出这样的决策,实属无奈。天下父母,谁不望子成龙,望女成凤。可希望很丰腴,现实很骨感。读师范,能很快就业,挣工资不说,学校还管伙食费,开销极少,父亲着实可以缓一口气,挤出些银子,供下面的弟妹们上学。

师范毕业,张家才回到了金竹镇,镇里将他分配到母校——转弯塘小学。春去秋来,他在"转小",一晃就是8个寒暑,尽职尽责,尽心尽力,用心血和汗水,竭尽全力地为祖国花朵培土浇灌,期冀桃李满天下,满园皆栋梁。其间,他和师出同门,也在转小任教的师妹高丽结了婚,并有了个三岁多的活泼可爱的儿子。

那时候,"改行风"盛行,有路子的教师,理所当然地改行。没路子的,钻头觅缝,也要改行,仿佛校园发生瘟疫似的,避之唯恐不及。起初,张家才对此不以为然,心想,教书育人,功德无量的事儿呀!行政事业单位,果真就那么神圣么?岂料,短短几年间,张家才蓦然发现,不少改行的教师,任教时无论学识,人品,还是教学水平,都远在自己之下,可短短几年,摇身一变,戴上了大大小小的乌纱帽,一个二个,人模狗样的,眼睛都长到额头去了。更有甚者,话都说不伸展,居然还回到学校指导工作,周吴郑王地给自己作起了报告。是造化弄人,还是时事弄人,张家才郁闷的同时,思索开了。

霍那间,张家才仿佛醍醐灌顶,开了窍。那些改了行的教师,人还是那个人,高还是那般高,没多长一个鼻子,也没多长一只眼睛,他们所神光的,不就是头上那顶说大不大,说小不小的乌纱帽么?想想呢,也不奇怪,甚而释然。我们这个官本位根深蒂固的国度,古人早就坦言:学而优则仕。言下之意,学得好的人,就可以做官,比如秀才、举人、状元什么的,谁不弄个官儿干干?按古人的观点,读书的目标,不是为了教书,而是做官。千百年来,漏夜赶科场,无疑是神州大地经久不衰的一道风景。于是乎,民间流传"家有五斗粮,不当孩子王"的谚语,就不足为奇了。也许,教师趋之若鹜改行的心理动因,就是对官场的一往情深吧。

张家才打定主意,也凑凑热闹——改行。

不过,别人易如反掌的事儿,待张家才睡醒过来,却成了难题。为遏制日甚一日的教师改行风,瓜州市教育局行文,明确规定:一般情况下,禁止教师改行。确因工作需要改行者,需缴纳教师培训费(俗称改行费),且按学历高低收缴。中专:2000元;大专:3000元;本科:4000元。

张家才找来文件,逐字逐句地解读,得出的结论是:所谓工作需要,说明改行的大门,并未真正堵死,起码还留有一条缝儿,可要敲开这道门,却要花更大的力气。具体来说,就是一分也不能少的改行费。

当年,张家才的工资,满打满算,每月也就百把元。2000元,无疑是一笔"巨款",就算勒紧裤腰带,不吃不吃喝,也得近两年。

不少跃跃欲试的改行者,都在这高高的门槛前,望而却步,打了退堂鼓。

张家才却不。

张家才的德性,但凡认准的事儿,义无反顾,九头老牛也拉不回。

他认真地做了策划,决定分两步走。首先,找到"需要"的地方。然后,筹措银子。

时值中秋,花好月圆。

一个丹桂花飘香,月色溶溶的夜晚,张家才拎着两瓶精装"习酒",一盒包装新颖别致的月饼,信心满满地登门,拜访镇里的何书记,谦恭而诚恳地表达了自己意欲改行的强烈愿望。

那时的官员,胃口不大,也较正直,有的,还相当爱才。何书记平素和张家才照过几次面,虽没交谈,印象不坏。并看过他发表在地区报上的不少"豆腐块"。见张家才主动登门,礼数周全,人也长得周周正正的,心里已有几分喜欢。听了他情真意切的表白,当即便表态,好啊! 小张,这想法不错嘛。年轻人,就应该有更大的平台,施展拳脚。你喜欢摇笔杆,就到办公室搞搞文秘,正缺人哩! 顺带着,多整点通讯报道,把镇里的工作实绩,好人好事,飘扬出去。顿了顿,补充道,不过,改行费的事儿,得按文件办,我可开不了绿灯哟!

张家才做梦也没想到,感觉千难万难的事儿,居然轻轻松松地搞定了,愣怔片刻,忙不迭地说,谢谢! 谢谢何书记! 改行费,我会想办法解决的,您不用担心,一分也不会少。

那好吧!何书记站起身,握手送客。

走出何书记家,张家才一蹦老高,蓦然想起不久前算命先生有贵人相助的预言,哑然失笑。

何书记,不就是他人生的第一个贵人么?

接下来,张家才和妻子商量,悉数抖出家里好不容易积攒下来的1000元家底,找到在信用社工作的初中同学齐明疏通,用自己的工资作抵押,贷款1000元,总算凑足了改行费。

三个月后,张家才摇身一变,成了金竹镇党政办秘书。

小小的花香村沸腾了。

张姓一族,更是乐不可支,比当初张家才跳出"农门"还要高兴。一个念过几年私塾的张姓族人,捻着长长的八字胡,仿佛自己的儿子当了秘书似的,不无得意地说,啧啧,乡政府,过去叫乡衙,秘书,相当于师爷吧!并掰着手指头,历数周围秘书出身的官员,言之凿凿地断言:家才这小子,后生可畏,前途无量啊。

此前,张家才对秘书这行当,不甚了了。及至后来,他才知道,秘书是个特殊群体,且源远流长。早在汉代,张衡的《西京赋》,就有"匪唯翫好,乃有秘书,小说九百,本自虞初"的记载。在机关,秘书者,大多能入仕,有的甚至身居高位。时下,有人甚至将秘书看作升官的代名词,或明或暗地结成"秘书帮",拉大旗作虎皮,翻云覆雨,为所欲为,势力好生了得。别的不说,先于张家才改行的同事,不经意间,戴上了大大小小的乌纱帽,就是眼见为实的事儿。这些人,大多都先当秘书。这就难怪,张姓老族人,面对张家才弃教从秘的喜讯,要由衷地大发一番感慨了。

不过,行行出状元。行行有烦恼。乍一看,秘书鞍前马后,风光无限。殊不知,只有亲临其境,才解个中况味。别的不说,身为秘书,你不能太有棱角,或者个性。你得掩藏起来,当孙子。秘书什么东东,不就给上司当孙子么?有人振振有词。不愿意,那好,哪儿凉快哪儿去;再就是得对领导忠诚。通俗点讲,就是听话。许多时候,领导对秘书的审视,忠诚是放在第一位的,能力和别的东西,倒在其次;其三,眼里得有活。瓜州人叫眼眨眉毛动。比如跟领导出门,端杯子,开车门什么的。甚至,抬洗脚水,都得主动。有一回,张家才单独跟书记下乡,就抬过洗脚水。年轻有为的书记,也就长他五六岁。之所以如此殷勤,当然不是学雷锋。地球人都知道，少年得志的书记，手里攥着他升迁沉浮的命脉哩。干这事儿，当然没人强迫他。可每每脑海里闪回这一幕，张家才心里，总会浮起一丝儿难以言说的痛。

这些，当然是后话。

时至今日，张家才仍完好地保存着交改行费的"收款收据"，除纸质稍稍泛黄，崭新如初，皱褶都没一个。展开一看：NO：0069668，"张家才交来改行（款项）人民币（大写）贰仟元整。此据"，仍清晰可见，收款收据正中，也就是年月日的地方，"瓜州县教育委员会财务专用章"赫然入目，红得像隔夜的猪血。如此精心地收藏，是对昔日教师生涯的玩味反刍，还是对未来生活的向往期冀，张家才自己也说不清。反正，刚改行那些年，没事儿的时候，他总会从抽屉里，把金贵得文物似的收款收据拿出来，一个人慢慢地把玩咀嚼，妻子高丽见状，不时调侃，心疼了是吧？既然交了，心疼它干吗，钱是王八蛋，花了又转来。你这两千大洋，将来整个县太爷干干，不就值了？我倒不敢想得那么高远，张家才笑笑，说，不过，老婆说得对，钱是龟孙子，花了就花了，别管那么多，呵呵呵！

常言说：运气来了，堵都堵不住。

张家才在金竹镇党政办秘书岗位，一干就是三年。期间，他以自己的踏实、勤勉和能力，得到了领导和同事的认可。尤其每年在县、地、甚至省报上发表的数十篇"歌颂"金竹镇的通讯报道，大大地提升了该镇的知名度和美誉度，正当镇里准备把他作为"功臣"，提拔为办公室副主任时，县里（当时未改市）"两办"（县委办、政府办）在各乡镇选调秘书，张家才在20多名人选中脱颖而出，笔试面试，均名列前茅，毫无悬念地走进"县衙"，当上了县委办秘书。

蓦然回首，张家才感到，经历对一个人，尤其是年轻人，何等重要。金竹镇镇党政办三载历练，成了他不可多得的一笔财富。既同为秘书，套路大体相同，所不同的是，机关越大，分得越细罢了。县里不像基层，办公室秘书，就像打杂的，眉毛胡子一把抓，名副其实的"万金油"。可有了一把抓和万金油的修为，分得细了，一头一路地干，反倒简单得多。

张家才如鱼得水。

很快，他肩上就压了秘书股长的担子。官儿虽不大，可毕竟是个起点。人们眼中，县委办是出干部的地方哩。张家才欣喜若狂，表面波澜不惊，仍旧老老实实兢兢业业地做好自己的本职工作，并尽量抢着干些份外的活儿。于是乎，上上下下,赞不绝口。

张家才到县委办当秘书后,妻子高丽未能马上调入县城,仍旧在转弯塘任教。张家才在城里租了间房子,把儿子带到城里上学,夫妻俩牛郎织女"鹊桥会"。每逢周末,要么妻子来县城,要么张家才带着儿子回转弯塘。40公里的距离虽不算远,可那时,跑乡镇的公交车少,公路坑坑凹凹,晴天一身灰尘,雨天一身泥水,跑一趟下来,骨头骨节抖得都散了架。更恐怖的是,几乎所有中巴都跟下饺子似的,挤得密不透风。为了抢生意,常常你追我赶,互不相让,恶性事故,时有发生。因此,一般情况下,张家才尽量把辛苦留给自己,带着儿子回转弯塘,既看妻子,也看父母,一举两得。

说来也真蹊跷,有个周末,张家才告诉高丽,说要带儿子回去,高丽兴高采烈地说,那好啊,我给你两爷崽做好吃的,蒸老腊肉哈。可张家才正要下班,主任找到他说,小张,明天有个材料要报地委办,今晚就得弄出来,看来得辛苦你啦!哦哦,张家才想说什么,可打了几个顿,终究什么也没说。他知道,自己虽然不是军人,但领导发了话,就是命令。再有天大的理由,也只有服从的份儿。

无奈,张家才只好好给高丽打电话,告诉她突然发生的变故。高丽听了,幽幽怨怨地说,那好,我赶过来吧。哦!张家才听说妻子要赶过来,心里下意识地一个激灵,愣了愣,本想告诉妻子,算了吧,有点晚了哩!可说出口的话,却言不由衷,那好吧,我煮饭等你哈!

岂料,就在高丽来县城的路上,两辆中巴玩命似的,相互追逐,驶至一个窄窄的弯道时,两车基本平行。蓦地,里侧中巴向外一甩盘子,外侧中巴躲闪不及,一个跟斗,骨碌碌栽下山涧……

张家才在办公室一边整材料,一边用电炉做饭。他专门焖了妻子最爱吃的红米饭,用糍粑辣椒烩了一锅红彤彤油汪汪的白豆腐,上面再搁些碧绿苍翠的葱花,红白绿相互辉映,令人馋涎欲滴。

张家才初恋情人似的,与儿子依偎在一起,憧憬着一家人周末的温馨团聚和小别胜新婚的甜蜜。

窗外,暮霭早已沉沉地压了下来,可门外,仍没响起妻子熟悉的脚步声。

那时通讯落后,手机还是个奢侈品,没法跟妻子直接联系,张家才只好打电话到转弯塘小学询问,值班老师告诉他,高老师早就走了呀!怎么,还没到啊?没到哩!张家才心里不由得一紧,说了声谢谢!便挂了电话。

不祥之感像把硕大的铁钳，紧紧噬咬着张家才的心，让他透不过气来。

这时，办公桌上的电话叮铃铃响起，这样的夜晚，这样的时刻，平素清脆悦耳的铃声，听上去，竟有些瘆人。

张家才忐忑不安地抓起听筒，喂！我党办张家才，请问……

是交警队传达噩耗。

春风得意，正往高处走的张家才，遭遇了人生的滑铁卢。

痛定思痛，张家才肠子都悔青了。那天妻子说要赶过来的时候，心里明明咯噔了一下，一种异常的感觉一闪而过，平素就很在意第六感的他，怎么就没竭力阻止妻子的到来呢？

是命运，还是偶然。张家才百思不得其解。可他知道，不管是什么，悲剧已经发生，日子还得往前走。他得面对生活，得咽下这杯伤心的苦酒，得独自为年幼的儿子，撑起一片遮风挡雨的天空。他没有时间懈怠，也不敢懈怠，在他的身后，许许多多的人，以各式各样的目光紧紧地盯着他。他唯一能做的，只是在夜深人静的夜晚，招呼儿子睡下后，躺在蜗居里，像一匹受到重创的狼，用自己的舌头，轻轻地舔拭依旧流血的伤口，默默地点燃一炷心香，追忆和重温与妻子在一起的甜蜜时光……

张家才现任妻子司马玉琴，是他人生最低谷时，撞开他心扉的。

司马玉琴大学毕业，分配到党办当文书。年轻漂亮，光彩照人。一双会说话的水汪汪的大眼睛，忽闪忽闪，浑身上下，热情洋溢，像一团火。没多久，就吸引了许多男人，尤其是年轻男人恋恋不舍的目光。有人开玩笑，说如果把黏在司马玉琴身上的眼球，全都剔除下来，没有一箩，也有一筐。

唯独张家才没凑这份热闹。除了工作上必不可少的接触，他几乎没有正眼看过司马玨琴。这倒不是他心如止水，自视清高，抑或不爱美女不懂女人，而是他觉得自己没这个资格，更不可能有什么奢望。一介鳏夫，拖一个不大不小的油瓶，何苦做那些异想天开的美梦呢？

可张家才蓦然发现，那双水汪汪的眼睛盯上了他。当他一次次地否定，又一次次地肯定后，他找来一副副抵御的铠甲，把自己严严实实地包裹起来，闭关坚守。比如鳏夫、孩子，再如沉重的家庭负担，相距十余载的年龄差异，等等，都是他防御的盾牌。

然而，张家才精心铸造，自以为固若金汤的工事，在司马玉琴温柔如水的攻势面前,不堪一击,几个回合下来,乖乖地缴械。

俗话说:男追女,隔层山;女追男,隔层纸。张家才回味和司马玉琴的恋爱史,很是感慨,男人追女人,哪怕你千辛万苦,只要她不首肯,就没法逾越横亘着的高山;女追男呢,就算是男人有些犹豫,甚至排斥,女人只需温柔一刀,男人大多魂不附体,功夫全废。正所谓,英雄难过美人关。张家才知道,自己与英雄无缘,更不是英雄,但他是活生生的充满雄性荷尔蒙的男人。因此,拜倒在司马玉琴的石榴裙下,是再正常不过的事儿。何况,打心眼里,他对司马玉琴,原本就由衷的爱恋。

两年后,张家才爱情官场双丰收,既与司马玉琴喜结连理,独占花魁,又坐上了县委办副主任的宝座,一跃而成了县里的副科级领导干部,羡煞多少年轻才子英俊后生。

除了这两大收获,张家才还完成了学历上的两次飞跃。镇党政办公干时,通过自考,拿到了大专文凭;调到县委办后,通过省党校的函授,有了本科学历。这件事,张家才觉得很有先见之明。尽管文凭并不等于水平,可通常情况下,都是看些表象的东西,不具体接触,谁知道你水平多高多低? 更要命的是,提拔提干什么的,学历可是必不可少的硬件。有一段,机关流传治理"三乱"的顺口溜:大棚蔬菜把季节搞乱,卡拉 OK 把辈分搞乱,党校文凭把文凭搞乱。张家才听了,禁不住暗自苦笑。毋庸讳言,党校文凭易得,含金量低,徒有虚名者,大有人在。但以偏概全,一竹竿扫一船人,就失之偏颇了。有可能,有机会,谁不想进正儿八经的大学呢?

干了不到两年副主任,根据年轻干部下基层的要求,张家才离开县委办,重返乡镇,走马灯似的转了一圈。先是乡长,继而书记。在高坪乡书记的任上,干了四年,终于逮住了副县长候选人的机遇,光明正大地从票箱里走了出来,成了正宗的副"七品"。

再婚后的日子,当然也有磕磕碰碰,但温馨甜蜜,却是不变的基调。尤其是司马玉琴对大儿子视如己出,女儿和儿子,手板手背都是肉,并无薄一厚二,更是让张家才感动。

不过,随着岁月的流逝,工作的不堪重负,年龄悬殊的矛盾,日益突显。换句话说,四十挂零的妻子司马玉琴,像只熟透了的红苹果,精力充沛需求旺盛;五十开外的张家才呢,却像深秋的蚂蚱,难以蹦跶,成了强弩之末。夫妻间那点事儿,早已从开初的一日三餐,逐渐地过渡到"每周一歌",再从"半月谈",拖拽到"月刊",大有向"季刊"演进之势,甚至时不时地,还会拖欠"公粮"。后来,干脆确定日子,以便切实履行。好在,许多时候,虽身心疲软,当妻子习惯性地一把抓住他那玩意儿,仿佛通了电,一番抚弄,虽不甚骁勇,也能持枪上阵。闲暇时,张家才常跟妻子开玩笑,称之"一把抓"。感激欣喜溢于言表。

打牙祭是张家才和司马玉琴的典故。当年再婚时,张家才正是如狼似虎的年景。骁勇善战自不必说,床上功夫好生了得,直弄得对男人一无所知的司马玉琴嗷嗷叫唤,跟杀猪似的,爽得不能再爽。某夜,一阵疯狂后,色迷迷的司马玉琴,搂着张家才的脖子,傻笑着问,男人一辈子都这么凶呀?哪会呢,张家才抚弄着她峰峦顶端那颗葡萄,说,你傻啊,随着年龄的增长,雄性荷尔蒙逐渐减少,男人的雄风,也就走下坡路了。真的啊!司马玉琴眼里倏地闪过一丝不易觉察的惊恐,说,我以为经常这么厉害哩。张家才呵呵笑,你以为男人是永动机呀。这过程,有个段子,描绘得蛮形象准确的。怎么讲?司马玉琴好奇地问。说来挺简单,就是以十为单位,区别不同年龄段做爱频率。二十更更;三十夜夜;四十一星期;五十六十打牙祭;七摸八看九叹气。呵呵,是挺形象的。司马玉琴愣了愣,笑着说,想想,好像是这么回事哈。

没想到,转眼间,张家才就到了打牙祭的光景。许多时候,看着依然青春洋溢的妻子,想到日益逼近的七摸八看,心里不由得涌上一阵阵逝者如斯的悸痛,黯然神伤。

可张家才今天实在是太累了。

此时此刻,面对爱妻幽怨饥渴的眼神,心生愧疚的同时,张家才难以拿捏的是,"一把抓"能否奏效,自己这杆老枪能否子弹上膛,狠劲击发。

愣着干嘛,想什么啊?司马玉琴见张家才一个劲儿发呆,摇了摇他的胳膊肘儿,色色地说,人家洗澡水都给你烧了哩,洗洗睡呀!

好,好好。张家才伸个懒腰,长长地打了个呵欠,瞌睡眯稀地站起身来,好吧,洗洗睡哈!

叮咚—叮咚—叮咚——

张家才正要脱衣服,冲冲凉睡觉,门铃突然清脆地响了起来。

谁啊?张家才自言自语地说,这么晚了。

晓得哪个鬼二哥哦!司马玉琴阳光明媚的脸上,倏地闪过一片阴云,没好气地说,周末也不得清静,还让人活不啊?

嘿嘿嘿!张家才讪笑着附和,是啊,是有点晚哩。谁啊!

行了,行了。司马玉琴不耐烦地说,不管是哪个,我没工夫陪你们白话,先睡去了。顿了顿,闪过一个甜蜜的秋波,补充道,别太晚了哈!

好好好!张家才自然明白妻子言下之意,扮了个鬼脸,嬉笑着说,遵命,娘子!

德性。司马玉琴嗔骂,涎皮涎脸的。随即站起身,在张家才脸上象征性地拧了拧,扭动浑圆挺拔的两座山峰,袅袅婷婷地向卧室走去。临进门,蓦然回首,又飞了一个勾魂摄魄的媚眼,快点哦。

嗯!张家才点点头。盯着妻的身子隐进卧室,心想,岁月的风尘,并没有淹没妻迷人的魅力。相反,历经时光的过滤打磨,这魅力,剔除了年轻时的浮躁,拥有更多成熟厚重的风韵和内涵,反倒愈发迷人了。遗憾的是,自己常常力不从心,弄得妻心欠欠的。

张家才稍有闲暇,便像一头疲惫老牛,独居清僻一隅,咀嚼瓜州流传的古老格言:家有贤妻,男人不招祸事。越咀嚼,越觉得有味道。越咀嚼,越觉得真乃至理名言。其间的精髓,可以说,既适合寻常百姓,也适合达官贵人,放之四海家庭而皆准。妻子贤惠,丈夫必然省心放心,平安无事。古今中外,概莫能外。

家是人生的港湾。妻是家庭的守护者。当今,潜规则形形色色,夫人路线,夫人外交,夫人垂帘,不一而足。许多人给官员行贿,正面没戏,就打迂回战,走夫人路线,在官太太们那儿,伺机突破,常常屡试不爽。

张家才有个中学同学,当房管局长,房开商成天围倒屁股转,吃香喝辣泡妞开房,都有人抢着买单。他挺自豪地感言,吃点玩点,怕个卵啊!只要腰包里不揣黑钱,犯不下多大事儿。殊不知,因一个工程的竞争者势均力敌,怎么也摆不平,最终,东窗事发。房开商们将送到其府上的银子,一笔一笔地罗列出来,好家伙,受贿300多万。原来,这些钱,都是别人逮着他不在屋里时,送上门去,由他老婆悉数笑纳的。

兴许身边看到的听到的这类事儿太多了,张家才很早就跟妻子明确两条底线:一不贪污受贿;二不狎妓嫖娼。尤其绝对不允许妻子背着自己收受贿赂。对前来送礼行贿的陌生人,原则上不允许进门。熟人,实在拒绝不了,收了什么,要让他知晓,由他上交纪委。这些年,不少熟悉,或者不少熟悉的官人,都栽进了"笼子",张家才官运虽不太亨通,却稳稳地坐在自己的交椅上,睡觉安稳,心里踏实,靠的,就这两大法宝。

其实,张家才何尝不知道,"人无混财不富,马无夜草不肥"。许多人职务没他高,工龄没他长,却穿名牌,开豪车,票子从何而来?地球人都知道。这也是妻子抱怨他"穷"的原因,但他始终坚守自己的底线,毫不动摇。他觉得,自己虽然不能扭转世风,但可以,也应该做到洁身自好。好在,妻子也就图个嘴巴痛快,发发牢骚而已,蛮理解和支持他。如果妻子像同学的老婆一样,也背着他受贿,他早就钻进"笼子"里去了。别的不说,永久化工老板李永久,就没少打"糖衣炮弹"。有时候,张家才挺阿Q,心想,像自己这种出身草根的人,能混到眼下这个境地,戴一顶副县的乌纱帽,每月有五六千块大洋,该知足了。村里一块儿玩泥巴坨坨长大的哥们儿,许多人还为生计犯愁呢。

叮咚……叮咚……叮咚……

张家才陷入沉思的当儿,门铃不屈不挠地再次响起。

谁啊?张家才蓦然醒过神儿,一边走出客厅去开门,一边大声问。

张大市长。门外的声音有点耳熟,开了门不就知道了嘛!

张家才站在门前,下意识地从猫眼瞅了瞅,看到的,是张变形放大似曾相识的脸。

哎呀!张家才打开门,惊叫一声,是你啊,老鬼。

没想到是吧,小伙子,老鬼一只脚跨进门里,一只脚仍在门外,看着门口摆着的一双双拖鞋说,换双拖鞋哈。

不用。张家才笑着说,换哪样哟,不用不用。

还是换换吧!老鬼嘻嘻地笑,入乡随俗,我知道你小伙是甩手掌柜,弄脏了,人家弟妹难得拖哩。

你自己愿意换,那随便。张家才说,可回去,别说我强迫你换拖鞋哟!

那是那是。老鬼呵呵笑,堂堂县太爷,也惧怕乡亲们非议啊!顿了顿,又说,不过,这是好事儿,说明你小伙没忘本,心里头,还有父老乡亲,呵呵呵!

那可不是。张家才也嘿嘿笑,人言可畏,尤其是乡亲们的非议,一颗唾沫一颗钉哩。

老鬼换好拖鞋,张家才陪着来到客厅,指了指沙发说,随便坐,我给你泡杯茶哈!

好啊！我知道你屋里好茶不少，就来杯毛尖吧。老鬼将手里一个鼓鼓囊囊的黑色塑料袋，随手往沙发边一放，说，没什么可带的，就在街上买了几斤红富士，这不算行贿吧！顿了顿，补充说，本来想给你带点家乡土特产，比如大米、花生、红薯、葵花籽什么的，可你知道，全都是毒土里长出的"毒物"，我们都不吃，可不能拿来害你呀！

你跟我还客气啊！来玩就来玩，买什么东西呀。听了老鬼话中有话的说道，张家才心里蓦地一抽，隐隐作痛，脸上却不动声色，一边泡茶，一边正色说，这样就见外了，我正告你哈，老鬼，下不为例哦。

好！下不为例，下不为例。老鬼嘿嘿笑，说，也就是手不空，成哪样礼数哦。

对你老鬼，就得严格要求。张家才笑着说，两手空空，最好。

哈哈哈！老鬼大笑，这才像小伙子说的话嘛。

张家才称之老鬼的来访者，是他转弯塘小学的同班同学，原转弯塘村支书吴尔金。他们曾在一个屋檐下，度过6年无忧无虑的快乐时光。吴尔金在班上年龄较大，起码长张家才四五岁，但他个子与年龄不成正比。6年里，至少有3年跟张家才同桌，两人好得恨不能穿一条裤子。不管是捉泥鳅，还是捅黄鳝，抑或爬树掏鸟蛋，聚众打群架，张家才都是吴尔金的铁杆"跟屁虫"。兴许是吴尔金年长，学习也不错，镇得住场面，深得老师赏识和同学拥戴，从一年级到六年级，都是班长，不怒而威。遗憾的是，小学毕业时，成绩不错的吴尔金，听从父命，过早地告别课堂，加入了生产队抢工分的行业，成了家里的"半劳力"。后来，吴尔金当了转弯塘村多年的村支书，为村里的发展，做出了不可磨灭的贡献。因为永久化工污染的问题，吴尔金一直对着干。虽被镇里罢了官，但他长期上访告状，吃尽苦头，受够白眼，甚至锒铛入狱，却毫不退缩。为这事儿，吴尔金没少到办公室，找过张家才，可许多事情，牵涉面大，水也很深。虽心里同情，觉得吴尔金说得有道理，可他这个常务副市长，在乡亲们眼里，也许无所不能。其实呢，大川军一个，管家婆而已，许多事情，拍不了扳。为此，心里一直很纠结，觉得对不起乡亲们，可他心里的苦楚，谁能理解，向谁诉说。

数年前，由老班长吴尔金发起召集，张家才他们那一届小学同学，在瓜州档次最高的"浦江"大酒店，搞了个毕业40年同学会。55个同学，已有10余人作古，除了两三个因故未到，与会者，也就40来人。放眼看去，全都是一伙五十开外的老者了。早婚的，居然见了重孙。久别重逢，不胜嘘唏。吴尔金虽不是最长者,因是老班长,并组织了这次同学会,颇受大伙敬重。席间,一个来自省外的同学感慨万端地说,多亏吴尔金邀约大伙儿,要不,我们这些人,有的也许到死,也见不了面啊!是呢,许多人异口同声地附和,真的多亏吴老鬼哩!好啊!有人提议,干脆叫吴尔金老鬼算了,大家赞成不?赞成!一屋子同学,一个劲儿叫好。

夸奖的话就不用讲了。吴尔金动情地说,说实在的,要说感谢的,应该是我,因为,大伙看得起我这个当农民的老班长,给足了面子。你看,在座的,有大官,有大款,也有大腕,一句话,哪个都比我吴尔金混得体面。顿了顿,老班长忍住欲滴未滴的泪水,说,大伙送我老鬼的美称,我欣然接受。因为我知道,在我们瓜州人的心目中,鬼,更多的是褒义,比如点子多,机灵,心眼活络等等,老和鬼和组合,更有一种尊长的意思。不过,我也有个请求,我较年长,同学们尊称"老鬼",我欣然笑纳,可从今天起,凡年龄比我小的,我都叫你们"小伙",或者"小伙子",祝你们越活越年轻,如何啊?

行啊!屋里响起热烈的掌声,不少人大声喊,一言为定,我们听"老鬼"的。

这就是张家才和吴尔金一见面,就"老鬼""小伙",相互打趣的缘由。

喝茶哈!张家才泡了杯冒着热气的毛尖,送到吴尔金面前,问道,如果我猜得不错,你老鬼不会是专门来叙旧吧。

那是。吴尔金说,无事不登三宝殿哩!弟妹呢,出去了?

没有。张家才说,她有点累,先睡了。

你看,我这人也真是的,怎么没想到今天是周末呢?吴尔金挠了挠头,坏笑着说,这么晚了来打扰不说,说话还大声武气的,没搅你们小两口的好事儿吧?

看你说的。张家才笑了笑说,老夫老妻的,哪有那么多好事哦。愣了愣,又说,老鬼见小伙,没什么可客气的,有事儿,就直说吧。

好,痛快,够哥们儿。吴尔金说,那我就开门见山。顿了顿,似乎意识到有什么不妥,哦,我讲小声点,免得吵倒弟妹瞌睡哈。

说吧!张家才说,没事儿,她要是睡着了,打雷都不会醒的。

其实,我没开口,你就知道我要说什么了。吴尔金说,还是村里受到污染的老问题。当然,也是"老大难"问题。你知道的,这些年,我们上上下下没少跑,可以说,脚板皮都跑脱了一层,但雷声大,雨点小,屁用不顶。永久该生产,照样生产,该污染,照旧污染,村里苦不堪言啊!为这事儿,我也多次找过你。当然,我知道，你有你的难处，因为你不仅是转弯塘村出来的人，更是瓜州常务副市长，"父母官"，得为更多的瓜州人谋利益。可我们转弯塘再小，也是瓜州一个细胞吧，为什么非要我们作牺牲品呢？常言说，一方水土养一方人。老同学，再怎么说，那可是生你养你的地方啊！你就忍心，眼睁睁地看着她毁于污染吗？吴尔金顿了顿，端起茶几上的毛尖，呷了一口，润润嗓子，控制住激动的情绪，继续说，这次永久发生的铬渣非法倾倒污染事件，动静闹得很大。我认真想了想，这恐怕是解决我们转弯塘污染源问题的一个契机。真人面前，我不说假话，既然平平静静地上访，解决不了问题，我们也想整点动静出来，说不定，会有奇效哩！

你想干什么？造反啊！吴尔金说话的时候，张家才静静地听，吴尔金说到动情处，他甚至喉头发紧，眼睛湿润，可一听吴尔金要整点动静出来，松弛的神经，倏地紧张起来，正色道，我告诉你哈，老鬼！可不能乱来哦。俗话说：好事不出门，坏事传千里。更何况，现在是信息社会，永久污染这档子事，瓜州已经臭名远扬。为了给永久擦屁股，我都快成救护队队长了，成天忙得焦头烂额，四脚不落地，累得都快趴下了。你老鬼，再跟我整点动静出来，还要我活不活呀！

看你急的，我造什么反呀！现在是法制社会，我脖子上这颗脑袋瓜，还想多长些日子哩！吴尔金嘻嘻一笑，说，我说的闹出动静，肯定不会太出格。好了，不说这个了。我今晚到你小伙府上拜访，不是讨教哪样能做，哪样不能做，怎样做？我需要的，是求你给我们一个最佳时机。别的，你不知道，也最好别知道。之所以对你有这点要求，不是因为你是市长，而是因为你是土生土长的转弯塘人，是我同窗6年的小同学。我想，虽然你有你的无奈，但这点要求，不算过分吧？我相信，你不会让家乡人失望的。

多谢老鬼的理解与信任。张家才说，也许，在乡亲们眼里，我这个常务副市长，神通广大，无所不能。实际上，并不是这么回事，我也受到许多掣肘。姑且不说，上面还有书记、市长，我不可能一手遮天。就是下属部门，也做不到一呼百应。为什么？得尊重他们的自主权嘛。否则，就成了瞎指挥，人家不尿你。如果弄出了大乱子，吃不了，还得兜着走，负领导责任。顿了顿，喝了口茶，又说，所以，你想弄出什么动静，不告诉我，我不强求。我尊重你的意愿，也明白你的良苦用心。我想说的是，把握好度。至于你老鬼和乡亲们对我的要求，我尽力而为。我可以承诺的是，我是转弯塘人。

好！要的就是你小伙这句话。吴尔金高兴地站起来，一把紧紧地握着张家才的手,使劲地摇着说,好你个小伙子。

好你个老鬼！张家才也被吴尔金感染,情不自禁地站起身来,也摇着吴尔金的手说,真是鬼到家了。

哈哈哈！两人异口同声,相视而笑。

好。时候不早了。吴尔金松开手,老鬼我该走了。

好吧！张家才说,小伙就不留你了。

送走吴尔金,本已疲惫不堪的张家才睡意全无,已经戒烟的他,重新泡了一杯茶,静静地斜卧在沙发上,看着杯里一缕缕打着旋儿,慢悠悠地向上飘荡的水气,任思绪一个劲儿纷飞。

是的,吴尔金并没说他要干什么,可张家才已经猜到他要干什么了。这老鬼,真是个人精哩,他要恰到好处地把握时机,也就是"干"的时间。这样,才能事半功倍。说实在的,即便不是转弯塘出来的人,他也深为老鬼的精神所感动,一个"过气"村支书,六十开外的人了,本该安安静静地待在家里,种种花,养养草,抱抱孙子,颐养天年,可为了全村人能有起码的生存环境,贴钱贴米贴力气,不辞劳苦地上访,甚至不怕进班房。坚持不懈,无怨无悔,当今社会,有多少人做得到？反正,他张家才自愧弗如。许多次,吴尔金为此事找到张家才,看着老鬼那张过度沧桑的脸,那双无助而又充满期冀的眼睛,他真想一板拍下去,将永久化工迁走。或者,干脆停产了事,还转弯塘一片蓝天,一河碧水,一捧净土。可瞬间的冲动过后,他不得不强迫自己冷静下来,一是自己无权拍板,就是硬着头皮拍了,也屁用不顶;再则,永久是什么,是拉动瓜州 GDP 增长的强大杠杆呢,自己这个捉襟见肘分管财政的常务副市长,还得从永久上缴的税收中,挪一杯羹出来,给望梅止渴的干部职工关晌啊。更何况,作为杨兵市长亲自引进的招商项目,那是他晋升的巨大砝码,岂容别人轻举妄动？所以,每次吴老鬼找到他,他既无奈,又纠结。可有的话,只能意会,不可言传。及至后来,他只能有意无意地回避吴老鬼,尽量不与之照面,省得大家都尴尬。可眼下,吴老鬼亲自登门,就不能再装聋作哑了。真的,再怎么说,自己是瓜州人,是喝转弯塘的水长大的。打个不确切的比方,如果外来的官员是水,那么,瓜州人就是岩石,水可以流走,岩石却蒂固根深,动不了。再过几年,退休了,还得在瓜州生活下去。如果瓜州的天空成天雾霾笼罩,空气中充满毒气,河里的水不能喝,地里的粮食不能吃,晚年的日子,怎么过？更重要的是,子孙后代,怎么活？真要那样,自己这个土生土长的父母官,就是十恶不赦的罪人啊。再也不能熟视无睹,忍气吞声了。

张家才苦苦地思索。

撂茶几上的手机,骤然响起彩铃。

夜深人静,这铃声听起来格外响亮,可正冥思苦想的张家才,却浑然不觉,沉浸在自己的思绪中。

谁的电话?卧室里的司马玉琴,被不速之客老鬼搅黄了打牙祭的美事,难受得跟猫抓似的,好容易睡着了,又被这不合时宜的铃声吵醒,气不打一处来,冲着客厅里的张家才大声嚷嚷,还让人活不活呀!

哦哦哦!直至卧室里的妻子嚷起来,张家才才支吾着醒过神来,慌忙拎起茶几上的手机,说,谁知道啊,真是的。

张家才揉揉有些酸涩的眼睛,定睛看了看来电显示,是市长杨兵的电话,不由得心里生疑,怎么晚了,有什么事啊?

张家才正要接听,铃声戛然而止。

无奈,他只好拨过去。

手机里响起《最炫民族风》奔放、热烈的歌声:

> 苍茫的天涯是我的爱
> 绵绵的青山脚下花正开
> 什么样的节奏是最呀最摇摆
> 什么样的歌声才是最开怀
> 弯弯的河水从天上来
> 流向那万紫千红一片海
> 火辣辣的歌谣是我们的期待
> 一路边走边唱才是最自在
> 我们要唱就要唱得最痛快
> ……

这家伙,又换了彩铃哩。

喂,杨市啊,你好!我张家才。

哦,张市你好。杨兵打着哈哈跟张家才开玩笑,不好意思啊,这么晚了,还跟你打电话,好半天都没动静,我就挂了。以为你正跃马扬鞭呢,没闪着吧,哈哈哈!

哪里哪里,老夫老妻,没那个干劲了啊。张家才也打着呵呵,顺口撒了个谎,刚才在卫生间,出恭哩!听这歌声,不像你的手机,还以为打错了呢,不好意思哈,怠慢了。顿了顿,没话找话,刚换的彩铃是吧?

哦!杨兵说,上午刚换的。"最炫民族风"。杨兵兴奋地说,彩铃这东西嘛,就玩个新鲜。不过,我换这个彩铃,可有点来历哟!

有讲究是吧。张家才装出蛮有兴趣的口吻,什么来历啊,说来听听。

知道"最炫民族风"很火是吧,知道是"凤凰传奇"唱火的是吧,知道跳广场舞的老太太们踩着节奏跳得很欢欣是吧?杨兵一连来了几个自问自答式,说,可肯定很少有人知道,这个歌的词曲作者张超,就是我们省的。而且,就和我住一个小区,你说巧不巧啊?当然,张超热火的歌并不止这一首,譬如《自由飞翔》、《荷塘月色》、《全是爱》、《奢香夫人》等等。而且,大多是由"凤凰传奇"唱火的。

呵呵,真这么巧啊!张家才当然知道"最炫民族风"挺火,火得全中国的男女老幼都在唱都在跳,但他还真不知道,词曲作者就是省城的,更不知道和杨兵同住一个小区,于是疑惑而好奇地问,怎么以前没听杨市说过啊?

哈哈哈!杨兵笑得挺开心,好容易笑够了,才说,是没说过,我也刚知道呢。前几天回去,有朋友吃饭,一介绍,其中一个客人,就是"最炫民族风"的词曲作者张超,一交谈,啧啧,我们居然同住一个小区,你说巧不巧呀。顿了顿,大发感慨,小伙子看上去30多岁,长得清清秀秀,文文静静的,年轻有为,年轻有为啊!

那是,那是。张家才见杨兵高兴,打趣道,所以,杨市也就成了"超迷",换了彩铃,呵呵呵!

那可不是?杨兵笑着说,虽然早过了追星年龄,但彼此认识,就是缘分啊,何况,这首歌,我打心眼里喜欢哩。

好,好好!张家才想,你大半夜打电话,该不会是告诉我,喜欢张超这首歌吧!凭这么多年的交道,他知道杨兵主动大扯闲篇,一定是有什么重大决策要和他通气,界商行话,叫"暖场"。可愣了愣,嘴里却说,杨市,追星没有年龄限制,喜欢就好,有钱难买我喜欢,呵呵呵。

　　那是那是。杨兵话锋一转，说，闲篇休扯，言归正传。张市，永久化工整顿这么久了，情况如何啊，应该可以恢复生产了吧？

　　哦哦，这事儿啊！杨兵暖了半天场子，终于奔向主题，可张家才却难以作答，可以恢复生产了吧，前面还冠以应该，听起来像征求他的意见，其实是说话的方式而已，潜台词是：可以恢复生产了，怎么没动静呢？这就是杨兵说话的风格，或者，是许多人官大一级的做派，看似虚心谦和的面纱下，掩藏咄咄逼人的威势，让你憋气而又无可奈何。张家才愣了半晌，说，是整顿好久了，可好像不是很到位哩。

　　怎么弄的啊？杨兵听张家才回答得模棱两可，心里不悦，语气里便有了诘问的味道，张市，这事儿，可是你分管哟，怎么听起来，稀哩活络的哦！

　　是我分管不假。张家才脑海里蓦然闪过老鬼那双哀怨无助的眼睛，心里一激灵，陡然有了勇气，顿了顿，不软不硬地说，可我总不可能一天 24 小时都盯着永久吧？整顿治污的事儿，环保局任局长他们具体主抓，杨市要了解详细情况，最好问问他们。永久能不能恢复生产，最好听听他们的意见，他们是职能部门，说话有权威性啊。

　　哦哦哦，那是那是。杨兵碰了个软钉子，有点儿懵，一连说了好几个哦，这才稳住了神儿。印象中，他每次和张家才通气，都是说一不二，今晚怎么了，张家才居然来了个软抗，本想好好修理一下张家才，但一想到周薇的最后通牒，限期就在明天，只好忍气吞声，息事宁人地说，生态文明建设，环保是重中之重嘛。肯定要听听环保部门的意见，可到底怎么弄，我们政府，也得有个决断是吧，不能久拖不决呀，或者说，我们也拖不起啊，老兄！

　　是，是得有个决断哩。张家才听杨兵口气和软，且老破天荒地叫了声老兄，硬着的心，也就柔软下来，愣了愣，问道，杨市的意见是？

　　我有个想法。杨兵见机已到，终于亮出底牌，我明天上午回瓜州。下午，我们召开个市政府党组扩大会议，要求相关部门一把手与会，专题研究永久化工恢复生产的问题，形成一个决议，或者会议纪要，然后贯彻执行。顿了顿，接着说，如果张市没什么意见，请你给办公室打声招呼，明天上午，务必通知相关单位头头与会。没有特殊情况，一律不准请假，就说我说的。

　　那好吧！杨市。张家才愣怔片刻，说，我不折不扣地传达你的指示。

　　好，好。杨兵看目的达到，打算收线，末了，还不忘来句幽默，打扰了哈，张市,嫂子肯定等急了呢,明天见。

呵呵! 张家才干笑着说,明天见,杨市。

接完电话,张家才随手将手机扔在沙发上,长长地叹了口气,端起茶几上的紫砂杯,喝了一口茶,两手枕着后脑勺,愣愣地发呆。良久,疲惫和睡意山一般沉沉地压下来,准备进卧室睡觉,就在站起身的当儿,沙发扶手旁边鼓鼓囊囊的一只黑色塑料袋,倏地闪进眼帘,敞开的袋口,一片嫣红。

是"老鬼"吴尔金刚才拎来的红富士。

张家才混混沌沌的脑子,刹那间清爽开来,杨兵说,明天下午开会研究永久化工恢复生产的问题,这不就是吴尔金迫切需要的时间"节点"么?

机不可失。不能再犹豫不决了。张家才想,为了对得起自己的良心,为了瓜州 60 多万父老乡亲,拥有良好的生存环境,为了明天的瓜州,天蓝、地绿、水清,顾不得那么多了。

是该作出抉择的时候了。

于是,张家才又坐下来,一把抓起沙发上的手机,飞快地给吴尔金发了个短信:明日下午,议永久。

也就头十秒的功夫,吴尔金便有了回复。张家才打开一看,内容比他还要精简:明白。

张家才轻轻地松了一口气,站起身来,关掉客厅的灯,踩一地的黑,摸索着推开卧室的门……

第十七章

翌日下午,讨论研究永久化工恢复生产的专题会,在瓜州市政府大楼四楼圆桌会议室,按时召开。

这种不设主席台,时下相当流行的圆桌会议,乍一看,没有等级,没有座次,与会者沿着圆桌,一圈儿坐开,没有高低贵贱,很是平等。其实呢,仔细一琢磨,等级依然森严,职务仍分高低,所不同的是,没有设主席台的会议那般张扬显摆罢了。比如,与会的主要领导,通常都坐在圆桌中央面对着门的一侧,走进会议室,首先映入眼帘的,必然是主要领导的光辉形象。领导座位确定了,其余与会者,都会自觉或不自觉地根据自己的"分量"和身份,寻找合适的位置,然后坐下。倘若谁冒冒失失地坐到自己不该坐的地方,肯定被视作天外来客,遭人白眼。

根据市长杨兵的要求,环保、公安、安监、质监、招商、卫生、疾控中心等部门一把手,悉数与会,一个也不少,满满地将圆桌围了一圈儿,座无虚席。

市长杨兵走进会议室的时候,圆桌中央迎门的位子,照例虚位以待。空位两边,常务副市长张家才,政府办主任陆地,已入座。

杨兵夹着公文包坐到自己位置上,朝张家才和陆地点点头,随即扫视会场一圈,没有说话。

杨市,开始吧!张家才歪过头说,人都到齐了。

嗯!杨兵面无表情,头也不回地说,张市,今天的会议,我来主持,如何?

张家才的印象中,这类会议通常都由他主持,杨兵在会议行将结束时,作

"重要讲话"。可今天,杨兵却在事先毫无知会的情况下,突然袭击,声称亲自主持会议,除了显示对这个会何其重视,也就有些赤膊上阵,不管不顾的味道了。是对他不信任,还是想紧紧地操控会议的主动权呢?

张家才一头雾水。

好啊! 张家才愣了愣,说,市长亲自主持会议,那当然好呀! 顿了顿,接着说,这样吧,杨市,我简单说两句,算是给你作个铺垫吧。

好! 杨兵轻轻地点了点头,那好吧。

我们开会了哈! 张家才清清嗓子,说,刚才我默默地点了个名,该到的,全都到了。这很好,这个会风,要继续保持。顿了顿,强调道,今天的会议,十分重要,由杨兵市长亲自主持。大家欢迎!

张家才说完,会场却愣住了似的。须臾,仿佛刚睡醒过来,响起一阵掌声。

不客气! 不客气! 杨兵笑着挥挥手,向大家示意,随即端起面前的杯子,噘起嘴,呷了口茶,说,刚才,家才副市长说了,今天的会议,十分重要。可怎么重要,他卖了个关子,没点破,呵呵! 那就由我来告诉大家,今天这个十分重要的会议,就是研究永久化工恢复生产的问题。

大家知道,永久化工发生非法倾倒铬渣污染事件后,瓜州可谓臭名远扬,报纸、电视、网络、微博、微信,甚至短信,铺天盖地,沸沸扬扬。可喜的是,在事故面前,市委、市政府勇于面对,没有回避存在的问题和矛盾,大胆地采取了一系列切实可行的措施,控制了污染,解决了由此给人民群众造成的生产和生活困难,将损失,减少到了最低限度。事实证明,我们瓜州各级党委,政府,基层组织,是经得起考验的。我们的干部队伍,是能战斗的,我们的广大群众,是可以信赖的。

这次污染的根源,是永久化工。事故发生后,根据上级的要求,市委,市政府作出了令永久化工停产整顿的决定。并责成家才副市长主抓,市环保局等单位通力合作,负责永久化工的整顿治理。转眼,一个多月过去了,永久化工的治理整顿如何,可否恢复生产,我想听听大家的意见,当然,主要是环保局的意见,你们是职能部门,专家嘛! 杨兵顿了顿,又端起杯子,抿了口茶,继续说,如果经过论证,已经没有问题,或者没有太大的问题,我们就形成一个会议纪要,以市政府的名义发下去,让永久化工恢复生产。同志哥! 那可是我们瓜州的"摇钱树"呢,我们口袋里的银子,有相当一部分,就来自永久啊。

下面,杨兵打了个顿,说,由市环保局任杰局长,作中心发言。

好！任杰清清嗓子,说,会议的重要性和宗旨,市长已经说了,根据会议的安排,我首先发个言,就开门见山吧。

众所周知,永久化工非法倾倒铬渣污染事件发生后,给群众的生命安全、生产生活,造成了很大损失,产生了恶劣的负面效应。甚至惊动了国家环保部,对瓜州所有工业建设项目,实行"区域限批"。要求永久化工停产整改,在未达标前,不能恢复生产。

发生这样恶劣的环保事件,原因当然是多方面的。作为环保职能部门,我们工作没做好,应该坚持的,没有坚持,难辞其咎。尤其是我这个环保局长,更负有不可推卸的责任。借此机会,我代表市环保局,并以我个人的名义,表示深深的歉意。

我以为,永久化工这次污染事件的发生,既有历史的原因,也有现实的原因。历史的原因是,当初,瓜州引进永久这个项目时,虽然经济效益有挺乐观的预期。可环境评估表明,铬盐生产中的副产品——铬渣,长期堆放,对大气、土壤、水源,以及周边生态环境的污染,是致命的,甚至是不可逆转的。鉴于此,作为职能部门,我们曾经提请政府,慎重考虑。后来,政府还是决定,要上这个项目。鉴于此,我们又提出,必须坚持环保"三同时"的原则。即,环境保护设施必须与主体工程同步设计、同时施工、同时投入使用。以构筑环境保护的第一道防线,防患于未然。可事实是,"三同时"打马虎眼,很不到位。比如,能够防雨、防渗、防尘的堆放铬渣的库房,就没达到与生产能力相匹配的要求,为后来将过盛铬渣,堆放在南盘江边,以及随意倾倒,留下了隐患。之所以如此,除了企业节约成本,再就是政府规定了剪彩投产的日子,一个劲儿赶工期。

无奈,我们只好睁只眼,闭只眼,违心地开了绿灯。这就是我前面说的,应该坚持,没有坚持的含意所在。今天,旧事重提,并不是事后诸葛亮,表明我这个环保局长有多英明,而是说明我们后来的污染,并不是孤立的,与当初的"欠账",息息相关,应当引以为戒。当然,也许有人会说,既然话说得这么漂亮,当初你应该坚决反对呀！事情的确如此,不过,如果当初我坚决反对,除了徒劳,再就是今天坐在这里和大家回顾这段往事的,可能就不是我任杰,而是张杰、马杰、朱杰、牛杰什么的了。所以,我得承认,我是个自私的人,紧要关头,做不到舍得一身剐。

任杰发言的时候,杨兵开始是巡睃会场,挺认真听的样子。后来,埋着头,不停地喝茶。继而,不由得抬起头来,盯着任杰,"嗯"地干咳一声,会场上的目光,随着杨兵这一声"嗯",齐刷刷地向任杰扫了过去。

这种没有言语的招呼,瓜州人称之打响声。

呵呵!任杰显然感觉到了迎面投来的一束束目光,自我解嘲地打了个哈哈,说,过去就事情,就不多说了,我说说眼下吧。

永久化工停产整顿后,为确保其铬盐生产线复产有序进行,地区环保局委托中国科学院地球化学研究所,编制了《永久化工有限公司铬盐生产线复产环保实施方案》。详细情况,在此不赘言。

这段时间,根据方案要求,我们上上下下做了大量工作,永久的整改,取得了较大成效。今早,接到市政府办参会的通知后,我对照方案,将迄今为止所做的工作,作了大致梳理,发现无论是软件,还是硬件,都有相当大的距离。比如,农产品的监测,永久所在地转弯塘村的环境治理,因经费紧缺,尚未进行。转弯塘的人居环境,至今没有改变。可以说,转弯塘的环境问题,已经成为不稳定的因素。同时,永久环保设施老旧落后,难以达标排放,等等。因为要做的工作没做完,做好,验收呢,自然也就没有进行。因此,我认为,无论是以一个环保局长的身份,还是从一个瓜州人的角度,坦率地说,我认为今天在此研究,或者决定永久复工,为时尚早。请领导审慎,再审慎。

我的发言完了。谢谢大家!

会场陡然静场,静得与会者几乎可以听到自己的心跳。

大家你看看我,我看看你,都以为自己耳朵出了毛病。是啊,杨兵主持会议的开场白,已间接地表明了市政府对永久化工复产的态度。召开这个会议,不过是需要一个形式,或者找个由头,正儿八经地走走过场罢了。既然如此,这样坦率地在会上公开陈述与领导相左的意见,确属罕见。这任大局长,是吃了熊心豹胆,还是脑子进水?

啪啪啪!稍倾,仿佛一石击起千层浪。不知谁带头鼓起了掌。众人愣了愣,自觉或不自觉地,也跟着鼓起掌来。

主持会议的杨兵,被蓦然响起的掌声惊醒过来。

听着任杰的发言,杨兵有一种隐隐的担忧。万一自己让永久复工的意志不能实现,那该是怎样一种局面呢?周薇最后通牒的期限,就是今天,这表明,狗急跳墙的李永久,剑已经出鞘。更何况,除了与周薇的"一夜情",这些年,他没少向永久伸手,粗略匡算,起码在7位数以上。一旦李永久的要求得不到满足,他必然将手中的"不雅视频",率先抛出,继而拔出萝卜带出泥。甚至,引发瓜州官场的多米诺骨牌效应。凭直感,瓜州的许多官员,在永久这个项目上,或多或少,都拿了银子。倘真出现那种不堪收拾的局面,不但高升无从谈起,这些年离乡背井的辛苦努力,将付诸东流。眼前的位子能不能保住,也成了问题,弄不好,一头栽进"笼子"里去,也不是没有可能啊。

杨兵不寒而栗,惊出一身冷汗。

他从口袋里摸出纸巾,下意识地在额头上抹了抹,端起面前的茶,啜了一口,强迫自己冷静下来,当务之急,是要稳住局势,再从长计议。而要稳住,就必须在今天的会上,形成一个决议什么的,让永久先行复工。哪怕赤膊上阵,也要达到目的,再也不能犹豫了。

好啦! 杨兵巡视了一下会场,示意大家安静,然后清了清嗓子,说,刚才任杰局长代表职能部门,就永久化工停产整顿的情况,做了比较全面的汇报。从介绍的情况来看,这段时间,大家都很辛苦,做了许多卓有成效的工作。在此,我代表市委,市政府,对大家的辛勤工作,表示衷心的感谢!

掌声响过,杨兵顿了顿,继续说,永久复工的问题,市政府的态度,一向是慎重的,别的不说,今天召开这个专门会议研讨,就是最有说服力的证明嘛。换句话说,正是为了慎重,我们才召开这个专题会议。不过,大家知道,永久化工,是我们财政税收的一大支柱,如果停产整顿遥遥无期,那是个什么概念呢? 在座的,都是各单位主要领导,当家做主的人,道理,不言自明,兜里没钱,心中发慌啊! 同样道理,我这个市长,两手空空,也没法当下去。为什么? 很简单,近两万财政供养的公务员,教师,以及别的国家工作人员,眼巴巴地等着发工资呀!

刚才,任杰局长说永久复工的事儿要慎重,但怎么慎重,他没明说,我倒想问问,按你的想法,应该怎么才算慎重,能不能,说得明白些呢?

大伙儿的目光,又剑一般向任杰扫了过去。

任杰顿时如坐针毡,刚才他一番"慎重"的说道,原本就让人感觉另类,引得大伙儿的目光针扎似的投过来。还没从这种窘境中转过神儿,杨兵又指名道姓地将他推向前台,想躲闪躲闪,也断了退路。刹那间,任杰被激怒了,冬眠已久的正义感,岩浆般喷薄而出,浑身热血沸腾,跃跃欲试。如果说,刚才他提请市政府慎重,还有些斟字酌句,那么,在杨兵的逼迫之下,也就不管不顾了。

好!既然市长点我的将,那我就以一个环保人的良知,坦率地直言不讳地,说说我对永久复工的真实看法,任杰喝了口茶,稳住情绪,继续说下去,不错,永久化工为瓜州财政税收增长,做出了重大贡献,给大伙儿兜里,增加了些银子。但同样不可否认的是,永久化工对瓜州,尤其是周边生态环境,造成了很大破坏。对厂区所在地转弯塘的空气、土壤、水源,造成了极大污染。比如,被铬渣污染的土壤,其修复不仅耗资巨大,且需要数十年、几代人的工夫,即使这样,也难以恢复如初。在座的领导,可能知道,转弯塘癌症高发,成了远近闻名的"癌症村"。为什么?因为铬渣是一种毒性很强、可致癌的重金属类危险废物。村民们吸入的空气有毒,喝的水有毒,吃进肚子里的大米,玉米、蔬菜,统统都有毒,这样的生存环境,不得癌症才怪!真的,许多时候,身为瓜州人,作为环保局长,面对病入膏肓奄奄一息的父老乡亲,我的心在流血。可人微言轻,除了加强监管查处,爱莫能助,不能从根本上解决问题。所以,老实说,我很纠结。现在,生态文明作为"五个文明"建设之一,摆上了更加重要的位置,我以为,该是重视和解决永久化工污染的时候了。是的,GDP是要增长,但我们不能以污染环境和牺牲公众健康为代价,不能走西方,或者沿海一带先污染,后治理的老路啊。也许,我们现在所赚到的钱,到头来,算算细账,根本没法为付出的环境代价买单。有人说,如果我们的生态环境继续恶化下去,这世界上的最后一滴水,将是我们自己的眼泪,这,并非危言耸听。而我担心的是,真到了那时候,我们的眼里,无泪可流。所以,我们既要金山银山,也要绿水青山,要可持续发展,而不是一锤子买卖,要GDP,但它应该是绿色的。其实,换个角度看,绿水青山,就是金山银山。不能杀鸡取卵,竭泽而渔啊。

任杰抑扬顿挫,侃侃而谈,将长期憋闷在心里的话,一吐为快。开初,还有人不怎么在意,相互交头接耳。听着听着,全都被他精彩的发言勾住了目光,一个个支楞着脑袋,屏气凝神地听,除了任杰浑厚响亮的男中音,不停地飘荡回旋,会场里,静得没一丝儿杂音。

好!言归正传。任杰顿了顿,看了看杨兵所坐的位置,说,刚才,市长问我,永久复工怎么才算慎重。我认真想了想,如果讲真话,负责任的话,有良心的话,不外乎三个办法。其一,继续停产整顿,经验收合格后,恢复生产;其二,搬迁。这也是转弯塘村多年来的强烈要求;其三,从长远着想,为子孙后代计,关停。任杰故意停顿下来,喝了口茶,继续说,就这三个办法来看,后两个办法,比第一个好。最后一个办法,最好,一劳永逸,也合乎当下保护生态环境的要求。

我就讲这些。任杰面带微笑,结束了发言,供领导参考。

沉寂有倾,热烈的掌声陡然响起。

杨兵在掌声中抬起头来,一张马脸紧紧地绷着,黑得像暴风雨前的天空,可又不能狂风暴雨似的发泄,理智告诉他,身为一市之长,再怎么不高兴,也得端着,宰相肚里能撑船,天亮才见马牙霜,日子长着呢。不能太没风度,落人笑柄。

打点名要任杰发言,杨兵就后悔了。话一出口,他当即便意识到,自己犯了个很低级的,兴许是致命的错误,那就是:穷寇勿追!

这些年,就永久造成的污染,任杰没少在杨兵面前发牢骚,但每每都被他以各种冠冕堂皇的理由,给噎了回去。后来,任杰当着他的面,不再嘀咕了。可这并不说明,他没有看法。他的气,憋着,足哩。按本意,杨兵是想敲打敲打任杰,让他收敛收敛,顺带在大伙面前出出他的洋相。可他太低估任杰了。本来他就窝着一肚子火,没地儿发泄,自己却鬼使神差地,给他接上导火索,他不爆炸,才怪哩。狗急了,都会跳墙。人,一旦豁出去,也就无所顾忌了。今天这个会的目的,很明确,那就是通过决议,让永久先行复工,以解周薇,也是李永久最后通牒之危。既如此,会议就是个形式而已,任杰作为环保局长,陈述事实,或者有点儿微词,也在情理之中。何况,打心眼里,他也觉得任杰说得在理。可有道理,不一定合乎现实。现实存在的,不一定有道理。常言说:官大一级压死人。快刀斩乱麻,"啪"一板拍下去,不就完事?有什么必要,非去碰任杰这个烫手的山芋呢?到头来,搬起石头砸自己的脚,出洋相的,倒成了自己。

杨兵后悔透了。

当断不断,必有后患。是该做出决断的时候了。杨兵忿忿地想。

任杰局长刚才的发言确实很坦率,也很精彩,大家报以热烈掌声,就是明证嘛!杨兵愣了好一阵儿,清清嗓子,说,不过,精彩归精彩,现实归现实。现实是什么呢?那就是瓜州要发展,大伙要吃饭。其实,任局长讲的道理,并不深奥,我相信,在座各位,都听得懂。可要马儿跑,又要马儿不吃草。这等好事儿,未免太理想化了吧。纵观全球发达国家,有几个没付出代价,甚至是惨痛代价?当然,我并不否认生态文明建设建设的重要,那是功在千秋的好事儿。可瓜州有句俗话:火烧眉毛,顾眼前。打个比方,出差在外,遭遇扒窃,你身上仅有5块钱,肚子饿得咕噜噜叫,同时,好几天没修面了,胡子拉碴的,影响市容,更对不起观众,可你是用这5块钱,去吃碗面条充饥,还是忍受饥饿的折磨,去打理个人卫生?答案,不言而喻。

会场响起笑声。

还有个问题,杨兵似乎受到鼓舞,逡巡会场一圈儿,说,在此,我也想再强调强调,政府职能部门,直属的,或者非直属的,加起来,四五十个吧,但部门再多,都是政府伸出去的脚。政府呢,是头,是脑袋。那么,脚往哪儿走,得听头的指挥是吧。这是个基本原则,没什么价钱好讲。打个不一定妥当的比方,这种关系,就像老子和儿子的关系。儿子,当然得听老子的。

有人掩着嘴,偷偷嬉笑。

杨兵和任杰相继说话的时候,张家才冷着脸,目光散淡,一副置身事外,似听非听的模样儿。杨兵打老子和儿子的比喻时,张家才的嘴角,不经意地扯了扯,倏地闪过一丝嘲讽。

杨兵很为自己生动贴切的比喻陶醉,端起面前的茶杯,慢慢品味的当儿,脑子里的机器却在高速运转,思考对策。如果硬性通过复工决议,势必造成不尊重职能部门意见,独断专横的印象,万一以后出了什么乱子,脱不了干系。假如采取一种冠冕堂皇的形式,实现自己的意图,效果肯定就要好得多,台面上,也说得过去。蓦地,一个念头电光石火般闪过脑海,他喜从中来,当即便打定了主意:对,就这么干。

永久复工的问题,环保部门和政府的意见有分歧。按说,政府拍了板,也就了事。杨兵全然不知会场气氛的微妙变化,放下手中的杯子,依旧侃侃而谈,今天在座的,对永久的过去,现在,甚至未来,都有比较清楚的了解。如果没有什么不同意见,或者,有意见,不便表达,我看可以采取一个方便快捷,又可以表达自己意愿的形式,统一意见嘛!比如说,大伙儿举手表决,不就行了。

举手表决?这可是破天荒的举措哩!正埋着头听杨兵神侃的张家才,心里一惊,不由得抬起头来,看样子,杨兵要刺刀见红,不达目的,誓不罢休啊。其中,莫非有什么难言之隐?可真要举手表决,你就保证胜券在握?

怎么样?张市!杨兵偏过头,迎着张家才正巧投过来的目光,笑着问道,长会短开,既然意见不太统一,大家又没什么新的见解,我们就充分发扬民主,举举手嘛!

好呀！张家才盯着杨兵那张还算英俊满面笑容的脸，陡然觉得从未有过的狰狞，脑子里蓦然蹦出一个成语：笑里藏刀。愣了愣，也笑着调侃道，除了市里"两会"，用举手表决的方式形成决议，杨市，你可真有创意啊。

哈哈哈！杨兵以一串笑声掩饰窘态和心中的虚弱，接着张家才的话头说，有创意是吧，张市，和尚也是人做的，剃掉头发，不就成了啊？愣愣神，又说，那好吧，举手举手，张市，你监票。陆主任，你唱票，先数数到会人数，呵呵呵！

张家才和政府办主任陆地，不约而同地站起身来。

杨兵面带微笑，踌躇满志地巡睃会场。

就在陆地清点人头的当儿，政府办何秘书一脸惊恐，急匆匆地走进会场，径直来到杨兵身后，嘀嘀咕咕地，一阵耳语。

仿佛六月天突降大雪，杨兵满面春风的笑脸，霎那间，便凝固了。远远看去，一丝儿没来得及隐去的笑意，摇摇欲坠地挂在眉宇间。脸上的颜色，也随着何秘书的嘀咕，由黄变红，由红变紫，须臾，又唰地变得惨白。

出事儿了。张市。何秘书的嘴巴终于停止了开合，杨兵愣怔片刻，转头对张家才说，今天的会，就开到这里。

那好。张家才心中有数，不禁窃喜，脸上却一片茫然，百思不解地说，那，我来宣布吧。

杨兵无可奈何地点点头。

各位！张家才干咳了一声，提高嗓门儿，大声说，有个突发情况，今天的会，就开到这里。散会。

何秘书和杨兵耳语的画面，及其脸上的风云变幻，与会者显然尽收眼底，可究竟出了什么事儿，大伙儿丈二和尚摸不着头脑，及至张家才宣布散会，才从愣怔中醒过神来，一个个噼哩啪拉地挪动座椅，满脸狐疑地相跟着，向门口走去。

这时，市长杨兵和紧跟其后的常务副市长张家才，政府办主任陆地，早已急匆匆地消失在门外……

第十八章

波音 737 像只银灰色的大鸟，翱翔万里蓝天。

天气格外好，飞机从首都机场起飞，很快升到万米高空，身披灿烂阳光，以相对均衡的巡航高度，一路南飞。忽而在雪山般的云海里穿行，忽而抛开变幻莫测的棉垛、雪莲、羊群似的白云，在净洁如洗，没有一丝儿云彩的浩瀚碧空奋飞，除了偶尔碰到强烈气流，机身有些许几乎不易察觉的颠晃，平稳得如履平地，仿佛坐在客厅沙发上，全然没有身居高空的感觉。

瓜州市委书记陈若虹坐在机舱中部右侧舷窗旁，脸色凝重，眉峰紧锁，两眼紧紧地盯着窗外，看眼前云卷云舒，万千气象。脚下城镇、田园、江河、山林影影绰绰，晃眼而过，变换着五彩缤纷的色彩。陡然，一条彩练般的大江撞入眼帘，凭经验，他知道那是长江，航程已经过半，省城，越来越近了。可随着回程航距的缩短，陈若虹的思绪，反倒拉得越来越远。

像当下许多翻四奔五的领导干部一样，陈若虹也是从家门，到学校门，再从学校门，到社会门，名副其实的"三门"干部。没有经历过"文革"之类的运动，也没有太大的人生波折。从小学到大学，他唯一要面对和抗争的，是家里的贫困。兴许是吃够了没文化的苦头吧，尽管有时穷得连盐巴都难以为继，大字不识一筐的父亲，对读书却格外看重，哪怕手里仅有一块钱，也会给他先买个作业本。父亲告诉他，他们那样的环境、那样的出身、那样的家境，只有靠读书，才能改变命运。要不，就只有做一辈子泥巴脑壳。正是受到父亲这种执着信念远大理想的潜移默化，陈若虹打小就有飞出"农门"，成就一番事业的梦想。铸就了克勤克俭,吃苦耐劳、坚忍不拔的品格。

　　高中毕业,陈若虹果然没有让父亲失望,考取了北京一所名牌大学。毕业时,抱着回馈乡梓的美好愿望,回到乌蒙山区。兴许那张文凭的含金量引人瞩目吧,没有后台背景,甚至没有熟人,两眼一抹黑的他,幸运地分配到地委办当秘书。伫立在地委办公室偌大的窗口,感觉像做梦。他用一双仍有些稚气天真的眼睛,兴奋而好奇地打量社会,打量人生,打量各色人等。忙碌。却很充实。感觉学到了许多书本上没有的东西。具体说来,除了能力的提升,他学会了识人,做人,跟人。三年后,虽然没什么实职,已有了科级秘书的头衔。他知道,在地委这个塘子里,科级干部,一抓一大把,起码得副县级以上,才够领导干部的资格。可在县里,有的人,挣扎了一辈子,也望尘莫及。他一介书生,地地道道的山里娃,能有这么高的起点,照乡亲们传统的说法,已经是祖坟上冒青烟了。何况,他还那么年轻,又经常围着领导屁股转,机遇多着呢。

　　果然,两年后,地区团委换届,年轻有为的陈若虹进入领导视线。换届前,作为副书记候选人调地区团委,参加换届选举。选举结果,自然毫无悬念,组织意图,得以圆满实现,陈若虹如愿以偿地走进领导干部行业。那一年,他离"而立",尚距两个春秋,成了当时地区为数不多的年轻领导干部,让许多年轻人望尘莫及。

　　晃眼又是三年,陈若虹在地区团委副书记任上,虽没什么惊天动地的业绩,倒也任劳任怨,兢兢业业,较好地完成了份内工作。其间,还去凤山县挂职,当了一年副县长。更关键的是,上上下下,前后左右,都处得挺和谐。再次换届时,书记另有重用,陈若虹顺理成章地作为地区团委书记人选,周吴郑王地从票箱里走了出来。这期间,除了"扶正",他还收获爱情,有了个善解人意,娇小玲珑的妻子,生了个天真烂漫的女儿。官场、情场双丰收,老婆孩子热炕头。小日子要多惬意,有多惬意。

　　寒来暑往,地区团委书记的宝座刚刚坐热乎,陈若虹作为地委培养重用的年轻领导干部,下派瓜州任市委副书记,分管组织人事。

　　陈若虹清楚地记得,那年金风送爽的时节,就在他赴瓜州任职前,平素少有闲暇出门的父亲,撂下家里的农活,专程从乡下来到城里,名义是看望孙女,实际是听说他下派做官,来给他敲敲警钟。

　　陈若虹让妻子弄了一桌父亲喜欢吃的菜,祖孙三代,共享天伦之乐,并特意开了瓶"茅台",爷俩推杯换盏,尽性小酌。

三杯美酒下肚,父亲古铜色的脸庞上,慢慢地浮起一片嫣红,话也多了起来。

陈老大,父亲叫他的乳名,嘿嘿地笑,爹这回来,除了想孙女,是想和你说几句话哩!

爹!我是您儿子,有什么话,你直说就是了。陈若虹笑着说,没必要拐弯抹角的。

哈哈哈!父亲挺开心,满是皱纹的脸,灿烂得像朵九月菊,美滋滋地喝了口茅台,嚼了两块猪耳朵,说,你娃儿打小读书就去得,还在皇城读大学,给爹长脸呢。回来后,运气也不错,分在了地委。这地方,过去应该叫"府"吧?顿了顿,端起面前的酒杯,又抿了一口,继续说,这回,领导又让你下去当官,不容易哩。莫非像乡亲们说的,我们陈家的祖坟,真埋得有狗骨头啊!

看你说的,爹!哪儿跟哪儿啊!陈若虹听了爹的话,哭笑不得,不知说什么好,愣了愣说,一个是组织的信任培养,再一个是工作需要,跟祖坟埋什么,没有关系。在外面,可不能这么说哦!

爹知道,哪样山上唱哪样歌,哪样人前说哪样话。爹不糊涂,明白着哩!父亲端起酒杯,和陈若虹碰了碰,美滋滋地呷了一口,说,爹还知道,你学问深,能讲好多大道理呢。讲大道理,我讲不过你,做你的学生,也不够格。父亲顿了顿,咽下一砣红烧肉,又说,不过,有两个小道理,你下去一定要注意。一是不该要的钱,不要伸手;二是不要太好色,色字头上一把刀,坏女人,祸水哩!

爹!陈若虹动情地喊,喉头有些发紧,眼里潮潮的,谢谢爹的教诲,我一定牢牢记着,你这小道理,其实就是大道理,管用啊。

是啊!你在上面,是个单位,上头有人罩着,不会出太大乱子。父亲语重心长地说,下去当官,一个县,好大块地盘哩!说不定,哪天就一个人说了算,可不小心,一脚踩歪,麻烦就大了。

我一定牢记爹的话。陈若虹斩钉截铁地说,走好每一步,做个好官。

要得,要得。父亲又喝了口酒,捻着下巴上不长的胡须,心满意足地夸奖道,我们家陈老大,乖,从小就乖,呵呵呵!

这刻骨铭心的一幕,经常在陈若虹的脑海回放、定格,越咂摸,越觉得回味无穷,受益匪浅。

人生在世，做什么都讲究个德行，父亲用通俗话语道出的，就是"官德"吧。陈若虹不止一次地想。

果不出父亲所料，陈若虹在瓜州市委副书记任上，干了不到两年，原书记高就地区行署副专员，他一歪屁股，坐上了市委书记的交椅，成了瓜州说一不二的诸侯，权倾一方。

不过，陈若虹明显地感觉到，主政瓜州后，他仕途上的步伐，就有些慢了，甚而停滞不前。在市委书记位子上，6年没挪窝。加上先前将近两年的副书记，相当于一个抗日战争。是自己缺少进取，过于求稳，还是领导目光，没有关注到自己。也许都有吧！如果说，陈若虹有什么做官的心得，或者感悟，那就是要稳。稳住队伍，稳住阵脚，稳住心态，稳中求胜。太过轰轰烈烈，难免有瑕疵，难免出毛病。这些年，瓜州与周边县市，横向相比，可能有差距，但纵向看，进步是显著的。某些方面，瓜州走在前列，譬如招商引资，力度就相当大，真有些轰轰烈烈的味道。而今天瓜州出现的问题，就是其中滋生出来的。十二三个领导干部，因永久化工的事儿，接二连三地栽了进去，身为瓜州市委一班之长，难辞其咎自不必说，令人心痛呐。

扪心自问，虽然经济工作由政府主抓，但许多问题，如果直言不讳地给市长杨兵泼泼冷水，降降温，敲敲警钟，结果又会怎样？

杨兵是陈若虹任书记的第二年，"空降"瓜州当选市长的。算起来，两人搭班子，也有些年头了。杨兵给陈若虹的印象是，雄心勃勃，年轻肯干，当然也有能力，期冀在瓜州政坛，大显身手，抓上几个晋升高就的砝码。可正因为如此，也就难免急功近利，许多事情上，度的把握，就失之偏颇了。

当然，陈若虹坐镇的时候，瓜州前进的步伐，大方向还是把握得不错的，可谁能料到，他外出学习期间，就捅出了这么大的篓子呢？

大约半年前，地委组织部罗漠部长亲自找陈若虹谈话，说地委认为，他在瓜州这些年，做出了较大成绩，时间也不算短了。根据领导干部交流任用的精神，地委准备推荐他到外地履新。这个想法，也得到了省里意向性认可。在此之前，按惯例，须到中央党校地厅干部后备班学习，武装思想，换换脑筋。并告诉他，外出学习期间，瓜州市委的工作，由市委副书记、市长杨兵暂时主持。随后，地委组织部将派员前往瓜州，宣布地委关于陈若虹离职学习，以及由杨兵暂时主持瓜州市委工作的决定。

最后,罗部长强调,如果陈若虹有什么想法和困难,可以毫无保留地向组织提出来。

没有,没有什么想法,也没什么困难。陈若虹欣喜若狂,很为自己稳中求胜的策略得意,8年的坚持,总算有了回报,来之不易啊!可脸上却相当平静,淡淡地笑了笑,当即表态,感谢地委对我的肯定和信任。当然,也感谢罗部长这么多年来,一如既往的支持和关心。

宦海荡舟这么多年,历经多少深浅沉浮,天资聪慧的陈若虹,早已修炼成精,得道成仙。说宠辱不惊,也不为过。他知道,别说是提拔重用,就是平调降级,一旦以组织的名义决定了,再说什么,都没用。找你谈话,美其名曰:征求意见,实际是过场和形式而已,无异于最后通牒。诸如此类的事儿,在瓜州,他还干得少么?这时候,倘若谁还正儿八经地提意见,按瓜州人的说法,这人不是脑子进水,就是有点"二"。可他真没意见可提?非也。比如,既然准备提拔重用,为什么不在乌蒙地区提拔,非要"交流"出去呢?又不是提专员,本地人得回避什么的,乌蒙地区"四大班子",副厅以上的位子,好几十个呢,莫非就不能给他挪出把交椅?非要让他背井离乡?纵然是做官,也故土难离啊。说不好听点,也许有人看他不顺眼,或者觉得他碍事儿,高套半格,名正言顺,一推六二五,完事儿。可这些意见,或者想法,他能说吗?说了有用吗?不能说,说了也白说,反倒给人留下不服从组织安排,讨价还价的笑柄。所以,这些想法和意见,只能让它烂在肚子里,随着别的废物,一古脑儿地排泄出去。表面上,他得欣喜而不失态,感激而不肉麻。

于是陈若虹服从地委的安排,愉快地去中央党校学习,好听而通俗的说法,叫任前镀金。之所以说愉快,还有个原因,这些年,在瓜州市委书记岗位上,神经绷得紧紧的,有时,真担心它会在某一个时辰,啪,断了。这下好了,将近半年的时光,可以好好地放松一下了。党校的培训,再怎么紧,也要比上班轻松得多。

陈若虹怎么也没料到,就在他离开的这些日子,瓜州还真出了事儿。

首先是非法倾倒铬渣导致污染,闹出人命,舆论哗然,神州轰动。接着因永久化工的污染引发群体事件,网上曝出市长杨兵不雅视频,牵出受贿案,再之后,一伙科(局)级干部,一个一个地跟着杨兵被"双规"……

一般人心目中,陈若虹老成持重,不苟言笑,看上去似乎有些古董。其实,他骨子里挺"潮"。当下年轻人喜欢热衷的玩意儿，一样也没挪下。比如 QQ、博客、微博、微信什么的。因此，杨兵"光辉形象"网上一闪亮，陈若虹就目瞪口呆，揉揉眼睛，自信没看错，顿时，便傻了眼。怎么会这样啊！随即，啪啪啪按了一通手机键盘，正要摁"绿键"，他愣住了，停止了动作。是啊，虽然自己书记头衔尚在，可毕竟将在外，家里的事儿，基本没管，这种丢人现眼的桃色新闻，积极主动地过问，别人会怎么想呢？

比较详细的情况，是事后政府办主任陆地打电话告诉陈若虹的。

陆地说，那天，政府党组扩大会正要表决，通过关于永久化工复工的决议，何秘书突然闯进来，通报发生突发事件——转弯塘上百村民在政府大门口静坐。

市长杨兵，常务副市长张家才和陆地赶到大门口的时候，眼前坐着的村民，黑压压的一片。人群前面，有人拉着一条白色横幅，上面用墨汁书写；还我碧水蓝天，还我沃土良田！看上去，似乎墨迹未干。人群挺安静，没有喧闹，没有随意走动，甚至没人说话，训练有素。

转弯塘村老支书吴尔金，村民赵保平、江明明，还有吴尔金的儿子吴迪，挨着坐在人群前排。

人群旁边，有人正拿着手机，嚓嚓嚓，从不同角度拍照。

看着黑压压的一堆人，杨兵不由得心里叫了声:糟糕！顿时，头就大了。真是多事之夏，按下葫芦起了瓢，怕什么，来什么啊！非法倾倒铬渣还没理清楚，停产整顿遥遥无期，周薇、不，李永久的要挟警报尚未解除，又发生了眼前的群体事件，这不要命么？倏忽间，绝望像条冰冷的蛇，从头到脚，又从脚至头，上下游走蠕动，虽时值七月，骄阳似火，杨兵却冷得浑身颤抖，小腿肚抽筋般悸痛。

这些年，杨兵深切地感觉到，许多过去横冲直撞的事情，都纳入了法制轨道。可作为身在一线的国家工作人员，相应地，工作难度，也就越来越大了。一边是法规的红线，一边是非完成不可的硬指标，真有些走钢丝的感觉。而有的工作干砸了，就会影响你的前途，甚至饭碗。所谓"一票否决"。比如计划生育，比如社会治安。眼前的群体静坐，就是社会治安不稳定的表现。

杨市。这些人是转弯塘的村民。张家才见杨兵愣着，不吭声，凑近他的耳边说，可能是冲永久化工污染的事儿来的，你看咋办？

哦！杨兵从愣怔中醒过神来，说，我知道，前面那个领头的，不就是过去的村支书吴尔金么?

对!张家才说,他曾经多次找过你,可你好像没接见过他。

嗯!杨兵哼了一声,没接张家才的茬,答非所问地说,来者不善啊!顿了顿,又说,我们过去,看看他们有什么要求。这事儿,得妥善处理,弄不好,要出大乱子的。

那是,那是。张家才说,杨市得对,先了解情况再说,稳定,压倒一切呢。

这是政府的杨兵市长。张家才带着杨兵来到吴尔金面前,介绍道,这是转弯塘村老支书吴尔金。

我晓得。坐在地上的吴尔金微微抬起头,乜斜着眼睛,剜了杨兵一眼,面无表情地说,可我认识他,他不认识我。

呵呵!杨兵尴尬地伸出手,说,对不起了,老支书,过去多有怠慢哈!

没关系,你是市长,我是平头百姓。当支书,也是过去的事儿。吴尔金对杨兵伸出的手视而不见,不得哪样怠慢不怠慢,当市长,怎么做,都正确哩。

呵呵呵!杨兵又是一阵干笑,伸出的手僵在半空,进也不是,退也不是,心里的火,一股股地朝上冒,要是平常,他肯定拂袖而去。什么东东啊,娘的,一个下台的过气支书,哪来的狂劲啊,再怎么说,老子也是一市之长,正七品哩。不过,此时非彼时,他得忍辱负重,压住自己的火。一句话,不能激化矛盾,火上浇油啊。

不管怎么说。杨兵终于镇定下来,悻悻地抽回手,你们坐在这里,肯定不是无缘无故的,我想听听,你们有什么要求,能办到的,我一定满足呀。

那好啊。吴尔金正要说什么,愣了愣,想起之前的约定,指了指身边的江明明说,我老了,也昏了,主要是陪他们来玩玩,至于什么要求,你问问他吧。

你好!杨市。江明明笑着与杨兵握手,我叫江明明。

你好!杨兵迎着江明明伸过来的手,象征性地拉了拉,说,我想了解一下,你们组织这么多人坐在这里,到底要干什么?有什么要求,好好地说,政府会解决的嘛。顿了顿,又说,我想你们应该知道,这叫聚众闹事,是违法的。

要干什么?杨市不会是明知故问吧。江明明倏地敛住脸上那一抹本就有些勉强的笑容,顺手一指,正色说,可能你一出政府大门,就看到了那条"还我碧水蓝天,还我沃土良田"的横幅了吧?因此,我们是什么地方的,要干什么,一目了然。至于你说的好好说,更是无稽之谈,为永久化工污染转弯塘的事儿,我们把政府门口的水泥台阶,都踩出了坑。信访办的信访记录,少说也有一大本,可问题解决了么? 没有啊! 非但没解决,反而越来越严重,上千人处在水深火热之中,市长不会没有耳闻吧? 可当着这么多村民的面,作为一市之长,你过问过没有,你听过我们的诉求没有? 没有啊。你关心的,是永久有多少产值,能提供多少税收。江明明停顿片刻,控制激奋的情绪,又说下去,对,我们知道,这种行为是违法的。可你应该想想,我们明知违法,为什么还要坐在这里? 我们是被逼无奈,无路可走,为了能有个基本的生存环境,才自发地坐在这里,才出此下策啊! 不过,我要纠正市长刚才的说法,就算是聚众,我们没有闹事,没有打砸,更没有抢劫。如果安安静静地坐在这里,你们也容不下,那你看着办吧! 反正,我们转弯塘人,为了生存权,被抓、被关,也不是第一次了。

听了江明明一通言之凿凿,有理有据的说道,杨兵很是尴尬。本来,他想认真听听转弯塘村的意见,没想到他的话,就像一把锥子,啪一声,捅破了转弯塘这个鼓鼓囊囊的气球,里面憋着的闷气,通过江明明的嘴,全都冲了出来,让杨兵觉得很丢面子。但他知道,他不能激怒他们,不能发火,得忍着。否则,事态,就更难以控制了。

呵呵! 杨兵看了看张家才,又看了看陆地,自我解嘲地笑笑,过去我工作没做好,我检讨。你说说,你们今天来的要求是什么,好不?

那好啊! 江明明说,永久是怎么创建的,永久对我们转弯塘造成了哪些污染和危害,这些年我们和永久有哪些过节,我想杨市比我清楚,就不用我在此废话了。江明明稍作停顿,将手中矿泉水瓶的盖子拧开,扬起,抿了一口水,润润嗓子,接着说,至于今天我们的目的,杨市,其实很简单,那就是让永久搬迁,离开我们转弯塘。当然,如果能就地关闭,更好。

哦哦! 杨兵听了江明明的话,眉心的川字纹不由得挤成了一棵倒竖的扁担,笑了笑说,江明明同志,永久化工的事情,并不像你说的那么简单呀。比如,就像刚才你说的,牵涉到瓜州的税收呢。税收是什么? 那是相当一部分人的温饱啊。再说,永久到底何去何从,我一个人说了,也不算数嘛,得市委、市政府集体讨论,研究决定呢。

我知道。永久化工在你心里很重要。江明明说,我也知道永久的事情怎么办,可能有个过程,或者程序。可那是你市长的事情,我不想管,也管不了。说白了,我是个农民。在意的是实打实的东西,要的,是结果,至于你怎么做,我们无权干涉,也不想干涉。

哎!杨兵暗自叹了口气,心想,这个江明明,不是省油的灯,比吴尔金这个老家伙,还要难对付哩。可嘴说的是,什么事情,都是可以商量的嘛。

是啊!江明明接茬,正是相信可以商量解决,我们才坐在这里,慢慢地等候政府做出决定呀。

谈话进行到这里,卡住了。

副市长张家才站在杨兵身边,冷冷地看着,一直没吱声。

杨市!办公室主任陆地凑近杨兵耳边,你看要不要通知公安来人啊?

胡闹。来干吗,抓人呀?杨兵窝着一肚子火,正没地儿发泄,没承想,陆地却给他划了根火柴,于是唰地蓬勃开来,你嫌还不够味是吧,公安来人,弄不好,就会激化矛盾,引起冲突,或死或伤,整几个在这儿躺倒,就更不好收场了。顿了顿,看陆地大气也不敢出,心想,人家也是好心,没必要发火呢,于是缓缓口气说,这样吧,陆主任,公安就不用叫了,你多叫几个保安过来,维持秩序,谨防有人混进人群,趁机生事,

好,好。杨市,陆地诺诺点头,我这就去办。

不一会儿,陆地便将政府办七八个保安召集拢来,绕着静坐的人群站了一圈儿,拉上警戒线,以免有人插进去,借机滋事。并遵照杨兵的指示,将围观的人,统统阻隔在警戒线外。

局面看上去相当平静,可暗地里,却剑拔弩张,谁都没让步。

太阳偏西了。

夕阳像一颗硕大的火球,欲坠未坠地挂在瓜州城外如黛的山梁上,血红的余晖,水一般漫下来,远山,近树,屋宇、街市,还有人们的脸,都抹上一层釉般的猩红。须臾,苍茫的暮色沉沉地压下来。

天,就要黑了。

瓜州市政府门口的静坐人群,依然没有撤退迹象。

不过,坐了整整一个下午,人群里好几个年长的村民,疲惫不堪。再坐下去,说不定就虚脱了。年轻一些的,状态似乎要好些,可许多人的神态和坐姿,也没有刚来时那么精神抖擞了。

这时,有人送来好几箱方便面,抬来一个硕大的保温桶,村民们有序地站起身,拧开龙头,接桶里的开水,泡方便面。看样子,他们是准备日以继夜地坐下

去了。

此前,市长杨兵,常务副市长张家才,都相继看到了网上发布的瓜州市政府门口,群众静坐的图片和文字。

虽然杨兵一直捂着,地委办还是打来电话,询问此事。据说,已引起省里领导的关注。

杨兵感到压力越来越大。

安排好现场管护,感觉就像架在火山口的杨兵,把自己关在办公室,冥思苦想。屋里烟雾弥漫,大班桌上面的烟灰缸,堆得满满当当,有几枚甚至溢在了桌上。杨兵知道,现在自己是瓜州实际上的"一把手",这个节骨眼上,无数双眼睛都紧紧地盯着自己,没有退缩的余地,得尽快做出决断。可这个决心怎么下?一边是转弯塘村合情合理的诉求,一边是永久的利益,要求复工,当然也牵涉到瓜州的发展。更要命的是,自己在永久陷得太深了,一旦败露,前功尽弃。杨兵绞尽脑汁,仍没万全之策。

晚上10点过钟,有人笃笃笃敲门。

杨市!得快点想个办法,情况不太好啊!杨兵打开门,办公室主任陆地走了进来,呛得不停地咳嗽。稍倾,止住咳,说,刚才有个静坐的老人晕倒了,我打120,送医院去了。

是吗?杨兵眉头紧锁,一脸焦躁。心想,是得赶紧想办法呢,那些静坐者,不少是留守老人,身体本就虚弱,万一弄出人命,就兜不住了。火烧眉毛顾眼前,走一步瞧一步吧。沉思半晌,杨兵打定了主意,陆主任,你马上通知,让在家的所有副市长,政府党组所有成员,一刻钟内,赶到市政府二楼小会议室,参加紧急会议。

好!杨市。陆地大声说,我这就去办。

一个多小时后,瓜州市政府党组紧急会议作出决定;永久化工继续停产整顿;原则同意转弯塘的要求,待条件成熟,异地搬迁。

陆地告诉陈若虹,当杨兵把市政府的这个决定告诉吴尔金时,还出现了一段有趣的插曲。

老支书,告诉你一个好消息。开完会,杨兵神色凝重地来到政府大门口,找到吴尔金,说,刚才我们刚开完会,基本上同意你们的要求,永久继续停产整顿,待时机和条件成熟后,异地搬迁。顿了顿,又说,既然我们做出了承诺,你也应该把这些人带走了吧！

哦！真的呀？动作还有点快嘛。吴尔金对杨兵的话，半信半疑，愣了愣，说，空口无凭，我咋个相信，你说的是真是假啊？再说啦，时机和条件成熟，还不是送我们一把"长把伞"呀，哪样才叫成熟？猴年马月才成熟啊。

真的！你要相信我，刚刚才散会呢，我不会哄你的。杨兵急赤白脸地解释，所谓条件，那就是我们得找到新的厂址呀！至于时间，我想快则3个月，慢则半年，应该办得到。杨兵略作停顿，强调说，你要是不信，就问问张市长和陆主任，他们也参加了会议哩。

站在杨兵身后的张家才和陆地，不约而同地点了点头。

那好吧！其实不是我不相信你，是我们一次又一次地被哄怕了。吴尔金说，再怎么说，你也是一市之长嘛，我就再相信你一次。不过，还是那句话，口说无凭，你得拿个夺夺（凭据）给我捏倒，要不，你们以后翻脸不认账，或者拍拍屁股，走人，我找鬼二哥去呀？

哎呀！杨兵一脸无奈，说，老支书，你还是不相信我呀。

我也莫得法啊！杨市，你就多多担待吧。吴尔金古铜色的脸上洋溢着诡谲，笑了笑说，说得不好听点，法院白纸黑字的判决，都有可能被推翻，成为一纸空文哩。

呵呵呵！杨兵一阵苦笑，人与人之间，缺乏最基本的信任，是现代社会的一种病。也许，自己也是病因之一吧，愣怔良久，说，刚才政府紧急会议上，本来就明确，要尽快形成个会议纪要。既然你很在意那个"夺夺"，我表示理解，也满足你的要求。我让政府办马上起草纪要，连夜打印出来，给你一份。不过，我同样也有要求，拿到"夺夺"后，你得带着你的人，马上离开。

好！一言为定。吴尔金说，我虽是下台支书，没官没权，但说话算数，一颗唾沫，打一颗钉。

好！杨兵说，一言为定。

半小时后，由陆地亲自草拟，并安排人火速打印，散发着油墨香的《瓜州市人民政府关于永久化工有关问题的紧急会议纪要》，送到了吴尔金手上。

零时欠5分，转弯塘村近百静坐村民，有序地撤离。

一场突如其来的群体上访危机，历经10小时对峙，终于化解。

心力交瘁的杨兵，长长地透了一口气。

按杨兵当初的想法,陆地抬起桌上的茶杯喝了一口,继续向陈若虹汇报,顿了顿,说,陈书,你要不要休息一下,都打这么长时间了呢。

不用,我的手机倒是有点发热,不过,没关系,陈若虹说,继续说,把你知道的情况,原原本本地告诉我。

那好吧!继续说哈,陈书。陆地笑了笑说,杨兵当时想的是,先解转弯塘村民静坐的燃眉之急,回过头来,再对永久进行安抚,给足相应的优惠政策,永久同意搬迁,也不是没有可能。

岂料,算路不赶算路来。

杨兵的如意算盘,终究没打成。

当晚,准确地说,应该是次日凌晨二时许,疲惫不堪的杨兵正在梦乡游走的时候,他的不雅视频,也在网上不胫而走,下载和点击率,一路飙升。

清晨,一觉醒来,揉揉惺忪的睡眼,打开手机一上网,杨兵顿时便傻了眼,脑子里一片空白。

李永久终究没手软,本就出鞘的利剑,毫不留情地刺中了杨兵的死穴,一剑封喉。

接下来,纪检等部门很快介入调查,证实那个网上迅即走红,比重庆雷震富有过之而无不及的不雅视频,主角儿,确系瓜州市市长杨兵。

随即,李永久提供了贿赂杨兵的证据,并证实其在永久有"干股"。自永久化工创建以来,杨兵前前后后获取的非法所得,多达250余万元。

杨兵很快被"双规"。

与此同时,李永久还曝出在永久伸出"三只手"的不少官员。如招商局长、国土局长、安监局长,多则数十万,少则几万,都在永久捞到了好处。甚至疾控中心主任,也不甘落后。这就是为什么眼观就有问题的许多标本,化验结果,却全部正常的原因。拔出萝卜,难免带出泥,加上许多手中握有实权的股长、办事员什么的,大大小小的贪官,揪出二三十个,成了瓜州历史上罕见的贪腐"窝案"。

当然,也有常在河边走,就是不湿鞋的。如市环保局局长任杰,与永久打交道的时间,不可谓不多。只要他想伸手捞,机会比任何一个部门都多,他卡着永久的咽喉哩。可是,任杰却洁身自好,一分钱的好处也没捞。相形这下,真有些出淤泥而不染了。

那是,陈若虹接茬,这样勤政廉洁的领导,难得呀。

是啊,难得呢,陈书。我知道的情况,大体上就这些了。陆地说,目前,市政府的工作,地委指定家才副市长暂时主持。市委那边,由欧阳副书记暂时主持。因为都是副职,实际上,有点群龙无首的味道。会不会让你提前回来,稳定局势呢?

哦,这个啊!陈若虹"哦"了一声,愣住了,这种可能性,其实从杨兵一出事,他就想到了,可没得到地委明确指示,下级面前,不便说什么。他甚至有一种隐隐的担心,杨兵出事,当然与自己无涉,最多,吃过李永久几次宴请罢了,银子方面,分文未受。可杨兵出事儿,说不定会影响自己履新的进程呢。因为,眼下的瓜州,确实无人主政呢。陈若虹愣了愣,呵呵一笑,不置可否地说,谁说得准啊。按规定,我倒是还有个把月,培训才结业。

呵呵!陈书。陆地说,我瞎猜哩!

哈哈哈!陈若虹一阵笑,说,陆主任,辛苦你啦!跟我讲了老半天,口渴了哈,快去喝点水吧!顿了顿,补充道,哪天回来,我请你喝酒,好好整几杯。

好!谢谢陈书!陆地说,我提酒,好好敬敬领导。

和陆地通话后第三天,陈若虹接到地委委员、组织部长罗漠打来的电话。

陈书是吧!我罗漠。罗漠寒暄道,好久没见了,还好吧,习惯吧?

罗部好!谢谢关心哈。陈若虹有点夸张地说,我挺好的,一日三餐,无忧无虑,上课下课,蛮有规律的,都长胖好几斤了,呵呵呵!

是呀,神仙日子啊。顿了顿,罗漠倏地转换话题,问道,你们好久结业呀?

哦!还有个把月。想到前几天陆地在电话里的猜测,陈若虹心里一动,怎么,罗部,有事呀?

是啊!你这神仙日子,得提前结束啰!罗漠切入正题,其实你应该知道,杨兵出了事儿,瓜州当下群龙无首,地委的意见是,你提前结束中央党校的学习,回来主持瓜州市委、市政府工作。受命于危难,你肩上的担子,不轻啊!

这样啊!陈若虹愣了半响,口吻有些迟疑,谢谢地委信任,我没啥意见。

省委组织部那边,我已经作了请示。罗漠显然听出了陈若虹的迟疑,笑了笑,当即捧上一颗定心丸,你放心,这并不影响你的任用意向。不过,可能时间上要延缓一下了。瓜州出了这么大的问题,没稳定之前,我想,你也不忍心走嘛!

那是那是。吃了罗漠的定心丸,陈若虹痛快多了,罗部,我坚决服从地委的决定。责无旁贷。在瓜州待了这么多年,感情深着呢。

那好,就这样,你尽快回来吧。罗漠最后强调,党校那边。省组部已经和他们沟通,但你和教务处打打招呼,做好善后工作。特殊情况,想来他们也会谅解的,呵呵呵。

好,好好! 陈若虹连声应诺,我会的,会的。

于是,陈若虹与老师和同学依依惜别,一大早,便登上了这趟从北京飞往 G 市的航班。

各位旅客。请大家检查一下自己的安全带,是否系好,飞机现在开始下降,龙洞堡国际机场就要到了。谢谢!

漂亮空姐泉水般温柔动听的提醒,将陈若虹从沉思中拉了回来。

哦,好快。就要回家了,陈若虹心里嘀咕,三个多月,不算短的别离呢。父母、妻儿、同事、下属,还有瓜州的山山水水,电影似的在脑海里闪现,心里不由得涌起一股久别重逢的激动。他下意识地按了按安全带的卡扣,习惯性地扯了扯,恋恋不舍地收回窗外的视线,有趣地看着机舱前面,正忙着收拾小茶几上餐具的空姐。不禁感叹:年轻真好。

20 分钟后,飞机在龙洞堡国际机场安全着陆。

陈若虹拖着拉杆箱走出候机大厅,瓜州市政府办主任陆地,早已恭候多时。

第十九章

陈若虹返回瓜州主政，转眼两月。

永久化工引发的贪腐地震，随着当事者查处审结，或进入法律程序，已趋平稳，尘埃落定。

市委原副书记、市长杨兵，因收受贿赂，触犯刑律，被"双开"（党籍、公职），移送司法机关，追究刑事责任。

新任瓜州市委副书记，代理市长马天成到位，主持市政府日常工作。待市人大八届四次会议当选，即可名正言顺地走马上任。

据说，鉴于常务副市长张家才在污染事件中所发挥的关键作用，以及这些年的德能勤绩廉，地委原本考虑让其担任瓜州市市长，但相关任职条例明文规定，"土著"不能担任当地政府主要职务，加之年龄偏大，也不宜赴外地任用，故继续担任常务副市长，协助马天成工作的同时，新任瓜州市委副书记，荣幸地上了"环"，即括弧"正县级"。多年的媳妇，总算熬成了婆。

原政府办主任陆地，调任市委办主任，虽仍为正科级，但有了升任市委常委的空间和希望，雄心勃勃。

除了杨兵，向永久伸出"三只手"的一伙大大小小的贪官，也罪有应得地受到了查处法办。他们所空缺出来的交椅，理所当然地有了新主人。

人事安排最大的亮点，当数市环保局局长任杰。鉴于他在这次环境污染事件中的突出表现，地委组织部已将其纳入副县级领导人选，并派员赴瓜州，作了民意测评和任前考核。

令陈若虹欣慰的是,通过做艰苦细致的说服工作,市委,市政府一班人,终于统一认识,为了瓜州可持续发展,为给子孙后代留下一片蓝天,一捧沃土,一条清澈的河流,就算眼前勒紧裤腰带,饿几天肚子,也要一劳永逸地将污染严重,后患无穷的永久化工关闭,而不是整顿后,再恢复生产。

市政府决定公布后,转弯塘村数十村民,敲锣打鼓地来到市委大院,给市委送锦旗。玫瑰色的金绒旗面,赫然上缀"生态建设,功在千秋"。陈若虹从吴尔金手里接过锦旗,眼里倏然潮潮的,喉头有些哽咽。

多好的民众啊!陈若虹很是感慨。

陈若虹知道,作出这个抉择,对瓜州许多人,对他自己,有多艰难。可再难,到该下决心的时候,也得下啊!通俗点说,如果我们现在干一锤子买卖,破坏了瓜州的生态环境,让后人没有生存的余地,没有生存的空间,即便手里攥着大把钞票,又有什么用呢?有的东西,是钱没法买到的。果真那样,不久的将来,他们这些自以为对瓜州有功的人,将被钉在历史的耻辱柱上,遭世人唾弃。

毫无疑问,瓜州要发展,但这种发展,必须是绿色的,可持续的,不能以牺牲环境为代价,得寻找新的经济增长点。比如被视为无烟工业的旅游,比如特色种植,等等。

日前,陈若虹从消息灵通人士处获悉,鉴于瓜州形势已经稳定,地委正在物色新的市委书记人选。同时,启动陈若虹履新的任职程序。

照说,受命危难之时,稳定了局势,短短时间内,有了这么些政绩,且升迁在望,陈若虹应当高兴才是,可他却怎么也高兴不起来,抑或说,心里还有些纠结。一个既老又新的问题,不停地在他脑海里打转。为什么,我们的反腐倡廉,警示教育,可谓常抓不懈,警钟长鸣,但还有这么多人"前腐后继"?廉洁指数持续低迷,令人堪忧。其中,除了体制有待完善,监管缺失。从人性的角度,根源何在?

没事儿的时候,陈若虹把自己关在屋里,让思绪的野马,在广袤的心田纵横驰骋。

回到瓜州,陈若虹了解到杨兵和李永久权钱交易的诸多细节。说白了,也没什么奥秘,不过是投其所好,各取所需罢了。李永久盯着杨兵手中炙手可热的权力,杨兵在意李永久鼓鼓的钱袋。不过,作为"班长",班子出了问题,虽然责任主要在个人,但他觉得自己难辞其咎。杨兵和永久化工走得太近,曾有人在他耳边嘀咕,自己也有所觉察,为什么只是轻描淡写地点点,不下狠心劝诫呢？可转念一想，陈若虹又原谅了自己，虽然一起搭班子，杨兵也是正儿八经正县级，政府一把手，地委管的干部，和自己平起平坐。除了善意的恰到好处的提醒，自己有权力作更大的制约么？答案当然是否定的。而这样的大道理，抑或小道理，杨兵不明白？用得着自己多费唇舌？杨兵所经历的，陈若虹也曾经历过，为更加通行无阻，财源茂盛，李永久没少在他这个"土皇帝"身上下功夫，或金钱，或美女，或双管齐下。可他最终抗住了诱惑。这倒不是说他有多伟大，他是血肉之躯，也有对金钱美女的欲望。所不同的是，他脑子时常绷紧拒贿防腐这根弦，耳边时常响起赴瓜州就任前，父亲的谆谆教导，挥刀断腕，斩掉贪婪这只欲望之手罢了。

据说，杨兵出事前半个月，市里开展党风廉政"警示教育月"活动，数百名副股、副科级以上干部参加的动员大会上，杨兵曾就把好"廉政五关"，提出五点要求。强调领导干部要把好"思想关"，筑牢思想上的反腐防线；把好"欲望关"，时刻警钟长鸣；把好"权力关"，正确使用权力；把好"小节关"，始终严于律己；把好"约束关"，自觉接受监督。应当说，杨兵所强调的"五关"，理论上无可挑剔，实践中，也是可行的。只要真正把好这五个关口，就可与贪腐绝缘。问题是，我们许多大权在握的领导干部，他们信誓旦旦口吐莲花的宣言，是说给别人听的，对自己，就像水上打一棒，屁用不顶。于是，杨兵的廉政报告，到头来，便成了瓜州人眼中的笑柄和绝妙的讽刺。

当然，报告的形式和内容，并没有错。

某日，陈若虹终有所悟。即使自己不久将与瓜州告别，可作为曾经的瓜州人，有必要，也有职责，站好最后一班岗。具体说来，就是要在杨兵讲过"五关"的地方，再作一场报告，强调生态建设至关重要，切不可等闲视之。统一干部群众因杨兵等腐败案而导致的思想混乱和模糊认识。更重要的是，得更深一个层次，从人性的角度，剖析领导干部产生腐败的根源，真正从灵魂深处，筑起一道坚固的反腐倡廉的万里长城。这样，自己才能心安理得地离去，才不会有类似杨兵的前腐后继。

陈若虹拎起办公桌上的电话，拨了一串号码。

喂！陆主任是吧？陈若虹说，你过来一下。

好，陈书。陆地说，我马上来。

陈书！陆地习惯地在半掩着的门上轻轻地敲了敲，一脸微笑地走了进来，有事儿,你尽管吩咐,呵呵!

坐,坐。陈若虹笑着指指老板桌左侧的双人沙发,说,没事儿,聊聊嘛。

哦! 陆地谦卑地笑,有点儿受宠若惊,好,好。

陆主任。陈若虹看了陆地一眼,问道,杨兵出事后,干部群众中,主要有些什么反映啊。

这,这个。陆地不知道陈若虹到底想知道什么,有些措手不及,愣了愣,模棱两可地说,好像,好像大家都觉得,罪有应得哩。

我问的不是这个。陈若虹知道陆地要滑头,对他的回答不甚满意,遂启发道,我指的是,思想上有什么普遍想法,要不要从市委的角度。统一统一认识。比如,搞个什么讲座报告之类的。

哦! 有必要,很有必要。陆地终于转过神来,明白了陈若虹想什么,振振有词地说,干部群众中间,的确有模糊认识。比如生态文明建设的重要性,比如怎样处理绿水青山与金山银山的关系。再比如,反腐的长期性和隐蔽性,等等。问题多了去了,很有必要澄清观念,统一认识。

是吗? 陈若虹一副刚发现新大陆的样子,并无偿地把这个发现权赐给了陆地,照你这么说,倒是很有必要哈。

那是,那是。陆地见自己号准了陈若虹的脉,愈发来劲,我看就别搞什么讲座了,陈书,你就代表瓜州市委、市政府,作个目前形势和任务的报告,帮助大家消除模糊认识,统一思想,振奋精神,夺取瓜州"五个文明建"设的新胜利,多好呀!

多年的宦海历练,陈若虹深得不战而屈人之兵的真谛,这种兵不血刃的战略战术,在谈笑风生和风细雨的氛围中,神不知鬼不觉地便实现了自己的意图,比赤膊上阵,杀气腾腾要文明和幽雅得多。这些年,不管是重大问题,还是日常琐事,他均如法炮制,屡试不爽,令对手暗自佩服,让同僚交口称赞。比如刚才意欲作一场形势报告的意念,就通过陆地的嘴,得体地表达了出来,由我想作报告,摇身一变,成了大伙儿需要我作报告。既显得不耻下问,尊重民意,又彰显敢于创新的果敢,事半功倍,两全其美。

好,这个建议挺好。陈若虹微笑着点点头,当即拍板,陆主任,那就这么的,下次常委会,你作为议题提出来,上会后,再确定具体时间。顿了顿,补充道,这得麻烦办公室拟个讲话稿。当然,讲的时候,我不一定照本宣科,甩开稿子,也有可能,呵呵呵。

好,陈书,就按你的指示办。陆地说,弄讲话稿,那是我们的本职工作,应该的。具体有什么要求,届时我让拟稿的秘书来请示,你当面给他指点指点。

那好吧! 陈若虹看事情谈得差不多了,挥挥手说,就这么办,你忙吧!

好! 陆地点点头,随即站起身来,笑着说,那我走了,陈书,你忙。

看着陆地转身离去,端坐大班椅上的陈若虹欠了欠身子,象征性地点了点头。

半月后,报告会按预期举行。

容纳四五百人的瓜州市政府小礼堂,座无虚席。听报告的,除了瓜州市属各单位副股级以上干部,还有驻境国有、私营企业法人,中层干部。

瓜州"四大班子"副市级以上领导,全都在会场前排就座

报告会由瓜州市委副书记,代理市长马天成主持。

各位领导,同志们,我们现在开会。马天成说,众所周知,最近一个时期,瓜州发生了一系列不同凡响的事情,比如永久化工非法倾倒铬渣事件,网上沸沸扬扬的不雅视频,以原市长杨兵为首的"塌方式腐败",等等。毋庸讳言,这些事件的发生,不可避免地对我们瓜州的形象,对我们当前的工作,产生了一定的负面影响。以至不少人脑子里产生了一些模糊认识,乃至错误的思想观念。今天,市委、市政府决定举行这个报告会,请若虹书记,就瓜州目前的形势和我们当前的工作,作个报告,以期统一认识,理清思路,谋求更好、更快的发展,与全省一道,同步实现小康。

下面,请若虹书记为我们作报告,大家欢迎!

陈若虹接过马天成推过来的麦克风,摆正,伸出左手,调整到合适的高度,清了清嗓子,开始讲话。

这次会议的宗旨,天成市长已经讲了,我不必赘言。其实,严格说来,不叫报告,无非是想借助这么个平台,这么个机会,和大家交流交流,推心置腹地,谈谈我对许多问题的看法。因为在座的,都是大大小小的领导,你们的思想和行为,有可能影响和带动一大片。

按惯例,办公室准备了讲稿,我得谢谢这些做文字工作的同志。他们很辛苦。可我觉得没必要照本宣科。否则,打印出来,发给大家,自个儿看看,就行了,不用把大家召集起来。之所以说这个意思,是强调有的地方,我可能会讲些

稿子上没有的东西,甚至,可能作些发挥。如果我的猜测不错,这也是大家最想听的东西,因为那是没有水分的东西——干货!

陈若虹很有演讲才能,看似随意的开场白,顷刻间,就让有些沉闷的气氛活跃起来,将听众的胃口,吊得高高的,充满了欲听下回分解的期盼。不知是谁带头,"哗哗哗",台下顿时响起热烈掌声。

接下来,陈若虹的报告果不时甩开讲稿,说了不少稿子上没有的话,概括起来,大致有以下几个方面。

一是如何评价永久的功过。

陈若虹说,最近,市委、市政府作出的一个重大抉择,就是痛下决心,关闭效益看起来挺不错的永久化工。坦率地说,这是个痛苦的抉择。我们作这个决择时,并不轻松,有过犹豫,有过摇摆。也许,在座的许多人都有疑问,既然效益不错,为什么要关闭?我想,这就是问题的焦点。应当承认,永久创建以来,确实为瓜州的财政税收,做出了很大贡献。但不可否认的是,它对厂区转弯塘一带水源,土壤、大气的严重污染,也是致命的,难以逆转的。人称鱼米之乡的转弯塘,眼下,稻子大都是空壳,苞谷小得像锥子把把,水里的鱼苗全都死光,空气中弥漫致癌物质,以致转弯塘成了闻名遐迩的"癌症村"。更恐怖的是,这种污染,正向周边村寨漫延。长此以往,我们所在的市区,恐怕也难以幸免。如果我们因污染得了绝症,丧失了生存空间,兜里揣再多的银子,又有何用?事实证明,良好的生态环境,是人类赖以生存的基础。以牺牲环境为代价发展经济,无异杀鸡取卵,竭泽而渔。断了我们的后路,也断了子孙后代的后路。

当然,永久关闭后,会给我们造成暂时的困难,我们可能要勒紧裤腰带,过一段紧日子。但我相信,我们一定能寻找到新的,可持续发展的经济增长点。比如我们仙马景区,就有客商很感兴趣,愿意投资,进行二次开发。目前,已经有了投资意向。

大家知道,大气中的雾霾,已成人类健康的一大杀手。眼下最走红的网络新词是什么?"十面霾伏"。尤其是京津冀一带,雾霾频频来袭,PM2.5 时常曝表,有人甚至发现了比 PM2.5 更小的颗粒,PM0.5。最近,有检测表明,全国 74 个城市,9 成空气质量超标。具体说来,就是 PM2.5,PM10 不达标。不少一二线城市,正全力以赴地阻击雾霾,形势逼人。我们瓜州的污染状况,大体上可能好一些,但局部的污染,同样触目惊心。比如我刚才说到的转弯塘,已经到了难以生存的境地。因此,我们决不能再走先污染,后治理的老路。就算以后我们有钱治理,被污染的环境,也不可能恢复如初。因此,市委的打算是,把环境保护列入各级政府的工作日程,要求各乡镇签订《治理大气污染和环境保护责任状》,创造条件,力争明年,在市(县)一级,率先实施 PM2.5 监测。开通环保投诉热线 12369,把大家都动员起来,维护我们的绿色生态梦想。让我们瓜州,天更蓝、地更绿,水更清。

一句话,不管前进路上,碰到多少艰难险阻,我们都要坚持走绿色发展、低碳发展的道路,节能减排,绿色转型。

再就是,企业不是唐僧肉。

陈若虹说,以原市长杨兵为首的瓜州贪腐"窝案",涉案人数之多,贪腐金额之大,手段性质之恶劣,堪称瓜州之最。大家都看过《西游记》是吧,主人公唐三藏,也就是唐玄奘,人称唐僧,赴西天取经,历经九九八十一难。为什么会有这么多灾难?原因固然很多,但其中一个重要原因,就是许多妖精妖怪,听说吃了唐僧肉,可长生不老。于是,费尽心机,绞尽脑汁,设置重重关卡,非吃一口唐僧肉不可。因此,使唐僧原本坎坷的取经之路,充满千难万险。瓜州"窝案"的这伙贪官,就是兴风作浪的妖精妖怪。他们眼里,永久化工无异于长生不老的唐僧肉,人人都争着抢着逮一口而后快。也就是我们常说的"吃拿卡要"。否则,"门难进、脸难看、事难办",寸步难行。在此,我想强调,对我们瓜州来说,有个观念急需转变。那就是,不管外来的,还是本土客商,他们在瓜州开厂办公司,肯定是为了赚钱,但他们赚钱的同时,也为我们创造了财富。因此,他们是主,我们是仆,我们有义务,有责任,为他们无偿服务,而不是毫不留情地雁过拔毛,争抢"唐僧肉"。今天这个会,我们特意请了企业老总和经理们来,就是表明市委、市政府的态度,让他们吃颗"定心丸"。同时,也给那些老想吃唐僧肉的人打声招呼,休矣!你手中的权力,是人民给的。你头上乌纱帽,并非娘胎里带来,是组织给你戴上去的。既然可以戴上去,当然就可以摘下来。摘了头上那顶乌纱帽,你神光何在?

从另一个方面来说,这么多"三只手"伸向企业,势必人为地增加企业的投资成本,而为了更好更大地将成本回收,依仗这些保护伞,企业必然置环境,甚至法规于不顾,有恃无恐地进行掠取。结果,贪腐掩盖和保护企业对环境的破坏,企业则通过对环境的肆意踩躏,获取最大化的利润。

有个问题,我想在此说说,企业和企业家,要有最起码的良知。

我前面说过,办企业,开公司,肯定为赚钱。但一定要遵循"君子爱财,取之有道"的古训。具体说来,这个"道",就是不能污染环境,不能成为制造雾霾的罪魁祸首。众所周知,空气是公共产品,人人享用。空气面前,真正人人平等。就是制造污染的人,也需要呼吸新鲜纯净的空气。也许,你腰包鼓胀,可以在家里、在单位装空气净化器什么的,可你总不至于一天到晚,总不出门,都闷在密闭的房间里吧? 所以,老板想赚钱,企业想盈利,挺正常,可你得讲社会责任,得有起码的良知。你污染了我们的土壤,空气,水源,让我们活不下去,这种断子绝孙的昧心钱,你也敢赚? 那好,这样的企业,这样的老板,我们你请滚蛋,爱哪发财,哪发财去。

我们瓜州——不欢迎!

其三,膨胀的欲望是罪恶之源。

在座各位,也许记忆犹新,两个多月前,就在这个会场,听众,大体也是这些人,市委、市政府在此召开开展党风廉政"警示教育月"活动动员大会,原市长杨兵,曾在这里作报告,讲领导干部要把好"廉政五关"。今天,我在这里旧话重提,也许有人觉得有点滑稽,有点嘲讽,甚至有点"二"。可我想说的是,领导干部身体力行,以身作则地把好"廉政五关",本身没有错,我们还得讲,经常讲。我以为,问题不在要不要讲过"廉政五关",而在于我们每个领导干部,怎样修炼内功,从思想上、行动上,真正做到把好"五关"。别的,我就不展开讲了,但其中的"欲望关",我想此时此地,借此机会,和大家交流交流我的看法。

我们知道,欲望,是人类最本质的东西,或者叫属性。它是人性的组成部分,是人类的本能,是我们改造世界,改造自己的根本动力。当然,也是人类进化,社会发展与历史前进的动力。但欲望的过度释放,也会产生破坏性的能量。司马光曾说:"君子寡欲则不役于物,可以直道而行。多欲则贪慕富贵,枉道速祸。"

追根溯源,人是欲望的产物。生命呢,则是欲望的延续和发展。为什么?抛开克隆技术,新生命的诞生,必然是男欢女爱的结果。人,其实就是性欲驱动下新的生命创造。

从生理学的角度来说,人的许多欲望,是与生俱来的。比如食欲、性欲。比如离开母腹,呱呱坠地的第一声啼哭,就是一种天生的语言欲望,是求生的呐喊。

《道德经》中,老子把这些欲望叫作"道"。称之"天地之始,万物之母。"是主宰一切人类活动的本源。

及至长大成人,踏入社会,人又会产生许多后天的,社会的欲望。如求知欲,官欲、权力欲、金钱占有欲,等等。如果这些欲望的列车,能在正常的轨道行驶,是人类社会生存发展的动力,起码,有益无害。问题是,由于内在的失控和外在的诱惑,人的欲望,往往会膨胀开来,过度释放,甚至到了难以遏制的地步。于是,欲望的一趟趟列车,势必出轨,乃至颠覆,形形色色的违规违纪,腐败犯罪,也就在所难免了。

举个例子,就说这官欲吧。

今天与会的,公鸡头上一块肉——大小都是官(冠)。大家想把官做大,当了股长想当局长,当了局长想当县长,当了县长想当专员,当了专员想当省长,甚至想当更大的官,把官做到中央去。我觉得,这都是正常的欲望,通俗地说,是一种求上进的表现。人望高,水望低嘛,毫不奇怪。问题是,你得努力做好工作,脚踏实地地干。不能搞行贿受贿,买官卖官那一套,以满足自己的升官欲望。当然,也许有人通过种种非正常渠道,也满足了自己的官欲,吃香喝辣,耀武扬威。但东窗事发,就会身败名裂,甚至锒铛入狱,连老本,都输个精光。

再就是对金钱的占有欲。有句很流传的名言:金钱不是万能的,但没有钱是万万不能的。我觉得,它辩证地阐释了有钱和没钱的关系。也就是说,人活在世界上,不能没有钱。同样。有钱,也不一定什么事都能办到。我们在座的,大多是国家公务员,按月领工资,衣食无忧,过正常的日子,不差钱。可是,却有许多人,不能控制自己对金钱的欲望,违背"取之有道"的古训,利用手中或大或小的权力,将本不属于自己的钱物,占为己有。一旦事情败露,后悔莫及。以原市长杨兵为首的一伙贪官,就是金钱占有欲恶性膨胀的结果。

所以,我认为,恶性膨胀的各式各样的欲望,实乃罪恶之源。

当下有句名言:把权力关进制度和监督的笼子。我想,套用一下,把欲望的列车,控制在理性的轨道上。

就人的本性而言,形形色色的欲望,仿佛一条条深不可测的沟壑,永远也不可能填满。所以,反腐倡廉,领导干部一定要过"五关"。尤其是,要把好"欲望关"。否则,你就会伸出第三只手。

......

陈若虹的报告,赢得阵阵掌声。其中,最热烈之处,是他甩开讲稿,尽兴发挥的地方。

与会者听得很专注,以至外面什么时候下起了大雨,浑然不觉。这在瓜州领导作报告的历史上,实属罕见。

即将高就的瓜州市环保局局长任杰,也有幸聆听了陈若虹的报告。他觉得,这是瓜州这些年来,他所听到的最生动,最坦诚,也最接地气的报告。当然,也将是他在瓜州聆听的最后一场报告。

就在上午,任杰接到地区组织部打来的电话,说地委已经研究决定,他拟任乌蒙地区环境保护局副局长,要他明天一早,赶到地委组织部,进行任前谈话。然后,公示一周。

几个要好的同学闻讯,挺高兴,相约晚上在"浦江大酒店"摆一桌,提前为任杰饯行。说实话,能得到提拔重用,任杰也感到意外。他觉得自己所做的,都是一个环保人分内的事。换了别人,也会这样做。可不管怎么说,仕途有了进步,肯定是欣喜的事儿。唯一歉疚的,是对焦艳的承诺,成了空头支票。好在,虽然将离开瓜州,却仍在环保这条线上。

兴许,以后还有机会弥补吧!

任杰随大伙走出会场。

不知什么时候,雨已经停了。近处房檐上,还流淌着淅淅沥沥的雨滴。抬头一看,天空仿佛刚刚漂洗,满眼湛蓝,蓝得醉人。

2012. 8. 22—2013. 11. 6. 初稿

2014. 8. 1—9. 12. 三改于无为斋

后　记

　　敲上《欲壑》最后一个句号，正是蛇年季秋的午后，推开窗子，放眼看去，艳艳的日头，正从黔灵山麓晃晃悠悠地西斜，我郑重其事地在文尾标注"某年某月某日 14 时 45 分初稿"的字样，长长地透了口气。稍倾，脑海里蓦地闪过圈内写长篇就像跑马拉松的说道，又意欲未尽地在 QQ 空间留言：马拉松刚刚跑完，成绩不得而知。

　　之所以如此感慨，是因为脚踏实地，身临其境，才体验到这"马拉松"的艰辛。写长篇，对耐力、才情、意志，甚至体力，的确是不小的挑战。何况，在下生性笨拙，悟性不高呢。好几次，甚至难以为继，无力再跑。我知道，临界"极点"的我，要么咬紧牙关，挺住；要么，停下脚步，败下阵来。好在，喘一喘气，抹抹头上的汗水，我又迈开了脚步。心想，就算最终与"冠军"无缘，我也得坚持下去，跑完全程，绝不半途而废。

　　初稿杀青，有朋友相继提了些建设性意见。近一年内，我先后作了三次修改。

　　付梓之际，照例有些人要感谢。比如，一如既往地支持我创作的妻，是她在我精疲力竭的时候，给我鼓励打气；比如同窗成学，为出版事宜出谋划策；比如，我已故的父亲和仍在世的母亲，是他们给了我生命。尤其我年近九旬，一字不识的母亲，2012 年春节，突发脑梗，半身不遂，生活不能自理，全靠我弟弟弟媳妹妹妹夫侍候。时至今日，母亲并不知道我码了这么一堆，也许无人问津的方块字，可她一生的勤勉仁厚、豁达乐观、顽强坚韧，却给了我无穷的信心和勇气。

　　窃以为，写作就像女人孕产，大大小小、长长短短的作品，宛如一个个婴儿。孕育，当然是作者的事儿，一旦面世，这孩子受不受读者待见，就是另一码事了。

　　作为母亲，尽职尽责，足矣。

                                              2014.10.23 于无为斋